Les Plouffe

Roger Lemelin

Les Plouffe

Roman

Catalogage avant publication de Bibliothèque et Archives nationales
du Québec et Bibliothèque et Archives Canada

Lemelin, Roger, 1919-1992

       Les Plouffe
       (10/10)
       Éd. originale: Québec : Bélisle, [c1948].
       ISBN 978-2-923662-17-6
       I. Titre. II. Collection: Québec 10/10.

PS8523.E51P46 2008   C843'.52   C2008-941438-1
PS9523.E51P46 2008

Direction de la collection : Romy Snauwaert
Logo de la collection : Chantal Boyer
Maquette de la couverture et grille intérieure : Tania Jiménez et Omeech
Mise en pages : Hamid Aittouares
Couverture : Julie Gauthier

Cet ouvrage est une œuvre de fiction ; toute ressemblance avec des personnes ou
des faits réels n'est que pure coïncidence.

Remerciements
Les Éditions internationales Alain Stanké reconnaissent l'aide financière du gouvernement du Canada par l'entremise du Programme d'aide au développement de
l'industrie de l'édition (PADIÉ) pour ses activités d'édition. Nous remercions le
Conseil des Arts du Canada et la Société de développement des entreprises cultu-
relles du Québec (SODEC) du soutien accordé à notre programme de publication.
Gouvernement du Québec – Programme de crédit d'impôt pour l'édition de livres
– gestion SODEC.

Les Éditions internationales Alain Stanké
Groupe Librex inc.
Une compagnie de Quebecor Media
La Tourelle
1055, boul. René-Lévesque Est
Bureau 800
Montréal (Québec) H2L 4S5
Tél. : 514 849-5259
Téléc. : 514 849-1388

Dépôt légal – Bibliothèque et Archives nationales du Québec
et Bibliothèque et Archives Canada, 2008

ISBN 978-2-923662-17-6

Distribution au Canada   **Diffusion hors Canada**
Messageries ADP   Interforum
2315, rue de la Province
Longueuil (Québec) J4G 1G4
Téléphone : 450 640-1234
Sans frais : 1 800 771-3022

À ma femme

PREMIÈRE PARTIE

Été 1938

1

— À ce soir, monsieur Ovide ! Au championnat !
Cheerio !

Rita Toulouse le salua de la main et rejoignit le
groupe des jeunes filles qui se précipitaient vers l'autobus. La manufacture de chaussures était maintenant
un bâtiment silencieux d'où s'échappaient les ouvriers
en tumulte. Ovide Plouffe, le tailleur de cuir, ne participait pas à leur débandade tapageuse. Il restait cloué au
trottoir dans l'attitude avantageuse d'un ténor d'opéra.
Chétif, malingre, habillé comme un comptable, il
n'avait pas l'air d'un ouvrier ; mais sa prédilection pour
l'opéra réussissait à lui donner l'apparence des héros de
son imagination.

Il tenta de mettre de l'ordre dans sa bonne fortune insolite. « À ce soir, monsieur Ovide ! » Incroyable ! Rita Toulouse, blonde, jolie, bien tournée faisait
le relevé des chaussures taillées dans le département

d'Ovide. À vingt-huit ans, le religieux Ovide n'avait jamais éprouvé un désir aussi impérieux de connaître les femmes, avec qui il s'était toujours senti désespérément maladroit. Mais, Rita Toulouse ! Pour la convaincre de l'accompagner un soir, il avait vainement déployé toutes ses ressources oratoires, énuméré les noms des grands chanteurs dont il possédait les disques. Elle s'excusait toujours poliment. Et voilà que, afin de rehausser le prestige de sa famille, du moins pour faire ressortir davantage la noblesse de la carrière d'amateur d'opéra, il avait mentionné les succès de son jeune frère Guillaume, prodige du sport. Ô surprise ! Dès qu'il fut question de prouesses sportives, la figure de Rita, jusque-là impassible devant des noms comme Thili et Caruso, s'était tendue d'intérêt. Plus réjoui d'avoir décroché l'attention de la jeune fille qu'humilié du peu d'importance qu'elle attachait à l'opéra, Ovide se mit à parler du tournoi d'anneaux de fer auquel Guillaume participait, et qui devait décider du championnat de la ville le soir même. « Comment, c'est votre frère ? Emmenez-moi à ce match, voulez-vous ? s'était-elle écriée. Je connais bien l'arbitre... Stan Labrie, le fameux lanceur de baseball. »

Qu'importaient les anneaux et le baseball, puisqu'elle marcherait à son bras ? Les grandes fortunes comme celles-là débordent leur homme. Mais leur halo de joie s'évaporant, elles décroissent et réintègrent les cadres de l'amour-propre, qui a tôt fait de les mettre à son diapason.

Ovide, la figure crispée par une mauvaise humeur soudaine, se dirigea enfin vers la maison paternelle. Il marmottait :

—Toujours le sport, les athlètes, les champions. Partout ! Mais la musique ?

Quelle vie ! Le sport menaçait de garder Ovide prisonnier dans la médiocrité. À la maison, on respectait ses goûts étranges, mais il n'y était question que de championnats. Sa famille ! La mère Joséphine, Napoléon, l'aîné, Cécile, la vieille fille, et Guillaume ! Il était inexplicable qu'Ovide fût de leur sang. Les compagnons de travail le traitaient de tapette, et les femmes le décevaient par leur amour du jazz et des champions. Toutes ces incompréhensions des belles choses inspiraient à Ovide un dégoût si profond pour le monde d'aujourd'hui qu'il songeait, depuis quelques mois, à se retirer au monastère des Pères Blancs d'Afrique, où il se voyait sans déplaisir, vêtu de la robe immaculée, convertissant, baptisant, absolvant les nègres, et jouissant du respect et des égards dus au noble état de la prêtrise. Fort de sa connaissance du bel canto, il se sentait suffisamment préparé à affronter la partie musicale du ministère d'un père catholique. Ovide n'avait pas encore réfléchi que l'opéra ne lui avait pas donné la formation intellectuelle nécessaire à un prêtre et qu'il serait tout juste bon à devenir un obscur frère convers.

Soudain, Rita Toulouse était apparue et adieu retraite, sacerdoce et sainteté. L'opéra allait engager la lutte au sport. Et les jambes du mélomane se mirent à découper la distance comme des ciseaux vengeurs.

En arrivant près du champ de baseball paroissial, il aperçut son frère Guillaume qui, sur le monticule, lançait nonchalamment devant quelques curieux.

— Guillaume ! appela Ovide de sa voix autoritaire.

Le prodige Plouffe, la démarche dégingandée, rejoignit son frère, qu'il dépassait de toute la tête.

— Oui, Vide. Quoi donc ?

— Il est six heures. Oublies-tu que c'est ce soir le championnat ?

Guillaume ajusta sa casquette sur son front d'une main sereine.

— Peuh ! Les anneaux. Un jeu de petits vieux. J'aime mieux le baseball. Faut pas s'énerver.

Il marcha aux côtés de son frère en sifflotant une complainte de cow-boy.

Aye, aye, aye, aye,
beautiful girl of the Prairie.

— Connais-tu ça, Stan Labrie ? dit Ovide.

— Oui. Lanceur du Canadien. Je pourrais le battre. Regarde ! V'là Napoléon. Lui aussi s'énerve.

Un cycliste couché sur les guidons arrivait en bolide. Les freins grincèrent.

— Enfin ! fit l'arrivant, essoufflé. La mère vous attend pour souper. Faut se dépêcher, Guillaume, le championnat ! À huit heures.

Sans plus de commentaires, Napoléon Plouffe rebroussa chemin et pédala à toute vitesse. Employé d'une manufacture de chaussures comme Ovide, il avait trente-deux ans, et sa petite tête ronde semblait un simple prolongement de sa forte encolure. Il mesurait cinq pieds et un pouce, était vierge, se couchait de bonne heure, se recroquevillait et dormait dur. Ses cheveux fins, bruns, plats et courts, ne brisaient jamais la ligne circulaire de son crâne. Il avait de petits yeux ronds et une voix flûtée qui faisait crépiter les mots entre ses râteliers au même rythme que celui dont il couvrait quelques verges d'une quantité de pas. Ce sportif campait un Napoléon que Bonaparte, même avec son génie, n'eût pu imaginer.

En chemin, il dépassa un vieillard qui pédalait lentement.

— Attention de tomber, papa !

Perché sur une bicyclette de course ancien modèle, le père Théophile Plouffe jeta à son fils aîné un regard furieux. Les sursauts de sa pipe scandaient son indignation.

— Dans mon temps, je t'aurais perdu de vue, mon gars.

Mais Napoléon était déjà loin. En arrivant près de chez lui, il agita triomphalement le bras vers la mère Joséphine qui, au bout de la galerie, scrutait l'horizon.

— S'en viennent.

Napoléon n'aperçut pas deux hommes qui, arrêtés sur le trottoir d'en face, discutaient en indiquant du doigt la maison des Plouffe. Napoléon vivait des minutes trop fiévreuses pour observer les curieux. Il franchit le trottoir en sursautant, pénétra dans la cour et rangea son bicycle. Ses petits pieds mitraillèrent l'escalier et il s'engouffra dans la cuisine pour en ressortir aussitôt armé d'un pot de colle, de ciseaux et d'un immense cahier d'échantillons de tapisseries derrière lequel il disparaissait presque complètement. Ayant étendu le grand livre à terre, et se mettant à genoux pour l'ouvrir avec respect à la page sur laquelle il avait apposé les images les plus récentes, il sortit de la poche arrière de sa culotte une liasse de vieux journaux dans lesquels il se mit à chercher avidement des illustrations de pages sportives. Napoléon collectionnait ainsi depuis quinze ans les photographies de toute une génération des athlètes fameux du continent américain. C'était l'œuvre de sa vie. Son bonheur, c'était de coller, de coller, de coller sans cesse.

— Comment, tu colles encore ! Tu parles d'une heure ! Claire le chemin.

C'était Cécile, la seule fille de la famille, qui arrivait de son travail de piqueuse d'empeignes. Elle piétinait d'impatience, et Napoléon, confus, referma son album.

Cécile avait quarante ans. Elle demanda à Joséphine, sa mère, restée à son poste au bout de la galerie :

— Onésime est-il passé ?

— Je n'ai pas remarqué, je guette trop mes escogriffes qui retardent.

Cécile haussa les épaules et pénétra dans la maison. Onésime Ménard, le conducteur de tramways, ne manquait jamais de venir lui dire quelques mots, chaque soir. Dix ans auparavant, il avait été l'ami de cœur de Cécile, puis, ne la trouvant pas assez dynamique, s'était marié avec une autre. Comme Onésime aimait ses habitudes, il avait continué de visiter Cécile qui lui parlait de sa femme et de ses enfants avec le même calme qu'elle avait montré aux garçons qui jadis voulaient l'embrasser. L'air ennuyé, elle leur faisait remarquer :

— Qu'est-ce que ça vous donne ? Vous avez du temps à perdre.

En effet, Cécile ne s'était jamais excitée et trouvait qu'il se dépensait dans le monde bien du temps et de l'argent en futilités. Quant à elle, le temps s'employait à déposer de la grisaille dans ses cheveux. Mais Cécile ne voyait pas son teint vieilli et ses cheveux décolorés. Elle répétait souvent, presque soucieuse :

— C'est drôle, maman, comme il y a moins de garçons qu'avant.

Elle se couchait à dix heures chaque soir après avoir traité ses frères de vantards.

— V'là ton père, s'exclama la grosse Joséphine, la tête penchée vers la rue. J'ai toujours peur qu'il lui arrive un accident.

Le blessant « Attention de tomber, papa ! » de Napoléon bourdonnait encore aux oreilles du vieux cycliste. Ce Napoléon, cet insignifiant dilettante de tous les sports, osait parler ainsi au célèbre Théophile Plouffe qui, trente-cinq ans auparavant, avait gagné la fameuse course cycliste, Théophile était malheureux. Pas un de ses fils ne suivait sa trace. Pourtant Guillaume avait de bonnes jambes. Le baseball, les anneaux, pouah ! Et Napoléon, et Ovide ! Il préférait ne pas y penser. La déception de Théophile était d'autant plus aiguë que ses jambes arthritiques pédalaient difficilement et que l'ardent soleil de juillet lui brûlait la nuque. Quand il aperçut sa femme et vit qu'elle l'observait, il se raidit. Ah ! elle craignait de le voir tomber ? La bicyclette bondit sous la poussée soudaine des jambes, tandis que la figure du vieux se tendait de défi.

— Attention, le père ! Qu'est-ce qui vous prend ?

Napoléon avait failli renverser son pot de colle, et la mère Joséphine Plouffe crut s'évanouir. Théophile, le brûle-gueule oscillant de gauche à droite et de bas en haut entre ses dents déracinées, pénétrait directement dans la cour, sa bicyclette cahotant sur le trottoir de bois, comme au temps de sa jeunesse. Pourquoi ne pas s'appuyer doucement contre la chaîne de pierre de la rue pour sauter à terre sans danger ? Dans la fièvre de l'effort, il se croyait au fil d'arrivée qui l'avait reçu premier jadis. Théophile protestait à sa façon contre l'ignorance des jeunes et contre les lauriers des sports secondaires, en déclenchant un sprint final qui se terminait sous les yeux d'un naïf collectionneur et d'une femme qui le croyait mûr pour la chaise roulante. On oubliait donc qu'il était de la trempe des champions ? Un sourire triomphant étira ses rides. Il avait réussi ! Théophile voulut lever la jambe gauche d'une façon élégante, comme au temps lointain, pendant que sa machine roulait encore et que son pied se cambrait joliment sur la pédale caoutchoutée, mais, ô catastrophe ! la jambe gauche tremblait et il n'avait pas assez d'élasticité dans la hanche pour la soulever suffisamment. Aussi sa cuisse impuissante rebondissait-elle sur le siège qu'il n'avait jamais cru si haut, pendant que ses vieilles mains crispaient les guidons et que sa roue d'avant, en titubant, dirigeait sa bécane vers le mur du hangar. La pipe tomba par terre, mais l'ex-champion, d'un effort surhumain, parvint enfin à passer la jambe paresseuse par-dessus le triangle de cuir.

Il ramassa son brûlot d'une main tremblante et monta l'escalier d'un air sombre. Napoléon, encore sous le coup de la frayeur, le regarda passer et ne fit aucun commentaire.

— Tu veux donc te tuer ? dit Joséphine, toute pâle.

Il lui jeta un regard oblique.

— J'en ai vu d'autres.

Théophile, suivi de sa femme, se rendit accrocher ses bracelets de cycliste au clou du mur auquel il suspendait sa montre, son canif et la courroie de cuir sur laquelle il aiguisait son rasoir. Puis il prit une poignée d'allumettes, les gardant un instant dans sa main immobile, attendant l'habituelle réprimande de sa femme qui le morigénait régulièrement sur ses frais quotidiens d'allumage. Joséphine ne dit rien.

De son pas d'arthritique, il sortit sur la galerie et se laissa tomber sur le banc vert bouteille qu'il avait obtenu par l'influence d'Onésime Ménard, lors de la démolition de vieux tramways. Le père Théophile réussit à allumer sa pipe à la cinquième tentative et lança dans l'air des bouffées épaisses et bleues, qui se perdaient, car Théophile était humilié de sa piteuse arrivée et soufflait brutalement sur la fumée. Quand il était calme et qu'il se remémorait ses exploits d'antan, il prenait plaisir à former des volutes, de jolis dessins, qui montaient et disparaissaient dans les nids des moineaux sous les bords du toit pourrissant.

Les yeux du bonhomme inventorièrent les alentours. Les deux curieux de tout à l'heure étaient partis. À droite, c'étaient les champs à perte de vue, car les Plouffe demeuraient à l'extrême limite de la ville. Le soleil à demi disparu rougissait l'horizon. En face, le clocher paroissial, puis le Cap. Théophile tourna la tête et dit d'un air moqueur à Napoléon :

— Tes anneaux l'intéressent pas tant que ça, ton Guillaume !

Napoléon ne sentit pas l'ironie.

— Vous savez, le père, Guillaume branle jamais dans le manche. Rien l'excite. C'est pour ça qu'il va gagner.

Guillaume était né le 8 janvier 1919 par un froid de trente degrés sous zéro. Cet enfant inattendu tomba dans le ménage Plouffe dix ans après celui qu'on avait cru le dernier, Ovide, qui jusque-là régnait en benjamin définitif qu'on exhibe en tournée chez les parents. On ne sait jamais ce qu'on porte en soi, et le père Théophile avait eu raison de hocher la tête quand il fut question pour le ménage, en 1918, de vendre la lingerie d'enfants, car Théophile, lui, n'oubliait pas qu'il devait son championnat cycliste à un sprint déclenché dans les cent dernières verges. Le sang-froid de Guillaume était-il attribuable à la température sibérienne qui l'avait vu naître, ou devait-il son flegme à sa mère rendue placide par de trop nombreuses grossesses ?

— Les v'là justement, dit Napoléon.

Les deux fils Plouffe enjambèrent la galerie. Ovide, mince, nerveux, s'immobilisa dans le cadre de la porte.

— La mère, avez-vous empesé mes cols ?

Sa voix cassante, que le raidissement convulsif de ses doigts décharnés soulignait, ses genoux pointus qui faisaient paraître ses jambes comme des bâtons rompus quand il marchait, et la hâte servile avec laquelle sa mère se pliait à ses caprices au sujet de ses cols de chemises, tout cela proclamait qu'Ovide était le chef spirituel du foyer. Après avoir palpé les cols, il déclara sèchement :

— Un peu raides, la mère. Ça m'égratigne.

Indifférent à la consternation de Joséphine qui, pendant de longues minutes d'incertitude, avait préparé l'empois, augmentant, diminuant la dose, Ovide enleva son veston avec soin, laissant voir la maigreur d'un torse que l'habit faisait déjà paraître mince. Sa chemise n'était pas mouillée comme celle de Napoléon. Ovide ne suait jamais et si sa figure luisait, c'était de pâleur ; ses cheveux peignés à la Pompadour luisaient aussi.

La mine soucieuse, il mit les mains sur les deux os qui lui servaient de fesses et arpenta la cuisine.

— J'ai remarqué, dit-il, que dans cette maison il n'est question que de sport. Toute une moitié du genre humain ne semble pas intéresser mes frères. Napoléon, par exemple, qui a trente-deux ans, ne s'est pas encore aperçu qu'il y a des femmes dans le monde.

Joséphine, heureuse de constater qu'Ovide oubliait le fiasco des chemises, s'écria :

— Dieu merci ! Ils sont bien mieux avec leur mère. Quant à toi, Vide, je sens que tu vas nous laisser un jour ou l'autre pour la religion. Mais comme t'as la vocation, c'est pas moi qui vas t'empêcher.

— Alors, le souper est prêt ? coupa Ovide.

Tout le monde se mit à la table, à la place assignée à chacun comme par une plaque matricule. Une seule fois on en était presque venu aux poings dans la famille ; c'était le jour où le bilieux Ovide, fatigué des rayons du soleil qui le frappaient en pleine figure, avait été pris du caprice de s'asseoir à la place de Napoléon, qui tenait mordicus à son droit d'aînesse : la chaise du bout de la table. Depuis lors, les repas étaient calmes. Le bruit des mâchoires rythmait le pas lourd de Mᵐᵉ Joséphine Plouffe, allant et venant de la table au poêle.

À quoi bon parler ? De quoi les Plouffe auraient-ils discuté ? Trop d'images sportives se déroulaient devant les yeux fixes de Napoléon, trop de cavatines résonnaient aux oreilles d'Ovide dont les maxillaires écrasaient les bouchées avec d'autant plus de vigueur qu'elles articulaient en même temps les répliques qui feraient pencher Rita Toulouse vers l'opéra. Quant à Cécile, elle était déjà assez occupée à enlever le gras qui bordait le jambon tranché. Le père Théophile concentrait ses efforts sur la cuiller à soupe qui branlait entre ses doigts à demi paralysés par l'arthrite. Surtout il continuait à se répéter qu'il pouvait encore lever élégamment la jambe pour descendre de son bicycle. Guillaume s'inquiétait de son chat jaune qu'il adorait flatter après le souper et qu'il n'apercevait pas dans la cuisine. Le championnat d'anneaux n'occupait pas son esprit. Mᵐᵉ Plouffe refaisait son calcul : mettre deux pincées d'empois de moins et les cols d'Ovide seraient parfaits.

2

Les Plouffe possédaient des mâchoires alertes. En moins d'un quart d'heure le repas était terminé. Autant Mᵐᵉ Plouffe et Cécile s'agitaient entre la table et l'évier, pressées de se débarrasser de la vaisselle, autant les hommes prenaient leurs aises. Théophile sortit et se réfugia sur son banc de tramway, le seul siège de la maison qui lui permît une détente des nerfs, car le mur de briques contre lequel il s'appuyait la nuque assurait une sécurité absolue à son point vulnérable : le cou. Guillaume ne pourrait pas l'accabler de baisers sournois.

Pendant qu'Ovide se rasait, Napoléon, dont les gestes témoignaient d'une fébrilité inusitée, endossait son complet neuf. Il n'était pas dans sa chambre depuis cinq minutes que Mme Plouffe, interrompant son travail, s'étonnait :

— Ça lui prend bien du temps, à soir. Est-il mort ?

Napoléon, essoufflé et honteux de sa lenteur, fit irruption dans la cuisine.

— Me v'là, me v'là, la mère ! Sacrées bretelles ! Sont mêlées. Arrangez-les donc.

Napoléon n'avait pas son pareil pour changer de vêtements en un temps record. Quand on voulait le vanter, on insistait sur sa rapidité à s'enculotter. Des malins lui demandaient sa recette. Comme lord Brummel, grimpait-il sur une chaise et sautait-il dans son pantalon ? Mais il restait coi, sentant d'une façon confuse que les petits secrets contribuent à renforcer la personnalité. Mme Plouffe marmottait son étonnement, pendant que ses mains rendues exsangues par l'eau de vaisselle déroulaient les bretelles et en appliquaient les attaches de cuir aux boutons. Joséphine se sentait toute drôle d'aider ainsi Napoléon à s'habiller. Elle esquissa un geste d'antan pour avertir son aîné qu'il était paré. Mais le fils, avec la hâte de l'amour-propre, s'échappa au dernier bouton.

— Je reviens dans cinq minutes.

Il allait sortir quand Cécile, qui essuyait sa dernière cuiller, mit fin à un long mutisme.

— Ovide avait raison avant souper. On est pris avec des drôles d'hommes ici. Pas un ne sort avec les femmes.

Ovide, devant le miroir, cacha sa nervosité sous de généreux coups de blaireau. Napoléon eut un geste de défense.

— Les femmes ? Dangereux pour les athlètes. Comme la boisson et les cigarettes. Exemple : Max Baer.

Il sortit. On savait où il allait. Guillaume, assis par terre près du poêle, caressait son chat. Il sourit avec malice.

— Les femmes coûtent cher. On n'a pas d'argent. Donc, pas de femmes.

— Entendez-vous ça, s'indignait Joséphine. Dix-neuf ans, et ça parle des femmes.

— Oui, renchérit méchamment la vieille fille. Un grand flanc mou qui passe son temps à jouer et qui ne paie pas un sou de pension.

— Attention, dit-il, t'as pas mal d'argent dans ton tronc.

— Touches-y donc pour voir !

Pendant que Joséphine s'employait à apaiser ce commencement de dispute, Ovide, dont le visage se boursouflait d'une mousse épaisse, se préparait à frapper un grand coup. Ses regards rampèrent, fureteurs, sous ses épais sourcils, du premier au dernier poil. Quand il se fut assuré que l'atmosphère de la maison atteignait cette accalmie propice aux aveux difficiles, il déposa prudemment son rasoir sur le coin de la table.

— La mère ?

Mme Plouffe se croisa les mains. Ovide allait-il recommencer ses remontrances au sujet de l'empois et des cols ?

— Tes chemises, Vide ?

Les tics d'impatience d'Ovide firent se détacher une bavure de savon, qui s'écrasa sur la pointe de son soulier droit, celui que les ergots de l'amateur d'opéra faisaient le plus retrousser.

— Non, non ! Je voulais vous dire. Mettez ça propre, ici, ce soir.

— Mais ma maison est toujours propre !

Ovide reprit son rasoir et sa respiration, s'approcha davantage du miroir et s'ouvrit l'œil droit démesurément, comme s'il se fût agi de couper, d'un seul coup, tout un pan de toison.

— Rita Toulouse, une jeune fille du bureau, va venir me chercher ce soir.

Seule l'horloge continua son tic tac. Du miroir, Ovide, le rasoir immobile au bout de ses doigts figés, épia la réaction de sa mère. Elle s'assit, mit ses mains sur ses genoux et regarda fixement son fils.

— Hein ? T'as une blonde !

Elle avait laissé échapper ces mots sur un tel ton qu'Ovide ne voulut pas entendre les commentaires agaçants dont elle les ferait suivre. Il coupa :

— Oui, je sais. Le monastère, la vocation religieuse, et tout et tout. Je ne veux pas qu'on discute mes actes. J'ai dit.

Soumise, Joséphine s'empara fébrilement du balai, fixa un cadre, puis ajusta le tapis ciré de la table. Cécile courut à sa chambre pour se refaire une coiffure et se poudrer. Quel événement ! Ovide ! Une blonde !

— Mon Dieu, de quoi ai-je l'air ? Ça me le disait. À quelle heure arrive-t-elle, Vide ?

— Vous avez le temps. À huit heures. Finissez votre ménage.

Cécile était ravie. Enfin une autre femme pénétrerait dans cette tanière et deviendrait son alliée. Le grand rêve que Cécile avait toujours nourri pour ses frères l'assaillit en ce moment. Elle aurait voulu voir leurs cheveux onduler naturellement. S'approchant d'Ovide, elle risqua un doigt dans une mèche qui lui barrait l'oreille. Ovide savait que la raideur de son cheveu était incurable, car il avait souvent essayé, quand tout le monde était couché, tous les trucs possibles pour le faire onduler. Un soir, Napoléon l'avait surpris, la tête couronnée de bigoudis de fortune taillés dans de vieux mouchoirs. Pendant longtemps Ovide trembla chaque fois que son frère ouvrit la bouche. Mais Napoléon se mêlait de ses affaires. C'est pourquoi, depuis ce temps, chez les Plouffe, l'opéra n'avait jamais déclaré ouvertement la guerre au sport.

Ovide repoussa Cécile d'une main brusque.

— Me prends-tu pour une tapette ? Les femmes, je ne les ai pas par mes cheveux.

Cette rebuffade ne démonta pas Cécile.

— Te trouve-t-elle bien de son goût ?

— Ça m'a l'air, se rengorgeait Ovide. Elle m'achalait depuis quelque temps. Ce soir, ça me le disait.

— Et ils eurent de nombreux enfants, conclut Guillaume qui flattait toujours son chat.

Ovide lui jeta un regard menaçant.

— Cesse tes farces, le jeune. Et je t'avertis. Ne va pas commencer à l'embrasser sur les bras. C'est pas ta mère, ni ton père.

Guillaume se fouilla dans le nez.

— O.K. Vide, j'ai assez de ma gang, ici. Je vas te la laisser. Tu pratiqueras ça, ça va te faire du bien. T'embrasses jamais personne. Moi, j'ai Minoune.

Il frottait amoureusement sa joue contre la fourrure du chat.

— Beau jaunet, va. En connais-tu des filles qui ont du beau poil doux à se faire flatter comme le tien ! C'est comme de la soie.

Ovide, offusqué, se réfugia dans son silence d'homme supérieur. Mais Cécile aimait la chicane.

— Veux-tu faire attention à tes paroles ! Écoutez, maman, vous l'avez trop gâté.

Joséphine était imperturbable.

— C'est un signe qu'il n'est pas méchant. Il s'est gardé bon.

Cécile restait la seule personne dans la famille que Guillaume osât dauber carrément, d'abord parce que Cécile n'aimait pas les fraises qu'il adorait et que, comme lui, elle enlevait soigneusement le gras qui entoure le jambon tranché. Il leva des yeux candides.

— Fais donc pas ta vieille fille. Sors sur la galerie un peu, guette si Onésime s'en vient.

— Petit morveux !

— Assez ! hurla Ovide qui grimaçait sous la brûlure de la lotion Bay Rum.

Le joueur d'anneaux baissa la tête. Sa voix hésita :

— Vide, tu l'emmènes me voir jouer, cette fille-là ?

— Oui. T'es pas content ?

— Moi, ça me fait rien. Mais tu sais que c'est silence quand on joue. Des femmes, ça parle. Si elle se met à placoter, je t'avertis, les gars vont la sortir.

Ovide se tourna lentement vers son frère et deux points aigus, menaçants, qui devaient être ses épaules, surgirent dans sa chemise blanche. Il parut s'épingler dans l'air.

— Je voudrais bien voir ça.

— Si tu penses qu'elle va se fermer, alors O.K., conclut calmement le champion.

Ovide se contenait mal. Il se sentait assez en voix pour réussir le fameux *la* du *Prologue de Paillasse*, qu'il tentait en vain de donner depuis deux ans. Il avait beau essayer de se persuader que la musique lui permettait de mépriser le sport, rien n'y faisait. Il devrait au sport de marcher au bras de Rita Toulouse, ce soir.

À ce moment, des pas lourds ébranlèrent l'escalier. Théophile, la pipe tremblante entre ses vieux doigts comme une castagnette, se précipitait dans la maison.

— Denis Boucher avec de la visite !

Les pointes qui menaçaient de percer la chemise d'Ovide s'émoussèrent, puis disparurent. Les figures se moulèrent dans une attitude défensive. Deux ombres interminables parcoururent les fenêtres de la cuisine. Des coups secs avaient à peine ébranlé la porte d'entrée que la voix claironnante de Denis Boucher annonça :

— De la grande visite pour vous autres, madame Plouffe !

Ovide, qui savait que Denis Boucher, le jeune voisin, n'emmènerait à la maison que des intellectuels, déposa son attirail à barbe dans les mains de Cécile qui s'enfuit dans la chambre à débarras. Après avoir enfilé son veston à la hâte, il commanda :

— Entrez.

Denis Boucher, les cheveux ébouriffés, la chemise entrouverte, un large sourire illuminant sa figure ronde, pénétra dans la cuisine d'une enjambée à laquelle ses vingt ans et sa taille élevée donnaient la sveltesse d'un saut. L'effronterie rieuse de son visage revêtait ses impolitesses d'un caractère de gaminerie qui les faisait oublier. Mais tous les yeux fixaient son compagnon avec tant de curiosité qu'on ne fit pas attention à son air moqueur.

— Je vous présente M. Tom Brown !

Le vieux Théophile avait reculé d'un pas et regardait l'étranger avec arrogance.

— Un Anglais !

Denis Boucher comprit et s'empressa d'ajouter :

— Non. Américain.

Le corps raidi de Théophile s'amollit. Il poussa un soupir de soulagement.

—Un Américain ? Ça va. Mais les Anglais !

Denis Boucher jeta un rapide coup d'œil à son compagnon.

—J'ai oublié de vous dire que M. Plouffe n'aime pas les Anglais. Il a plutôt une grande admiration pour les Allemands et c'est justement pour rendre hommage au Kaiser qu'il a appelé son benjamin Guillaume.

—Oui, monsieur, c'était un grand soldat, dit Théophile.

—M. Tom Brown est pasteur baptiste à Cincinnati. Mon Révérend, je vous présente la famille Plouffe. M. et Mme Plouffe, Ovide, grand amateur d'opéra (un large sourire épanouit la figure d'Ovide, qui s'était rembrunie au titre de pasteur), Cécile Plouffe, et Guillaume Plouffe, votre champion.

Très grand, le pasteur Tom Brown s'inclinait devant chacun avec une raideur que corrigeait d'abord son sourire de bambin. Mais quand le regard se butait contre son long nez, cette raideur, que les lèvres permettaient un instant d'oublier, semblait se figer, se fixer à demeure. Mme Joséphine Plouffe fut moins émue par ces yeux inquisiteurs et cette bouche d'enfant que par l'habit noir du révérend Tom Brown. Elle le détaillait des épaules à la ceinture, et recommençait, désemparée de voir ce veston noir dégénérer en culotte au lieu de s'étaler en une ample soutane. Cécile, qui avait vieilli dans l'insouciance du regard des hommes, fut accrochée par celui de ce pasteur de trente-cinq ans qui souriait comme une jeune fille et vous examinait comme un sphinx. Elle chuchota dans l'oreille d'Ovide :

—Il a un drôle de col.

Ovide ouvrit des bras désolés et parla fort pour indiquer à l'étranger qu'il était l'homme présentable de la famille.

— Mais c'est un pasteur, ma sœur !

Cécile, Joséphine et Guillaume, à cette mise au point d'Ovide, eurent un mouvement de tête entendu pour signifier qu'enfin ils comprenaient l'état civil de Tom Brown. À la vérité, le mot « pasteur » mettait en branle une telle sarabande d'appellations diverses vaguement installées dans leur souvenir, qu'ils n'osaient, de peur de paraître ignorants, afficher de l'incertitude. Soit paresse d'esprit, soit timidité, ils ne s'informèrent pas s'il s'agissait du titre de pasteur que se donnait parfois le curé ou d'une image de rhétorique qu'ils se rappelaient avoir aperçue au cours de leurs rares lectures. Mais comme les Plouffe avaient toujours vécu en serre dans un pays où le sacerdoce et la rhétorique fleurissent, le mot « pasteur », comme une goutte de mercure dans un tube, faisait la navette chaque fois qu'ils penchaient la tête, entre la cellule cérébrale qui optait pour l'Église et celle qui se réclamait de la légende et des titres honorifiques. Cependant, les têtes s'inclinaient davantage du côté de la prêtrise et, lentement, dans l'esprit des Plouffe, Tom Brown s'installa comme un abbé incomplet qui portait le titre de pasteur en guise de soutane.

Aussi Joséphine Plouffe, voyant la mine désolée d'Ovide, sentit que Cécile venait de commettre une gaffe. Elle fut la première à se dégager de la torpeur dans laquelle les avait plongés l'arrivée de l'étranger. Se précipitant vers la chaise berçante de Théophile, elle l'approcha du pasteur. Denis Boucher s'assit sur la table. Ovide brisa le silence.

— Êtes-vous pasteur à Cincinnati même ?

Les premiers mots de Tom Brown nasillèrent dans un fort accent américain.

— Oui, je suis dans l'est de la ville. Je m'occupe d'environ deux mille paroissiens.

Denis Boucher reprit :

— Nous nous sommes rencontrés à l'université, où il suit des cours d'été.

De satisfaction, Ovide ajusta sa cravate. L'université le visitait. Heureusement, les gens ne sont pas tous des champions d'anneaux ! Denis Boucher avait sans doute soufflé mot au pasteur de l'érudition musicale d'Ovide. Aussi Ovide accordait au pasteur de grands coups de tête engageants, car l'Américain cherchait ses mots avec une évidente difficulté.

— J'ai été bien heureux de rencontrer Denis. En plus d'être un camarade charmant, il a été pour ma fiancée et moi un cicérone parfait. Votre ville est tellement pittoresque !

— Fiancée ?

Cette interrogation jaillissait des yeux de Joséphine et de Cécile Plouffe. Théophile haussait les épaules. Ovide, qui se félicitait de ses larges vues, baissait les paupières et souriait imperceptiblement d'un air qui comprend une faute et l'excuse avec complaisance. Denis Boucher jouissait du spectacle qu'il avait désiré. Il dit :

— Oui, madame Plouffe, les ministres protestants ont le droit de se marier.

Au mot « protestant » prononcé pour la première fois, les Plouffe eurent un geste de frayeur inconsciente. Ovide même y passa. Cécile pensait :

— Je me le disais bien qu'il avait des yeux pas catholiques !

Un homme si distingué, un protestant ! Joséphine consulta du regard le crucifix de bronze enlevé de la bière du grand-père Plouffe. Ovide ne se déciderait-il pas à chasser cet hérétique de la maison ? Mais Ovide se débattait contre les souvenirs de son enfance, quand, avec des bandes de gamins du quartier, il lançait des pierres dans les vitres des églises non catholiques. Pendant des années, dans la famille, n'avait-on pas traité de «protestants» tous ceux qui se conduisaient de façon répréhensible ou passaient pour avoir critiqué certains actes, même civils, des gens de l'Église ? Et le curé, à l'époque où il n'était pas encore de mode d'agiter l'épouvantail du communisme, n'accusait-il pas de protestantisme tous les amis trop tièdes du Christ et de la cure ? Cette gerbe de préjugés qu'Ovide avait crus à jamais enfouis dans son passé s'agitaient à nouveau, faisaient resurgir les mânes de Henri VIII qui avait assassiné six femmes. Ovide soupira. Tom Brown n'était certainement pas un protestant comme les autres. Ne voulait-il pas apprendre le français et ne venait-il pas rendre visite aux Plouffe ? Toutes ces pensées durèrent le temps d'un éclair. L'université et l'amour-propre d'Ovide remportèrent la victoire. Il tempéra :

— Vous savez, maman, l'Église baptiste est très proche de la nôtre.

— Va pas dire ça, Vide, riposta Joséphine. Au moins, nous autres, nos prêtres se marient pas.

Cécile parlait plus que d'habitude. La religion, si elle rend parfois muets ceux dont elle élève l'esprit, fait parler ceux qui n'ont rien à dire. Le costume du pasteur l'impressionnait tellement qu'elle n'avait en bouche que propos vestimentaires.

— Monsieur le pasteur, portez-vous la soutane des fois ?

Le révérend Tom Brown, ébahi de cette réception, disait non de la tête, et se tordait les doigts d'embarras. Denis Boucher s'amusait, et Ovide ne pensait qu'à proposer une audition de disques. Théophile, excédé par toutes ces considérations d'ordre secondaire, étendit le bras.

— Voyons, les femmes. La religion, c'est une affaire personnelle. Pas vrai ?

— En effet, monsieur Plouffe, fit Tom Brown, encouragé.

Théophile ouvrait l'armoire et en revenait avec une bouteille de bière. Le médecin la lui défendait et Mme Plouffe ne lui en permettait qu'un verre par jour. Ce serait son deuxième aujourd'hui. Joséphine se croisa les bras et ne dit rien. Elle savait bien que la tolérance de Théophile ne visait qu'un but : trinquer. Et elle se devait de ne point traiter son mari d'ivrogne devant un protestant.

— À la santé des États-Unis, mon cher pasteur. Entre nous, pensez-vous qu'on serait pas mieux avec eux autres qu'avec l'Angleterre ?

Après avoir siroté le quart de son verre et jeté un coup d'œil victorieux à Joséphine, Théophile roula sa langue sur sa lèvre supérieure, comme s'il se préparait à faire une déclaration importante.

— On parlait de religion tantôt. Vous savez, moi, mon Père, je gagne ma vie avec les prêtres.

— Ah ? fit Tom Brown, intéressé.

Les yeux de Denis luisaient d'une malice enthousiaste et, fixant Ovide, il traçait une circonférence de son index pointé dans l'air.

— Ne vous étonnez pas, Tom, ici les cercles vicieux ne sont pas rares.

Les doigts secs d'Ovide se rencontrèrent brusquement dans un geste décidé pour boutonner son veston. Il sentait l'instant venu de se faire valoir.

— Denis, si tu veux la discussion, tu vas l'avoir, même dans la théologie.

Le pasteur répondait poliment à Théophile.

— Vous êtes donc bedeau ?

Théophile eut un haut-le-corps.

— Pardon, je suis typographe à *L'Action chrétienne*.

— Lui, bedeau, monsieur le pasteur ! fit Joséphine en pouffant de rire. Il ne plie même pas ses culottes avant de se coucher. Ça laisse tout à la traîne.

Théophile, qui supportait mal la bière, se sentait persécuté au deuxième verre.

— C'est ça, fais ta fifine devant la visite. T'essaies toujours de me caler.

Tom Brown, qui saisissait mal ce dialecte, crut qu'il s'agissait d'une mise au point sur la typographie.

— En effet, c'est un très beau métier.

— Je vous crois, se rengorgea Théophile, on tire à cent mille. On rit pas. *L'Action chrétienne* !

— J'y pense, dit l'Américain. Votre admiration pour les Allemands ne vous fait-elle pas tort au journal ?

C'est Denis Boucher qui s'empressa de répondre.

— Au contraire, les rédacteurs mêmes affichent beaucoup de sympathie pour le fascisme. C'est justement à ce journal que j'essaie d'entrer comme reporter. Il ne me manque plus que la lettre de recommandation du curé de la paroisse, M. Folbèche.

Ovide s'impatientait. Le pasteur ne se pressait pas de réclamer un disque de Gigli ou de Pinza.

— Vous vous intéressez sans doute à la musique, à l'opéra, intervint-il d'un air entendu.

— Beaucoup. Mais vous devez vous demander quel est le but de ma visite. Je viens vous parler de ce jeune homme, fit le pasteur en désignant Guillaume.

Ovide pâlit. Encore le sport ! Guillaume ne se retourna pas. Mme Plouffe s'approcha de son benjamin comme si elle eût eu à le défendre. Joséphine, qui avait cru trop longtemps Ovide son chef-d'œuvre et n'était jamais parvenue à s'expliquer la naissance surprenante de Guillaume, veillait d'un œil inquiet sur ce benjamin supplémentaire comme pour l'empêcher de se désagréger tout à coup et de disparaître dans les limbes d'où il était venu avec un absolu manque d'à-propos.

— Je l'ai vu lancer la balle cet après-midi. Sa précision est extraordinaire, continuait le pasteur.

— J'ai oublié de vous dire, expliqua Denis, que M. Brown est un grand sportif. Il a formé plusieurs clubs de baseball à Cincinnati, et il est même un ami intime du gérant des Reds.

— Et j'avouerai, renchérit l'Américain, que je n'ai jamais rencontré, chez un adolescent, un lancer aussi précis, aussi rapide, et, surtout, aussi bien contrôlé. Aux États-Unis, il aurait un bel avenir. Il pourrait devenir une excellente recrue pour les ligues majeures.

Guillaume s'approcha et se mit à examiner le pasteur.

— Ah ! je vous reconnais. Vous étiez au terrain de jeu cet après-midi. D'où venez-vous ?

— Cincinnati, Guillaume.

— Oui, par là, coupa Ovide d'un ton sec, le bras dirigé vers le sud.

La mauvaise humeur d'Ovide empirait. Il s'apercevait, depuis ce midi, que l'habileté de son frère constituait, aux yeux des femmes et des intellectuels étrangers, l'élément le plus intéressant de sa famille. Théophile terminait son verre dans un gloussement de pitié.

— Quand je les entends parler de baseball, d'anneaux ! Vous n'avez pas vu ses mollets ! Quel coup de pédale ! On pourrait en faire un Torchie Peden.

Cécile dit à Guillaume qui lui lançait des œillades malicieuses :

— Tu dois te sentir bien. Tu te fais vanter à ton goût.

Le révérend Tom Brown levait un index sentencieux vers Théophile.

— Je m'objecte aux courses à bicyclette. Ça cause des maladies de cœur. Au contraire, je pense qu'il faut développer le talent de lanceur de Guillaume. Si vous permettez, je puis l'entraîner pendant les quelques jours que je passerai encore ici.

Joséphine, atterrée, s'interposa entre son fils et l'Américain dans un élan qui signifiait : « Pour l'avoir, vous me marcherez sur le corps. »

— Je pense que Guillaume est trop jeune pour se lancer dans ces affaires-là, trancha-t-elle.

Une gamme de pétarades parcourut l'escalier et Napoléon fit son entrée. Denis Boucher, en l'apercevant, sauta sur ses pieds, comme si Napoléon eût été le personnage principal qu'il avait promis de présenter à Tom Brown. Napoléon suçait stoïquement un cône de crème glacée.

— Napoléon, je te présente le pasteur Tom Brown. C'est un prêtre baptiste de Cincinnati.

Rien ne semblait vouloir distraire Napoléon de faire ourler sa langue sur sa crème glacée. Seuls ses yeux se levèrent.

— Bonjour, monsieur l'abbé.

Et il traversa la cuisine, se rendit à sa chambre. Cette crème glacée achetée chaque soir était devenue un rite dans sa vie. Il se rendait la déguster dans sa chambre et l'on pouvait dire, lorsqu'on entendait, de la cuisine, le biscuit craquer, que la cérémonie du cornet allait entrer dans sa phase critique. Une fois la boule de crème complètement léchée, la langue de Napoléon qui avait acquis, à cet exercice, une élasticité remarquable, repoussait au fond du récipient les dépôts de crème échappés à sa vigilance. Et s'appliquant le cornet sur l'œil à la façon d'un télescope, Napoléon s'assurait qu'il avait bien réuni au même endroit, et le plus profondément possible, le succulent objet du zèle de sa langue. Moment fatidique ! C'est alors que ses dents, avec une voracité de vandales, se déchaînaient contre le biscuit du cône, lequel, sous ces sauvages morcellements, avait vite fait de disparaître. Une nouvelle halte s'imposait. Napoléon tenait, entre le pouce et l'index, l'extrémité du cône où sa langue avait forcé les derniers vestiges crémeux à se réfugier. Après avoir longtemps hésité, réunissait-il toutes ses aptitudes à sucer pour mieux déguster la dernière bouchée ? Non ! Il installait le bout du cône sur son pouce, repliait l'index devant le projectile, levait la main à la hauteur des épaules, le pouce dirigé vers le dos et, fermant les yeux, déclenchait la chiquenaude du sacrifice. Le cher objet montait, effleurait l'ampoule électrique, puis allait choir derrière la grosse valise qui avait servi au voyage de noces de sa mère. Napoléon entretenait ainsi un goût de vivre, de recommencer les jours, afin de reprendre au sommet du prochain cornet la bouchée qu'il avait sacrifiée au bout du précédent.

Guillaume, en entendant le léger bruit produit par la chute du projectile, interrompit son silence.

— Tiens ! Napoléon qui revient.

S'essuyant les commissures des lèvres, l'aîné revenait à la cuisine et s'approchait de la montre pendue au mur.

— Vite, Guillaume ! Habille. Huit heures moins un quart !

Ce rappel brutal ramena Ovide à ses préoccupations sentimentales. Il bondit sur la galerie et vérifia si Rita Toulouse n'apparaissait pas. Son front se plissait ; pourquoi n'avait-elle pas voulu qu'il allât la chercher chez elle, comme ça se voit dans les livres d'étiquette ?

— La joute du championnat a lieu ce soir ? s'informait Denis Boucher dans la cuisine.

Napoléon, qui se tenait en faction auprès de Guillaume et le pressait de s'habiller, répondait :

— Oui, à soir, c'est le championnat de Québec. Pis branlera pas dans le manche.

— Pourrais-je assister à ce match ? dit le pasteur.

— Bien sûr, on y va ! s'exclama Denis avec spontanéité.

Napoléon se mit à examiner le révérend Tom Brown d'un œil plus attentif.

— Les prêtres aiment le sport par chez vous ?

— Vous n'étiez pas là, c'est vrai, lorsque j'ai dit mon admiration pour les aptitudes sportives de votre frère.

— Oui, excepté pour le bicycle, qui rend cardiaque, dit Théophile avec rancœur.

Napoléon ne sembla pas avoir entendu son père. La figure fade de ce sportif du pot de colle s'illumina d'une fierté sereine. Tom Brown avait prononcé la formule magique qui lui ouvrait toutes grandes les portes des olympiques napoléoniennes. Il leva l'index.

— En ce cas-là, une minute.

Il courut au bahut et, s'arquant sur ses courtes jambes, il sortit son album le plus récent et dit :

— Vous devez connaître Babe Ruth. Étiez-vous là quand il a frappé son *home run* de 475 pieds ? J'ai le portrait ici.

Ovide, au paroxysme de l'agacement, ouvrit des bras indignés.

— Je t'en prie ! Serre ça. On n'a pas le temps.

Au même moment, Cécile traversa la cuisine en courant. Les yeux se tournèrent vers la porte et à travers le grillage de la moustiquaire, on aperçut Onésime Ménard, grand, efflanqué, vêtu de l'uniforme des conducteurs de tramways. Les mains dans les poches, il faisait tinter les nombreuses pièces d'argent que son métier l'obligeait à garder sur lui, et dont le bruit lui servait d'avertisseur pour signaler sa présence à Cécile lorsqu'il y avait de la visite.

— Ça cogne en avant ! s'exclama Guillaume.

Tous les Plouffe s'entre-regardèrent avec inquiétude. Quelle soirée ! Ce devait être un étranger, car tous les amis et même le curé entraient d'habitude par la porte de la cuisine. La porte « d'en avant » débouchait sur le salon, où se trouvaient le piano, les fauteuils et le phonographe, meubles si précieux qu'il ne paraissait pas qu'on pût y avoir accès sans auparavant avoir fait antichambre dans la cuisine. Des coups plus forts se firent entendre. Soudain Ovide, frappé par une idée subite, éclata :

— C'est elle ! Ça fait peut-être cinq minutes qu'elle est là, à cogner !

Au paroxysme de l'énervement, il traversa deux fois la cuisine, à la recherche de sa cravate.

— Tu l'as dans le cou, Vide, dit sa mère.

Il courut au phonographe et le mit en marche. La bataille de l'opéra contre le sport commençait avec Georges Thill comme premier artilleur.

Quel trouble inconnu me pénètre,
je sens l'amour s'emparer de mon être,
ah ! Marguerite, à tes pieds me voici...
Salut, demeure chaste et pure...

Ovide ouvrit.

Un quart d'heure plus tard, Théophile Plouffe, du haut de la galerie, regardait disparaître Tom Brown, Denis Boucher, Guillaume, Napoléon et plusieurs admirateurs de l'aspirant champion. Le groupe montait vers la Haute-Ville. Denis Boucher et Tom Brown semblaient discuter d'un projet important, car ils devisaient sans gestes, comme si toute leur attention eût été concentrée. Quant à Ovide, il avait prétendu connaître un chemin plus court pour se rendre à l'arène du match. Quand Théophile se fut bien assuré qu'ils avaient disparu, il descendit l'escalier à son tour et enfourcha sa bicyclette.

Cécile était assise avec Onésime Ménard sur le banc de tramway et leur conversation roulait sur les difficultés de la circulation en été.

Puis Mme Plouffe, endimanchée, sortit de la maison en enfilant ses gants noirs. Elle courait au presbytère se confesser d'avoir reçu un pasteur protestant chez elle, et avertir le curé du danger qui menaçait la vocation religieuse d'Ovide.

3

Rita Toulouse égrena un rire court et étonné, puis repoussa avec une désinvolture garçonnière le bras qu'Ovide glissait en tremblant sous le sien.

— Voyons, monsieur Plouffe. Ça l'air ancien.

Et sa cheville ferme, vigoureuse, pivot d'un mollet et d'une cuisse alertes, se leva plus haut, comme pour souligner sa remarque. Ovide ne sut jamais moins se servir de sa main droite qu'en cet instant. Ses doigts nerveux avec lesquels, dans son embarras, il tentait d'empoigner l'air, s'engouffrèrent dans sa poche et sortirent une allumette qu'il rompit entre ses dents.

— Vous savez, des types comme moi, mademoiselle Rita. Oh ! Vous permettez que je vous appelle « mademoiselle Rita » ?

La jeune fille se penchait sur un miroir de poche et vérifiait son rouge à lèvres.

— Voyons ! Bien entendu. Faisons ça court, Ovide. Tu disais donc, des types comme toi ?

Ovide Plouffe, qui ne désirait rien de court ce soir-là, surtout pas le chemin qui conduisait à la séance sportive, fronça les sourcils, cherchant le fil de sa phrase.

— Ah oui ! Des types comme moi, mademoiselle Toulouse, ça s'est trop occupé de choses intellectuelles, artistiques, comme la musique, la littérature, pour abandonner d'un seul coup la galanterie française, qui en est le résultat.

Ovide s'immobilisa presque d'étonnement, et il ne sut offrir qu'une bouche bée au coup d'œil inquiet de la première femme dans sa vie. Sa mémoire, si fidèle aux cavatines, lui jouait-elle des tours ? C'était là une phrase de journaliste ! Mais non, cette pensée, cette tournure lui appartenaient. Une fierté soudaine l'envahit et son torse ne fut pas long à gonfler. La présence de la Femme exhumait sa valeur du gîte où les quolibets des hommes l'avaient forcée à se réfugier. L'amitié, les confidences, l'amour débarrassaient Ovide de son complexe d'amateur d'opéra relié dans la peau de chagrin de son corps trop maigre. D'une main assurée, Ovide suspendait une cigarette à ses lèvres et se préparait à reprendre sa tirade après avoir soigneusement serré son étui.

— Je peux tirer une touche, moi aussi, vous savez.

Ovide, surpris, la toisa. Puis il lui offrit une cigarette avec empressement. Il ne fallait rien brusquer, satisfaire aux premiers caprices de Rita, afin de ne pas l'effaroucher. Une fois vaincue par le prestige de l'opéra, elle tomberait sous sa domination.

— Au fait, dit-il, pour notre soirée musicale de jeudi prochain, chez moi, je pense que je vous chanterai des extraits de *Paillasse*. Ça tombe pas mal dans ma voix. François Thibodeau sera au piano et sa sœur Bérangère chantera en duo avec moi. Pas des novices, je vous assure.

— J'ai une hâte folle de vous entendre chanter l'opéra, monsieur Plouffe. On ne dirait pas ça à vous voir.

Ovide renversait la tête.

— L'opéra, mademoiselle Rita, c'est ce qu'il y a de plus beau au monde. C'est parce que je sais que vous avez l'âme élevée que j'ai pensé à vous offrir ce gala. Et c'est alors que vous comprendrez comme le sport est méprisable auprès de la grande musique.

Le mélomane jouissait d'avance de la victoire écrasante que l'opéra remporterait sur le sport au cours de cette soirée musicale organisée pour éblouir Rita et la convertir.

La jeune fille, songeuse, réprimait un sourire et se taisait. Ovide était heureux. Les yeux mi-fermés, la bouche tendue, le couple lançait ses premières volutes de fumée dans l'air doux de ce soir de juillet. Rita secoua de son index à l'ongle long et verni la cendre de sa cigarette.

— Je vous écoute, monsieur Ovide. Vous parlez bien ! Avec des phrases comme ça, comment se fait-il que vous tailliez du cuir ?

La satisfaction empesait le corps maigre d'Ovide, et son gros orteil droit, qui donnait tant de reprisage à Mme Plouffe, pointait tellement qu'il menaçait de percer le soulier.

— C'est pas le métier qui fait l'homme, mademoiselle, c'est l'homme qui fait le métier. Et puis si je savais écrire sans fautes toutes les choses que je sais, remarquez bien que je ne dis pas ça pour me vanter, mais je serais journaliste, échevin, sous-ministre, peut-être ministre !

Un rire contenu dilata la poitrine de Rita Toulouse, puis monta en une gamme qui se fraya un chemin irrésistible entre ses dents bien rangées.

— Oh... *boy* ! Vous pensez ça ? J'ai une cousine qui travaillait au Parlement dans le temps des Bleus. Croyez-le ou non, il lui fallait corriger les lettres que le ministre lui dictait, et c'est le secrétaire qui composait ses conférences, et tout et tout...

Ovide baissa la tête d'un air désappointé, pendant que dans ses yeux agonisait la légende des succès sociaux qu'il s'était créée.

— Oui, oui. Mais je n'ai pas l'intention de devenir ministre. Je fais trop de musique.

Il y eut un long silence. Le couple s'était engagé dans la rue Arago, au pied du Cap, cette boursouflure géographique qui divise Québec en deux et sert d'échelle aux classes sociales. Le regard d'Ovide, tantôt penché sur sa rêverie, tantôt à l'affût des personnes connues, sombrait tout à coup dans l'inquiétude d'un gagne-pain vil et indigne d'une jolie femme comme Rita, puis soudain s'éclairait à la vue de Mme Une Telle qui, les mains plantées sur les hanches, les pieds écartés, tâchait de résister à l'assaut de l'étonnement.

— Ben ! Ça parle au diable. Ovide avec une femme ! J'aurais pensé qu'il deviendrait curé. Ovide Plouffe avec une femme ! Ça va faire dur !

Et Ovide saluait à grands coups de bras, de tête, ces gens à qui, d'habitude, il ne consentait qu'un regard ennuyé de grand artiste.

Ils approchaient d'un petit restaurant. La mélodie syncopée d'une boîte à musique leur parvint, puis l'odeur des patates frites, la sonnerie de la caisse enregistreuse, les trépignements et fredonnements des garçons et des filles. Ovide esquissa une moue de dégoût. Rita sembla piquée d'une curiosité subite.

— Vous qui aimez la musique, monsieur Plouffe, qu'est-ce que vous pensez de Bing Crosby ? Moi, j'en raffole !

Le tintamarre de la basse-cour devant laquelle ils passaient permit à Rita de ne pas entendre l'invective.

— Les crooners sont des cabotins, des râleurs...

— Quoi ?

Ovide s'adoucit à temps.

— C'est un genre qui plaît beaucoup, et facile.

— Facile ? J'en connais un tas qui veulent l'imiter dans les soirées d'amateurs. Ça vaut pas le petit doigt de Bing.

— Y en a beaucoup qui veulent imiter Georges Thill, aussi.

Ovide se mordit les lèvres, humilié de permettre la comparaison entre Georges Thill et Bing Crosby. Mais Rita s'échauffait.

— Des grands chanteurs comme Thill, y en a beaucoup, mais des grands crooners comme Bing, cherchez-les.

Ovide ouvrit la bouche, puis la referma en haussant les épaules. Il soupira. Eût-il jamais pensé qu'une telle conversation pouvait s'engager entre lui et la première femme qui l'accompagnerait. Depuis dix ans qu'il rêvait d'elle, les douces pressions de main désirées au début s'étaient élargies en de vastes étreintes qui enlaçaient tout le sexe féminin et le ramenaient jusqu'à lui condensé dans la personne de Rita. Que d'illusions envolées parce qu'une femme n'a pas dit les mots qu'on a mis dans sa bouche ! Pendant qu'Ovide calfeutrait les failles de sa patience et reculait l'échéance de ses espoirs, Rita fredonnait : Lazy bones lying

43

in the shade. La mélodie se perdit dans ses soupirs admiratifs.

— Bing Crosby a une voix de basse qui pourrait le conduire à l'opéra, s'il le voulait.

— Qu'il essaie ! coupa Ovide, menaçant.

Et ses yeux flamboyants imaginaient le fameux crooner américain dégringolant un interminable escalier, pendant qu'au sommet, la haute stature d'Ezio Pinza, dont la tête ressemblait à celle d'un Ovide shakespearien, suivait cette chute en reposant sur le sol son pied pointu de justicier. Satisfait, Ovide pointa du doigt :

— Voilà l'escalier de la côte Victoria. On va le prendre pour monter à la Haute-Ville.

Rita Toulouse ne manifesta pas sa mauvaise humeur.

— On doit déménager à la Haute-Ville l'an prochain. Je n'aurai plus à le monter. Mon père a été nommé commis en chef au magasin.

Ovide s'inquiétait.

— Vous voulez laisser la manufacture ?

— Non !

— Ah ! Vous allez être obligée de le descendre et de le monter plus souvent, alors.

Rita le toisa et haussa les épaules.

— Y a pas que le travail, dans la vie ! Y a le soir. La salle de danse, le cinéma. Et puis, des fois, des gérants viennent vous reconduire. Tandis que c'est un peu embêtant de se faire accompagner dans la Basse-Ville par un gérant ou un Américain.

Ovide se frappa le front.

— C'est pour ça que vous n'avez pas voulu que j'aille vous chercher, ce soir ? Ça ne m'aurait rien fait, vous savez.

Ils montaient les premières marches de l'escalier pendu au Cap. Rita simulait l'essoufflement pour cacher son embarras. Elle ne pouvait avouer à Ovide que les fauteuils du salon se faisaient vieux, et que la série de marmots dont elle était l'aînée cernaient le prétendant tout le temps qu'il demeurait à la maison. Ils s'arrêtèrent au premier palier. Leurs regards tournés vers la Basse-Ville s'effilochaient aux cheminées innombrables. Rita se secoua du souvenir miteux des fauteuils percés et des enfants indiscrets.

— Dites donc, où c'est, ce match d'anneaux ?

— Sur la rue Saint-Olivier.

— Mais ça ne nous raccourcit pas de monter ici. Pourquoi ?

Et elle glissa sur Ovide un regard à la fois moqueur et canaille d'adolescente futée. Ovide fit une mine digne et ennuyée.

— À vrai dire non, ça ne nous raccourcit pas. Mais j'ai pensé que c'était plutôt gênant pour vous d'être seule avec cette bande d'hommes.

— Pas du tout ! On a bien plus de *fun* !

Ovide la dévisagea et ses épais sourcils se froncèrent. Son œil gauche qu'il fermait à la façon d'un tireur quand il cherchait à deviner le sens caché d'une phrase cligna plusieurs fois. Il fixa longuement les lèvres de la jeune fille. Rita souriait, moqueuse. Ovide ne se dit pas un instant que sa présence intéressait assez peu Rita puisqu'elle lui préférait une bande d'hommes.

— Ah ! je comprends ! dit-il. Guillaume ?

Il fit volte-face et son pas saccadé attaqua à nouveau l'escalier. Rita le rattrapa, et l'effort rendit son sourire plus provocant encore.

— Pas seulement lui. Y a le grand Denis, qui est fantasque, mais qui a l'air fin tout de même. Et l'Américain ! A-t-il l'air *cute* pour un pasteur !

Que Rita mentionnât le pasteur mit un baume sur la jalousie naissante d'Ovide. Mais comme son

45

imagination bouillonnait d'activité, un souvenir qui n'avait aucune parenté avec son état d'esprit actuel monta des profondeurs de son subconscient, se fraya un chemin jusqu'à son esprit. Entre deux marches qui laissaient apercevoir les arbustes du Cap, l'attitude du pasteur et de Denis à leur arrivée à la maison lui apparut et tint ses yeux fixes, absents. Pourquoi Denis tentait-il de ridiculiser les Plouffe aux yeux des étrangers, pourquoi les présentait-il comme des spécimens ? Pourtant, Denis était un ami d'enfance !

— Oui, vous êtes un drôle de type, conclut Rita Toulouse, qui ne comprenait pas pourquoi Ovide ralentissait. Vous partez tout d'un coup, on ne sait pas où. Vous n'aimez pas le monde, ça paraît.

Ovide vint près d'avouer son ancienne résolution d'entrer au monastère, mais se retint. La grosse ampoule qui trouait de clarté le milieu de l'escalier empourpra la figure de la jeune fille, tandis qu'elle rendait exsangue celle d'Ovide. Il respira longuement et, d'une longue enjambée, il sauta les deux marches qui aboutissaient au troisième palier. Son regard attendri s'étendit sur la surface brumeuse des toits qui venait finir sous leurs pieds. Le quartier Saint-Sauveur à la brunante se refléta dans son regard. De la langueur naquit dans sa pupille, du rêve caressé depuis longtemps et qui se réalisait enfin. C'était toute son enfance ramassée dans un coup d'œil, il le jetait du troisième palier, avec une femme à ses côtés. Cela eut vite fait de gonfler Ovide jusqu'à la dernière limite, puis de déborder alentour et de noyer tout le paysage. Rita demandait pourquoi il avait choisi ce chemin ? Ovide se tourna vers elle, prêt à lui avouer n'importe quoi, d'une voix sourde. Mais Rita fixait les réflecteurs du parc Victoria, au loin, qui semblaient repousser la nuit tombante. Un flot d'exclamations leur parvint, avec un vent chaud qui caressait leurs cheveux. Rita sembla parler pour mieux se débarrasser d'un souci.

— Le Canadien a gagné hier soir. C'est Stan Labrie qui lançait. Vous connaissez ? C'est justement lui qui va arbitrer la partie d'anneaux tantôt. Un beau garçon, et qui me fait de l'œil.

Le ton sur lequel Rita avait commencé sa phrase dépérit à mesure qu'elle parlait. Rita n'avait pas assez d'imagination pour mentir jusqu'au bout. C'était faux, Stan Labrie ne la regardait même pas, et si elle avait demandé à Ovide de l'accompagner au championnat d'anneaux, c'était pour voir son champion.

Elle se mordait la lèvre, pendant qu'Ovide, chez qui elle avait tué un aveu, nuancé de la poésie puisée dans un thème de la *Tosca*, haussait tristement les épaules et se reprenait à escalader. Chose étrange, tous les projets, tous les espoirs qu'il s'était forgés au cours de l'évocation d'un grand air devenaient de gros ballons qui ne s'accrochaient à aucun mât. Un jour ou l'autre, ils se ratatinaient ou crevaient et disparaissaient.

Rita n'avait donc jamais vu les amoureux s'attarder aux paliers du grand escalier à l'heure où les radios et les parcs se ferment, puisqu'elle lui demandait pourquoi il avait choisi ce chemin ? Elle ne devinait donc pas qu'Ovide, depuis dix ans, rêvait de cet escalier, faisait des cinq paliers des tapis magiques de contes arabes, mordorés par la douce lumière de l'ampoule électrique ? Que de longues soirées d'été il avait passées, assis sur le banc de tramway de la galerie, contemplant, épiant de loin des ombres qui s'attardaient aux paliers de l'escalier, pendant qu'à ses côtés, le père Théophile Plouffe sirotait patiemment sa pipe éteinte ! Ovide s'était adjugé le palier du centre, afin que si jamais il avait le bonheur d'avoir une jolie femme à son bras, il pût compter sur deux autres paliers pour compléter son bonheur. Il avait soigneusement préparé ses plans : cent marches pour créer l'atmosphère, cent autres pour en jouir.

La tristesse fatiguait les minces mollets d'Ovide. Stan Labrie lui avait fait manquer son palier du centre. On serait bientôt rendu au sommet, et il ne fallait pas compter sur les chances du retour ! Rita désirerait certainement descendre avec le groupe après la soirée. Soudain, au plus fort de son dépit, il sentit le bras de Rita se glisser sous le sien, et les palpitations de sa chair l'ausculter jusqu'aux os.

— Voyons, monsieur Ovide, vous ne m'aidez pas ?

Sa voix se faisait plaintive, caressante. Ovide ne se rendit pas compte qu'il devait cette crise d'affection à l'attitude hautaine de certain lanceur. Il se tançait intérieurement et avec complaisance.

— Fou ! C'est quand tu touches au but que tu crois tout perdu !

Son pas victorieux s'établit sur le quatrième palier. Il fait bon regarder de haut les maisons où l'on vit : leur lumière et leur fumée semblent nous faire des signes amicaux. Ovide, serrant toujours le bras de Rita, contemplait son quartier avec une fierté émue. C'est ici que les odeurs de Saint-Sauveur parfumaient la fraîcheur du soir et que le spectacle des maisons délabrées s'ouvrait en images colorées. Ovide rêvait, perché juste assez haut pour que son imagination de régionaliste, fouettée par son succès de conquérant, vît dans cette agglomération de maisons culbutées les unes contre les autres comme une flotte de vieux bateaux français abandonnés à l'Amérique et formant un village dans un port asséché.

— Vous vous tenez le corps bien raide, monsieur Plouffe ? On dirait que vous vous faites poser en marié pour le journal.

L'exaltation se retira du corps d'Ovide et dégringola mollement, marche par marche. Le rire saccadé de Rita éperonnait cette chute vers le quartier pauvre, cimetière des rêves de toute une classe.

— Le v'là tout en peine, s'étonna Rita, d'une voix désolée.

Les yeux d'Ovide brillèrent de rage. Croyait-elle le consoler de cette façon ? Elle ouvrit soudainement les bras.

— Vous ne savez donc pas embrasser, musicien que vous êtes !

Le dos appuyé au garde-fou, il se défendait presque. Câline, elle lui mordit le menton.

— Musicien, va !

Ovide, médusé, tendit les lèvres. Prudemment, il avança la tête, comme si, au moment suprême, il devait perdre pied. Non, le menton de Rita heurtait bien le sien, qu'il n'avait jamais rasé de si près. Et ses deux mains qui, gauchement, fébrilement, s'étaient croisées derrière le dos de la jeune fille, glissaient vers le creux des reins à mesure qu'elle obéissait à son étreinte. C'était une vraie femme, dont la chair potelée à la taille brûlait sous les doigts. Et c'est les yeux fermés qu'Ovide consomma ce premier baiser, imaginé, astiqué et retourné sur toutes ses faces depuis plusieurs années.

Mais quoi ! Il ne défaillait pas ! Il n'atteignait donc pas à la jouissance suprême qu'il avait espérée parce qu'il n'avait pu la trouver à l'audition des plus grands artistes de l'opéra ? Il ouvrit les yeux, examina les contours du front étroit de Rita. Ovide se sentait de la poigne, devenait maître, élaborait déjà des plans pour mater les côtés désagréables de ce caractère de femme et le mettre à sa main. La tâche serait facile après la soirée musicale de jeudi prochain.

— On voit que vous n'avez pas embrassé souvent, disait Rita, corrigeant son maquillage.

Ovide ne répondait pas, fixait les lumières du stade et n'entendait pas les cris lointains de la foule. Il était comme médusé par son rêve mort. Cette raison de vivre, la Femme, cette lampe qu'il avait gardée allumée depuis si longtemps, en cachette, alors que les fiertés de ses vingt ans avaient sombré sous les quolibets, rejoignait la grisaille du train-train ordinaire. Il se raidit contre cette déception et sembla renifler à la ronde.

— L'endroit manque d'atmosphère, je pense. Imaginez un orchestre tzigane, autour de nous, des palmiers.

— Essuyez-vous les lèvres, vous êtes tout barbouillé, disait Rita en haussant les épaules.

Ovide sortit son mouchoir et fixa le troisième palier. Ses yeux brillèrent. Il tenait l'explication de l'échec du baiser : ça ne s'était pas fait au bon palier. Tout avait été gâché. Et la discussion sur les chanteurs avait été loin d'arranger les choses. Il fredonna avec un enthousiasme exagéré :

L'amour est enfant de Bohême,
qui n'a jamais connu de lois...

Pauvre Ovide ! Il ignorait que l'amour s'accommode de tous les paliers, de toutes les disputes. Il ne connaissait pas les ineffables dons de la femme dans les transports de la volupté et de son cœur affolé, puis dans la langueur de ses yeux las et de ses bras fatigués. Il ignorait cette douceur de la femme aimée dont on se baigne avant de poser un acte, dont on se parfume aux jours de gloire et dont on s'enduit aux jours d'adversité.

Mais cet amateur d'opéra, cerné de toutes parts depuis son enfance par l'incompréhension, berné dans toutes ses ambitions, ridiculisé dans ses manières, avait perdu en vieillissant la faculté de discerner, à tel point que la première femme qu'il désirait était celle qui lui convenait le moins.

Rita Toulouse était l'adolescente de dix-neuf ans potelée, juste assez grande pour ne pas paraître grasse, la poitrine forte, mal dégagée de l'abdomen. Des yeux bleus qui s'allument trop souvent, des cheveux blonds abondants ; un nez légèrement retroussé empêchait le visage d'être banal ; le halo de courbes que déclenchait son talon agile du mollet aux épaules promettait de faire de Rita une femme désirable dès qu'elle saurait avec quelle mesure il faut se servir de ses ressources. Cela plaisait assez au patron de la manufacture pour qu'il l'acceptât comme fille de bureau, quoiqu'elle ignorât la sténographie, la dactylographie et l'orthographe, et qu'elle fît éclater ses locutions américaines dans les allées bordées de machines et d'hommes.

Rita Toulouse ! L'aînée de neuf marmots qui l'enlisaient dans leur enfance, assoiffée de magazines cinématographiques, le nez avidement tendu vers les Jéricho du Sud, pâte à levain pour les rois du cabotinage et du sport : Bing Crosby, Joe Dimaggio et, plus à portée, les chanteurs populaires de la radio québécoise et les étoiles des losanges de baseball locaux. Rita Toulouse qui confondait plaisir et bonheur.

Elle s'était entichée du lanceur Stan Labrie. Elle l'acclamait trop fort. Rita ne savait rien faire avec mesure. Ce lanceur l'ignorait.

C'était la première femme dans la vie d'Ovide, la première femme qu'il osait vouloir conquérir. Rêveur sans envergure, tiraillé par les soubresauts tenaces du milieu, homme différent des autres, mais qui ne fait pas sa marque.

Ovide jeta un dernier regard au troisième palier. Les yeux pétillants, le regard complice, il prit le bras de Rita et attaqua les dernières marches de l'escalier.

— Rita ?

— Quoi ?

— Ça nous surprend trop quand on ne s'y attend pas. On ne peut pas vraiment goûter. La prochaine fois on saura. Peut-être après notre soirée de jeudi ? Hein ?

— Stan va être surpris de me voir arriver, répondit-elle, songeuse.

Elle hâta le pas, pressée d'arriver au lieu du match, et Ovide se mit à penser sérieusement à Stan Labrie.

4

Il monte, des groupes d'hommes qui s'amusent, une rumeur que ni les cloisons ni les portes ne semblent pouvoir contenir. Comme une buée elle suinte, tourbillonne, s'évade et va enrichir le chœur des bruits de sa sourdine.

Les hourras montaient d'un pâté d'habitations poussées pêle-mêle sur la falaise à l'époque d'un romantisme généreux et insouciant. Ils s'échappaient en serpentant dans les ruelles, épousant leurs courbes les plus imprévues et allaient se joindre à la cacophonie du boulevard.

Dix heures. Les piétons passaient dans la rue Saint-Olivier, tournaient tout à coup la tête du côté d'un vaste hangar enfoncé dans l'ombre d'une cour. Leurs oreilles se tendaient afin de mieux saisir les tintements assourdis des anneaux entrechoqués, puis entendaient un flot soudain d'exclamations bruyantes. La plupart haussaient les épaules et continuaient leur chemin.

Un vieil homme, perché sur une bicyclette de course, s'attardait, pédalait lentement, exécutant un interminable va-et-vient devant le club d'anneaux. La pipe que le bonhomme serrait entre ses dents traçait dans l'air des signes cabalistiques chaque fois qu'il marmottait son indignation :

— Ils laissent entrer les femmes, mais pas les bicycles ! C'est la première fois que je vois ça.

C'était le père Théophile Plouffe, à qui le propriétaire de l'endroit avait refusé l'entrée de sa machine dans le local et conseillé de la remiser dans la cour. Mais le vieux typographe, qui craignait et abhorrait les voleurs de bicycles à l'instar des grands criminels, avait préféré rester en faction auprès de sa célèbre bécane et attendre dehors le résultat de la joute.

M. Plouffe venait à peine de passer devant l'entrée de la cour quand un rectangle lumineux se découpa tout à coup du hangar, poussant dehors, dans un brouhaha de cris, la silhouette de deux hommes. Le pan de lumière disparut, scellé par un battement de porte fermée. Le révérend Tom Brown respira à pleins poumons et s'exclama :

— Ce Guillaume est formidable !

— Il ne s'agit pas de ça, exultait Denis Boucher. Vous avez remarqué l'arbitre, Stan Labrie, celui que Rita Toulouse dévore des yeux ?

— C'est le lanceur-gérant du club de baseball Canadien. Le meilleur club de Québec.

— Seul Guillaume m'intéresse. Pensez-vous qu'il va gagner ?

— Sans doute. Le nom de Stan Labrie ne vous suggère donc rien ?

Denis Boucher levait les bras et continuait :

— Mais ce serait le temps d'organiser une partie contre le Canadien. Labrie ne refusera pas. Vous pourriez vous rendre compte des aptitudes de Guillaume !

Le pasteur fit claquer ses doigts avec nervosité.

— *Right* ! Épatant ! Je quitte Québec samedi prochain. Il faut donc organiser cette partie pour vendredi soir. Allons voir ce Stan Labrie tout de suite.

Une vague de cris plus forte les pressa d'entrer. Il faisait dans la pièce une chaleur torride. À l'arrière de cette longue salle étroite au plafond trop bas, les spectateurs retardataires se tenaient debout, tantôt sur une jambe, tantôt sur l'autre, observant d'un œil stoïque les péripéties du drame sportif qui se déroulait dans la boucane à l'autre extrémité. Dans ce brumeux fond de scène, les silhouettes des principaux personnages du match évoluaient, évoquant un spectacle de purgatoire dans lequel les âmes pécheresses seraient condamnées par le tribunal de Dieu à jouer aux anneaux jusqu'à la réussite du coup suprême : 84. Et Napoléon Plouffe, chargé par saint Pierre de surveiller l'exécution de la pénitence, se tenait, inflexible, en sentinelle près des récompenses. C'étaient cinq trophées de différentes dimensions installés sur une petite table dans un coin, à l'avant de la salle, et dont Napoléon n'abandonnait la garde que pour aller encourager son protégé.

Les autres spectateurs se divisaient en deux camps celui des « Guillaume Plouffe » ou des « Basse-Ville », et celui des « Charles Métivier » dits les « Haute-Ville ».

La chaleur étouffante, les exclamations tournaient autour de l'arène, montaient et allaient se buter contre le plafond pavoisé de mouches. Instinctivement, les spectateurs, dans un effort inconscient pour se soustraire à cette fournaise, s'accroupissaient à la mode indienne le long des murs, surtout les partisans de Guillaume, dont les bancs s'alignaient à gauche de l'arène. Les amateurs d'anneaux de Saint-Sauveur, plus habitués à travailler au grand air, à creuser les canaux de l'égout collecteur ou à brasser le ciment, suaient à grosses gouttes et tordaient leur chemise en glissant une main discrète sous leur habit du dimanche, qu'ils avaient cru bon d'enfiler à l'occasion de ce match à la Haute-Ville.

La température de la pièce avait, sur les adversaires de Guillaume, installés le long du mur opposé, un effet tout à fait contraire. Fonctionnaires pour la plupart, habitués de porter la chemise, la cravate et l'habit, ils donnaient libre cours au besoin trop souvent réprimé d'enlever leur veston, de détacher leur col et de retrousser leurs manches. Devant les gars de la Basse-Ville, ça n'avait pas d'importance et c'était le temps ou jamais de prendre ses aises. Malgré cette atmosphère d'étuve, la culotte collait moins au banc de bois qu'au rond de cuir, et c'est dans un confort relatif que les commis de bureau applaudissaient leur champion. Le jeu d'anneaux peut rivaliser avec le communisme pour aplanir les différences sociales et faire endosser à l'ouvrier le veston que le bureaucrate enlève.

— Tu le rattrapes ! Tu le rattrapes ! Guillaume.

Guillaume, impassible sous la bordée des applaudissements, retourna à sa place, sur le banc d'honneur occupé aussi par Ovide et Rita Toulouse. Celle-ci, les yeux tournés vers Stan Labrie, s'empara des mains du champion :

— Bravo ! mon petit Guillaume ! Tu vas gagner !

Napoléon, alarmé, surgit et repoussa prudemment la seule femme de la cabane.

— Excusez ! Faut pas l'exciter. C'est le championnat.

Rita se rassit avec brusquerie. Stan Labrie l'avait à peine regardée. Ovide qui, toute la soirée, avait affiché un petit air détaché et condescendant d'amateur d'opéra, tout en épiant jalousement les échanges de regards entre sa compagne et Stan Labrie, se pencha d'un air satisfait vers la jeune fille :

— Je croyais que vous étiez plus intime avec M. Labrie. Il semble à peine vous connaître.

Elle se mordit les lèvres et prit une attitude entendue.

— Il est comme ça. C'est un gentleman. Il n'aime pas compromettre les femmes.

Ovide n'était pas dupe. Il commença de siffler l'*Ouverture* de *Guillaume Tell*.

— Vous êtes faite pour quelqu'un de bien supérieur à ce Stan Labrie, dit-il. Vous ignorez votre valeur. Enfant, va !

Le tumulte s'apaisa un instant. Stan Labrie, une feuille en main, réclamait le silence. Le pasteur et Denis s'empressèrent de regagner leur place à côté d'Ovide et de Rita. Stan Labrie s'avança au milieu de la pièce. C'était un grand garçon replet, aux cheveux châtains, dont la figure grasse semblait imberbe, à cause de la forme des favoris qui avortaient au niveau des oreilles. À son visage, on lui eût donné vingt ans, mais les rides qui couraient sous ses yeux accusaient la trentaine. Sa voix fluette, presque féminine, s'éleva :

— Résultat après le vingt-deuxième coup. Charles Métivier, 1050, Guillaume Plouffe, 1041. Chaque joueur a encore trois coups à jouer.

— Quel eunuque ! Regardez-lui le derrière ! dit Denis à la faveur des exclamations.

— Au jeu ! conclut Stan Labrie.

La crispation de l'attente immobile ressaisit les spectateurs qui se mirent à fixer les cinq barres de fer du jeu installé sur le plancher, comme fascinés par l'enlacement des anneaux dont l'acier scintillait sous l'ampoule électrique.

L'adversaire de Guillaume, Charles Métivier, ramassa les anneaux et trottina vers la plate-forme de lancement, distante du but de quatorze pieds. Charles Métivier avait l'air d'une bourrique. Il eut un sourire hautain et, du geste que lui connaissaient tous les amateurs d'anneaux de Québec quand il se préparait à un grand coup, resserra sa ceinture d'un cran et se donna une large tape sur le ventre. Âgé d'environ quarante ans, il était gardien de nuit au Parlement. Les anneaux enfilés dans le bras gauche, il affichait tous les signes de la déformation physique dont sont victimes ceux qui s'adonnent assez longtemps à un sport pour en être marqués. Le raquetteur fait de longues enjambées, le patineur traîne les pieds, le cow-boy a les jambes cintrées et l'haltérophile s'écartèle à propos de tout et de rien. Le jeu d'anneaux avait marqué Charles Métivier de stigmates plus visibles encore.

Tout adepte de ce sport acquiert une façon de lancer l'anneau particulière à son tempérament. Le style, c'est l'homme. La « portée », c'est le joueur. La portée de Guillaume était nonchalante, mais il possédait un « bel anneau ». Cependant, la portée la plus excentrique jamais vue à Québec était celle de Charles Métivier, qui empoignait son anneau à pleine main, l'élevait à la hauteur des yeux comme pour regarder les cinq barres de fer à travers une lunette. Il se tenait ainsi quelques secondes, rigide, puis se courbait, touchant son genou droit du disque de fer pour ensuite se redresser et s'effleurer le front de l'anneau qui avait accroché le ventre en passant. Et le cercle flottait dans l'air vers le but, sans une oscillation, comme porté par une invisible main. Aussi l'acier avait tant de fois touché son genou, accroché son ventre et effleuré le sommet de son front que tous ses pantalons portaient des pièces à la ceinture et à la jambe et que l'avant de son crâne s'auréolait d'un rcle chauve quand ses tempes se garnissaient d'épais cheveux.

Charles Métivier commença de tracer son célèbre paraphe. La fumée et l'angoisse suffoquèrent le brouhaha. Toutes les têtes se tournèrent avidement.

Ce fut un 13. Ensuite un 12. Napoléon ne respirait plus. Guillaume ne pourrait jamais reprendre le terrain perdu. Adieu, trophées. L'enthousiasme des fonctionnaires éclata, éclaboussant la fierté sportive qui dort au cœur de tout gars bien né de la Basse-Ville. Un coup de 68 ! Charles Métivier regagna sa chaise lentement en jetant sur son adversaire un regard moqueur. Un gamin osait lui faire face !

Guillaume contempla la position des anneaux, puis retira son index de ses narines. 68 ! Il semblait le plus calme de tous. Nonchalamment il allait se pencher, mais Napoléon, plus vif, avait cueilli les anneaux et les lui tendait.

— Branle pas dans le manche. Fatigue-toi pas. Tu vas l'avoir.

Et les courtes mains du collectionneur s'ouvraient et raidissaient d'attention. Guillaume lui répondit par un grognement d'ironie et se rendit à son poste. Il observa ses pieds et installa son talon droit d'une façon qu'il était le seul à connaître. Le pasteur Tom Brown, dans son anxiété, crispait la gaine de son appareil photographique. Guillaume justifierait-il son admiration ? Et Guillaume lança son premier anneau comme s'il eût voulu s'en débarrasser. Napoléon ferma les yeux. Un tintement plein, gras, riche, coula dans ses oreilles et alla lui détonner dans le cœur. C'était un 14. Il connaissait ce son exquis et rare que rend l'anneau quand il enlace la barre du centre et celle de droite. Ses traits se détendirent et se figèrent dans une sorte de volupté exaucée. Un autre 14, puis deux autres ! Et un 13.

Il sembla tout à coup qu'un poignard eût pénétré dans la poitrine de Napoléon. Le sixième et dernier anneau, lancé une ligne trop loin, avait accroché la seule barre de l'arrière, celle qui ne donne que trois points. Quel son chétif, malingre, et qui déchirait l'épiderme des partisans de Guillaume ! C'était tout de même un coup de 72. Quatre points de repris !

Les hourras éclatèrent. Dès ce moment, les partisans de Guillaume semblèrent électrisés par un espoir soudain. On dirait qu'une victoire sportive chaudement disputée est précédée d'effluves qui l'annoncent et soufflent en direction des gagnants, tandis qu'un étrange pessimisme se dilue lentement dans le cœur des futurs vaincus, les pénétrant d'un défaitisme vague au moment où ils ont toutes les raisons de croire en la victoire.

— *Toffe*-le, Guillaume, tu le chauffes correct, exultaient les gars de la Basse-Ville.

Pendant que Rita Toulouse assaillait le bras de Guillaume de ses mains potelées, que Napoléon faisait alterner son mouchoir des trophées à son front, et que les yeux des spectateurs s'aiguisaient à nouveau, Charles Métivier, digne, comme influencé par l'atmosphère magique qui entourait désormais son adversaire, montait à la plate-forme. Il regarda la position de ses pieds, puis traça dans l'air un paraphe plus soigné que jamais, comme s'il eût été désireux d'inscrire dans la fumée son désir de vaincre. Les tiges de fer se mettaient-elles à vivre et à se défendre ? Le premier anneau rebondit sur le sol. Un grondement de satisfaction mal réprimé s'échappa de tout le clan des « Basse-Ville » tandis que l'effroi jusque-là muselé envahit les figures glacées des adversaires. Le second anneau eut le même sort. L'angoisse était générale. Métivier réussit à placer les quatre autres anneaux pour un coup de 49.

Un tumulte mêlé de dépit et de triomphe s'éleva. Napoléon bavait de joie, disposait en esprit les coupes sur le piano familial. Rita applaudissait et Ovide gardait toujours son sourire supérieur.

— Notre Métivier t'affile. Il peut en manger dix comme toi! cria une voix courageuse chez les fonctionnaires.

— T'as menti! Croque-mort! riposta un fier-à-bras de la Basse-Ville.

Napoléon surgit de son coin et pointa nerveusement la main en direction de l'interpellateur:

— Pas le droit de parler aux joueurs. Pas le droit.

Le croque-mort, un conducteur d'ascenseurs, se dressa, les poings fermés, l'attitude fantasque à la vue de la petite taille de Napoléon. Presque tout le clan des « Guillaume Plouffe » fut debout en même temps. Les fonctionnaires n'étaient pas tous des guerriers et ils esquissaient des signes d'apaisement en direction des gars de la Basse-Ville qui prenaient déjà des attitudes de combat. Charles Métivier qui, le dos tourné, frottait son bras fameux en guise d'excuse, commanda:

— Tranquille, toi, j'ai pas besoin de ça pour le battre.

Guillaume jeta un coup d'œil à la ronde.

— La chicane est finie? Bon.

Il monta sur la plate-forme. Les cigarettes que les doigts nerveux avaient machinalement commencé de rouler offraient en vain leur bande de colle aux langues mi-sorties et séchées par l'intérêt. Guillaume profiterait-il de cette faiblesse de l'adversaire? Guillaume lança. L'anneau plana puis descendit au-dessus de la barre du centre et de celle de l'arrière. La lueur de contentement qui s'allumait déjà dans les yeux rivés au vol du disque se figea, atterrée, quand l'anneau, au lieu de pénétrer dans le jeu en un doux enlacement, se cabra, rebondit et retomba en zigzaguant dans la seule tige du centre. Cinq points. Les fonctionnaires n'osaient crier leur joie et les partisans de Guillaume tenaient le bord du banc à deux mains. Les yeux du jeune prodige se durcirent à peine. Il humecta ses lèvres puis lança le second anneau. Encore une fois le carreau gémit dans toute sa structure et se libéra du lasso de fer qui ne lui attrapa que la queue : la tige arrière. Trois points. Napoléon marmottait une prière. Guillaume pinça sa salive entre ses dents et cracha, fixant d'un œil soucieux les cinq tiges d'acier qui se dressaient en scintillant. Il ne prit personne à témoin de sa malchance. Il sembla songer, puis laissa retomber son bras gauche le long de sa cuisse, faisant osciller les anneaux dans sa main à moitié fermée. Il leva les yeux au plafond, comme s'il eût attendu que le nuage de la guigne s'éloignât enfin. Les partisans de Guillaume, pour qui cette partie représentait une bataille épique entre la Haute-Ville et la Basse-Ville, se pliaient presque en deux, crispant leur ventre pour vaincre la colique du découragement. Guillaume sembla sortir de sa rêverie et réinstalla ses pieds. Il lança deux 13, un 12 et un 2, pour un total de 48.

Guillaume, la tête basse, regagna sa place, pendant que ses partisans hochaient la tête en grimaçant et en lâchant des ah ! désolés.

— C'était le temps de te reprendre, le jeune, dit Ovide, sévère.

L'encouragement de Rita à Guillaume fut interrompu par la voix claire de Stan Labrie.

— Vingt-cinquième et dernier coup. Charles Métivier, 1167, Guillaume Plouffe, 1161. Six points d'avance pour Charles Métivier. Au jeu !

Charles Métivier ramassa les anneaux d'une main nerveuse, décidé à démontrer sa supériorité par un coup magnifique. Il était agacé par l'optimisme des ns de Guillaume et par l'inquiétude des siens. ...étivier avait pourtant une avance de six points. Mais il flotte autour des champions sportifs une auréole qui grise les foules et leur fait croire à l'invincibilité au moment même où tout espoir semble perdu.

— Aïe, le frotteux ! Frotte-les et tiens-les bien pendant que tu les as, les coupes. T'en as plus que pour deux minutes, cria un fonctionnaire à Napoléon.

Denis Boucher se leva d'un air menaçant, mais le pasteur le retint. Personne ne releva l'invective, car Charles Métivier attendait le silence. L'atmosphère devenait de plus en plus étouffante. Le spectacle de purgatoire qu'offrait le fond de scène tournait au panorama infernal. Les amateurs d'anneaux vivaient des instants d'intérêt absolu. Ils ne pensaient pas au jour qui avait précédé cette joute ni au lendemain qui la suivrait. Ils n'étaient ni père, ni frère, ni fils de personne, ils n'étaient ni pauvres, ni riches, ils n'avaient plus de pays, plus de femme, plus de religion. Ils jouaient à l'oubli en se bâtissant un veau d'or : un champion. Les langues n'avaient pas encore humecté les cigarettes suspendues au bout des doigts que Charles Métivier, traçant ses célèbres paraphes, recommençait de lancer. Les anneaux enlacèrent les barres dans un enchevêtrement indescriptible qui mit la mort au cœur de Napoléon et des partisans de Guillaume : 74.

Aux cris de triomphe des fonctionnaires succéda un morne abattement chez les partisans de Guillaume. Il faudrait à Guillaume un coup de 81 pour vaincre Métivier, c'est-à-dire un miracle. Métivier, hautain, demanda son chapeau, et quelques-uns endossaient leur veston en se dirigeant vers la porte. La colère de Napoléon éclata. Couvrant les trophées de son corps, il cria, la voix vibrante d'une confiance apostolique en son frère :

— Asseyez-vous, asseyez-vous ! C'est pas fini !

Le pasteur approuva cette interruption d'un signe de tête vigoureux. C'est là qu'il verrait si Guillaume possédait le sang-froid des grands lanceurs. Comme Guillaume se dirigeait vers la plate-forme dans un silence épaissi par la pitié de ses partisans et le mépris de ses adversaires, il se produisit un événement qu'on n'avait jamais vu dans une salle d'anneaux.

— Rita, venez ici ! protesta la voix scandalisée d'Ovide.

Mais Rita Toulouse ramassait les anneaux et les remettait comme un glaive entre les mains de son chevalier, tout en souriant à Stan Labrie qui l'examinait. Guillaume ne dit pas merci et, de son pas nonchalant, atteignit la plate-forme. On n'entendait pas un bruit. Les spectateurs respiraient au rythme de ses moindres gestes. Guillaume ne semblait pas s'en soucier. Il regardait à terre, fixant une mouche. Il tenta de l'abattre du pied, mais la bestiole s'échappa. Les regards de Guillaume couraient le long des pans, vers le plafond.

— Lance, on veut s'en aller ! dit une voix impatiente.

Guillaume montra le plafond du doigt :

— La mouche !

Napoléon bondit, pourchassa l'insecte et l'écrasa de sa casquette. Il n'y eut pas un rire. Les caprices d'un champion sont sacrés. Guillaume releva la tête et fixa le jeu. Soudain, une grosse voix d'homme jaillit du fond de la pièce, près de la porte entrebâillée. Le père Théophile tenait d'une main le guidon de sa bicyclette à moitié rentrée dans le hangar.

— Aïe, Guillaume, mon garçon !

Tous se retournèrent en même temps que Guillaume, qui lança une œillade malicieuse vers son père :

Oui, papa.

Le père Plouffe leva les deux poings

— Sprinte-le au coton. O.K. vas-y.

À cet instant, l'ordre du père Plouffe prit l'aspect d'une prophétie. Les spectateurs, électrisés ou consternés, attendaient le miracle.

Guillaume sourit, ferma un œil et lança. Ce fut un 14. Pas une veine ne saillissait sur sa main de robot. Personne ne respirait. Un autre 14 ! Le miracle se déroulait dans toute sa majesté. Quatre autres 14.

— 84 !

Le rugissement d'admiration et de joie avait jailli des poitrines de tous. L'animosité des clans disparaissait devant le coup prodigieux. 84 ! Le coup légendaire, accompli, dit-on, par un ancien. Et Guillaume Plouffe venait de le réussir devant des hommes de sa génération, un soir de juillet, dans le petit hangar désormais historique de la rue Saint-Olivier. Le hurlement avait à peine éclaté, que Guillaume, ébahi, les deux lèvres de Rita étampées sur les joues, se voyait juché sur les épaules des fanatiques. Des chants hystériques s'élevaient, à travers les hourras. Stan Labrie cria de sa voix rauque :

— Je proclame donc Guillaume Plouffe champion de Québec. Le compte : Plouffe, 1245, Métivier, 1241. Il a vaincu un grand champion !

— Woopee !

Charles Métivier, écarlate, s'approcha de Guillaume.

— Je te félicite, mon garçon. Mais t'as été chanceux.

Napoléon, la bouche ouverte, les mains sur les épaules de son frère, le contemplait d'un air extatique. Puis il égrenait la file de ses partisans, s'arrêtait devant chacun, ouvrait les bras de plaisir et souriait tendrement. Incapable de parler, il haussait les épaules d'émotion, abandonnait son interlocuteur aussi heureux que lui et recommençait son manège avec un autre. Puis il se mit à marmotter !

— Guillaume de sacré Guillaume, de Guillaume, va !

Sa bouche heureuse sembla hésiter. Son visage s'étira d'étonnement. Le juron préféré de son père lui tirait la langue, ce juron qui le scandalisait et le faisait se signer quand Théophile se fâchait à la maison. Mais Napoléon contournait la difficulté.

— Viourge ! Viourge ! Les belles coupes ! Merci, Sainte Vierge, murmura-t-il ensuite en guise de compensation. On s'en retourne en taxi ! annonça-t-il.

Stan Labrie se préparait à partir quand Denis Boucher l'accosta.

— Monsieur Labrie, le fameux joueur de baseball ? Je vous présente le révérend Tom Brown, de Cincinnati. Nous avons une proposition à vous faire…

Rita Toulouse tenta de s'approcher, mais Ovide l'emmena au-dehors.

5

Le lendemain soir, vers six heures, Denis Boucher sortit de chez lui d'un pas rapide. La vie lui paraissait belle. Tous ses projets réussissaient. Hier soir, Stan Labrie avait accepté la demande du pasteur et déjà le club paroissial était formé au complet. Tom Brown ne tarissait pas d'éloges sur le pittoresque des Plouffe et sur le bel esprit sportif des Québécois. Denis sourit. Il ne lui restait qu'à obtenir sa place de reporter à *L'Action chrétienne*.

Il s'était à peine engagé sur le trottoir de bois qui conduisait chez les Plouffe qu'il s'arrêta net et pâlit sous son hâle, comme si le choc produit par son arrêt trop subit eût renversé sur sa figure une nappe de l'inquiétude dont la tête d'un adolescent est pleine.

— M. le curé chez les Plouffe !

Le prêtre, un pied dehors et l'autre sur le pas de la porte qu'il repoussait d'une main prête au départ, semblait répéter à Mme Plouffe des instructions importantes qu'elle enregistrait à grands coups de tête. Denis pensa immédiatement au pasteur Tom Brown. Il eut un geste de retrait. Mais Mme Plouffe l'avait aperçu et le pointait du doigt à son visiteur. Le prêtre se retourna en direction du jeune homme et leva le bras avec vivacité pour lui faire signe de l'attendre.

— Faites donc ce que je vous dis, madame Plouffe. Nous courons un danger grave.

— Craignez pas, monsieur le curé, je vas y voir. Vous me connaissez. Je suis de religion. Prenez attention de pas vous accrocher, c'est à pic.

Quand M. le curé Folbèche se fut assuré que Denis Boucher l'attendait sur le trottoir, il baissa la tête, releva légèrement sa soutane par le devant et entreprit de descendre l'escalier, pendant que sur son visage se superposait le souci de ne pas perdre pied au souci bien plus important qui avait motivé sa visite alarmée chez les Plouffe.

Enfin, M. le curé mit le pied dans la cour, sur laquelle il jeta le regard machinal et distrait du grand seigneur terrien qui fait semblant d'inventorier par habitude jusqu'aux coins les plus reculés de son domaine. Puis il atteignit le trottoir. Peut-être qu'un autre curé, en constatant que Denis Boucher, au lieu de venir à sa rencontre, restait figé à l'attendre trente pieds plus loin, eût écrasé toute la rue d'un regard dominateur. Mais la vertu d'humilité semblait avoir tué chez ce digne prêtre les réflexes que l'amour-propre garde en réserve chez les hommes ordinaires. Les défauts mêmes dont on se corrige afin d'honorer le Seigneur sont parfois comme les furoncles les plus sournois et finissent par trouver un point où aboutir. L'indignation chez M. le curé Folbèche ne mettait point le feu dans ses yeux, ne pinçait point son nez bourgeonné par l'habitude de priser, ne contractait point ses lèvres fortement ourlées. Au contraire, lorsqu'il était étonné ou que sa susceptibilité était chatouillée, il fermait les yeux, gonflait ses joues à la façon d'un joueur de trombone et poussait un souffle qui épaississait encore ses lèvres dociles au caprice de ce vent.

Joues gonflées et lèvres à doubles ourlets, M. le curé Folbèche se dirigea vers Denis Boucher. M. Folbèche n'était pas content. Il était même inquiet, avait l'air presque malheureux. Il avançait vers Denis, la main droite sur la poitrine, où ses doigts tournaient et retournaient la petite croix d'argent suspendue à son cou. Il ne se faisait pas remarquer par ce traditionnel gros ventre que les anticléricaux se plaisent à reprocher aux membres du clergé. Ses épaules étaient plutôt tombantes, comme tirées vers le bas par la soutane sobre et propre, mais qui, pour le prêtre, semblait devenue trop lourde. Le socle, heureusement, rassurait par sa solidité. Les bottines de M. Folbèche excitaient l'envie des amateurs de semelles épaisses et les marguilliers même les plus courtisans n'avaient jamais pu convaincre le cordonnier de leur poser des semelles semblables à celles de M. Folbèche. Ceux qui avaient tenté l'exploit établissaient, des yeux, en présence de leur pasteur, de discrètes comparaisons de pieds. Les semelles du curé battaient toujours les leurs par deux lignes au moins.

Denis Boucher voyait avec inquiétude le prêtre qui approchait. Il était à dix pas de Denis, et sa tête, renversée, imposante, grave, si pâle au-dessus de la robe noire, n'avait jamais paru si préoccupée par les grandeurs du sacerdoce, si tourmentée par l'inquiétude. Cette inquiétude profonde qu'on éprouve devant un ennemi qu'on sent immense parce qu'il se tient en arrêt, et que ses dimensions ne se dessinent pas encore dans la brume.

Depuis quelque temps, sa paroisse lui causait des soucis. L'épidémie qui déferlait sur le christianisme depuis vingt ans avait-elle contaminé la famille unie de ses ouailles du microbe si redouté du communisme ?

Sa paroisse ! C'était une famille de plusieurs milliers d'enfants, à la mesure de son rêve de prêtre, et dont il avait pris charge vingt-cinq ans auparavant. Il lui semblait les avoir adoptés et tenus tous au berceau, même les vieillards. Et il les avait élevés avec la poigne solide d'un vrai père, leur appliquant du haut de la chaire de magistrales fessées et au besoin leur racontant des histoires de croque-mitaines pour venir à bout de leurs caprices de gamins, ou pour les punir de n'avoir pas obéi à leur mère la Sainte Église. Lentement, la famille s'était formée, unie. L'enfance de sa paroisse, si elle lui avait fait passer des nuits blanches, avait aussi été bien douce à son amour paternel. Cette durable enfance n'avait pas, à son avis, empêché la famille de prospérer, de se bâtir une belle église, un beau presbytère, de fières écoles. Mais la dangereuse et ingrate période de l'adolescence et de la jeunesse est toujours à craindre. Comment l'empêcher de surgir ! La famille ne se rebiffait-elle pas aujourd'hui que le père voulait se reposer ? Elle le traitait de vieux démodé et prétendait user de la formation et de l'esprit catholiques pour se conduire elle-même. Elle avait lu les journaux, interprétait à sa façon la guerre d'Espagne et discutait les sermons, critiquait les prélevés sur les revenus que le père exigeait d'elle. Jusqu'aux marguilliers qui voulaient prendre des décisions !

Voilà maintenant qu'un pasteur protestant venait former une équipe de baseball dans sa paroisse ! C'était le bouquet ! M. Folbèche, les épaules affaissées par le poids de ces problèmes, s'immobilisa devant Denis Boucher. Il s'approcha si près que Denis recula d'un pas. De peur de paraître coupable, il se rangea aux côtés du prêtre et marcha lourdement, faisant craquer les planches du trottoir afin d'atténuer l'embarras du silence.

— Il fait chaud, monsieur le curé. Trouvez pas ?

Le vieux curé jeta des yeux mornes sur les bras nus, le col entrouvert du jeune homme. Denis Boucher surveillait la bouche épaisse du prêtre responsable de son éducation, religieuse ou autre. Il avait lancé sa phrase comme un hameçon et s'attendait que la réponse, cordiale ou autoritaire, vînt alléger ou contracter son cœur.

— Tu prends ta paroisse pour une plage, je pense ! Habille-toi et tu verras que tu seras mieux protégé contre le feu.

Denis Boucher raidit ses lèvres contre l'ironie qui soudain venait les chatouiller. Tout le respect, toute la crainte dont l'autorité religieuse avait imprégné son enfance, cette première phrase de M. Folbèche les avait comme supprimés. Maintenant il était prêt à se battre à armes égales, à feindre l'innocence, à berner ce vieux sermonneur, afin de mieux servir ses fins. Il éclata d'un rire candide.

— C'est la jeunesse, monsieur le curé. C'est la jeunesse. On se sent léger. Le soleil nous brûle les bras, le cou, la face. Puis on a l'impression d'être meilleur. Aujourd'hui, il me semble que je donnerais tout ce que j'ai.

Le curé le glaça encore une fois de son regard presque méprisant.

— T'as pas grand-chose.

Un court instant, son œil bleu s'anima. Il pensait à sa belle église consacrée, qui formait tout un carré de rue, à son spacieux presbytère, à ses écoles, à toute sa paroisse. Puis son regard redevint morne comme lorsqu'il traquait le diable quand celui-ci osait le tenter ou menaçait l'unité de sa famille. Alors, implacable, M. Folbèche le pourchassait dans tous les coins. Cette fois, le malin s'était réfugié à l'université.

— Tu suis encore les cours d'été ? fit-il, indifférent.

Le soupir de soulagement que Denis Boucher commençait d'exhaler fut interrompu par un contre-courant d'inquiétude. Il jeta un coup d'œil furtif sur le profil de son compagnon de route. Ah ! non, il n'allait pas se laisser prendre au dépourvu par l'ennemi qui voulait paraître paternel, ennemi imaginaire. Il fallait rester sur ses gardes, continuer prudemment le jeu d'escrime, l'œil au guet. Pour faire oublier sa lenteur à répondre, il releva d'une main nonchalante la mèche qui lui chatouillait les cils.

— Les cours ? Je n'en manque pas un, monsieur le curé. Je travaille d'arrache-pied. Et franchement, je suis parmi les meilleurs.

Il dévisagea le prêtre, puis ouvrit la trappe à une bouffée de l'enthousiasme dont son cœur était assez plein pour qu'il pût le gaspiller, même par comédie. Sa figure était radieuse et ses yeux brillaient d'une confiance naïve.

— Et vous savez, j'ai hâte que vous me donniez la lettre. Je suis mûr pour le journalisme. Donnez-la-moi. Et vous verrez de quelle plume je balafrerai la face de nos ennemis les Anglais.

Le jeune homme leva un bras vengeur. M. le curé gonfla ses joues et l'on entendit le bruit habituel de ses lèvres agitées par un souffle. Ce bruit prit de l'ampleur, puis dessina clairement :

— Tut, tut, mon garçon. On ne devient pas journaliste comme ça. On devient reporter d'abord. Et puis, même pour être reporter, il faut plus que des études commerciales et quelques cours de lettres par-ci par-là.

Une stupeur désespérée figeait les traits du jeune ambitieux.

— Mais, monsieur le curé, vous m'aviez dit...

La voix du prêtre trancha :

— Je ne t'avais surtout pas dit de t'acoquiner avec des pasteurs protestants et de les emmener dans ma paroisse semer le germe du schisme. C'est pour ça, mon garçon, que je veux te parler !

Denis Boucher ferma les yeux, afin de mieux regarder en lui-même et ramasser toutes ses forces pour faire face à l'attaque. Quoi répondre ? Comment s'excuser ? L'idée qu'il était perdu l'effleura à peine. Les paupières ainsi baissées, il voyait presque la ronde infernale d'une recherche angoissée tourner dans son cerveau. Le curé vibrait d'une trop sainte colère pour qu'elle pût être adoucie par n'importe quelle excuse.

— Tout se sait, mon garçon, tout se sait. Heureusement, j'y ai vu à temps. Mme Plouffe a des ordres de ne plus laisser entrer cet homme dans sa maison. (Sa bouche s'affaissa dans une moue méprisante.) Révérend Tom Brown ! Et un Anglais, encore ! Ça se faufile avec un petit air innocent dans de bonnes familles catholiques et ça leur met le doute au cœur. Ensuite, c'est le désordre. Et c'est toi, un gars qui veut être reporter à *L'Action chrétienne*, qui te fais ami d'un pasteur protestant et qui l'emmènes dans ma paroisse organiser un club de baseball ! Et tu viens me demander une lettre de recommandation ! Ou bien t'es un hypocrite qui m'a trompé ou bien t'es un imbécile !

Tous les muscles du jeune homme se raidirent sous l'insulte. Ses dents crissaient comme si elles avaient écrasé du sable. Son orgueil bouillonnait en une tempête d'injures qu'il comprimait entre ses mâchoires crispées. « L'imbécile » du curé avait crevé la coquille où s'agitaient les menues indignations qu'il y avait accumulées depuis l'éveil de son esprit devant les hiérarchies de l'uniforme et les injustices qui en découlent. Le prêtre prononça alors pour lui-même une phrase qui aida Denis à se contenir.

— Je me demande à quoi pense le cardinal pour laisser entrer ceux qui ne sont pas catholiques à l'université ?

Effrayé de cette réflexion devant le jeune homme, il lui jeta un regard à la dérobée afin de s'assurer que celui-ci ne l'avait pas saisie. Mais la rage d'invectives à laquelle Denis était en proie venait de découvrir, avec l'aide de cette phrase du prêtre, la grande excuse tant cherchée. Denis rayonnait d'un bonheur subit. Il était un de ces esprits que la trouvaille d'une bonne blague remplit de tant de joie qu'elle leur fait oublier toute colère. Il tourna vers M. Folbèche un visage respectueux dans lequel les yeux seuls triomphaient.

— Monsieur le curé, dites-moi tout ce que vous avez à me dire. Je mérite peut-être vos reproches, mais je vous assure que je pense avoir bien agi.

Il donna au prêtre le temps de s'étonner et continua :

— Si je vous disais que je ne suis pas le seul, à l'université, à fréquenter le révérend Tom Brown ?

Le curé haussa les épaules et le toisa avec pitié.

— C'est entendu. Le cardinal a bien rencontré Mackenzie King. Mais il ne l'a pas emmené dans ma paroisse fonder un club.

Parce qu'il contint son sourire, Denis Boucher se sentit devenir le plus fort, quoiqu'il comprît bien que, pour l'instant, M. Folbèche ne lui croyait pas le jugement nécessaire à un reporter. Sournois, il épia la réaction du curé.

— Et si j'ajoutais que ces amis-là sont des prêtres, et parmi les plus brillants de l'université !

M. Folbèche parvint mal à cacher son ébahissement. Puis il scruta le visage de Denis comme si celui-ci lui eût tendu un piège. Le jeune homme offrait toujours son regard candide. M. Folbèche se prit le menton d'une main soucieuse.

— Des prêtres ? Qu'est-ce qu'ils… ?

Il s'interrompit à temps et ne dit pas une nouvelle remarque dans le genre de celle qu'il venait de faire à propos du cardinal et du premier ministre. Il préféra additionner cette réflexion à la pile d'arguments qui lui servaient lorsqu'il disait aux jeunes prêtres sa réprobation de leur conduite toujours trop libre, toujours trop moderne. En attendant, il sembla couvrir de sa soutane la faute dont il croyait coupables ses condisciples de l'université.

— Un prêtre, très bien, ça ne se laisse pas influencer, mais des pauvres ouvriers, des pauvres joueurs de baseball…

Denis Boucher l'interrompit du même index craintif qu'il levait, une dizaine d'années auparavant, pour demander une explication de catéchisme.

— Mais voici quelque chose que vous ignorez (il prit un air mystérieux) : le révérend Tom Brown est en voie de se convertir.

— Une conversion ?

— Oui. Le travail se fait lentement. Ça va venir bientôt, je crois. Il m'a laissé entendre que la religion catholique l'attirait de plus en plus. Alors, vous comprenez, je fais mon possible. C'est pour ça que je pensais avoir bien agi.

Tout le corps du curé se raidit dans une attitude défensive, tandis que les plis de sa soutane semblaient se figer dans une rigidité de statue. L'apparition du pasteur Tom Brown dans la paroisse ayant pris aux yeux du curé les proportions d'une catastrophe, tout ce que pouvait dire et faire ce protestant pour minimiser les conséquences de ses visites, fût-ce laisser croire à sa prochaine conversion, semblait au prudent curé une ruse machiavélique propre à tromper sa vigilance. D'ailleurs, il croyait peu à ces conversions d'hommes instruits, déformé qu'il était par l'habitude de prêcher et de quêter en faveur de l'évangélisation de lointains païens ignorants et miséreux. Quand, dans la hiérarchie religieuse, on atteint le poste de curé ou de pasteur, on ne se convertit plus, pensait M. Folbèche sans malice. Il éclata du petit rire moqueur de l'homme expérimenté.

— Tu as cru ça, toi, qu'il voulait se convertir ? Je connais le tabac. (S'interrompant, il sortit sa tabatière et déposa une pincée de tabac sur les bords de ses narines, où un reniflement vint le cueillir.) Oui, on les connaît, ces gars-là. Vous autres, on peut vous faire croire n'importe quoi. Prends ma parole, fit-il en lui tapant sur l'épaule, ils ont toutes les ruses, vous approuvent, vous disent qu'ils vont changer de religion. C'est pour mieux se mêler à nous autres, pour mieux nous étudier, afin d'aller ensuite se moquer de nous aux États-Unis. D'ailleurs, la visite, c'est comme ça. C'est tout miel et tout sucre pour être bien dans votre maison.

Denis Boucher l'écoutait avec attention, fronçait parfois les sourcils ou faisait de la tête des signes de dénégation.

— Je vous répète qu'il est sincère. Il ne se contente pas seulement de faire allusion à ce projet devant ses intimes. S'il ne faisait que ça, je serais sur mes gardes, mais il passe de longues soirées à étudier et à méditer sur nos dogmes, et il a d'importantes consultations avec nos experts en théologie du Grand Séminaire.

M. le curé s'engageait si rarement dans de longues discussions que, chaque fois qu'il se voyait prêt à se laisser emporter dans une telle aventure sans s'y être préparé, il semblait soudain entendre l'appel urgent d'un de ses nombreux devoirs et s'en allait. C'était un bon prêtre, un vrai célibataire, à qui il fallait quarante-huit heures pour préparer un voyage d'une demi-journée. Au temps où il ne doutait pas de son autorité absolue sur les membres de sa grande famille paroissiale, réduire Denis à un humiliant silence lui eût été un jeu. Mais depuis l'apparition de certains symptômes de désobéissance, son infaillibilité lui paraissait moins certaine. Il sortit une énorme montre du fond d'une poche profonde et, nerveusement, en démêla la chaîne d'avec son chapelet.

— Six heures ! Je suis pressé. En tous les cas, pour ton pasteur, je ne veux pas le voir ici, converti ou non.

Denis Boucher perdait pied.

— Dites-moi que je n'ai pas mal agi, dites.

— Je t'ai dit que je ne voulais pas le voir dans ma paroisse.

Le curé s'en allait, bercé par le tangage auquel le soumettaient ses énormes semelles. Denis Boucher ouvrit la bouche deux ou trois fois, puis cria presque :

— De toute façon, le pasteur part de Québec samedi prochain. Je ne peux tout de même pas l'empêcher de venir s'il le veut.

Le prêtre se retourna à peine.

— Alors tant pis pour toi.

Le jeune homme serra les poings, puis baissa pensivement la tête. La menace du curé de ne pas lui donner la lettre de recommandation le mettait en face d'un choix difficile, devenir reporter ou continuer à paraître intéressant aux yeux du révérend Tom Brown. À ce dernier point de la difficulté, son imagination tourmentée s'arrêta.

Pourquoi tenait-il tant aux attentions de ce pasteur américain ? Denis était trop ambitieux pour ne pas s'étonner d'avoir visé un but qui ne lui rapporterait aucun avantage. Était-ce un luxe que voulait se payer son orgueil, une entreprise superflue dont il surchargeait bénévolement ses facultés déjà débordées par ses désirs effrénés de réussite ? Rien de tout cela. La philanthropie dans les sentiments n'était pas son fort. Il fronça les sourcils, refusant de s'accuser d'une bêtise qui lui faisait perdre du temps. Tout à sa réflexion, il ralentit le pas. Puis le désenchantement ternit son visage. La recherche d'une excuse vis-à-vis de lui-même l'amenait à évoquer sa discussion avec M. Folbèche, au moment où il avait allégué la conversion prochaine de Tom Brown pour justifier son amitié pour le pasteur. Maintenant que le curé n'était plus devant lui pour nourrir son mensonge, ce projet de conversion, qui était devenu pour lui une vérité à la fin de sa conversation avec le prêtre, séchait soudain, se dépouillait du feuillage éphémère dont l'avait garni son imagination, et s'abattait dans l'aridité bien au-dessous de la couche cérébrale où il avait poussé. Cette chute de l'illusion se fit sentir jusque dans les racines mêmes qui avaient permis au mensonge de s'épanouir. Ces racines, c'était justement un fouillis d'observations inconscientes que Denis avait faites à propos du pasteur. Accaparé par un désir constant d'éveiller l'intérêt chez Tom Brown, il avait emmagasiné ces observations sans y réfléchir. Maintenant elles dansaient devant ses yeux, où le terne éclat de l'humiliation remplaçait les tons clairs du contentement de soi.

C'étaient d'abord les circonstances qui lui avaient fait connaître Tom Brown. Comme, au sortir de l'université, le pasteur s'attardait à observer l'architecture ancienne des maisons, le lacis des rues, Denis, poussé par une inextricable envie de paraître quelqu'un aux yeux de cet étranger, lui avait proposé de lui faire connaître des coins plus pittoresques encore.

Peut-être cet ironiste voulait-il montrer aux étrangers que sa province, quoique séparée de l'Europe par l'océan et isolée du reste de l'Amérique par la langue et les mœurs, offre des aspects si intéressants qu'ils confondent les visiteurs de surprise ? Il y avait bien en lui, comme chez les Plouffe du quartier, une sorte d'envie de réhabiliter sa province décriée aux yeux de l'univers. Mais il avait honte de ce sentiment, qu'il voyait partagé par ceux de ses compatriotes qui cherchent dans le régionalisme fanatique un refuge à leur médiocrité.

Et puis ce n'était pas le jeune homme que les institutions ont comblé et qui, ayant devant lui un avenir assuré par les bonnes relations et l'aisance de sa famille, tient au renom de ses compatriotes comme à un patrimoine.

Non, Denis Boucher, après avoir terminé ses études primaires supérieures, se nourrissait de Maurice Barrès pour se consoler de voir ses beaux talents refusés par les collèges secondaires parce qu'il n'avait pas le sou pour payer les études nécessaires à une carrière laïque. Denis ne gardait pourtant pas rancœur à la société qui le traitait comme un individu négligeable, bon tout au plus à devenir un ouvrier habile. Mais il visait plus haut. Il voyait dans la place de reporter un tremplin susceptible de le faire rebondir vers les cimes. En outre, pour se justifier de tant attendre de l'avenir, il avait aujourd'hui besoin d'être estimé. Les siens ne l'appréciaient pas ? Il lui restait les étrangers, et, pour les intéresser, il brandissait les armes qu'il avait sous la main : le pittoresque des Québécois. Dans un élan irréfléchi, il avait emmené le pasteur chez les Plouffe, le cœur vibrant d'une joie enfantine à l'idée de montrer à Tom Brown des spécimens originaux.

Denis Boucher, au pied de l'escalier des Plouffe, se mordit la lèvre de colère. Il hésitait à enjamber la première marche, car il évoquait l'attitude habituelle du pasteur lorsqu'il lui signalait les aspects ridicules de sa ville. L'Américain souriait doucement, comme amusé, en homme satisfait du spectacle de vaudeville qu'on lui montre et qui admet en avoir pour son argent. Il gardait prudemment la distance que le voyageur blanc du sud des États-Unis mettrait entre lui et son guide nègre au cours d'une expédition chez les Zoulous. Quoi, Denis se serait donc servi en vain du tremplin de l'internationalisme pour prouver qu'il faisait figure à part dans cette ville de Québec peuplée des spécimens les plus amusants ? Un moment, il éprouva de la haine à l'endroit du pasteur afin de n'avoir pas à détester le vrai coupable : lui-même.

Puis son visage se rasséréna. Sa décision était prise. La lettre de recommandation d'abord. Il songeait au moyen de convaincre le pasteur de ne plus revenir dans la paroisse, quand une main s'abattit sur son épaule. C'était Ovide.

— Comment ça va, mon vieux ?

Tout son visage luisait de bonheur et de triomphe.

— Tranquillement, fit Denis, distrait.

— Comment ? Pas encore de femmes dans ta vie, lambin ?

Il parlait avec le contentement de l'homme qui vient de gagner le gros lot. Rita Toulouse, qu'il venait de quitter, ne lui avait-elle pas mis une goutte de parfum sur son veston et ne lui avait-elle pas dit sa hâte folle d'assister à la soirée d'opéra de jeudi prochain ? N'avait-elle pas surtout laissé entendre qu'elle désirait reprendre le baiser raté ?

Denis Boucher, débarrassé de ses réflexions, se mit à examiner Ovide.

— Ça me fait penser à hier soir. Tu parles ! Elle est jolie ! C'est sérieux, elle et toi ? Et ta vocation religieuse ?

Ovide eut un sourire coquin.

— L'amour est enfant de Bohême... Voyons, imbécile de Denis, que ferais-tu à ma place ?

— La même chose, probablement, fit Denis en souriant.

Ovide lui assena une tape joyeuse sur l'épaule.

— Monte donc, cinq minutes. Faut que je te conte ça !

— La vie est belle, hein, vieux Denis ! Le soir surtout !

L'escalier n'avait pas assez de marches pour épuiser cette courte exclamation d'Ovide et le sillage ravi qu'elle laissait sur son visage. On était déjà rendu au premier étage, celui de la cuisine, celui du salon dans lequel, jeudi prochain, Rita Toulouse serait éblouie par son talent de chanteur ! Avec hâte, Ovide enlevait son veston en marchant vers la porte grillagée, relevait ses manches, les mains prêtes à attaquer l'eau du robinet, comme si, en avançant le temps qu'il donnait d'habitude au rituel de sa toilette, il eût eu droit à un rabais sur le compte des heures qui le séparaient du fameux soir.

Denis le suivait en souriant. Au moment où Ovide commençait de relever ses manches, Denis avait déjà tout oublié : la menace du curé, sa haine passagère envers Tom Brown. Seule sa curiosité l'occupait : Ovide amoureux !

Il entra sans s'en rendre compte dans la maison à la suite du mélomane et fixa les dessins à demi effacés du linoléum. Comment Ovide, avec son tempérament, pouvait-il aimer cette blonde excitée ? Il avait à peine dépassé l'embrasure de la porte que soudain une voix rude, courroucée, le tira de sa rêverie :

— Grouille pas !

Il aperçut d'abord deux gros pieds immobiles. Puis son regard escalada avec inquiétude l'ample personne de Mme Plouffe. Tournant le dos à la table, une poignée de couteaux à la main, la tête haute, les épaules tirées à l'arrière à la façon des gens courbés qui tentent de se tenir droit, elle fixait le jeune homme d'un regard si froid et digne qu'il ne voyait pas ses lunettes. Une sorte d'effroi le désempara, comme tout à l'heure, quand il avait aperçu le curé sortant de chez les Plouffe. Comment avait-il pu l'oublier ? Puis il se fâcha. De quel droit cette vieille femme bonasse se permettait-elle de lui dicter une ligne de conduite ? Il pointa un index grondeur.

— Voyons, madame Plouffe. Allez-vous me disputer, maintenant ?

Il tourna la tête vers Ovide et fit un pas vers le salon.

— Grouille pas ! je te dis. Reste près de la porte.

Il recula prudemment, avec souplesse, pour éviter tout heurt à sa fierté. Elle continua de le fixer. Ovide, penché au-dessus de l'évier, se retournait avec surprise. L'eau savonneuse dégouttait de ses mains sur le plancher.

— Qu'y a-t-il, la mère ?

Joséphine ne répondit pas. Le silence est parfois comme une pierre qui tombe et qui s'alourdit à mesure qu'elle descend. Guillaume, au milieu de la cuisine, s'adonnait calmement à ses exercices de gymnastique. Il réussissait les plus difficiles contorsions sans effort, avec la nonchalance d'un poisson dans l'eau.

Mme Plouffe enleva ses lunettes et les essuya avec son tablier. Denis Boucher, à la merci de ce silence menaçant, cherchait une attitude. Il ne reconnaissait plus la Mme Plouffe de tous les jours, l'esclave de ses enfants, l'inconsciente despote de son mari, la bonne mère Plouffe. Elle dit :

— Monsieur Denis Boucher, le curé vous a donné l'ordre de ne plus emmener le pasteur protestant dans la paroisse. Si vous ramenez le pasteur, je peux plus vous recevoir dans ma maison.

Elle haletait comme au terme d'une longue course. Denis Boucher ne savait s'il devait réprimer son sourire ou son étonnement.

— Mais, madame Plouffe, pourquoi me dire « vous », me parler comme ça ?

Elle ajouta nerveusement, sa main pleine de couteaux :

— Fais pas ton finaud. Regarde-moi dans les yeux et dis-moi si tu vas empêcher ce protestant de revenir. Si c'est oui, reste, t'es chez vous ici, comme avant. Si c'est non, je te connais pas, et va-t'en.

Elle mit ses deux mains derrière son dos et, le cou gonflé, attendit avec dignité. La première impulsion de Denis fut d'éclater de rire à cette injonction pompeuse de Joséphine. Mais Ovide, le chef de la maison, au lieu d'intervenir, semblait surpris et consterné.

— Comment, la mère, fit-il, le curé sait déjà que le pasteur est venu ici ?

— Oui. J'ai fait mon devoir. J'ai été me confesser. Je te conterai ça tantôt.

D'un bref coup d'œil, Denis s'assura du sérieux de Mme Plouffe et décida de mettre une sourdine à son impatience. Cette vieille femme, aux chairs amples, flasques et ridées, qu'un foie malade teintait de jaune, qu'une trop tardive maternité avait épuisée, se gonflait soudain sous le coup d'une impérieuse volonté comme une outre vide depuis des années qu'on remplit soudain d'eau fraîche. Avec un fatalisme aveugle qui n'était même pas de la résignation, Mme Plouffe avait subi ses épreuves sans murmurer, d'un air à peine ennuyé : ses fausses couches, son mari ivrogne, ses enfants capricieux. Depuis quarante ans elle allait et venait dans sa cuisine, préparait les repas, lavait la vaisselle, mangeait les restes de nourriture que les enfants n'aimaient pas. Et ce domaine qu'elle avait tant ratissé, sarclé, qui aurait dû lui appartenir en vertu de tous les droits, lui était enlevé par tranches à mesure que les enfants vieillissaient. Ovide disait : « Mon gramophone, mes disques, mon piano, mon chant, mon silence. » Il emplissait toute la maison de chants compliqués que Mme Plouffe ne comprenait pas, et devant lesquels ses chansons à elle avaient dû baisser pavillon. De peur de déplaire à Ovide, elle chantait toujours, à mi-voix, des berceuses, des mélopées inintelligibles. Le grand bahut appartenait aux albums de Napoléon. Elle n'entrait dans la chambre à coucher des garçons que pour en faire les lits et épousseter. (Ils avaient chacun un coffre fermé à clé dans lequel ils cachaient leurs trésors.) La grande chaise berçante de la cuisine était réservée à Théophile, qui avait aussi mainmise sur la commode de la chambre nuptiale pour y déposer ses pipes à moitié pleines.

Et Cécile, sous prétexte qu'elle était plus jeune que sa mère, s'était adjugé sa table de toilette et le grand miroir ovale. Enfin, hier soir, Napoléon, couvert de trophées, était entré d'un pas triomphal dans le salon, en était ressorti avec les deux belles fougères que Mme Plouffe chérissait, et les avait déposées sur le plancher de la cuisine. Ses trophées avaient pris, sur le piano et devant la fenêtre, la place des fougères.

Il était aussi normal à Joséphine Plouffe de subir cette vie ingrate que de s'arracher une dent avec une ficelle. Comme seul passe-temps, elle lisait les romans-feuilletons avec une voracité insatiable, s'apitoyant sur les menues misères des nobles héroïnes et s'extasiant sur leur grandeur d'âme. Elle avait relu certains feuilletons cinq ou six fois, à quelques mois ou quelques années d'intervalle, toujours avec componction, y puisant chaque fois une extase nouvelle. Elle ne reconnaissait rien, ni les gens, ni les livres, excepté ses couteaux et ses fourchettes. (Elle avait eu jadis une brouille avec sa sœur à propos d'un couteau à beurre qu'elle disait identifier comme sien.) La seule héroïne que Mme Plouffe se rappelait était Jeanne d'Arc qu'elle admirait avec humilité.

Et voilà que soudain une occasion d'héroïsme lui tombait du ciel ! Elle en était toute bouleversée et elle frémissait de l'ardeur du brave qui va affronter le champ de bataille pour la première fois. Le Seigneur, par la voix du curé Folbèche, lui intimait l'ordre de repousser le protestant Tom Brown hors de sa maison et de sa paroisse, comme il avait chargé Jeanne d'Arc de repousser les Anglais hors de France.

Aussi Denis, mal à l'aise devant cette intolérance butée, préféra-t-il la contourner.

— Madame Plouffe, dit-il doucement, vous me connaissez mal. Vous me jugez trop vite. J'obéirai au curé. Je m'arrangerai pour que le pasteur ne revienne pas. Vous êtes contente ?

Tout le corps de Joséphine se détendit, et un sourire qui la rendait presque belle découvrit les deux dents déracinées qu'elle conservait pour étirer sa gomme à mâcher et la faire gonfler.

— Donc, assis-toi à la table, Denis. Tu manges avec nous autres.

Elle retourna au poêle. Guillaume interrompit sa gymnastique et déclara d'un air placide :

— Donc, pas de pasteur Tom Brown, pas de club. Notre partie de vendredi soir contre le Canadien est à l'eau. Vous nous mettez toujours des bâtons dans les roues, vous, m'man.

Le bruit de la porte interrompit la noble réponse que Joséphine se préparait à faire. C'était Napoléon. Les traits de son visage prêts à s'épanouir de bonheur, il becquetait du regard tous les meubles susceptibles de porter le précieux fardeau auquel il avait pensé toute la journée. De désappointement, il avança d'un pas.

— M'man ! Il n'est pas venu porter les portraits ?

— Qui ça ? demanda Joséphine, attentive à préparer le bifteck d'Ovide.

— L'abbé Brown, cette affaire. Supposé venir de bonne heure à soir. Doit être à veille d'arriver, pourtant.

Il hocha la tête avec importance.

— Des portraits de même, c'est long.

Il s'assit, le sourire prêt, et les yeux clignotant de volupté photographique. Le bifteck d'Ovide était retombé dans la poêle, éclaboussant de beurre bouillant le tablier de Joséphine. Le devoir, plus fort que le bifteck d'Ovide, l'appelait. Denis suivait avidement la mimique de la mère Plouffe. Elle jeta un coup d'œil prudent vers Ovide et éloigna la poêle du feu.

— Qu'est-ce que tu dis là, mon garçon ? Répète, pour voir.

Encore sous l'effet des réprimandes maternelles de jadis, Napoléon se rapetissa.

— Les portraits, m'man, bredouillait-il. M. Brown nous a posés hier soir, en champions. Il va venir les porter.

— Y a pas de portage de portraits. Le protestant viendra plus ni dans ma maison, ni dans ma paroisse. Le curé et moi l'avons chassé.

Le regard effaré de Napoléon faisait la navette de sa mère à Denis Boucher, qui se taisait. Le collectionneur de photos se débattait contre un désespoir qui commençait de lui marquer le visage et qui faisait trembler ses lèvres. Satisfaite de son geste, Joséphine enleva sa gomme et assena le coup final :

— Et j'espère qu'on n'en rentendra plus parler.

— Mes portraits ! Mes portraits ! gémissait Napoléon. Et notre partie de vendredi contre le Canadien. Guillaume aurait battu Stan Labrie, je suis certain.

Quand il était écrasé par le chagrin, Napoléon Plouffe se mouchait, car il ne parvenait jamais à pleurer. Il sortit son mouchoir à carreaux. Il allait s'y plonger la tête quand tout à coup se produisit un événement extraordinaire. Napoléon, d'un geste sec, enfouit son mouchoir au fond de sa poche. Toute la somme d'autorité que lui conférait son droit d'aînesse, et dont il ne s'était servi jusqu'à ce jour que pour défendre sa chaise du bout de la table, se répandait dans sa voix, ses vœux, ses gestes, tout son corps. Il découvrait ses prérogatives d'aîné comme sa mère avait découvert le devoir. Il bondit avec une surprenante férocité.

— J'en ai assez de me faire passer le torchon. L'abbé Brown va venir me porter mes portraits. C'est moi qui vous le dis. M. le curé a pas d'affaires à mes portraits.

Il fait ben mettre le sien dans les maisons ! Viourge de Viourge !

Devant une Mme Plouffe pétrifiée, un Ovide éberlué, un Denis Boucher estomaqué et ravi, un Guillaume immobile et placide, un père Théophile Plouffe qui, le nez collé dans le grillage de la porte, souriait de contentement de se voir vengé du despotisme de cuisine de sa femme par l'aîné de ses fils, le Napoléon de la décision foudroyante martelait le plancher de la cuisine d'un arpège de pas saccadés. En passant près du poêle, il cracha dans le feu et consulta l'horloge.

— Ce sera pas long, il va venir. À part ça qu'on va jouer contre le Canadien !

Il visa tout le monde d'un coup d'œil qui signifiait : « Vous n'avez rien à ajouter ! » Il prit le silence de sa mère pour un assentiment. Son visage se déchargea alors de son masque furibond aussi vite qu'il s'en était couvert. Son front trop bas redevint serein, ses petits yeux retrouvèrent leur expression vague et sa bouche s'apprêtait à sourire de plaisir, car il se dirigeait vers le salon pour jeter un coup d'œil à ses coupes avant de souper.

Un sanglot le fit retourner. En apercevant sa mère qui se cachait la tête dans son tablier, il resta si désemparé que son regard affolé chercha le coupable de ce chagrin, tant il était peu habitué à causer de la peine aux autres. Lorsqu'il vit tous les yeux tournés vers lui, il eut un sourire de désarroi, faute de se rendre compte de sa responsabilité et de prendre l'attitude appropriée. Puis il pâlit. Tel un traître soudain démasqué, Napoléon recula d'un pas, les bras ouverts, les doigts recourbés sur le mur. Entre deux sanglots, Mme Plouffe disait :

— Enfant sans cœur ! Enfant sans cœur !

Son héroïsme d'occasion n'avait pu résister à la voix autoritaire de ce fils, de cet homme de trente-deux ans qui, exilé depuis son enfance dans l'obéissance et la timidité, surgissait soudain dans la maison paternelle pour imposer son autorité. Et Ovide, le cadet, désagréablement surpris de la réapparition de l'aîné, appuyait sa mère qu'il avait été le seul jusqu'à ce jour à commander, contre ce vagabond de Napoléon qui avait vieilli avec la douceur d'un Jacob et affichait soudain l'intransigeance d'un Esaü réclamant son plat de lentilles. Ovide déclama, avec l'emphase de l'homme honnête qui sermonne un bandit enchaîné :

— Je pense que le championnat d'anneaux te tourne la tête, mon frère. T'as pas honte de faire pleurer ta vieille mère de soixante ans ? C'est dégoûtant !

Mais Napoléon était trop bouleversé pour écouter ce reproche. Il s'était élancé vers sa mère. N'osant par pudeur l'entourer de ses bras, il lui tapait dans le dos, lui tenait les épaules pour les empêcher de sursauter et tentait de lui enlever les mains et le tablier du visage, lui mettait les doigts sur les yeux, cherchant à panser la blessure qu'il lui avait faite. Ainsi agissent les nerveux devant un enfant qui s'étouffe en mangeant. Ils tentent de lui fermer la bouche. Napoléon parlait vite, comme s'il avait voulu, dans la course de consolation, dépasser la peine de sa mère d'une assez forte distance pour la forcer à abandonner.

— Voyons, m'man, voyons. Regardez-moi. Vous savez que les portraits, ça me fait parler fort. Écoutez, je parle plus doucement. Mais arrêtez donc !

— Non, laisse-moi, sans-cœur, sanglotait Joséphine de plus belle, tentant de se soustraire aux gestes fébriles dont Napoléon l'accablait.

Les sueurs apparaissaient sur le front du collectionneur. Dans son énervement, il secouait sa mère, lui faisait mal.

— Arrêtez, je vous dis. Si vous voulez, je vas vous donner la petite coupe pour mettre votre sucre. Mais pleurez plus. C'est correct. Le pasteur rentrera pas dans la maison. Je vas l'attendre dehors.

Joséphine commença de s'apaiser.

— Tu vas lui dire de plus revenir ?

Ovide, qui avait haussé les épaules devant toute cette scène, intervint :

— Écoutez, la mère. Ce protestant part samedi prochain. Laissez-le donc organiser sa partie de baseball. Il commence à être temps que ce Stan Labrie se fasse battre par un jeune comme Guillaume.

— On sait bien, toi, depuis que t'as abandonné tes idées de vocation, tu protèges les protestants.

Elle avait bougonné faiblement car son rôle d'héroïne commençait de l'épuiser. Elle retourna en marmottant à sa tâche de cuisinière, laissant à d'autres le soin de sauvegarder le catholicisme. Le père Théophile, constatant la fin de l'orage, rentra. Comme l'équilibre de l'autorité était momentanément rompu, il profita du désarroi général pour coiffer le casque de chef qu'il portait le jour de son mariage et commanda d'un ton bourru :

— Ça va, ça va, tout le monde ! À table ! Qu'on mange à la fin.

— C'est ça, mettez-vous à table, je vous rejoins dans quelques minutes, ajouta Ovide en ajustant son nœud de cravate. La mère, reculez mon steak du feu.

Ovide et Denis passèrent au salon et fermèrent la porte derrière eux. Le soleil de six heures pénétrait dans la pièce par les interstices des stores, étendant sur la pénombre un éventail de rayons. Une des lamelles lumineuses faisait étinceler l'argent des trophées installés sur le piano et scintiller tantôt une anse, tantôt un socle, tantôt une paroi. Ovide se laissa choir sur le grand canapé recouvert d'une housse, au-dessus duquel était appendu un grand portrait de Théophile perché sur une bicyclette de course. Il mit sa main ouverte sur ses yeux, et le soleil qui lui nimbait le front radiographiait le squelette de ses doigts maigres.

— T'aurais pas dû emmener ce protestant-là ici, dit-il, tu vois le trouble que ça cause. S'il avait été musicien, au moins.

— Laisse ! s'impatienta Denis. C'est déjà assez compliqué. Conte, à propos de Rita.

Ovide sauta sur ses pieds et frappa le *do* dièse du piano d'un index allègre.

— D'abord, j'avais bien remarqué qu'elle me souriait souvent…

6

Le jeudi soir qui devait marquer si profondément le destin d'Ovide arriva.

— Huit heures ! murmura-t-il.

Il disposait les fauteuils en fredonnant les airs d'opéra qu'il interpréterait tout à l'heure. Enfin Rita Toulouse connaîtrait son chemin de Damas : la révélation du beau, la découverte de la grandeur véritable.

Les cris d'enthousiasme d'une foule arrivaient par bouffées jusqu'à la maison. Mme Plouffe, debout derrière les rideaux, semblait épier quelqu'un. Elle esquissait de temps à autre des gestes de recul.

— Si monsieur le curé peut ne pas monter, dit-elle. J'aimerais mieux me voir à Montréal. Mais c'est la faute à Napoléon.

En effet, ni M. le curé, ni Mme Plouffe, ni Denis n'avaient pu empêcher le fléau. Aussitôt la nouvelle connue, la paroisse avait été atteinte de la fièvre du baseball. Un Américain formait une équipe afin de mettre les talents de Guillaume à l'essai et cette équipe allait affronter le fameux club Canadien. En quelques jours le révérend Tom Brown était devenu une idole, car la vanité populaire est plus fière des légendes qu'elle crée que de celles qu'on lui impose et, partant, elle admire davantage ses champions que ses grands hommes. Et tout le quartier espérait enfin avoir un champion paroissial à vénérer.

— Une chose que je voulais vous demander, maman, dit Ovide, soucieux. Quand vous êtes allée vous confesser au curé, avez-vous parlé de... Rita Toulouse ?

— Peut-être. Oui, je pense que oui, balbutia-t-elle.

Ovide leva les bras et se mit soudain en colère.

— Vous pouvez avertir Guillaume, Napoléon et Cécile de garder le silence pendant la veillée tantôt. C'est assez que je leur fasse l'honneur de les accepter au salon. Huit heures et dix ! Et ils sont encore au terrain de jeu. Ah non ! ils ne me feront pas l'affront d'arriver après le début du concert, comme les snobs au Palais Montcalm. Je vais les chercher.

Il dégringola l'escalier et aperçut le curé qui, planté sur le bord du champ, les mains derrière le dos, se balançait sur ses semelles et contemplait la masse lointaine de ses paroissiens en voie de le trahir. Ovide eut un geste de retrait, mais le curé l'avait aperçu.

— Ovide !

Le mélomane pâlit. Certainement le prêtre voulait lui reprocher l'abandon de ses desseins de vocation religieuse.

— Je reviens tout de suite, monsieur le curé. Quelque chose de très pressé.

90

Ovide se mit à courir vers le terrain de jeu. Le prêtre sourit de pitié. Même Ovide se sauvait. Soudain le sourire se figea sur ses lèvres.

— Je n'ai pas pu empêcher ça, monsieur le curé.

Denis Boucher pointait le terrain de jeu d'un bras désolé. Le vieux prêtre le toisa avec mépris.

— Ah! c'est toi! Tu as encore le toupet de te présenter devant moi!

— Je veux vous expliquer.

— Il n'y a rien à expliquer. Le mal est fait, par ta faute!

Le jeune homme était visiblement angoissé.

— Je sens bien que vous ne voudrez jamais me donner ma lettre, maintenant!

— Comment oses-tu même y penser? Tu rends de trop mauvais services à l'Église. Au fait, ajouta-t-il avec sarcasme, je n'ai rien vu dans les journaux à l'effet que ton pasteur se convertissait!

Denis Boucher essuya une sueur imaginaire sur son front et fixa les bottines énormes du prêtre, sans voir, à côté d'eux, des autos qui passaient en bolides.

— Vous me jugez mal, monsieur le curé. Je vous jure que j'ai tout fait pour l'empêcher de revenir. Demandez à Mme Plouffe. Mais c'est Napoléon qui a renversé tous nos plans. Vous le connaissez. Il est fou du sport. C'est lui-même qui s'est occupé de former l'équipe. Il pousse le zèle jusqu'à aller chercher le pasteur chez lui, à son hôtel.

— C'est ça, tu es une pauvre brebis innocente, fit le curé en haussant les épaules.

Le jeune homme se cramponnait et prenait un ton suppliant:

— J'admets que je suis le premier responsable. Mais je suis jeune et j'ai le droit d'être pardonné. Quand j'ai emmené le pasteur, j'ai obéi à un mouvement de zèle : celui de lui montrer aussi une des plus belles paroisses du diocèse.

Il avait touché juste. M. Folbèche fixa Denis avec une intensité qu'il tentait de cacher sous un visage austère et inaccessible. Il était impossible que le jeune Denis Boucher pensât à employer les armes de la flatterie. Lui, curé d'expérience, était trop habitué à déjouer les ruses tortueuses du démon. Il lui fallait se méfier de la déformation professionnelle. Denis Boucher avait raison. M. Folbèche était le chef d'une des plus belles paroisses du monde, comme pas un pasteur protestant ne pouvait s'enorgueillir d'en posséder une. Il toussota pour contenir son contentement.

— Et puis j'ai bien d'autres chats à fouetter. Le mal est fait, n'en parlons plus.

— Et si je le réparais ! Si toute cette popularité dont jouit ici le pasteur Tom Brown, je la faisais rejaillir sur vous ?

Le prêtre s'arracha un poil dans le nez et son long regard scrutateur s'arrêta sur Denis Boucher.

— Voudrais-tu insinuer que je ne suis pas populaire auprès de mes paroissiens ?

Le jeune homme hésita, se mordit les lèvres, puis regarda le curé en face.

— Vous l'êtes. Mais il n'en tient qu'à vous de continuer à l'être.

— Que veux-tu dire ?

— Eh bien, je crois que cette vogue d'un pasteur protestant au cœur même de votre paroisse a quelque chose de providentiel pour vous. Elle illustre un phénomène que vous n'avez pas été sans remarquer : le goût que vos paroissiens manifestent pour les sports qui nous viennent des États-Unis, parallèle à l'écart qui les sépare de plus en plus de nos prêtres.

— Tut, tut, tut, mon garçon. Apprends que l'Église se porte mieux que jamais ! rétorquait le prêtre dans une attitude hautaine.

Denis prit une longue respiration et tenta le coup suprême :

— Peut-être, mais nos prêtres ne s'associent pas assez à nos jeux. Au lieu de les ignorer, qu'ils les dirigent, les encouragent, et vous verrez vos paroissiens vous porter en triomphe et ne plus s'occuper des pasteurs.

Les cils du prêtre battirent et un grondement d'exclamations arriva du terrain de jeu, comme pour souligner les paroles de Denis. M. Folbèche gardait le silence. Ce jeune freluquet aurait-il raison ?

— Je sais que les choses de Dieu occupent toutes vos pensées, continuait Denis, encouragé par l'air soucieux du curé, mais rappelez-vous l'histoire des Juifs dans le désert. Pendant que Moïse conversait avec Jéhovah, ils se construisaient un veau d'or. Actuellement, le veau d'or de vos paroissiens, c'est le baseball. Ne les laissez pas faire.

M. Folbèche serrait les mâchoires pour comprimer la tempête que les paroles de Denis soulevaient dans son cœur. Le freluquet venait de mettre à nu le cancer qui rongeait sa vieillesse. Les paroissiens désertaient le père, se bâtissaient des idoles protestantes et étrangères. Une tristesse lasse, douloureuse, sembla transir le vieil homme. Il avait suivi une multitude d'âmes pas à pas, pendant trente ans, pour en arriver à se faire conseiller de jouer au baseball pour les ramener à soi. Il laissa échapper une plainte :

— Je n'ai plus l'âge de jouer à la balle.

Denis, les muscles tendus, les poings fermés, haletait presque. Allait-il réussir un plan quasi impossible ?

— Il est bien triste en effet qu'un esprit supérieur comme le vôtre se voie contraint d'aller à la rencontre des goûts du peuple pour garder son affection. Mais il faut voir les choses en face. L'infantilisme chez les adultes de l'Amérique, qui se manifeste par cette vogue effrénée du sport, nous a atteints.

— Jamais je ne jouerai au baseball !

— Il ne s'agit pas de ça, monsieur le curé. Il faut jouer au plus fin avec les enfants. Acceptez de m'aider, et je vous la rends, votre popularité, si bien que vos paroissiens ne penseront plus au pasteur.

La corde sensible était à nouveau touchée. M. Folbèche se sentit une soudaine affection pour ce fils dont il avait méconnu la sagesse précoce. En fait, pourquoi n'agirait-il pas mieux que Moïse ? Il leva des yeux sévères par-dessus ses lunettes.

— Alors viens au presbytère si tu veux parler de choses sérieuses. Et gare à toi si tu veux me proposer une fourberie, car il va t'en cuire.

— Ah non, je vous aime trop pour ça, monsieur le curé.

Denis exultait. Maintenant l'avenir lui appartenait.

Les deux hommes marchaient rapidement. Ils furent vite arrivés près de la clôture métallique qui entourait le parterre du presbytère, dont les fleurs étaient disposées ici en rectangle, là en cercle, là-bas en étoile. Une poussière d'eau, douche d'un arrosoir automatique de jardin, échafaudait des arcs-en-ciel et dansait dans l'air avant la venue du crépuscule. Derrière les peupliers taillés en brosse et dont les feuilles mouillées oscillaient doucement, par-delà les dessins fleuris baignés d'une continuelle rosée, le treillis de lattes qui ceignait la galerie du presbytère buvait par lampées les rayons du soleil couchant. Trois silhouettes se berçaient derrière le carrelage, dont les ouvertures laissaient filtrer la fumée bleue des pipes et les reflets verts des soutanes. Le craquement des chaises répondait aux piaillements paresseux des moineaux.

Une demi-heure plus tard, le ciel se couvrit. Des nuages lourds se traînaient, s'agglutinaient dans une mise en scène d'orage. L'écho répercuta le claquement des fenêtres fermées à la hâte et les cris inquiets des femmes qui faisaient rentrer les enfants. La foule désertait le terrain de jeu. Des autos passèrent en trombe, poursuivies par les grondements du tonnerre lointain. La brunante s'épaissit jusqu'à l'obscurité et un silence peuplé d'attente s'étendit sur la région. La ville semblait se recueillir avant que le rideau se levât sur la soirée « Paillasse ».

Guillaume ouvrit la porte à son chat jaune, tapi sous le banc de tramway. Mme Plouffe tourna nerveusement le commutateur. Une lumière aveuglante illumina la cuisine. L'électricité se mettait de la fête. Les ampoules ne luisaient pas comme à l'ordinaire. Ovide, qui était au salon avec ses invités, passa la tête dans la cuisine.

— C'est prêt, vous pouvez entrer ! Et encore une fois, silence !

Les Plouffe sursautèrent. Le moment fatidique de passer au salon était venu et l'appréhension de chuter dans un gouffre tout proche les saisissait. Mais il était trop tard. Théophile secoua sa pipe et Joséphine fixa la cravate de Guillaume, qui serrait son chat contre sa poitrine.

— Tâche de faire un homme de toi, mon petit. Montre à Mlle Toulouse qu'elle va rentrer dans une famille de « monsieurs ». Fais honneur à Ovide, tu comprends !

— O.K. m'man, dit Guillaume. Je l'ai déjà vue, cette fille-là. Je l'embrasserai pas, ayez pas peur.

Il se dégagea des mains de Joséphine puis, d'un bond souple, sauta au cou de Théophile, qui avait le dos tourné, et lui plaqua un baiser retentissant sur la nuque. Dignement, Joséphine saisit le bras de son mari furieux.

— Allons-y !

Théophile refusa d'avancer tant que Guillaume ne serait pas placé en avant de lui. Cécile, la tête couronnée d'une tresse de pensées, vêtue d'une robe violette, prit la main d'Onésime Ménard qui portait un uniforme de conducteur de tramways dont on avait enlevé les boutons de cuivre. Napoléon exécuta, dans sa nervosité, des pas de danse de boxeur à l'entraînement et alla se placer à la queue du cortège. La caravane se mit en marche vers le salon. Deux immenses bouteilles d'eau gazeuse restèrent sur la table de cuisine, comme pour monter la garde.

Ovide ferma soigneusement la porte derrière sa famille. Ses cheveux peignés à la Pompadour luisaient sous la lumière diffuse, car il avait baissé les stores et allumé une seule lampe, comme s'il se fût agi d'une conspiration musicale. Il se planta au milieu du salon et ouvrit ses bras maigres, présentant le groupe familial, figé à l'entrée de la pièce, aux trois silhouettes qui avaient jailli du grand fauteuil où elles étaient enfoncées.

— Maman, papa, je n'ai pas besoin de vous présenter Bérangère et François Thibodeau. Vous êtes de vieilles connaissances.

Le frère et la sœur entonnèrent presque simultanément :

— On vient assez souvent vous casser les oreilles avec notre musique.

— Dites pas ça, François. Vous jouez aussi bien qu'un piano automatique. Et toi, ma Bérangère, qui chantes comme un ange. Et actrice en plus de ça ! ajouta Joséphine en croisant les mains sous sa figure en extase.

Rita Toulouse, pendant ces mondanités, s'était détachée de l'ombre et s'avançait lentement, consciente du rôle d'héroïne qui était le sien dans cette soirée. Sa figure rosissait d'une timidité charmante, car Guillaume la regardait avec insistance. La jeune fille, grandie par les talons hauts de ses souliers rouges, portait une robe blanche dont la ceinture de celluloïd faisait bondir les hanches et la poitrine. Le décolleté triangulaire amincissait le cou potelé, tout en donnant à la tête trop ovale un port gentiment effronté.

— Et Mlle Rita Toulouse, dont je vous ai tant parlé, articula Ovide, les yeux fermés, la voix presque éteinte par les coups sourds de son cœur.

— Enchantée, madame. Ça doit vous faire un petit velours d'être la mère de Guillaume.

Joséphine bégaya, car elle s'était accroché la langue entre ses dents déracinées, ayant voulu pincer la bouche pour un langage précieux :

— Ça me fait donc plaisir de connaître une fille distinguée comme vous. Ovide a du goût, hein, mademoiselle Rita ? (Ovide esquissa une grimace.) Pour Guillaume, on est si habitué de le voir faire des exploits qu'on trouve ça normal. Vous comprenez, c'est notre bébé. On l'aime bien, ajouta-t-elle en jetant sur Guillaume un regard attendri.

— Leur père a été champion avant eux autres, mademoiselle, interrompit Théophile, en peignant ses rares cheveux d'une main tremblante.

— Monsieur Plouffe ! Comme Guillaume vous ressemble !

Rita effleura les vieux doigts et se tourna avec grâce vers Onésime Ménard, qui se tenait droit, à l'attention, les yeux fixes, comme s'il eût conduit son tramway dans une circulation dense.

— M. Onésime Ménard et ma sœur Cécile, récita rapidement Ovide.

— Votre mari ? s'informait la jeune fille.

— Mais non, c'est Onésime ! Moi je travaille ! balbutia Cécile, frappée de cette question qui tombait dans sa vie comme une pierre dans une mare.

Des étonnements tournoyèrent autour de sa notion de l'état de mari et femme. Elle examina Onésime des pieds aux cheveux, puis rougit et pencha sur le côté sa tête couronnée d'une tresse de pensées. Elle contempla Rita Toulouse et, faute de pouvoir parler, mordit sa lèvre inférieure, en esquissant des petits hochements de tête affirmatifs.

Napoléon tâchait de saisir à la ronde les regards des invités et de les attirer vers ses coupes. Allait-on en parler ? Son zèle s'appliqua vite à un guet plus sérieux : il ne fallait pas permettre à Rita d'approcher le champion Guillaume de trop près.

Ovide assigna à chacun un siège : à M., Mme Plouffe et Napoléon, le grand divan que la mère avait dévêtu de sa housse, et dont elle vérifiait machinalement la propreté depuis son entrée dans la pièce ; à Cécile et Onésime Ménard deux chaises, et à Rita Toulouse le petit fauteuil.

— Va te chercher une chaise, Guillaume, commanda Ovide.

Joséphine fit le geste de s'élancer dans la cuisine, mais Rita Toulouse s'exclama :

— Ne vous dérangez pas ! Guillaume peut s'asseoir sur le bras de mon fauteuil.

Inquiète, Mme Plouffe, les traits tendus, semblait vouloir alléger le poids de Guillaume qui prenait docilement la place où il était invité, un sourire soumis aux lèvres, tandis que son regard en coulisse visait l'angle aigu du décolleté de Rita. Napoléon s'était levé brusquement.

— Viens t'asseoir sur mes genoux, Guillaume. C'est pas assez fort, ce bras-là.

— C'est à croire. Un set que j'ai payé cent cinquante piastres, fit avec bonhomie Théophile, encore tout chaud de la remarque de Rita que Guillaume lui ressemblait.

Ovide consulta Rita Toulouse du regard et, heureux de l'approuver, eut un sourire indulgent d'amateur d'opéra.

— C'est bon, tu peux rester assis là.

— Bon. Est-ce qu'on commence ? fit Bérangère Thibodeau, au visage anguleux que le moindre souci faisait paraître tourmenté.

Depuis quelques années, elle faisait partie d'une troupe de théâtre amateur qui lui confiait des rôles tristes, éloquents ou solennels. Mais depuis que son frère François lui avait découvert un filet de voix, elle ne rêvait que d'opéras, ces mélodrames de grande classe pour tempéraments tragiques.

Ovide, debout au milieu de la pièce, se frotta les mains. Les yeux mi-fermés, il voulut vérifier jusqu'à quel point son auditoire était désireux de l'entendre.

— J'ai pensé à mon affaire, dit-il. Peut-être préférez-vous écouter *Paillasse* sur disques, chanté par de grands artistes ? Je ne me sens pas bien en voix.

— Mais, Ovide protesta François Thibodeau, la figure allongée par la déception.

Bérangère s'était retournée avec une véhémence contenue qui avait fait rouler sa masse de cheveux noirs d'une épaule à l'autre.

— J'ai manqué une répétition pour venir ici ce soir ! Essayez toujours, Ovide, vous verrez, votre voix se replacera vite.

— Voyons, Vide, fit la mère Plouffe, grondeuse. T'es bien toujours pareil, modeste comme pas un. Viens donc pas. Chante !

Rita secondait les pressions de chacun et insistait. Elle ne voulait pas revenir bredouille à la manufacture le lendemain. Elle avait promis à ses compagnes un reportage savoureux sur le chanteur Ovide.

— Certain ? Ça vous intéresse vraiment ? fit-il en clignant de l'œil vers la jeune fille. Alors je chanterai.

On l'applaudit bruyamment. Bérangère haussait les épaules de dépit parce qu'Ovide attachait plus d'importance aux désirs de la blonde péronnelle qu'aux siens, l'actrice bien connue. La joie de François Thibodeau était la plus sincère. Il serra avec ferveur la main d'un Ovide rayonnant.

— Toujours le même, ce vieux Richard Wagner. Ne t'inquiète pas, tu seras magnifique, comme toujours. Et tu sais, je suis là.

— Merci, vieux Franz.

Franz enjamba le banc du piano et ouvrit l'instrument avec hâte. François était voyageur de commerce dans la gomme à mâcher et, comme Ovide, pour qui il nourrissait une amitié qu'il comparait souvent à celle de Liszt pour Wagner, il dépensait tout son argent à acheter des disques et les premières places aux concerts. Doué d'une extraordinaire oreille musicale, il n'avait jamais appris la technique de la musique et du piano, mais pouvait interpréter avec un brio étonnant les œuvres les plus difficiles après les avoir entendues une seule fois. Chétif, timide, manquant de confiance en soi, il personnifiait le type à qui la vie n'a pas permis de faire fructifier ses dons par le travail et l'étude.

La classe ouvrière pullule de ces talents en friche. On les voit ici et là, attelés à des emplois médiocres qu'ils remplissent machinalement, les yeux perdus dans un rêve qu'ils ne parviennent jamais à préciser. Ils le poursuivent dans toutes les directions et à la fin tombent dans le gâtisme, forçats d'une raison de vivre au-dessus de leur atteinte.

François Thibodeau ouvrit la partition musicale de l'opéra *Paillasse* et, de ses longues mains, fixa les pages rebelles avec soin, comme si sa vie en dépendait. Les cinq lignes noires semées de croches et de doubles croches le fascinaient, et il savait si bien les jouer par oreille qu'il avait l'impression de les lire. De plus, ces feuilles de musique rendaient le public plus sérieux. Ses doigts souples ondulèrent sur les touches dans une vague improvisation sentimentale qui se précisa aussitôt dans la *Valse brillante* de Chopin.

Ovide laissa tomber la pile de librettos et fit face à son auditoire, une feuille manuscrite à la main. Quand le murmure de la conversation cessa, il ouvrit la bouche avec solennité :

— Mademoiselle Toulouse, tout le monde.

« Je vous demande d'abord le plus religieux des silences pendant le *Prologue* de *Paillasse* que je vais essayer de vous chanter. Vous connaissez tous cet opéra en deux actes, de Ruggiero Leoncavallo, joué pour la première fois à Milan le 21 mai 1892, et aux États-Unis, le 15 juin 1893, au Metropolitan. (Il glissa vers Rita Toulouse l'œil d'un esprit supérieur qui se révèle.) La première scène de l'opéra... »

Pendant qu'il expliquait les principales phases de ce drame populaire, la main distraite de Rita Toulouse allait et venait sur le dos du chat ronronnant que Guillaume flattait. Le visage de la jeune fille, tendu vers Ovide, simulait un intérêt passionné. Même elle protesta :

— On ne tue pas sa femme parce qu'elle aime un autre homme.

Ovide hocha la tête d'un air mystérieux qui voulait dire : « Vous vieillirez, mademoiselle, et alors vous verrez que le grand amour peut conduire au meurtre. » M. Théophile Plouffe, qui connaissait toute cette histoire bien avant qu'Ovide vînt au monde, et qui n'en saisissait plus très bien le tragique, contemplait Rita Toulouse avec complaisance. Après avoir longtemps hésité, il l'interpella enfin et indiqua du doigt le portrait de cycliste appendu au mur.

— Mademoiselle Toulouse ! Vous voyez le cycliste sur le mur ? Le reconnaissez-vous ? C'est moi.

Ovide avait des auditeurs attentifs. Napoléon, à qui Ovide n'avait jamais permis d'assister à ses soirées musicales, était assis à l'extrême bout du grand fauteuil, les mains à plat sur ses genoux pliés, le corps raide, les yeux arrondis d'un effroi incrédule.

— La tue pas pour vrai ?

— Paillasse poignarde Colombine jusqu'à ce que mort s'ensuive, hacha Ovide avec impatience.

— C'est effrayant, balbutia Cécile, toute pâle, en rapprochant sa chaise de celle d'Onésime Ménard qui haussait les épaules et grommelait :

— C'est des histoires des vieux pays. Ça fait longtemps. Ça se tuait beaucoup dans ce temps-là. Icitte à Québec, une moyenne de deux personnes par année se font tuer par les chars.

Et il abandonna son dos à la chaise dont les deux pattes avant laissèrent le plancher. Mme Joséphine Plouffe regarda avec une pitié miséricordieuse ces pauvres enfants qui n'avaient pas vu grand-chose.

— C'est rien ça. Sainte Jeanne d'Arc tuait des Anglais à pas être capable de les compter.

— Si tu tombes dans la guerre, c'est pas la même chose, interrompit Théophile, fier de sa mise au point. Pense pas que les Allemands de Guillaume le Kaiser en ont pas tué en 1914.

— Ici on parle d'opéra, trancha Ovide. Peut-on avoir le silence ?

Planté au milieu de la pièce, les bras croisés, tel un minuscule Méphisto, il ferma, du regard, toutes les bouches qui paraissaient vouloir s'ouvrir.

— J'avais pensé chanter en italien. Mais vous ne le comprenez pas. Bérangère interprétera le rôle de Colombine. Moi, je serai le paillasse Canio. On commence dans la minute.

Il courut à la draperie verte tire-bouchonnée le long de chaque mur et la tira, séparant ainsi la pièce en deux. Bérangère Thibodeau demeura derrière le rideau. Ovide se pencha ensuite à l'oreille du pianiste et chuchota :

— Ça va aller pour le *sol* du *Prologue*. Mais tu prendras les *Sanglots* un ton plus bas. Si ça force trop, aide-moi.

François acquiesça d'un air entendu. Il lui arrivait souvent de chanter les partitions de contralto, à cause de sa voix de ténor lyrique. Ovide, après avoir essayé de saisir jusqu'à quel point sa mise en scène avait impressionné Rita Toulouse, disparut dans la draperie sur la pointe des pieds.

Dans l'attente des trois coups traditionnels, les yeux des auditeurs fixèrent le rideau, prêts à le voir se retirer sur sa tringle dans un cliquetis d'anneaux de cuivre. Seul François Thibodeau tournait le dos. Face au piano, il frémissait d'attente. Un coup de tonnerre éclata, très près. Dans un geste d'effroi, Rita Toulouse se blottit contre la hanche de Guillaume. Ce geste déclencha un remous de solidarité familiale dans lequel tous furent emportés, car ils voyaient dans cet élan de Rita vers Guillaume la première marque de tendre confiance manifestée par une future belle-sœur à son futur beau-frère. Mme Joséphine Plouffe, les yeux mouillés d'approbation, le visage ravi par la découverte d'un sentiment qu'elle avait oublié, saisit le bras d'un Théophile doucement bougon et le serra contre elle. À Onésime Ménard, dont la main droite tripotait des sous au fond de sa poche, Cécile répétait avec un étonnement toujours croissant :

— Elle t'a pris pour mon mari ! Elle t'a pris pour mon mari !

Désemparés, les petits yeux de Napoléon, comme des gouttes prêtes à s'échapper, tentaient de rattraper le tourbillon. Il regardait Onésime, dont la cuisse frôlait celle de Cécile, il examinait sans colère l'épaule de Rita Toulouse qui effleurait le coude de Guillaume, il touchait de son regard méticuleux les mains enlacées de son père et de sa mère, pour s'assurer qu'il ne rêvait pas. Il oubliait ses coupes et ne pensait plus au danger que pouvait présenter l'entrée d'une femme dans la vie d'un champion comme Guillaume. En proie à une profonde réflexion, il se cala dans le fond du fauteuil et, le front entre les mains, se mit à penser laborieusement aux femmes.

Puis les trois coups secs du pied d'Ovide sur le plancher dominèrent la chaleur étouffante. Les ombres découpées par la lumière diffuse se tendirent à nouveau, abandonnant le laisser-aller sentimental. Le piano résonna sous le signal du départ, vigoureusement appliqué par François Thibodeau. Les trophées tremblèrent, tintèrent, oscillèrent sous les yeux inquiets de Napoléon. Le rideau ondula, percé par le nez, puis par toute la face grimaçante d'Ovide :

Bonjour ! C'est moi !

— Bonjour, Vide ! dit doucement Guillaume.

Ovide n'entendit pas cette boutade tant il était occupé à réussir une entrée dramatique. Les bras tendus, les cheveux défaits par le frôlement de la draperie, les veines du cou à peine gonflées, il fit éclater une riche et forte voix de baryton, étonnante chez un homme aussi chétif.

Messieurs, Mesdames, je viens, pourquoi ?
Pour dire un monologue,
C'est le Prologue !
Ce soir, l'auteur, ici,
Veut adopter les vieux personnages,
Et voulant adopter aussi
Les vieux usages,
M'envoie en ce moment.

Le chanteur, épuisé par l'effort, croisa les mains sur son diaphragme et, les lèvres pincées, les yeux fermés, prit une longue respiration. Napoléon, croyant le numéro terminé, applaudit frénétiquement. Ovide interrompit son inspiration et lui jeta un regard furieux. Ah ! qu'il regrettait d'avoir invité sa famille ! Ces profanes sabotaient son concert, rendaient inhumaine sa tâche de convertir Rita Toulouse à la beauté de l'opéra. Un trac mêlé de désespoir le saisit soudain. Quelle atmosphère ! Les coupes oscillaient sur le piano, d'immenses bouquets de roses fleurissaient le papier peint, et une odeur de confitures aux fraises fraîchement préparées venait de la cuisine. Son père s'amusait avec ses boutons de chemise, sa mère le contemplait avec extase, Napoléon le fixait de ses yeux ronds, absurdes, Cécile coulait sur Onésime somnolent un regard attendri,

Guillaume regardait ses orteils jouer dans ses souliers et Rita, il le sentait, l'écoutait avec une curiosité froide. La musique que soulevaient les doigts de François Thibodeau recueillit sa douleur et la décomposa à la façon d'un prisme. La tristesse fit craquer le visage d'Ovide en une grimace qui endiguait les larmes toutes prêtes. Sa voix, en éclatant, se brisa :

> Non, pour vous dire, comme avant
> Nos larmes, nos plaintes,
> Messieurs, sont feintes !
> Nos cris, nos sanglots,
> Chères dames, sont faux,
> Comme nos oripeaux,
> Non, l'auteur a dépeint un coin de la vie,
> De gens que l'on calomnie,
> Et sous l'habit de l'histrion, vous montre l'homme.

Mme Plouffe essuya une larme. Elle avait toujours vu à Ovide un visage autoritaire. Théophile, qui depuis longtemps avait été relégué par l'égoïsme maternel au rôle passif du père qui n'a pas accès à la vie sentimentale de ses enfants, observait, de ses yeux furtifs, cachés sous d'épais sourcils broussailleux, la physionomie d'Ovide. Théophile essayait de comprendre. Le chanteur faisait sombrer le finale dans un déploiement généreux du trémolo dramatique :

> Tant pis, place au théâtre !

Courbé par l'essoufflement, Ovide disparut dans la draperie. Le père Théophile déclencha les applaudissements. Ils se déchaînèrent longuement. Rita Toulouse, les traits gonflés par une irrésistible envie de rire, frappait des mains avec frénésie pour la réprimer. Quel sujet de reportage ! Quelle aubaine pour une commère en herbe, quel succès personnel à récolter auprès des jeunes pies à la manufacture ! Mais si la perspective d'un compte rendu savoureux sur le pittoresque Ovide Plouffe excitait son amour-propre, ses visées stratégiques sur Guillaume accaparaient encore plus l'énergie qu'elle dépensait à demeurer sérieuse devant les simagrées d'Ovide. Elle venait justement de penser que le champion Guillaume pourrait lui servir d'appât pour attirer sur elle les regards intéressés du flegmatique Stan Labrie. Aussi, quand Ovide entrouvrit timidement la draperie pour remercier l'auditoire, la jeune fille se leva à demi du fauteuil tant elle continuait d'applaudir avec vigueur. Un ravissement fit place à la tristesse lasse qui étirait la figure du chanteur.

— Vous avez donc aimé ça ? fit-il, confus et transporté.

— Ah oui ! C'est beau ! Chantez encore !

Rita s'était élancée devant Ovide et le suppliait sous les yeux d'une Mme Plouffe gonflée d'orgueil. Il fallait ce rappel chaleureux de la jeune fille pour que tout l'auditoire le réclamât en chœur. Mais Ovide ne voyait, n'entendait que Rita Toulouse. Il réussissait donc ! Elle était éblouie par la beauté de l'opéra ! Quelle âme élevée ne le serait pas ?

— Je vous l'avais dit, hein, comme c'est beau !

La fièvre du succès s'empara d'Ovide avec la même intensité que le découragement l'avait abattu les minutes précédentes. Ovide, si sensible au ridicule, excepté dans le domaine du chant d'opéra, oubliait l'atmosphère du salon et s'imaginait grand chanteur sur les scènes célèbres. Il aimait cet art avec tant de ferveur qu'il s'en croyait un des plus dignes serviteurs, si bien que ses attitudes lui paraissaient émouvantes de beauté quand les autres n'y voyaient que gestes et grimaces comiques.

Ovide ne doutait plus. Rita Toulouse était conquise et l'opéra régnait en maître.

Quel grand jour dans sa vie ! Ovide marcha de la cuisine au piano trois fois, à la recherche d'un objet qu'il ne voyait pas. Puis, avant de disparaître dans la cuisine une dernière fois, il se pencha à l'oreille de Rita Toulouse qui s'était rassise aux côtés de Guillaume :

— Maintenant, chère Rita, pour la balance, je vais me costumer en paillasse.

Son enthousiasme l'aveuglait. Au nom de l'opéra, tout était permis. Les oripeaux les plus cocasses lui paraissaient des drapés tragiques.

Pendant la courte absence d'Ovide, un coup de tonnerre souffleta tout le quartier d'une claque retentissante. Les ampoules clignotèrent. Chacun serra les poings et les respirations s'interrompirent. Cécile esquissa un rapide signe de croix et Rita Toulouse, dans sa frayeur exagérée, enlaça franchement la taille de Guillaume.

— Guillaume ! appela Théophile, viens t'asseoir ici.

Le champion d'anneaux tourna à demi la tête vers son père sans pour cela laisser des yeux le corsage de Rita. Il avait glissé son chat sur le plancher pour éviter à la jeune fille d'avoir à se garer de la queue de la bête qui battait la mesure. Guillaume vivait une expérience qui chambardait son univers sans altérer son calme. Il répondit avec une malice distraite :

— Tantôt, p'pa, tantôt. Le fauteuil écrasera pas. Vous l'avez payé cent cinquante piastres.

— Per bacco, silence ! cria joyeusement Ovide, derrière le rideau.

Son avertissement sembla crever les nuages de l'orage, jusque-là tenaillés par les éclairs et ébranlés par le tonnerre. La pluie s'abattait par flaques sur le toit, sur les vitres, sur l'asphalte de la rue. Toute la ville s'aplatissait sous l'immense éclaboussure. L'atmosphère écrasante du salon des Plouffe sembla toute rafraîchie. Et soudain, au bout d'une minute, la pluie cessa brusquement sa cavalcade. La voix d'Ovide, qui avait attendu la fin du vacarme, s'éleva :

— L'action se passe dans un village. Le bouffon Canio vient de surprendre sa femme Colombine avec son amant qui a eu le temps de s'enfuir. Canio le poursuit en vain et revient furieux vers son épouse infidèle et lui ordonne de lui révéler le nom de son complice en menaçant de la tuer. Rideau !

Les deux pans de la draperie, poussés par un Ovide invisible, glissèrent vers chaque mur. La silhouette anguleuse de Bérangère Thibodeau apparut, de profil. La tête renversée, ses cheveux d'ébène épars sur son dos, son visage d'une pâleur torturée d'effroi, elle tendait vers le rideau recroquevillé ses mains croisées qui tremblaient d'une supplication mêlée d'amour et de révolte. Soudain Ovide, enveloppé d'une étrange mante bigarrée, jaillit du coin de la pièce, les cheveux défaits, la bouche tordue dans un rictus de colère.

— Mon tapis de table ! fit Joséphine avec stupéfaction.

En effet, Ovide était enveloppé du drap aux dessins orientaux dont sa mère couvrait le ciré de la table de cuisine, le dimanche. Ovide approuva d'un œil complice le sourire étonné de Rita Toulouse. Les doigts de François Thibodeau s'abattirent et Ovide entonna, les jambes écartées, les poings fermés, la tête rentrée dans les épaules :

Je n'ai pu l'atteindre !
Parbleu ! Parbleu !

> *Il connaît le bon sentier, patience !*
> *Puisque tu me diras son nom soudain,*
> *Toi, perfide femme !*

Dans un geste vengeur, Ovide tira de sa ceinture le couteau à pain et le brandit. Napoléon, le nez épaté de frayeur, se levait à demi, arrondissait ses yeux et crispait ses genoux de ses mains courtes. Cécile cacha sa figure au creux de l'épaule d'Onésime Ménard.

— Attention, Vide supplia Joséphine.

Ovide était emporté par le drame. Il menaça fièrement Bérangère Thibodeau qui le bravait, les yeux brûlants de passion, et déclama :

> *Si ma main, monstre infâme,*
> *N'a pas plongé dans ton sein*
> *Sur-le-champ cette lame,*
> *C'est qu'avant de punir,*
> *Je veux connaître, je veux connaître*
> *Le nom du traître.*
> *Parle !*

Le jeu de Bérangère Thibodeau était tellement parfait, ses intonations passionnées étaient si bien rendues qu'ils faisaient oublier les inégalités de sa voix de soprano légèrement gutturale. Elle mit la main sur sa poitrine :

> *Moi, le trahir,*
> *Jamais, forfait semblable !*

Ovide abaissa son arme en hurlant :

> *Son nom sur l'heure, entends-tu, misérable !*

Devant Ovide déchaîné, Bérangère, la poitrine haletante, la tête secouée par des signes de dénégation spasmodiques, la masse de ses cheveux bondissant sur ses épaules, recula jusqu'au mur où elle défia Canio Plouffe avec une intonation passionnée :

Non, non, non, plutôt mourir !

Ovide empoigna alors sa partenaire par les cheveux et, en grinçant des dents, abaissa lentement le couteau à pain. Le grondement du piano tourna à la fureur :

Meurs donc, serpent !

La pointe du couteau effleura la peau palpitante de Bérangère. Mme Plouffe cria en se cachant les yeux, Onésime Ménard frappait nerveusement du pied, à la recherche de la cloche de son tramway. Napoléon n'en pouvait plus. Il bondit sur Ovide et le saisit :

— Fais pas le fou, Vide !

Napoléon contempla d'un air stupide le tapis qui lui était resté dans les mains. Le pianiste plaqua des accords meurtriers qui ébranlèrent le plancher et bourdonnèrent dans les oreilles. Napoléon laissa tomber le tapis et s'élança vers le piano où il enlaça ses trophées qui oscillaient. Ovide, souriant, heureux de l'effet produit, tenait Bérangère par la main et saluait son public. Les applaudissements furent chaleureux, prolongés, mais ils ne s'adressaient pas aux artistes. Chacun se félicitait du soulagement de voir le coup de couteau finir en révérence souriante, excepté François Thibodeau qui s'était élancé vers Ovide et lui serrait la main avec ferveur :

— Formidable ! mon cher Richard Wagner !

— Quand la voix obéit, c'est facile mon cher Franz, fit humblement Ovide en regardant Rita qui l'applaudissait encore de ses yeux pétillants, pendant qu'elle chatouillait les côtes de Guillaume. Puis elle dit :

— Monsieur Ovide, en plus d'avoir une belle voix, vous êtes un grand acteur, savez-vous ?

Ovide ferma les yeux et, dans son embarras, vérifia la raideur de son col de chemise. Mme Plouffe, qui éprouvait le besoin de fêter ce drame excitant, se leva en s'appuyant sur le genou de Théophile.

— Si on passait la liqueur !

— Non ! tantôt, trancha Ovide avec impatience. Il me reste les *Sanglots* pour finir le premier acte.

Onésime Ménard, avec une moue de déception, rentra la langue qu'il passait déjà sur ses lèvres séchées par l'effroi. Ovide referma le rideau avec violence, afin d'entretenir la fièvre dramatique qui le brûlait. Guillaume seul avait observé calmement la menace du coup de poignard. Il sauta sur ses pieds, s'étira, puis déclara :

— On va faire jouer mon record de Gene Autry. Ça me fatigue, l'opéra.

Tout le visage de Napoléon sourit. On laisserait ses coupes tranquilles sur le piano. Un court-circuit se produisit dans le corps d'Ovide, qui était tout chargé de l'électricité du succès.

— Tu le feras jouer demain, ton imbécile de Gene Autry ! Musique, Franz !

Il se drapa à nouveau du tapis de table et tira le rideau derrière lui. Comme le rideau achevait d'onduler, un craquement effrayant sembla fendre la maison en deux. La foudre avait ramassé ses éclats épars et terminait, d'un seul coup, un orage électrique qui avait assez duré. Dans le salon des Plouffe, quand la commotion fut passée, les corps sentirent qu'ils emplissaient à nouveau les habits.

— Le tonnerre est tombé pas loin, fit Joséphine, toute pâle.

— Je vais aller voir, décida Guillaume, en esquissant un coup de tête discret vers Rita Toulouse.

— Fais attention de te mouiller les pieds, s'effraya Joséphine.

Mme Plouffe avait à peine donné sa permission à Guillaume que Rita Toulouse, les yeux animés d'une curiosité enfantine, s'exclamait :

— Faut que j'aille voir ça moi aussi. Je serai de retour dans une minute.

On n'eut pas le temps de protester. Elle était déjà partie à la suite de Guillaume.

— Silence ! Les *Sanglots* ! cria Ovide derrière le rideau.

Arrivé sur le trottoir, Guillaume regarda à droite et à gauche. Aucun trou béant n'avait été creusé par la foudre. Les nuages de la tempête abandonnaient le ciel aux étoiles et finissaient de s'enrouler le long de l'horizon. Dix heures. Le soir était beau, serein, frais lavé. Une ombre transparente l'enveloppait. L'asphalte mouillé des rues luisait, laissant monter une rumeur indéfinissable : le soupir des gouttes qui pendent et tombent, les lambeaux d'humidité que les pneus des autos et des bicyclettes arrachent au macadam gémissant. Les égouts des toits vomissaient leurs dernières gorgées sur les trottoirs. Des champs avoisinants arrivaient d'abord la complainte aiguë des grenouilles, puis la douce cantilène des plantes qui se désaltèrent sereinement dans l'ombre.

Guillaume enleva son veston et sa cravate et les jeta sur la galerie du rez-de-chaussée. Il retroussa ses manches de chemise et marcha nonchalamment sur le trottoir, en fredonnant, car, du coin de l'œil, il avait aperçu la silhouette blanche qui descendait rapidement l'escalier de la maison paternelle. La cascade désordonnée des talons hauts qui descendent gauchement un escalier abrupt le fit sourire et se murmurer à lui-même :

— Je le savais !

Il y avait de l'allégresse dans son allure dégingandée. En chemise blanche, les cheveux bien peignés, entouré de son auréole de champion, seul sur le trottoir à dix heures du soir après un orage. Guillaume, ainsi suivi par une femme, se sentait soudain le beau mâle de la famille. Un appel à mi-voix lui parvint avec le bruit des pas accélérés.

— Guillaume, Guillaume, attendez-moi !

Il feignit ne pas entendre et leva les yeux vers les peupliers des Boucher, qui dégouttaient encore. Les oreilles à l'affût, il continua de fredonner :

Aye, aye, aye, aye,
beautiful girl of the Prairie.

— Voulez-vous bien m'attendre, Guillaume, fit Rita Toulouse, essoufflée, mais rieuse, en s'accrochant à son bras qu'elle serra fortement sur sa poitrine.

— Ça, c'est du bras de champion, fit-il en se dégageant prudemment, la figure sérieuse. Regardez ça !

Le poing fermé, il fit gonfler son biceps sous la lumière du réverbère. La jeune fille tâta avec respect en poussant des petits gloussements admiratifs. Ces manèges devaient attirer l'attention du grand gars qui, appuyé sur le poteau téléphonique, rêvassait. Tantôt sur un pied, tantôt sur l'autre, il semblait nerveux. C'était Denis Boucher. Il avait encore la tête pleine de son étonnante entrevue avec le curé Folbèche. Son plan allait donc se réaliser ! Il sourit : Denis Boucher, reporter à *L'Action chrétienne*.

Le biceps gonflé et la robe blanche attirèrent son regard. Alors ses yeux s'agrandirent d'ébahissement. Quand ses lèvres articulèrent enfin un « ça parle au diable » stupéfait, Guillaume et Rita étaient déjà passés, lui laissant un clin d'œil en pâture.

— Où est-il tombé, le tonnerre, Guillaume ? minauda Rita, les yeux rivés au trottoir afin d'éviter les flaques d'eau.

— Le tonnerre ? C'est des histoires ! Ça tombe jamais dans la paroisse à cause des paratonnerres qu'on a à l'église. J'étais tanné, je voulais sortir.

— Alors, vite. Qu'est-ce que vous vouliez me dire ? Faut que je retourne.

— Rien. Je pensais que vous étiez tannée aussi. Pas besoin de retourner. Ovide s'apercevra de rien. Quand il est parti à chanter, comme ça, il voit personne et ça dure jusqu'à minuit.

Rita hésita. En sortant à la suite de Guillaume, elle avait obéi à une impulsion enfantine. Maintenant elle se rendait compte de son étourderie. Guillaume la tira soudain dans l'ombre d'un porche.

— Cachons-nous !

— Guillaume ! Guillaume ! hurla Mme Plouffe dans la nuit.

Guillaume ne sembla pas entendre et, de ses yeux perçants, scruta l'obscurité du porche.

— Je comprends pas ça, y a toujours une gang de chats qui se tiennent ici. Personne.

Rita commençait à s'amuser de l'aventure. Au mot « chat », elle simula un frisson et se blottit contre Guillaume. Un cheveu blond effleura la narine du champion et il se gratta nerveusement. Il esquissa le geste de s'engager à nouveau sur le trottoir, mais Rita le retint avec frayeur.

— Votre mère va nous voir !

— Je pense pas. Elle voit pas clair. Venez-vous-en, je lui dirai qu'on est allé aux framboises.

Cela avait été dit à travers les saccades d'un rire qui secouait les épaules. Le front plissé, Rita Toulouse l'examinait. Puis une expression d'étonnement ravi illumina son visage. Elle saisit Guillaume par les bras : son petit nez retroussé touchait presque au menton du benjamin Plouffe.

— Guillaume, je vais te dire « tu », et toi aussi. Tu n'es pas aussi bébé que tu le parais.

Il redressa fièrement la tête.

— Je le sais. C'est chez nous qui me prennent pour un enfant. Je connais bien des choses. J'ai dix-neuf ans, oubliez-le pas. Mais quand je rentre dans la maison, quand j'entends la voix de la mère, quand je vois Ovide avec ses chansons barbares pis ses grands mots, Cécile avec son parapluie, papa avec son gros cou rose, je me sens comme engourdi, tout nu avec une petite couche. Oui, je connais des choses. Pis les femmes aussi.

— Je vois bien ça, fit Rita, en caressant doucement son biceps.

— Les femmes, oui. Et je sais comment c'est fait.

Guillaume se tut pour jouir de son importance. Le rire perlé de Rita Toulouse résonna jusqu'au Cap, tout près, où il se joignit aux gouttes qui tombaient des feuilles. D'une main gamine, elle défit les cheveux de Guillaume.

— T'es un petit salaud. Mais t'es bien gentil. Cécile, c'est la sainte nitouche qui se tassait contre son cavalier, le grand insignifiant qui frappait du pied ? Comment l'appelles-tu déjà ?

— Onésime. Il est marié, avec des enfants. C'était le cavalier de Cécile quand j'étais petit. Je la fais fâcher avec ça quand elle l'attend le soir.

Il ramassait des cailloux en parlant et visait les crevasses de l'asphalte. Rita, les sourcils froncés, évoquait la jalousie qu'elle ressentait quand elle voyait Stan Labrie parler à une autre jeune fille.

— Marié ? Mais la femme d'Onésime ? Elle ne dit rien ?

— Non, ma sœur va souvent aux vues avec elle. Des fois Cécile garde ses enfants ou lui aide à faire de la pâte. Tout ça est correct, expliqua nonchalamment Guillaume qui trouvait ce sujet de conversation sans intérêt.

Rita Toulouse rejeta fièrement les épaules en arrière, arrondit sa gorge en levant la tête et respira la fraîcheur du soir.

— Quand as-tu appris comment une femme était faite ?

— Ah ! c'est un secret. Je peux pas parler.

Rita sentit soudain le regard de Guillaume qui pesait sur sa poitrine gonflée. Mal à l'aise, elle cessa de regarder les étoiles. Elle chercha un dérivatif à la conversation et s'aperçut que Guillaume dirigeait leur marche dans la Pente Douce, dont le serpentement, malgré la faction de quelques lumières, se perdait dans l'obscurité.

— Où m'emmènes-tu comme ça ? Ça n'a pas de bon sens. Faut que je retourne à la maison. Ils vont me prendre pour une effrontée. Ovide sera furieux.

— Viens, je te dis. Ovide chante. Viens, je vas te montrer une de mes talles de framboises, fit-il avec candeur, le bras tendu dans le vague.

Guillaume se sentait emporté dans un courant qu'il ne cherchait pas à combattre. L'opinion d'Ovide sur le départ de Rita le laissait dans une superbe indifférence. Il vivait cette aventure, sans inquiétude, avec nonchalance. Il n'était pas étonné. Tout son corps nageait dans un plaisir nouveau, tranquille comme la fumée d'une cigarette abandonnée. Les mots sortaient de sa bouche comme les bulles qu'il soufflait, il n'y avait pas très longtemps, dans la pipe de plâtre de son père et qu'il suivait des yeux béatement jusqu'à leur destruction. Il s'accroupit soudain, entraînant Rita dans son geste effrayé.

— Napoléon qui me cherche.

Le collectionneur, debout devant la maison paternelle, scrutait l'obscurité dans toutes les directions. Puis il sembla se décider à explorer une rue qui pénétrait dans la ville. Soulagé, Guillaume se releva.

— Tu viens pas ? C'est une belle talle, tu vas voir, Rita.

Elle n'avançait pas. Guillaume lui apparaissait soudain comme une dangereuse énigme. L'obscurité de la Pente Douce, taillée dans le flanc du Cap, changeait en un sphinx animé des plus louches intentions cet adolescent qui, à la clarté, lui était apparu sous la peau d'un agneau. Elle regrettait amèrement ses paroles équivoques, se tançait d'avoir fait miroiter étourdiment les attraits de son corps trop neuf aux yeux de ce Casanova camouflé en champion sportif.

— Voyons, soyons sérieux. Retournons. Qu'est-ce que tes parents vont dire ?

— Tu les connais pas, fit-il, viens.

Fébrilement, car Guillaume la subjuguait, elle chercha des prétextes pour refuser : elle n'était qu'en souliers, le sol était trempé, elle n'avait qu'une légère robe de tricolette et il faisait frais. Elle appela à sa rescousse l'image de Stan Labrie pour la défendre, mais elle se sentit au contraire munie d'un renfort de coquetterie pour défier cet indifférent. Il la regarderait bien quand il la verrait au bras d'un autre.

— O.K. alors.

La tête haute, les hanches ondulantes, elle s'engagea bravement aux côtés de Guillaume dans la sombre Pente Douce. Ils marchèrent quelques minutes sans rien se dire. Guillaume réfléchissait.

— As-tu déjà eu des cavaliers ? fit-il négligemment.

— Tu comprends que je n'en suis pas à un homme près !

— Quoi ?

— J'en ai eu plusieurs, et des beaux.

— Ah ! Des gars qui savent rien faire, je suppose.

— T'es pas gêné. J'ai eu des annonceurs de radio, des chanteurs, des lanceurs de baseball et des Américains.

Il eut un sourire sceptique et regarda d'un air satisfait ses biceps bronzés qui tressautaient au seul commandement de sa pensée. Il se sentait supérieur. Il n'y avait pas de Gene Autry à Québec, ni de Bob Feller.

— As-tu déjà eu un champion de la Province aux anneaux ? fit-il malicieusement.

— Non, mais j'en aurai un, répondit-elle en lui donnant un coup d'épaule coquet.

Il simula avoir reçu une vigoureuse poussée et trébucha en se tenant les côtes puis, à son tour, appliqua un léger coup de coude à la jeune fille. Ils rirent. Ils avaient déjà grimpé la moitié de la côte. À leur droite, les champs qu'ils surplombaient faisaient monter jusqu'à eux des murmures nocturnes. Près de la longue remise des tramways, couchée au pied du champ, un grand losange de terre battue ceinturé de lignes blanches dessinait une tache grise dans l'étendue de l'herbe longue. Guillaume tendit le bras.

— C'est là qu'on joue contre le Canadien, demain soir.

— Demain soir ? C'est demain soir ? dit Rita en s'immobilisant.

— Oui. C'est moi le lanceur. On va gagner.

Rita trépignait d'exaltation et suppliait Guillaume :

— Faut que tu battes Stan Labrie. Je le déteste. Je serai là, je crierai pour toi. Mais faut que tu le battes. Dis, dis que tu vas faire ça pour moi ?

— Certain. C'est facile. Le pasteur Brown dit qu'il va m'emmener aux États-Unis l'année prochaine, jouer pour les grands clubs.

Elle prit amoureusement son bras et se serra contre lui.

— Ah ! que t'es gentil. J'aime ça marcher avec toi, Guillaume.

— Ouais ?

La tête haute, il désigna de son bras libre les champs lointains. Les massifs d'arbustes les bosselaient. Guillaume parlait lentement.

— Là-bas, ma talle.

— As-tu déjà eu une blonde, Guillaume ?

— Comme ça, fit-il avec orgueil. Maman le sait pas. Mais quand je vais aux framboises tout seul, une petite fille de Saint-Malo vient me rejoindre.

— Est-elle plus belle que moi ?

— À peu près pareil.

— T'es pas gentil.

Elle se sentit soudain l'âme protectrice d'une grande sœur.

— Ça va bien dans tes études ?

Il eut un sursaut d'homme offensé dans sa virilité.

— Aïe ! J'ai dix-neuf ans ! C'est fini l'école, j'y vas plus. Le frère avait ses petits choux, il me donnait jamais la chance de finir mes calculs. Il était jaloux parce que j'étais bon aux anneaux. J'aime mieux le baseball.

Le mot baseball avait rallumé les affections de Rita. Elle se suspendit à son bras.

— Dis, Guillaume, c'est une blague, tu ne m'emmènes pas à ta talle de framboises ? Les champs sont tout mouillés. Ça n'a pas de bon sens. Regarde ma petite robe, mes souliers à talons hauts.

D'une main leste, elle effleura sa robe des aisselles à la hanche, puis colla ses petits pieds cambrés en les lui montrant de sa tête penchée.

Guillaume s'esclaffa, ses épaules sautèrent. Les saccades de son rire se perdaient dans l'aigu.

— C'est des farces, tu sais ben. Voyons. On peut pas aller aux framboises, j'ai même pas ma chaudière.

— Alors où m'emmènes-tu ?

— Là-bas, au tournant de la côte, sur le bord du Cap. Y a un petit sentier en cailloux, et au bout, une grande pierre plate. Je vas m'asseoir là le printemps pour voir arriver les corneilles. On étendra nos mouchoirs, pis on jasera.

Rita, comme soulagée à l'idée qu'elle ne se mouillerait pas et qu'elle n'aurait pas à entreprendre une marche dans les champs la nuit (quoique cette hypothèse ne l'eût pas effleurée un instant), fit éclater une joie enfantine.

— Plus je te connais, Guillaume, plus je te trouve fin.

Il l'approuva d'un coup de tête satisfait. Ils arrivaient au haut de la côte. À leur gauche, un mur de béton armé protégeait la rue contre les éboulis de la falaise. De temps en temps, on entendait le bruit mat, effeuillé des mottes de gravier mouillé qui se désagrègent en dégringolant. Au-dessus du mur, sur le Cap, du plateau formé par le parc des Braves arrivait la pétarade d'une motocyclette de police qui faisait, de son phare, l'inspection des bancs d'amoureux.

Tranquillement, Guillaume écouta décroître ce bruit, puis haussa les épaules :

— Connaissent pas les bonnes places. Viens, c'est là, nous autres.

Il la prit par la main et la précéda dans le court sentier gravelé qui conduisait au bord de la falaise.

— V'la ma pierre.

— La belle place tranquille, s'exclama Rita joyeusement, pendant qu'elle vérifiait, des yeux, la solitude des lieux et que sa main palpait la surface plate de la pierre. C'est déjà sec ! Quand même, prête-moi ton mouchoir, le mien est tout taché de rouge à lèvres.

Guillaume étendit distraitement son mouchoir. Rita s'assit en baissant chastement sa robe sur ses genoux. Le champion restait debout, dans une attitude de propriétaire, scrutant de ses yeux perçants les arbustes couchés au loin. Il tourna ensuite ses regards vers la masse sombre de la ville. Une chaîne de lumières semblait la cerner et l'empêcher de dépasser la rue Montmagny. À l'entrée de la longue remise, quelques tramways attendaient leur tour d'entrer. Les mécaniciens en manipulaient les perches au moyen d'une corde, tentant de les appliquer à celui des fils qui leur était assigné parmi le chassé-croisé des fils de cuivre. À chaque attouchement des perches sur le réseau électrique, un éclair bleu déchirait la noirceur. Guillaume tendit ensuite une oreille attentive. Seul le clapotement des sources souterraines qui jaillissaient dans le flanc de la falaise, à leurs pieds, faisait une sourdine au silence.

— Rita ! Regarde !

Il formait un cercle de son bras replié. Visant la tête de Rita de cet anneau, il s'assit lentement.

— 84 !

— Guillaume, voyons ! Arrête donc !

Et ils se livrèrent aux mille ébats audacieux, affectueux et puérils qui s'arrêtent au bord des étreintes importantes, et qui peuvent être partagés sans trop de remords par une jeune fille dégourdie qui garde ses réserves pour un autre homme.

Aye, aye, aye, aye,
beautiful girl of the Prairie.

Guillaume chantonnait. Il venait de reconduire Rita Toulouse chez elle et, dans ses yeux réjouis, repassaient, une à une, les phases de son équipée. Il gesticulait tout à coup, son bras droit enlaçait une taille imaginaire puis, en riant, il se soustrayait au baiser de quelque fée invisible.

Il était onze heures et demie. En apercevant de la lumière dans la cuisine chez lui et une masse sombre qui encombrait le banc de tramway, il s'immobilisa. Mais il chassa vite son malaise en rajeunissant sa satisfaction d'amoureux comblé et en la métamorphosant en joie d'enfant gâté. Ainsi protégé par sa visière de bébé innocent, il s'engagea résolument dans la cour.

— Enfin, t'arrives !

Ovide, au pied de l'escalier, se dressait en justicier. Une telle férocité durcissait ses regards et ses traits blafards que Guillaume s'émut.

— C'était pour rire, Vide. Bats-moi pas.

— Te battre, niaiseux ! Ça n'en vaut vraiment pas la peine. Mais tu vas aller porter cette lettre à ta Rita Toulouse, tout de suite. Et tu lui diras que je dors sur mes deux oreilles. Va ! Plus vite que ça !

Guillaume déguerpit et retourna en courant chez Rita Toulouse. Il lui remit une missive ainsi conçue :

« Mademoiselle,

J'ai été trop charitable. Je vous avais crue intelligente. Hélas ! Les beautés de l'opéra vous étant inaccessibles, vous ne m'intéressez plus. Bien plus, je vous méprise et je vous renvoie sans regrets aux imbéciles de votre acabit, à votre Stan Labrie si ça vous plaît, car je m'en fous.

Ovide Plouffe »

Guillaume ne fut pas lent à revenir. En montant l'escalier, il entendit les ronflements sonores de Napoléon, qui dormait la fenêtre ouverte. Les ronflements s'interrompirent soudain, puis Napoléon se mit à rêver tout haut, d'un ton décidé :

— C'est moi le plus vieux, icitte. Je vas avoir ma blonde aussi.

Guillaume était trop occupé à parfaire son attitude d'innocence pour sourire. Il se dirigea vers la porte grillagée sur la pointe des pieds, et alors ses yeux tombèrent sur Onésime Ménard et Cécile, assis l'un près de l'autre sur le banc de tramway. Il saisit une bribe de leur murmure. Onésime semblait se défendre d'une accusation :

— Si t'avais pas été aussi engourdie, aussi, dans ce temps-là. Je pouvais-t-y savoir ?

Un pas lourd et précipité ébranla le plancher de la cuisine. Mme Plouffe accourait en gémissant :

— Mon Dieu, te v'là enfin, mon p'tit ! Je t'ai préparé un bon verre de lait chaud. Ah ! t'as toute la face en sang !

— Les framboises, murmura-t-il modestement.

— Je vais t'en faire une framboise, moi, mon garçon !

Théophile, nu-pieds, s'avançait, menaçant, sans trembler, tenant à la main la courroie de cuir qui lui servait à aiguiser son rasoir. Le résultat le plus pratique qu'il espérait tirer de cette première correction consistait à mettre fin à un règne de terreur : les baisers dans le cou.

— N'y touche pas ! cria Joséphine.

Ce fut en vain. La courroie de cuir marqua Guillaume d'un sceau indélébile : il était devenu un homme.

7

Le lendemain, vendredi, une catastrophe bouleversait les Plouffe. Ovide était disparu.

À dix heures du matin, selon Cécile, il avait soudainement quitté la manufacture, harassé par les sarcasmes de ses compagnons de travail, que Rita Toulouse avait mis au courant des cocasseries de la soirée « Paillasse ».

Il était maintenant sept heures du soir et la désolation régnait dans la cuisine des Plouffe, prostrés dans un accablement silencieux. La table était mise, mais on n'avait pas encore soupé. Une rumeur bruyante arrivait du terrain de jeu, car, dans quelques minutes, la partie contre le Canadien allait commencer. Napoléon arpentait nerveusement la cuisine et, chaque fois qu'il passait près de Guillaume, lui donnait un coup de coude significatif :

— Viens-t'en, ils attendent après nous autres !

Mais Guillaume, assis à la table, la tête entre les mains, semblait écrasé par le chagrin et le remords. Cécile recommença sa complainte :

— Que j'ai donc eu honte aujourd'hui, mon Dieu ! Tout le monde riait d'Ovide, le traitait de tapette, chantait *Ris donc Paillasse* !

La mère Joséphine éclata soudain en sanglots, la tête tournée vers Napoléon.

— Je le savais qu'on serait puni, un jour ou l'autre, à cause de ce protestant-là. Pauvre enfant. Une si belle âme. On voit bien que le bon Dieu veut qu'il fasse un prêtre. Et puis ça me dit que mon Vide est allé se jeter à l'eau.

— Voyons donc ! bougonna Théophile.

— Dites pas ça, maman ! s'écria Guillaume, qui semblait avoir perdu son calme.

Il se rendit à la fenêtre. Le nez collé à la vitre, blême, il regarda le terrain de jeu de ses yeux agrandis peut-être par l'affolement. Un vent léger soufflait. Le soleil à la veille de disparaître baignait les êtres et les choses d'une lumière oblique transparente, qui faisait rougeoyer les briques des maisons, donnait au terrain de jeu un aspect immatériel, aux femmes une beauté excitante et aux hommes l'air de grands enfants. Des groupes bigarrés et joyeux débouchaient de toutes les rues et allaient s'installer aux arêtes du losange, sur lequel évoluaient quelques joueurs en chandails rouges ou jaunes. Des bâtons tournoyaient, des balles étaient frappées, attrapées, et des disputes qui se terminaient par des paris éclataient ici et là parmi les spectateurs impatients.

— Si on le faisait annoncer au radio, dit Napoléon. On pourrait aller jouer notre partie, nous autres.

Soudain, Guillaume, à son poste, se raidit et sembla vouloir défoncer la vitre de sa tête. C'était bien Rita Toulouse qu'il voyait arriver aux côtés de Stan Labrie ? Elle désignait la maison en riant, la main armée d'une feuille de papier. La lettre ! La lettre d'Ovide qui permettait enfin à Rita de parler à Stan Labrie. Guillaume recula d'un pas et serra les poings.

— Ah ! la maudite ! Attends-moi un peu.

Suivi par Napoléon, il dégringola l'escalier et courut vers le losange. Le spectacle coloré et bruyant de la foule se transformait dans ses yeux embués en une masse indistincte et mouvante. Il voyait partout le salon familial et un cercueil très étroit, celui d'Ovide, qui y était installé. Guillaume s'accusait de cette mort. Il n'écouta pas les exclamations qui saluaient son arrivée au losange. Son regard menaçant cherchait Rita Toulouse. Mais déjà le pasteur Tom Brown, Denis Boucher et les membres de son équipe l'entouraient.

— Vite, Guillaume, pratique un peu, tu es en retard, disait le pasteur en lui donnant une balle et une moufle.

Il les repoussa et tenta de se frayer un chemin à travers ses partisans. Il apercevait Rita Toulouse, assise sur le banc du club ennemi. Elle riait aux éclats et le désignait du doigt à Stan Labrie installé à ses côtés.

— Qu'est-ce que t'as ? dit Denis Boucher en le saisissant par le bras.

— Lâche-moi. C'est la Rita Toulouse. Regarde-la ! Elle rit de moi avec Stan Labrie. Laisse-moi que j'aille lui arranger le portrait.

— Voyons, voyons ! Va pas faire ça.

Denis Boucher s'exténua à le retenir et ne savait que faire. Son front était humide de sueur. Sa destinée de reporter dépendait du succès de cette partie de base-ball. Le curé n'était pas encore arrivé, la foule s'impatientait, et voilà que Guillaume menaçait d'aller battre Rita Toulouse. Il ne comprenait pas la volte-face de Rita Toulouse ni ce qui arrivait aux Plouffe et n'avait pas le temps d'y penser. Tout ce qu'il put vaguement imaginer fut un accès de jalousie qu'il lui fallait apaiser à tout prix. Guillaume se démenait comme un forcené.

— Écoute, dit-il. Es-tu fou, t'attaquer à une femme ? Conduis-toi comme un homme.

— Lâche-moi, je te dis.

Le pasteur Tom Brown, les partisans du club et un Napoléon bouleversé les entouraient.

— Voyons, dit Denis, essoufflé, t'en fais pas. Stan Labrie n'est pas un rival dangereux. C'est un impuissant, incapable de faire des enfants ou d'aimer une femme. Regarde-le comme il faut. Rita va frapper un joli nœud.

— Ouais ? fit Guillaume en s'apaisant et en jetant un regard soupçonneux sur Denis.

Celui-ci, soulagé, desserra son étreinte. Guillaume, immobile, gardait son air féroce et réfléchissait. Il dit soudain :

— Si c'est comme ça, je vas aller le dire à sa mère. Elle va savoir quelle sorte de fille elle a. Je reviens dans la minute.

On n'eut pas le temps de le retenir. Il était déjà parti dans une course folle. Le pasteur leva des bras découragés et Denis lâcha un juron. Les membres de l'équipe grognaient de mécontentement et la foule, par des applaudissements et des cris, réclamait un début à la joute. Denis Boucher, angoissé, regarda en direction du presbytère. Le curé avait-il changé d'idée ? Avait-il craint le ridicule au dernier moment ? Le jeune homme eut soudain un cri de joie. Un groupe de soutanes s'engageaient dans le champ. Denis Boucher courut au monticule et, les bras levés, réclama le silence.

— Mesdames et messieurs, clama-t-il. Nous vous avons réservé une grande surprise. M. le curé Folbèche a accepté de lancer la première balle de cette partie. Il s'en vient justement. Trois hourras pour M. Folbèche !

Les paroissiens, d'abord muets de surprise, se mirent à hurler leur approbation. M. Folbèche était entouré de ses trois vicaires, du frère directeur et de trois marguilliers, qu'il avait emmenés par mesure de prudence, car s'il y avait quelque humiliation à subir, elle serait divisée par neuf. En entendant les hourras qui lui étaient adressés, M. le curé, les yeux fixes, le cœur battant, marcha plus vite. Les membres de son escorte s'épongeaient le front et, entre deux respirations, découvraient un nouveau M. Folbèche. Le groupe se faufila à travers les premières lignes de spectateurs disséminés dans le champ.

— Merci d'être venu ! La foule vous attend avec impatience, monsieur le curé, s'exclama Denis Boucher en le rejoignant.

— Ça va, ça va. J'arrive, dit-il gaiement.

Les yeux de M. Folbèche brillaient d'une courtoisie inaccoutumée. Ses semelles semblaient de chamois. Le vieux prêtre, d'habitude si distant, distribuait plus de saluts qu'un cardinal en mission dans un diocèse étranger. Il traversa le losange, enivré des cris et des applaudissements qui l'accueillaient. Le groupe était maintenant entouré. Denis écarta les indésirables.

— Je vous présente le révérend Tom Brown, dont je vous ai dit l'admiration pour votre magnifique parterre et votre beau presbytère.

Le pasteur, coiffé d'une casquette blanche, en chemise, sans col, le cou protégé par un mouchoir, essuya la sueur qui mouillait son front (depuis une heure, il prodiguait les conseils techniques, frappait des roulants et des chandelles à ses joueurs) et donna une vigoureuse poignée de main à M. Folbèche, qui la lui rendit avec inquiétude.

— Très heureux, monsieur le curé. Je vous admire. À votre âge, vous occuper du baseball pour faire plaisir à vos paroissiens !

M. Folbèche esquissa un sourire timide. Il était délivré d'un poids énorme. À cause des multiples sermons dans lesquels il avait raconté d'imaginaires et toujours victorieuses discussions avec les protestants, en anglais, il avait craint que le révérend Tom Brown, en le rencontrant, se mît à argumenter sur la supériorité de sa religion dans la langue de Shakespeare.

Le pasteur se dirigea vers le grand banc des invités d'honneur, installé à droite du marbre.

— Venez vous asseoir ici, messieurs ! Un instant. Tournons un peu le banc vers la gauche, afin que vous n'ayez pas le soleil dans la figure.

Les personnes déjà assises se levèrent : la fiancée du pasteur, une grande blonde qui avait les yeux cachés derrière des lunettes fumées, et Napoléon, qui scrutait l'horizon avec inquiétude pour voir si son frère ne revenait pas. Denis Boucher se rendit à nouveau au monticule et annonça :

— La batterie d'honneur se composera comme suit : lanceur, M. le curé Folbèche, frappeur, le révérend Tom Brown, de Cincinnati, receveur, le révérend frère directeur. Au jeu !

M. le curé se rendit lentement au monticule. On lui remit une balle neuve qu'il examina en la tournant et en la retournant entre ses doigts. Machinalement, il en demanda le prix et, à cause de son émoi, esquissa une mimique gamine en direction du frère directeur qui donnait des coups de poing généreux dans sa moufle, sans doute parce qu'il était ravi de l'occasion de retourner la balle au curé qui, d'habitude, le toisait du haut de sa prêtrise et se permettait parfois à son endroit des remarques ironiques. Comme le pasteur empoignait un bâton et se dirigeait vers le marbre, Denis Boucher lui recommanda encore une fois :

— De grâce, faites ce que je vous ai demandé. C'est mon avenir qui est en jeu.

Le pasteur sourit, frappa le marbre de son bâton et tourna la tête vers le curé qui, dans sa nervosité, avait mis la balle dans sa poche. Curieuse, la foule se taisait devant la grandeur de l'événement. M. Folbèche, qui n'avait jamais même consenti à jouer aux cartes, inaugurait une partie de baseball ! Commençait-on une ère nouvelle ? Il leva les bras :

— Mes enfants ! Je n'ai pas l'habitude de jouer. Aussi, excusez ma maladresse. Riez si vous voulez, c'est jour de fête. Je suis venu parce que je vous aime bien et que je désire que le club de notre paroisse commence cette partie sous d'heureux auspices. Je désire aussi remercier le révérend Tom Brown, qui s'en retournera demain aux États-Unis, pour le bel esprit sportif qu'il manifeste. Je souhaite aussi la bienvenue au club Canadien qui a bien voulu, malgré sa supériorité, rencontrer notre club dans une joute d'exhibition.

L'arbitre donna le signal. M. Folbèche serra la balle de toutes ses forces et fixa le frappeur. Le projectile fila mollement à hauteur de tête d'homme et se dirigea en dehors du marbre. Le pasteur Tom Brown prit son élan, fit un grand moulinet et rata. La foule laissa d'abord échapper un murmure étonné qui se redressa vite pour enfler et éclater en cris de fureur :

— *Strikez*-le, monsieur le curé. *Strikez*-le ! Vous êtes capable !

Les trois hommes quittaient le losange. M. le curé se frotta les mains d'un air satisfait et salua ses marguilliers d'un grand coup de chapeau. Mais de toutes parts, quoique ce ne fût pas la coutume, on insistait pour qu'ils retournent au losange jusqu'à ce qu'il y eût résultat : soit que le pasteur fût retiré sur trois lancers, soit qu'il frappât un coup. M. Folbèche fut le premier à accepter en saisissant avec empressement la balle qu'on venait de lui porter.

On applaudit et M. Folbèche, heureux comme un enfant, lança une balle haute que le pasteur, emporté dans un élan vigoureux, manqua encore. Cette fois les joueurs même du Canadien l'acclamèrent. La foule trépignait, sifflait, vibrait d'une fierté toute neuve : celle d'être des amateurs de baseball catholiques. Ravi, Denis Boucher souriait et mimait des gestes d'encouragement et de félicitations au curé qui, désemparé par son succès, avait les pieds écartés et les bras ballants. Le père Folbèche reconquérait l'affection de ses enfants en se mêlant à leurs jeux. Il jubilait. La figure tendue par l'animation sportive, il eût voulu que ces instants durassent toujours. Quant au pasteur qui, par amitié pour Denis, avait consenti à jouer le rôle du vaincu, il sentait monter en lui, devant la foule qui semblait prendre les succès du curé au sérieux, l'amour-propre religieux endormi au cœur de tout ministre du culte. Son mécontentement mûrit jusqu'à une décision quand il cueillit l'attitude sévère de sa fiancée à qui il n'avait pas fait part de sa généreuse complicité. Il empoigna son bâton d'une main décidée. La comédie était finie. M. Folbèche, qui regardait au loin, semblant écouter les battements de cœur de la foule haletante, se retourna brusquement et lança une balle parfaite qui claqua dans la moufle du frère directeur, tandis que le pasteur, pris par surprise, tournait sur lui-même, emporté par son élan tardif.

Il y eut un long cri. Les chapeaux volèrent. Une bande d'hommes se détacha de l'assistance et se rua sur le curé ahuri. Ils le hissèrent sur leurs épaules en chantant :

Il a gagné ses épaulettes, maluron, malurette !

Des larmes de bonheur apparaissaient dans les yeux de M. Folbèche pendant qu'il promenait un regard triomphal sur la foule de ses ouailles transportées. La victoire de la vérité éclatait : le catholicisme avait chassé le protestantisme du marbre. Denis Boucher se fraya un chemin jusqu'à lui.

— Bravo ! Bravo ! Monsieur le curé ! Qu'est-ce que je vous avais dit ?

Les épaules déposèrent M. Folbèche. Fébrile, essoufflé, il répondit en prenant Denis par les bras :

— Tu viendras au bureau tantôt. Ta lettre est prête.

Muet de joie, Denis Boucher ne disait même pas merci. Le curé tourna des yeux furtifs vers le pasteur et chuchota à l'oreille de Denis, immobile :

— Les Américains, on les bat sans pratiquer. C'est la première fois que je joue. T'as vu ça ? Hein ? Et ma soutane m'embarrassait. Ah ! si j'avais le temps !

Le pasteur, mécontent et taciturne, consultait son bracelet-montre. Où était Guillaume ? Le cri de joie de Napoléon éclata :

— Le voilà qui s'en vient. Viourge ! Juste en temps !

Guillaume fut vite amené au monticule. Il avait repris son calme et souriait de défi. Ovide était vengé.

La joute commença.

L'obscurité était maintenant installée à demeure, le terrain de jeu était désert, mais les effluves du triomphe de Guillaume flottaient encore dans l'air. Il avait été extraordinaire, gagnant la partie presque à lui seul. Sans attendre les félicitations de ses partisans, il s'était enfui à la maison pour partager avec sa famille l'attente du retour d'Ovide.

Mme Plouffe sortit sur la galerie pour la centième fois peut-être et pencha vers la rue son visage douloureux, sur lequel les contractions de l'angoisse croisaient les rides des années. Derrière le grillage de la porte, les trois ombres à l'affût de Théophile, de Napoléon et de Guillaume imitaient son geste avec une alternation d'arrière-plan. Joséphine hocha la tête et retourna dans la cuisine. Comme trois gamins pris en faute, le père et les deux fils s'éparpillèrent dans la pièce, la figure crispée par des soucis qui semblaient n'avoir aucun rapport avec celui de Mme Plouffe.

— Mon Dieu, mon Dieu ! se plaignit-elle en regardant son poêle. Moi qui pensais qu'après soixante ans, on était seulement vieux.

La chute d'une bûche que le feu rongeait répondit à sa plainte. La table était toujours mise. Pour chasser sa crainte d'un malheur arrivé à Ovide, et pour se persuader que celui-ci rentrerait à la maison sain et sauf, la mère Plouffe avait sorti sa nappe aux dessins fleuris des jours de fête, installé les couverts avec une ingéniosité inaccoutumée que seul peut justifier le retour de l'enfant prodigue qu'on croyait perdu. Cécile, qui commençait d'avoir faim, voyait son chagrin s'assaisonner de mauvaise humeur.

— S'il ne s'était pas tant dépêché, aussi, de se faire une blonde. Les filles d'aujourd'hui, on les connaît. Dans le temps, moi, je n'aurais pas fait ça à Onésime. J'ai assez eu honte aujourd'hui !

Le chagrin de Joséphine éclata en indignation.

— T'avais pas d'affaire à avoir honte. Ah ! cette Rita Toulouse ! Je l'ai *testée* en la voyant. Ovide est trop bon. Quand je pense qu'elle nous fait passer pour une famille de fous. On est uni, on s'aime tous ensemble, on fait notre religion, le curé nous fréquente et on fait pas de bruit. Quant à Ovide, c'est un chanteur dépareillé. Seulement, c'est du classique que nos cocos comprennent pas. C'est un génie, tout le monde le disait quand il était petit. Et le traiter de tapette par-dessus le marché. Un homme comme lui, qui se tient raide comme une barre, qui m'embrasse jamais, qui s'habille comme un gentleman et qui parle comme un *boss*. Quand on pense ! J'espère que tu l'as défendu, ton frère, contre les menteries de cette petite poison ! C'est toi qui devrais avoir honte d'être toujours avec un homme marié.

À cette phrase, qui avait devancé sa pensée, Joséphine se tut, étonnée, et sembla examiner la trace que les mots avaient laissée sur sa langue. Cécile balbutiait :

— On peut plus se fier aux garçons.

Napoléon, qui rôdait près de la porte du salon et n'osait, par respect de la tristesse générale, s'évader pour contempler ses coupes, releva le nez et bomba le torse :

— Toi, la gratteuse, dis pas ça. Des garçons, y en a des bons qui attendent après vous autres. Vous êtes pas assez fines pour les trouver. Des femmes mariées, j'en veux pas. Ah ! moi, si j'avais une blonde ! J'y chanterais pas de chansons, ni que j'y sortirais des mots longs comme ça. Non ! le soir, on prendrait une petite marche sur la route nationale. À neuf heures, on revient, on s'achète chacun un cornet, on s'assied sur la galerie et on regarde des portraits. Ensuite on va se coucher. C'est facile.

Guillaume, énervé par ces discussions, s'évada sur la galerie. Théophile rompit une longue méditation et suivit son benjamin des yeux.

— Tu peux bien te sauver, le jeune, après ce que t'as fait hier soir !

Théophile, aussi tourmenté que sa femme, s'évertuait cependant à cacher son inquiétude sous un air bonhomme. Il haussa les épaules.

— Les femmes ! Les femmes ! Je connais quelque chose de bien mieux qu'une blonde. Ça dure plus longtemps et on le conduit : un bon bicycle de course.

Une blonde, ça dure deux ans au plus. Ensuite le mariage. Le plus drôle, c'est qu'on peut jamais croire que notre femme, ça a pu être notre blonde. Hein, Phine ? Fini le sport. Ça vous empêche de sortir, de vous distraire, ça vous commande ! termina-t-il en jetant un coup d'œil d'envie vers l'armoire où Joséphine gardait sa bière sous clé, car la tristesse assoiffait Théophile.

Mme Plouffe ne l'entendait pas. Elle s'éveillait, sévère, d'une réflexion choquante.

— Cécile ! À propos d'Onésime, je trouve que vous commencez à vous faire pas mal de façons, tous les deux.

Guillaume fit irruption dans la cuisine en criant sa joie :

— V'là Vide ! Il est soûl.

— Non ! Ça se peut pas, éclata Joséphine, le poing sur le cœur. Il est Lacordaire !

— Oui il est soûl. Il marche comme p'pa. Viens voir, exultait Guillaume. Il est pas noyé. Que je suis content !

Joséphine se laissa tomber dans la chaise berçante en sanglotant.

— Comme son père ! Comme son père !

— Pas de drame. Donne-moi la clé de l'armoire, coupa Théophile, péremptoire.

Joséphine fouilla dans la poche de son tablier et la lui tendit. Théophile, pénétré soudain de l'autorité particulière à l'ivrogne à jeun devant un homme ivre, devenait maître de la situation et prenait le gouvernail du navire familial. Il planta deux bouteilles de bière entre les couverts et les ouvrit sans trembler. Mme Plouffe réussit à se lever.

— Pauvre petit ! Qu'il a dû souffrir. Cécile, prépare son lit. Je vas lui aider à monter l'escalier.

Cécile se hâta afin de racheter l'inquiétude que lui causait la remarque de sa mère sur sa façon de se conduire avec Onésime. Napoléon, un plat dans les mains, attendait que son père eût fini de rincer les verres, afin de prendre l'eau nécessaire pour rafraîchir le visage d'Ovide, car c'était son rôle de laver Théophile quand il revenait ivre à la maison.

La porte s'ouvrit et Ovide parut, la cravate dénouée, la figure luisante, figée dans un sourire hébété. Il tenait sa mère par le cou et de temps en temps lui donnait des petites tapes sur la joue :

— Belle petite mère, va ! On l'aime bien. On sort ensemble ce soir ?

Guillaume essayait d'attirer son attention et répétait :

— J'ai battu Stan Labrie, tu sais. 6 à 3. Je l'ai *striké* trois fois et j'ai frappé un circuit.

— Pauvre Stan, hoqueta Ovide.

Il se dégagea et tendit un bras solennel :

— Bonjour, les Plouffe !

Consciencieux, Napoléon s'approcha, une serviette humide à la main, et la passa sur le visage d'Ovide, dont la tête obéissait comme celle d'un chat qu'on caresse.

— Ton lit est prêt, Vide, avertit Cécile.

— Laisse-le donc. C'est un homme. Il peut se tenir debout, protesta Théophile, deux verres débordants à la main. Tiens, Vide. Prends-moi ça pour te remettre !

Et il jeta un coup d'œil significatif à Joséphine en train de brosser fébrilement l'habit souillé d'Ovide, coup d'œil qui signifiait : « Que ça te serve de leçon pour l'avenir quand j'arriverai dans cet état. »

Ovide but son verre et cria :

— À table, j'ai faim !

Joséphine consulta vite l'état du feu et exécuta de véritables prodiges pour faire démarrer le crépitement de la friture. Ovide enleva son veston, se frappa la poitrine des deux poings et se mit à rire à gorge déployée :

— Je suis l'homme qui a le plus fait parler de lui à Québec aujourd'hui, pas vrai, Cécile ?

— Mais non, Vide, pas tant que ça, balbutia-t-elle.

— Énormément, au contraire ! hurla-t-il, la bouche tordue, les yeux à fleur de tête. De plus, je m'assois ici, décida-t-il en empoignant la chaise du bout de la table.

— J'te la prête, j'te la prête, laissa échapper le collectionneur, en s'asseyant avec effroi sur une chaise quelconque.

Pensif, Ovide examina la nappe et les couverts, puis déposa un bref regard sur les bouches bées de sa famille.

Il hoqueta. Ensuite une pâleur solennelle raffermit sa figure lasse.

— La mère, laissez le poêle. Asseyez-vous avec les autres. J'ai un petit discours à vous faire.

Elle s'installa avec timidité, car elle ne pouvait concevoir qu'elle pût s'asseoir pendant que les enfants mangeaient. Ovide ouvrit les bras avec emphase.

— La mère, je vous aime. Je ne vous embrasse pas souvent : c'est que je suis gêné et que je ne veux pas passer pour la tapette que je ne suis pas, vous entendez ! Je vous aime bien, maman, et je vais vous le prouver.

Il fit le tour de la table, embrassa longuement Joséphine sur la joue. Une larme coula le long du nez de la mère Plouffe, immobile. Elle se plaignit doucement, comme une bête qu'on a toujours battue et qu'un bon matin on se décide à caresser parce qu'on va la tuer.

— Un autre verre, Vide, suggéra Théophile qui, appréhendant un baiser possible d'Ovide, préférait l'échanger pour la permission de trinquer.

— Non, merci, c'est fini. Actuellement, je suis heureux ; et je trouve bêtes les gens heureux qui se soûlent. Ne bois jamais, Napoléon. Ni toi, Guillaume.

— Non, Vide, obéirent les deux sportifs.

Le chanteur d'opéra toussa :

— La mère, vous avez installé une table des jours de fête pour accueillir l'enfant prodigue qui, au lieu de venir dîner et souper, a trempé dans des tavernes abjectes pour noyer sa honte et son chagrin, quand Paillasse, lui, a eu le courage de rire de sa douleur.

— Moi aussi, je vas arrêter ça, glissa Théophile en repoussant son verre d'un air coupable.

Quelques secondes, Ovide ferma les yeux et sembla se recueillir.

— Hélas ! Dieu veut que cette magnifique table, au lieu d'accueillir le retour d'un ingrat, célèbre le départ d'un apôtre. Oui, j'ai laissé ma position et j'entre demain au monastère des Pères Blancs d'Afrique comme frère convers.

Se sentant immatériel, tant il était tiré par le sublime, il attendit les réactions de sa famille. Mme Plouffe n'avait pas levé la tête et geignait de façon plus sourde. Théophile, accoutumé de prendre une foule de résolutions quand il était ivre, ne croyait pas à celle d'Ovide, mais simula la crédulité. D'ailleurs, les projets religieux d'Ovide l'avaient réjoui, car Théophile, habitué d'avoir des prêtres pour grands patrons, s'imaginait que les ecclésiastiques, à cause de l'importance qu'on leur donne, nagent dans une félicité sans nuages. Dommage qu'Ovide ne fût pas sérieux. Le vieux typographe, atterré au fond des souffrances morales qu'Ovide avait dû endurer, jouait toujours la bonhomie.

— Le monastère est à environ dix milles d'ici. Ça me prendra à peu près une heure pour aller te voir en bicycle. Il y a vingt ans j'aurais fait ça en un quart d'heure.

— Avec le vent dans le dos, ça vous prendra moins que ça, le père, ajouta Napoléon, l'air exact.

Cécile, qui était l'avare de la famille, semblait plus bouleversée que les autres par la décision d'Ovide. Comme Mme Plouffe, pour boucler le budget, prélevait quatre dollars par semaine sur le salaire des enfants, Cécile craignait que sa mère, pour combler la perte des quatre dollars d'Ovide, n'augmentât à six dollars la part de Napoléon et la sienne. Sur ses gardes, elle fixa l'armoire où, pour elle, se logeait l'intransigeant bourreau qu'on appelle le budget familial, et le prévint :

— J'ai décidé de me faire arracher les dents la semaine prochaine et de me faire poser un beau râtelier. Toutes les filles font ça à la manufacture. Ça va me coûter une quarantaine de piastres. Aussi, comme je ne veux pas toucher à ma petite banque, j'économiserai ça sur mon salaire. Vous ne pourrez pas remonter ma pension.

Ovide jeta à la ronde un regard méprisant.

— C'est tout l'émoi que ça vous cause ? Mes Plouffe, vous êtes tous des enfants. Vous, la mère, ne pleurez pas au moins parce que j'ai le courage d'être un homme.

— Mais t'es chaud, mon Vide, dit enfin Mme Plouffe à travers sa plainte.

Ovide se prit la tête à deux mains et hurla :

— Je pars demain pour le monastère, que je vous dis ! Moi, chaud ? Je n'ai jamais raisonné aussi froidement. J'ai des millions de mots qui voudraient sortir.

Il bégaya, comme torturé de ne pouvoir prouver l'exceptionnelle bonne santé de son cerveau.

— Tiens, je vous vois tous comme sur un écran de cinéma, dit-il en tendant les mains d'un geste protecteur, je vous vois tous comme des petits enfants. Il n'y a que la peau qui vous vieillit.

— C'est ce que tu penses, dit tristement Théophile, qui s'évertuait à prendre un ton détaché pour laisser entendre à Ovide qu'il ne prenait pas sa douleur au sérieux. Tu manques d'expérience, Vide, tu portes mal la bière !

Ovide empoignait le bord de la table, car la cuisine commençait de tourner, emportant dans sa giration les figures tendues de ses parents, devenues des astres absurdes dans un ciel houleux ; sa tête s'allégeait, vidée de sa miraculeuse clarté par le tourbillon de son cœur étourdi. Il tentait d'enrayer l'écoulement des flots d'idées qui ne lui reviendraient plus concernant la crise d'infantilisme dont il sentait l'Amérique victime. À force de fixité, son regard réussit à immobiliser les objets. Ils se tenaient maintenant dans une position oblique. Le plafond penchait, l'ampoule électrique se dirigeait vers un autre centre de gravité, les meubles ne glissaient pas sur le plancher en pente.

— Oui. On est forcé d'être des enfants toute sa vie. C'est pour ça que ceux qui veulent devenir des hommes sont malheureux. Vous voulez chanter l'opéra ? On rit de vous. Vous voulez vous conduire en monsieur avec les femmes ? Elles vous traitent de tapette si vous n'êtes pas champion avec des muscles gros comme ça. Vous voulez avoir une bonne position dans un bureau ? La compétence, c'est toujours les autres qui l'ont.

— Si on mangeait, suggéra Napoléon, timidement.

Mme Plouffe se rassérénait. À tout prendre, elle était heureuse qu'Ovide fût ivre, car dans cet état il était impossible à son fils de prendre une décision définitive. Cette vocation religieuse d'Ovide, qu'elle avait toujours désirée, lui faisait peur maintenant qu'elle menaçait d'être imminente. Soudain, Ovide ouvrit des yeux démesurés par une terreur croissante. Les vapeurs de l'ivresse s'étaient envolées au long de son discours, abandonnant son esprit épuisé à la souffrance qu'il avait fuie. Il bégaya :

— Cécile ! Tu leur as raconté ce qu'on dit de moi partout ?

— On sait que c'est pas vrai, tempéra-t-elle.

Il s'abattit sur sa chaise, les coudes sur la table, la tête entre les mains, le dos arrondi par des sanglots timides.

— Mon Dieu ! Mon Dieu ! Je suis si malheureux !

Il releva la tête, fixant sa mère à travers des larmes opaques comme de l'huile, et lui dit d'une voix douce :

— C'est vrai. Je pars demain pour le monastère. Vous viderez votre valise de noces. J'en aurai besoin.

DEUXIÈME PARTIE

Printemps 1939

1

Mai 1939 ! Hitler provoquait l'Europe. Les journaux débordaient de nouvelles importantes. Pour la première fois dans l'histoire de la Couronne britannique, les souverains débarquaient à Québec et visitaient le Canada. Que se préparait-il ? Le paisible Québécois commençait à s'inquiéter du vent fébrile qui soufflait de l'Est. Encore la guerre ? Le chômage préoccupait moins les esprits, on guettait l'horizon comme si le soleil n'allait plus paraître. Une autre époque se levait et, à tâtons, chacun tentait de s'y ajuster.

Les Plouffe, à leur échelon social, n'échappaient pas aux vicissitudes du temps. D'habitude, chez eux, on passait d'une année à l'autre sans qu'il y eût rien de changé que les calendriers. Mais depuis la venue du pasteur Tom Brown, une ère nouvelle éclosait, portant une mystérieuse semence d'événements.

Napoléon, d'un poing nerveux, releva son pantalon en marchant aux côtés d'un Guillaume songeur. Ils revenaient du terrain de jeu. Le visage du collectionneur n'affichait plus son expression quiète des années passées. Le poids du sérieux étirait son visage et la mélancolie aplanissait ses yeux saillants. Il dit :

— Guillaume !

— Quoi ?

— Faut que je te dise. Je me suis trouvé une blonde.

Guillaume lui jeta un regard oblique.

— Donc tu changes ! Tu sais que c'est dangereux pour les athlètes.

— Jeanne est pas comme les autres ! s'exclama Napoléon, catégorique.

Puis un petit rire de ravissement clapota dans sa gorge et il se mit à se rouler une cigarette, car il avait commencé de fumer afin de paraître viril. Il plissa soudain le front.

— J'ai promis une chaise à Jeanne sur la galerie pour voir passer le roi et sa femme. Penses-tu que la mère va être contre ?

Guillaume cracha puis se mit à siffler son air favori. Napoléon, patiemment, attendit.

— Ouais. Tu sais que la mère peut plus digérer les blondes depuis l'affaire d'Ovide. Moi non plus. Les femmes, c'est fini. J'ai d'autres choses en tête.

— Ça m'a poigné tout d'un coup. J'aurais jamais pensé ça.

— C'est ton affaire, le Viourge. Ta blonde pourra prendre ma chaise. Je serai pas sur la galerie quand le roi va passer.

— Vrai !

Dans sa joie, Napoléon ne vit pas l'air mystérieux de Guillaume.

— J'ai hâte que tu voies Jeanne. Viourge qu'elle est belle !

Le ravissement de l'amoureux laissait Guillaume insensible.

— Napoléon !

— Oui ! s'empressa le collectionneur.

— À propos du roi. Paraît que là-bas, en Angleterre, ils connaissent pas le baseball ?

— Je pense que non. J'ai pas un portrait de joueur de baseball anglais. C'est pas surprenant ! Les Anglais ! comme dit le père.

Guillaume se lécha la lèvre et ses yeux brillèrent.

— En ce cas-là, j'ai mon plan pour lui faire faire un saut.

Napoléon, à cause de son état d'âme, ne pensa pas à questionner son frère. Il sourit avec une complaisance distraite.

— T'es toujours plein d'idées.

Un cri long et rauque de vieille femme les fit sursauter. Mme Plouffe les appelait. Ils coururent.

La rue Montmagny offrait son visage des jours de procession. Des colliers de pavillons multicolores étaient accrochés aux façades des maisons, des banderoles couvertes des slogans les plus divers formaient des arcades au-dessus de la chaussée. On y lisait en grosses lettres rouges, bleues ou dorées : « Saint Jean-Baptiste, protégez la race », « Saint Joseph, donnez-nous des familles nombreuses », « Sacré-Cœur, éclairez-nous », « Dieu des armées, accordez-nous une bonne mort », « Sainte Jeanne d'Arc, sauvez la France », etc.

Des drapeaux de toutes sortes, du Bleu Blanc Rouge, en passant par le Fleur de Lys au Union Jack, offraient à l'œil des points de repère dans l'orgie des oripeaux et servaient de bannières aux divers groupes de couleurs, lesquelles, sans capitaines, eussent blessé l'œil par leur salmigondis. Ces décorations multicolores, qui clapotaient dans le vent, formaient un assez joli spectacle, où l'on devinait même l'indice d'un tempérament artiste, si l'on réfléchit qu'il était dessiné par un peuple sans drapeau, obligé de se servir de ceux des autres pour se composer des airs de fête.

Hélas! une tache énorme gâtait la mascarade. La maison des Plouffe, butée, trapue, n'arborait aucune oriflamme. Dans sa nudité sale, parmi ses sœurs attifées des plus gais colifichets, elle se préparait à braver le roi d'Angleterre. Le cardinal, dans une lettre pastorale récente, avait pourtant demandé à tout le diocèse de se parer des plus beaux atours pour recevoir les souverains, sommé tous les bedeaux de la ville de faire sonner les cloches et prié les curés de chanter le *Domine, Salvum Fac Regem* avec les versets de l'oraison *Pro Rege*.

Les deux fils Plouffe soupèrent en vitesse sous les yeux impatients d'une Joséphine mécontente.

— Ah! mes escogriffes! Si Ovide avait pas été au monastère, il m'aurait fait ôter la table et vous n'auriez pas mangé. Il s'en passe des choses à la maison depuis qu'il est parti. Tout le monde veut mener.

Et elle glissait un regard rancunier vers Théophile. Il se berçait avec vigueur, les deux mains crispées sur les bras de la chaise. La barbe longue, les traits durcis par une indignation qui le faisait grogner, il avait l'air aussi buté que sa maison. Il surprit le regard de Joséphine.

— Tes petites pointes ne me feront pas changer d'idées, ma femme. J'ai dit qu'on posait pas de drapeaux. C'est clair! Peuh! Le roi! Ça vient nous voir quand c'est mal pris. Il a peur d'Hitler, il vient nous parler en français pour mieux nous rouler dans la conscription.

Grandiloquent, il ouvrit les bras.

— Sortez vos pavillons, imbéciles ! Sonnez les cloches ! L'Angleterre vient vous passer en revue. Nous autres, des Français qui avons découvert le Canada ! C'est pas croyable !

Joséphine prit un air soumis et n'osa protester trop fort, car, si elle avait la haute main sur la régie interne de la maison, elle nourrissait un respect aveugle pour les vues politiques de son mari. Elle suggéra :

— Mais mon vieux, c'est gênant, pas un drapeau sur la maison quand c'est décoré partout. On a l'air de polissons. Dire que j'ai des tiroirs pleins de belles banderoles ! Et puis la reine a un si beau sourire. Qu'est-ce qu'elle va dire ?

Théophile se leva et arpenta la cuisine. Il paraissait stupéfié.

— C'est toi, ma femme, qui passes ton temps à chanter que sainte Jeanne d'Arc a jeté les Anglais hors de France ? Pis tu veux te pavoiser pour les recevoir !

Joséphine croisa ses vieux doigts et, pendant quelques secondes, étudia cette contradiction avec humilité sous les yeux triomphants de son mari.

— Bien, il paraît que les temps sont pas mal changés. Je voyais sur le journal que Son Éminence dîne ce soir avec le roi avant de partir pour les fêtes de Jeanne d'Arc à Domrémy.

Théophile brandit sa pipe.

— C'est à rien comprendre ! C'est à rien comprendre ! M. le curé voulait pas qu'on reçoive de protestants dans la paroisse et v'là Son Éminence qui dîne avec un roi protestant. Les prêtres nous disent d'entrer dans la Saint-Jean-Baptiste, de rester Français, de se méfier des Anglais, pis à la moindre petite visite, tout ce monde-là dîne ensemble avec du bon vin, de la bonne bière et des beaux discours de fidélité.

— Fâche-toi pas, mon mari. Tu connais la politique, je me fie à toi. Quelqu'un disait hier que le roi était aussi le pape des protestants. C'est quelque chose. Dans tous les cas, c'est pas mal compliqué. Laissons faire Son Éminence, elle doit avoir ses raisons, parce qu'il y en a pas une comme elle pour calculer son affaire. À part ça, si on met pas de drapeaux, ça pourrait te nuire à *L'Action chrétienne* qui imprime des pages complètes pour dire qu'on est les sujets les plus fidèles des souverains.

Les convictions de Théophile atteignirent le paroxysme de leur sérieux. Les événements politiques restant les seules occasions où il se sentait de l'autorité, il les affrontait dans sa cuisine avec une fougue d'autant plus heureuse qu'elle le dégageait de la stagnation des jours ennuyeux.

— Tu veux pas discuter, ma femme, mais tu te creuses la tête pour me faire peur et installer tes maudits pavillons. *L'Action chrétienne*, c'en est d'autres qui ont un visage à deux faces. Quand les Anglais restent chez eux, ils les montrent du doigt en disant que c'est la peste. Ça nous chante à l'année qu'on devrait être séparé de la Confédération, qu'on devrait être une sorte de petite France catholique. Le roi arrive, ils sont tout miel et traduisent le *God Save The King* en français. Moi j'ai pas deux faces. Mes idées politiques passent avant ma *job*. Je suis contre le roi, pis je pose pas de pavillons. Je me montrerai pas le nez dehors pour le voir passer. J'ai dit !

Le visage de Napoléon s'illumina. Une chaise disponible. Il fallait s'en emparer au cas où Guillaume déciderait de rester sur la galerie. Il se peigna en vitesse et, raide, se retourna vers sa mère. Il serra les poings, car ses jambes devenaient de ouate. Des mots à l'état d'embryons sortirent de sa bouche et produisirent un grognement haché de « ha ». Mme Plouffe ne l'écoutait pas et, songeuse, regardait s'écrouler ses étages d'oriflammes. Elle dispersa sa déception dans un long soupir et se dirigea vers la galerie en marmottant :

— Si Ovide avait été là. Bon, je vais m'asseoir ici, Cécile, là, Napoléon...

Ses yeux taillaient des carrés pour les places sur la galerie. C'était le même regard qui découpait d'avance, en imagination, le gâteau pour les parents en visite.

— Maman !

Cécile, les cheveux grisonnants et ébouriffés dans une permanente généreuse, suivit Joséphine jusqu'au seuil de la porte. Elle minauda :

— Gardez une bonne place pour Onésime. Il a congé. Je l'ai invité.

Mme Plouffe cessa de calculer, mais ne se retourna pas.

— Cécile, viens ici.

— Oui, m'man, fit la vieille fille, pimpante, aussi heureuse de pouvoir ajouter un autre menu plaisir à son idylle platonique que de mettre vingt-cinq sous dans sa tirelire.

Joséphine jeta un œil méfiant vers la cuisine et s'assura qu'on ne les écoutait pas. Elle dit gravement :

— Viens t'asseoir sur le banc des petits chars. J'ai à te parler.

Cécile, refroidie par l'intuition d'une catastrophe, cessa de sourire, pâlit et s'assit aux côtés de sa mère sans la regarder. Mme Plouffe enleva sa gomme, la roula en boule entre ses vieux doigts, soigneusement, puis la colla sous le banc. (Le dessous des chaises de la cuisine était parsemé de ces adhérences séchées et noircies par les années.) Elle toussa :

— T'as quel âge, au juste ?

— Quarante et un ans, m'man. Mais j'ai pas mal d'argent de ramassé.

— C'est pas l'argent. C'est à propos des hommes. T'aurais pas un bon garçon en vue ?

Cécile, en esprit, se cramponna à l'image d'Onésime comme à un tronc d'arbre.

— Vous savez bien, m'man, que les garçons d'aujourd'hui… Si vous embarquez pas dans leur auto, vous êtes une niaiseuse. Et puis, j'me demande toujours si c'est pas pour mon argent.

Elle avait $422,48 en banque.

Joséphine s'assura que sa gomme était bien collée.

— Je dis ça pour parler. C'est parce que la femme d'Onésime est venue me voir aujourd'hui. Oh ! je sais que tu fais pas de mal, mais c'est son mari après tout.

Cécile ferma les yeux et croisa des mains glacées. Sa mère reprit son élan.

— Elle se plaint qu'il est toujours rendu ici, assis à côté de toi, qu'elle est toujours toute seule avec les enfants et qu'elle en a assez de faire rire d'elle. Elle dit que tu veux te bâtir sur son terrain. Mets-toi à sa place. Elle a raison. Ça fait plusieurs qui m'en parlent et M. le curé me pose des questions là-dessus, des fois. Je pourrai plus recevoir Onésime dans ma maison.

Cécile, muette, fixait sa mère de ses yeux affolés.

— Tiens, ma fille. Que penserais-tu, qu'on ferait asseoir Guillaume ici, toi là, Napoléon…

Cécile n'aida pas sa mère à éviter les épines de l'entretien. Comme mue par un ressort, elle s'était dressée et s'était enfuie dans sa chambre en faisant claquer la porte derrière elle. Transie d'inquiétude, Joséphine mâcha nerveusement sa gomme absente.

— M'man, vous êtes là ? sourit timidement Napoléon en glissant sa tête dehors. Je voudrais vous dire quelque chose.

Mme Plouffe, lourde et comprimée par le souci, écarta son fils comme un ennui de trop et se rendit dans la chambre de Cécile. Elle contempla béatement sa fille recroquevillée sur le lit, les épaules secouées par des sanglots qui, après avoir passé par le serpentin de son corps, s'écoulaient en reniflements.

— M'man ! m'man !

— Oui, ma petite fille ! s'écria Joséphine en se précipitant. Cécile la repoussa à coups de coude rageurs.

— C'est de votre faute. J'me suis pas mariée avec Onésime parce que vous vouliez que je reste avec vous. J'étais votre seule fille. Vous me disiez que le mariage apportait seulement la misère. Donc, je me suis pas mariée. Maintenant vous m'enlevez mon seul ami. Égoïste ! Sans-cœur !

Joséphine se secoua nerveusement de la carapace de monstre dont elle se sentait couverte.

— Sois raisonnable, petite fille. Tu me disais que t'avais peur d'avoir des enfants. Tu vois bien qu'à c't'heure, avec ces sentiments-là, tu peux plus recevoir Onésime sans pécher. Comprends donc. Il est marié et sa femme se choque.

— Ça empêche pas que j'aurais fait une meilleure femme qu'elle.

— Cécile !

— Allez-vous-en, sans-cœur, sans-cœur !

Bouleversée par la douleur surprenante de sa fille et troublée par le reproche qui l'accusait de manquer de cœur, Joséphine recula lentement vers la porte en tendant des bras inutiles vers cette enfant qui lui avait vieilli sous le nez, sans passion, comme un perroquet. Et voilà qu'un cancer du cœur, endormi sous la vétusté de l'ennui, se révélait par la blessure d'une parole. Cécile découvrait l'amour au moment où elle le savait inaccessible. Et elle se tordait sur le lit, elle sanglotait comme au temps jadis de son enfance quand sa mère avait donné à la voisine la poupée avec laquelle Cécile ne jouait jamais.

— Qu'est-ce qu'elle a ? demanda Théophile en voyant sa femme revenir dans la cuisine.

— Oh ! rien. Une affaire entre femmes.

— M'man, j'voudrais vous parler, essaya Napoléon encore une fois.

— Oui, qu'est-ce que tu veux, achalant ?

— J'ai oublié de vous dire que j'avais une blonde. J'voudrais l'inviter sur la galerie pour voir passer le roi. Une bonne fille, m'man, j'vous le dis. Jeanne Duplessis.

— Ça l'a poigné tout d'un coup, dit Guillaume. Paraît que c'est la seule fille au monde qui nuit pas aux athlètes. Tu me présenteras sa sœur, hein, le Viourge ?

— C'est ça, éclata Joséphine. Mariez-vous donc tous ! Abandonnez vos vieux parents. Vous ne leur reprocherez pas de vous avoir gardés pour les désennuyer !

Joséphine resta quelques instants figée dans son attitude mélodramatique. Il y eut un grand silence, car Guillaume traquait des mouches d'une main sournoise et Napoléon se mettait soudain à penser au mariage avec un sourire ravi.

— Comment l'appelles-tu, déjà ? fit Joséphine, à l'affût.

— Jeanne Duplessis. Un beau nom moderne.

Songeuse un instant, Joséphine bomba le torse et déclara sèchement :

— Moderne ou non, je veux pas la voir traîner ici. On a eu assez d'une Rita Toulouse. Tu peux lui donner son transfert.

Napoléon resta tout abasourdi. Puis il réussit à penser à Jeanne. Alors, pour la première fois de sa vie, un air de véritable dignité rehaussa sa petite taille à la mesure d'un grand personnage offensé. Il sortit en déclarant sèchement :

— Vous garderez une place pour mon amie Jeanne Duplessis. J'ai dit. Je vas m'acheter un cornet.

— Qu'il va sucer jusqu'à ce que mort s'ensuive ! conclut Guillaume.

Joséphine courut à la porte.

— T'es fou, Napoléon, penses-y ! Rappelle-toi Ovide... Heu... Bonjour, monsieur le curé.

Étonné de la véhémence de Joséphine, le curé la toisa jusqu'aux pieds puis, sans un mot, pénétra dans la maison et s'assit en faisant tourner son chapeau entre ses doigts. Inquiète de ce silence, Joséphine s'affaira, fébrile, à la recherche d'une immense marque de respect. Théophile, sur ses gardes, s'était levé et flattait sa barbe. Guillaume sortit précipitamment, car il était embarrassé en présence de ses parents et du curé à cause de certains péchés qu'il lui confessait. Le regard de M. Folbèche inventoriait la pièce.

— Ovide s'arrange toujours bien au monastère ?

— Ah oui ! abonda Joséphine. Si vous le voyiez ! C'est lui qui rouvre la porte. Il a une belle barbe noire. Les pères l'appellent « frère Ovide » gros comme le bras. Il parle bien, c'est toute beauté. On dirait un vrai prêtre.

M. Folbèche semblait connaître cette réponse depuis longtemps, car, pendant que Joséphine parlait, il fixait Théophile avec des yeux pétillants de malice. D'un ton naïf, il demanda :

— Qu'attendez-vous donc ? Vous ne posez pas vos banderoles ?

Joséphine, inquiète, attendit la réplique de son mari. Théophile avait aperçu la lueur malicieuse qui brillait dans le regard du curé. Il s'assit en empoignant le bras de sa chaise.

— Non, monsieur le curé. Quand je dis que je suis contre les Anglais, je le suis pour tout le temps. Le roi comme les autres.

Le curé, intérieurement ravi de cette réponse, camoufla son approbation en continuant de jouer la naïveté.

— Mais le roi n'est pas un Anglais de l'Ontario. Et pensez, un roi, une reine, quel honneur pour notre paroisse ! Ça n'arrive pas tous les jours.

— Je te l'avais bien dit, mon mari, dit doucement Joséphine.

Théophile lui jeta un regard furibond, puis cligna de l'œil en direction du curé.

— Monsieur le curé, voyons, vous le savez bien mieux que moi. Les Anglais sont tous pareils. Ils viennent au Canada quand ils sont dans le besoin, quand tout est défriché. La guerre s'en vient, le roi s'ennuie de nous autres. Tout le monde se fend en quatre, les pompiers arrosent le dépotoir de la Pente Douce depuis trois jours parce que le défilé passe par là. Pis nous autres, pauvres quêteux, on respire ça depuis vingt ans sans pompiers. Le monde devient fou, je pense.

Le curé toussa avec une sévérité bonhomme.

— Moi, j'ai mis quelques pavillons dans mes arbres. Je ne me suis pas forcé.

— Non, vous c'est pas pareil. Il faut que vous obéissiez aux ordres de Son Éminence, ajouta rapidement Théophile, embarrassé.

— Pis Son Éminence calcule toujours bien son affaire, ajouta Joséphine.

— Vous avez raison, madame Plouffe. Il arrive que nous ne comprenions pas toujours les subtiles tactiques de nos évêques. Fermons les yeux. Ils conduisent notre barque à bon port.

M. Folbèche n'avait pas fermé les yeux et son regard avait longuement croisé celui de M. Plouffe. Théophile était radieux. Il comprenait. M. le curé, lié par ses responsabilités, ne pouvait dire sa pensée et il venait à lui, Théophile, pour lui faire crier les paroles qu'un curé, en la circonstance, devait taire. Théophile approcha sa chaise du prêtre et prit un ton conciliant, familier.

— Monsieur le curé, regardez-moi dans les yeux. On est du même âge, on peut se parler. Son Éminence à part, vous êtes un vrai Canayen. Un vrai de vrai, hein?

M. Folbèche s'amollit et un sourire de protestation lui faisait baisser les paupières. Théophile tira encore sa chaise.

— Pensez-vous qu'un bon Canayen comme vous, un fils de cultivateur de chez nous, tous vous autres, les bons curés qui nous avez appris comment les Anglais nous ont envahis, comment ils ont essayé de nous faire perdre la Foi, notre Langue, comment vous les avez combattus, comment vous nous avez conservés tels qu'on était, pensez-vous qu'un bon Canayen comme vous va me faire accroire qu'il est pour le roi des Anglais? Voyons! voyons! fit Théophile, bourru, clignant de l'œil. Vous devez obéir, c'est entendu. Et je vous respecte quand je sais ce que vous pensez.

M. Folbèche, attendri par une inspiration patriotique, soupira:

— En effet, nous avons lutté et nous luttons encore. L'obéissance est parfois dure aux cœurs bien nés. Il faut cependant se sacrifier au but à atteindre et nos évêques savent quels moyens prendre pour réussir.

Théophile cligna de l'œil. Il se sentait entré dans le cœur de M. Folbèche et croyait y lire ses pensées les plus secrètes. Ébloui par cette intimité, il se voyait prenant le curé par le bras et s'élevant avec lui dans un vol majestueux au-dessus d'immenses champs d'épis canadiens-français. Joséphine contemplait les deux hommes avec extase. Théophile appuya sa main sur le genou de M. Folbèche.

— Cher monsieur le curé. C'est un homme prêt à se faire tuer pour vous qui vous parle. Vous autres, nos bons curés, vous nous avez conservés et vous n'avez jamais changé de moyens. C'est simple, on a été, on est contre, pis on sera toujours contre les Anglais. Avec les évêques, c'est toujours plus compliqué. Vous savez l'histoire du Canada par cœur. Rappelez-vous 1837. Les troubles. Vous autres, les curés, vous étiez avec le peuple, vous nous cachiez dans les églises, vous vous battiez pour l'indépendance du Canada. Pis, tout d'un coup, bang ! les évêques décident qu'on était mieux de rester fidèles à l'Empire britannique. Ça été la même chose contre les Américains. J'me demande pourquoi. Peut-être que les évêques ont pensé, parce que les Anglais restent l'autre bord de l'eau, qu'ils avaient moins de chance que les Américains de venir se mêler des affaires de la province de Québec ? Ça se pourrait bien.

M. Folbèche étendit un bras sévère :

— Tut, tut, tut, monsieur Plouffe. Ne risquez jamais de telles insinuations. Apprenez que l'Église est Une. Vous voyez, madame Plouffe, quel microbe germe dans l'esprit de votre mari ! Vous savez d'où il vient ? De ce pasteur américain que j'ai sorti de la paroisse, de ce freluquet de trente-cinq ans qui se prétendait bon joueur de baseball.

— Voyons, monsieur le curé, protestait Théophile. Lui, m'influencer ? Il était contre le cyclisme !

— Le démon s'occupe de tous les sports, monsieur Plouffe. Que ça vous serve de mise en garde. Et laissez faire nos évêques. Allons, je dois partir. Bonsoir.

Il sortit d'un pas raide.

— Tu vois ! dit Joséphine à son mari.

Théophile eut un rire confiant.

— Voyons, ma vieille. Tu vois pas qu'il pense comme moi, dans le fond ?

Joséphine courut à la galerie et tenta de deviner l'état d'esprit du curé par sa démarche. Il posait prudemment les pieds sur les planches du trottoir comme un homme qui songe à des problèmes épineux. M. Folbèche n'avait pas la démarche agitée par la colère. Joséphine eût poussé un soupir de soulagement plus décisif si elle eût aperçu le sourire qui amincissait les lèvres du prêtre.

M. Folbèche était content. Le peuple se ralliait donc à eux, les modestes curés qui n'enseignaient pas à l'université et ne deviendraient jamais évêques ? Les ouailles s'étonnaient de voir l'archevêché différer d'opinion d'avec le bas clergé en matière de politique. Le vieux curé s'inquiéta un instant de cette division apparente dans la hiérarchie cléricale, mais le plaisir d'avoir l'opinion publique de son côté facilitait à son esprit les raccords les plus ardus. L'unité de l'Église était sauve, puisque l'épiscopat n'insistait jamais auprès de ses curés pour leur faire suivre la ligne de conduite adoptée en haut lieu sur les relations de Québec et de l'Angleterre. L'Unité dans la division : c'était ça la puissance de l'Église. M. Folbèche examina les rares pavillons accrochés à ses arbres et haussa les épaules. Bien entendu, il n'aimait pas les Anglais ni leurs souverains en tant qu'Anglo-Saxons, mais ces banderoles rendaient surtout hommage à la race des saint Louis, à toute cette royauté qui avait connu ses plus florissantes époques grâce au christianisme.

Mme Plouffe perdit le prêtre de vue. Elle jeta un œil d'envie sur les façades enrubannées et éprouva le besoin de semoncer quelqu'un.

— Guillaume, je t'ai déjà dit de ne pas jouer à la balle dans la rue. Entends-tu !

Le lanceur semblait très occupé de son manège. Planté sur le trottoir, il combinait d'énigmatiques manœuvres avec son partenaire posté de l'autre côté de la rue. Son bras pointait un arrivant invisible.

— Supposons que l'auto s'en vient. Elle est là. Elle arrive. Elle va passer. Bang ! J'ai lancé. Tu comprends ? Ça va le surprendre. J'y vas, m'man.

À ce moment, Napoléon arriva, armé de son cône de crème glacée. En apercevant son aîné, Joséphine fut à nouveau assaillie par le problème amoureux de Napoléon. Celui-ci traversa rapidement la cuisine. Il était blême et sa langue n'attaquait pas la crème glacée.

— Qu'est-ce que t'as ? s'informa Joséphine.

La voix presque éteinte, il bougonna :

— C'est effrayant comme j'ai mal au cœur.

Joséphine haussa les épaules et dit tristement :

— V'là que le trouble commence !

Napoléon était trop sensible. Son indigestion le garda prisonnier de sa chambre toute la soirée, si bien qu'il ne put courir au rendez-vous habituel. Il était désespéré. Jeanne, cette grande dame, ne lui pardonnerait pas de l'avoir fait attendre. C'était la rupture. Il ne put dormir de la nuit. À l'aube, comme d'habitude, il était debout. Le visage défait, les yeux cernés, il prépara son déjeuner mais n'y toucha pas. Il arpenta la cuisine, s'arrêtant souvent pour écouter les ronflements et les souffles de sa famille endormie. Les corps près de s'éveiller se retournaient dans les lits.

Napoléon ne put souffrir son incertitude plus longtemps. Il dégringola l'escalier et enfourcha sa bicyclette. C'était un beau matin de printemps. Il faisait frais, les jeunes feuilles frisaient dans les arbres, le soleil grimpait l'horizon limpide et la ville, lavée par la nuit, sentait le linge propre. Les drapeaux allongés semblaient attendre le vent et le cortège royal. Napoléon contourna deux voitures de laitier et se dirigea vers la Pente Douce, en direction de la Haute-Ville, où Jeanne Duplessis était bonne à tout faire chez un juif.

Le collectionneur avait connu cette jeune fille trois semaines auparavant alors que, pour étrenner le printemps, il faisait sa première randonnée à bicyclette dans la Grande-Allée. Son regard avait été frappé par la démarche incertaine d'une promeneuse solitaire. Et soudain elle s'était affaissée. La première impulsion de Napoléon avait été de fuir ce spectacle émouvant, mais comme à cette heure-là l'avenue était presque déserte, il fut le seul à voir la femme s'évanouir. Prudemment, il rangea sa bicyclette contre un arbre et, les mains moites, il aida la jeune fille à se relever. Elle s'était cramponnée à son bras d'un geste effaré. Napoléon, raidi par l'embarras, lui avait donné des petites tapes nerveuses dans le dos.

— Ça va revenir. Des fois, on est comme ça. Les jambes nous ramollissent.

Ce fut le début du grand amour de Napoléon. Tenant d'une main le guidon et de l'autre le bras de Jeanne Duplessis, il la reconduisit chez elle. Ils se revirent, parce que Napoléon par la suite arpenta la Grande-Allée tous les soirs. Les confidences ne furent pas longues à venir. Jeanne était l'aînée d'une marmaille de neuf enfants, avait trente ans, un visage fatigué et de belles manières qui intimidaient Napoléon. En 1931, lors de la crise, la famille avait quitté Trois-Rivières pour aller s'installer sur une terre inculte à une trentaine de milles de Québec. La misère, plutôt que la lecture de Jean Rivard, avait incité le père Duplessis à s'établir colon. Il était un des fatalistes que les croisés du retour à la terre, désireux d'enrayer le chômage, avaient convaincus que l'expérience et la science agricoles sont le produit de la génération spontanée ou d'une bénédiction de mission-naire colonisateur.

Aux prises avec un sol ingrat, ne soupçonnant même pas ni la variété ni la somme des connaissances essentielles qu'il faut au colon, entouré d'enfants en haillons, l'ancien chômeur, découragé, s'était mis à boire. Jeanne, pour soulager cette misère et fuir cet enfer, était partie pour Québec où elle travaillait depuis cinq ans comme servante à vingt dollars par mois. Elle envoyait cet argent à sa mère, ne dépensant pas un sou et s'habillant avec le vieux linge de « madame ».

Au moment où Napoléon l'avait rencontrée, elle était lasse à en pleurer, de sa solitude et de son esclavage. Il lui était apparu comme un sauveur. Il était l'homme, la sécurité, une petite machine à dévouement. Le monde était compliqué, Napoléon était simple. Elle pouvait appuyer sa tête fatiguée sur sa dure épaule en fermant les yeux, sans qu'il se mît à raisonner. Napoléon était un homme sans complication. Maintenant que dans son cœur une femme avait pris la place des albums de photos, des statistiques sportives et de la crème glacée, il allait se donner à elle, complètement, pour toute la vie. Jeanne le sentait et elle s'agrippait aveuglément à ce billot fidèle qui lui permettait de flotter tout le long de l'existence.

Napoléon, le corps penché, la tête tendue, roula dans un lacis de rues bordées de bungalows. Le plai-sir d'annoncer à Jeanne qu'il lui avait obtenu un siège sur la galerie chassait graduellement le remords qui le rongeait d'avoir failli au rendez-vous. Le petit homme agita la sonnette, car, habitué de se lever à l'heure des bedeaux, il croyait que tout le monde en faisait autant, excepté les membres de sa famille qu'il traitait de paresseux.

À l'intérieur, dans le corridor, un glissement rapide de sandales approcha. Jeanne Duplessis apparut, tenant sa robe de chambre croisée sur sa poitrine plate. Elle était grande, les épaules légèrement voûtées. Ses lèvres minces, sans fard, le bleu de ses tempes, les taches roses de ses pommettes, son front haut, bombé, ses cheveux châtains faisaient ressortir davantage l'éclat vitreux de ses yeux bleus. Étonnée, puis inquiète, elle le fit entrer.

— Mon Dieu ! Qu'y a-t-il ?

Il longea le mur et dit rapidement :

— Je t'ai eu une belle place sur la galerie, à côté de moi. Juste au-dessus du roi.

Jeanne s'immobilisa et les bras lui tombèrent.

— C'est pour m'apprendre ça que tu viens à six heures du matin !

Napoléon, bredouillant, lui quêta un sourire immédiat.

— J'avais hâte de te voir contente.

— Pas si fort, grand fou ! La famille dort ! fit-elle en lui saisissant le bras.

D'une chambre au-dessus, un sommier gémit. La jeune fille tourna un visage effrayé vers l'escalier. Le silence recommença. Soulagée, elle entraîna Napoléon vers la cuisine. Intimidé soudain par le calme du matin et l'attitude de sa bien-aimée, il s'assit prudemment en examinant le poêle électrique d'un œil furtif de conspirateur. Jeanne lui tournait le dos et disait d'un ton de reproche :

— Je t'ai attendu jusqu'à onze heures, hier soir, méchant.

— Pas vrai. J'sus pas méchant. J'ai été malade.

— Non !

Elle s'était vivement retournée et le regardait avec la sollicitude inquiète d'une femme habituée de souffrir pour les autres. Il hocha la tête et sourit :

— J'sus correct. Une viourge d'indigestion. Je comprends pas ça. Ça me fatiguait que tu le saches pas. On est mal dans ce temps-là. Mais à c't'heure que j't'e l'ai dit, pour le roi pis pour l'indigestion, te sens-tu contente ? Me semble que je pourrais gagner une grande course.

Elle s'approcha et prit sa main avec tendresse.

— Pauvre enfant... Tu manges trop vite, aussi.

— Comme ça, tu te sens contente ?

— Oui ! J'ai tellement hâte de voir la reine. J'ai mon après-midi. Si tu voyais le joli costume que madame ne met plus. Cher, que je suis heureuse ! Tiens !

Avec gaminerie, elle lui mit un baiser sur le front. C'était le premier. Il sursauta et fixa l'escalier comme si ce baiser eût pu alerter la maisonnée. Parce qu'il n'avait jamais été embrassé par les femmes qu'en rêve et qu'il était sûr de ne pas s'éveiller du songe présent, il chercha une diversion, car il ne parlait jamais de ses rêves, encore moins de ceux dont il ne s'éveillait pas. Il aperçut la vadrouille appuyée contre l'évier et se hâta de dire :

— Tu laves ton plancher ?

Jeanne fronça les sourcils et toussa en portant son poing à sa bouche. Elle semblait contrariée.

— Non. Ici on cire. Madame préfère que je fasse le ménage du bas avant son lever.

Napoléon était soucieux et examinait la pâleur de son amie d'un œil sournois. Il s'imaginait à la place de madame, laissant dormir Jeanne et faisant son ménage. La vadrouille, qu'en esprit il agitait déjà d'un bras vigoureux, déplaça des pensées et mit à nu la phrase de la mère Plouffe : « Mariez-vous donc tous ! » Son visage s'illumina :

— Jeanne, si t'étais mariée avec moi, tu dormirais jusqu'à midi et je te ferais ton ménage avant de partir pour la boutique. Ça prendrait pas de temps. Tu deviendrais grasse.

Elle avait baissé les yeux et rougissait. Napoléon, respirant à pleine bouche et à plein nez les effluves d'un bonheur conjugal possible, bondit sur ses pieds.

— Je commence à huit heures. J'ai le temps. Assis-toi. J'vas cirer ton plancher.

Jeanne eut beau protester, Napoléon se rendait au bout des besognes qu'il entreprenait.

2

Le cortège royal allait arriver dans quelques minutes. Un murmure de foule cérémonieuse qui attend de la grande visite endimanchait l'atmosphère déjà parée par la magnificence de la légende impériale. On verrait des couronnes, des sceptres, un défilé d'une envergure qui défie l'imagination. Des gerbes de têtes, engorgées dans les fenêtres, se tournaient vers l'horizon. Les maisons favorisées de balcons tendaient à la parade des plats de badauds sagement réjouis. Quelques cyclistes audacieux, qui avaient faufilé des banderoles de papier crêpé bleu blanc rouge entre les rais de leurs roues, zigzaguaient sur l'asphalte de la rue devenue un interminable tapis de cérémonie aux yeux des spectateurs impatients.

Les Canadiens français ne sont pas tous comme M. Plouffe anglophobes ou farouchement nationalistes. En temps d'élection, cependant, il leur plaît qu'on attaque les Anglais sur la tribune, parce que c'est la tradition politique et qu'en rouspétant contre les anciens conquérants, ils se sentent des fiers-à-bras qui ont la réputation de ne pas se laisser marcher sur les pieds. Mais vienne une belle parade, 1760 n'existe plus, et hourra pour la procession ! Élevés dans une province où l'on dépense des sommes folles pour la pompe et le décorum, il n'est rien qui les charme plus que les cirques et les confettis. Romains par le cœur, Normands par la tête, ils ont tout pour déconcerter les étrangers qui veulent les comprendre. Ils sont à la fois Français et Américains, ils sont simples et compliqués, ça leur fait plaisir et, l'œil ouvert, ils se laissent emporter dans les cercles vicieux avec un sourire malin.

Un jeune homme, cartable à la main, fit soudain irruption dans la rue Montmagny. C'était Denis Boucher. Élégamment vêtu, la figure préoccupée, il avait l'air du jeune reporter qui regarde distraitement les choses et les gens comme des cobayes. À brûle-pourpoint, il demanda au groupe de badauds qu'il avait percé :

— Il n'arrive donc pas, ce pantin royal ?

Il n'écouta pas la réponse. Depuis un an, Denis Boucher avait évolué. Parti alors que son adolescence flottait à la dérive, sans carrière à espérer d'un internationalisme dans lequel sa province jouait le rôle du pittoresque, il avait, depuis qu'il était devenu secrétaire d'une section de la Saint-Jean-Baptiste, vogué vers l'îlot même qu'il avait fui alors qu'il était encore une épave le nationalisme étroit. Autant il avait méprisé l'esprit de clocher et admiré le reste du monde, autant, maintenant qu'il avait le pied à l'étrier, il portait aux nues sa paroisse et sa ville natales et considérait le reste de l'univers comme du menu fretin. Son métier lui avait permis de rencontrer des jeunes intellectuels qui publiaient un journal patriotique à tendances fascistes *Le Nationaliste*. Ils avaient accueilli sa fougue à bras ouverts, et Denis, flatté d'être ainsi reçu par des universitaires, s'était emparé de leur étendard. Dans leurs parlotes et dans leur journal, ces jeunes gens réglaient les questions économiques, sociales et politiques en les supprimant, en arrachant la province de Québec à la Confédération et en la plantant dans le plus borné des corporatismes. Aussi Denis, fatigué du ton mielleux que le rédacteur en chef de *L'Action chrétienne* imposait à ses reportages, collaborait-il sous un pseudonyme au *Nationaliste*, par des articles virulents.

Soucieux, il promena quelques instants un œil de clinicien sur les gerbes de têtes, les galeries bondées, les cyclistes et les banderoles, puis esquissa un sourire de satisfaction en constatant la nudité de la maison des Plouffe. Il consulta l'horizon, son bracelet-montre, et grimpa rapidement l'escalier.

— Votre galerie vaut cher aujourd'hui, madame Plouffe !

Joséphine sourit d'importance. Elle se pencha sur la rue et marmotta :

— Napoléon l'emmène pas vite, sa Duplessis.

— Vous dites ?

— Oh ! rien.

Elle avança ses deux dents, serra la mâchoire et fit claquer sa gomme en s'asseyant sur une des chaises rangées au bout de la galerie. Après avoir regardé Guillaume qui, en bas, lançait nonchalamment la balle à un partenaire posté de l'autre côté de la rue, elle se tourna vers la porte grillagée derrière laquelle la silhouette rigide de Cécile se découpait.

— Viens donc t'asseoir, Cécile. Envoie, viens, je te dis. Prends une bonne place avant que la visite arrive.

— Non, non et non, fit la vieille fille avec obstination.

À l'intérieur de la maison, le plancher gémissait sous le tangage d'une chaise berçante. Denis s'étira le cou et aperçut le père Théophile. Il entra.

— Bonjour, monsieur Plouffe ! Vous ne regardez pas passer le roi ?

Théophile le fixa d'un air excédé.

— Non. J'ai pas besoin de te le dire. Tu sais pourquoi.

Denis, la mâchoire serrée par une indignation soudaine, baissa la tête et poussa un long soupir.

— Ouais, c'est une belle chipoterie. Vous savez que je suis chargé du compte rendu de la parade dans le quartier ?

— Je sais, fit Théophile en haussant les épaules. Tu vas parler des applaudissements, des drapeaux, de la police montée, du roi et de la reine avec des mots qui sentent les fleurs. C'est à mourir de honte.

Denis grinça des dents.

— Faut bien. Vous connaissez le mot d'ordre, à *L'Action chrétienne* : sujets les plus fidèles des souverains. On sait d'où il vient, ce mot d'ordre. Mais je me reprends ailleurs ! ajouta-t-il farouchement.

Théophile attendit une explication, puis bougonna :

— Tout le monde dit ça : « On va se reprendre. » Ça prend du temps. Moi j'attends pas. T'as vu ça, hein, pas un pavillon ?

Denis ne pouvait contenir son secret plus longtemps. Il jeta un œil furtif sur la galerie puis, dans une sorte de cri chuchoté, dit à Théophile :

— J'écris deux comptes rendus sur cette parade honteuse. Vous lirez *Le Nationaliste* demain, un article signé « L'Indou ». C'est moi « L'Indou ». Vous comprenez ? triompha-t-il. Ça va barder.

Théophile avait cessé de se bercer et regardait le jeune homme avec une joie mêlée d'incrédulité.

— Es-tu sérieux ?

— Certain ! Content ?

— Comment content ? Donne-leur ça au coton, les maudits. Ah ! que tu me fais plaisir !

Denis cueillait en ce moment tous les éloges adressés depuis quelque temps à son pseudonyme.

— Et si ce n'était que ça, monsieur Plouffe ! Vous avez entendu parler des affiches de l'Armée républicaine irlandaise qu'on a trouvées un peu partout dans la ville ? C'est nous autres, la gang du journal. L'autorité a la frousse, et on rigole. Vous savez que sur le passage des souverains, il est défendu aux spectateurs de lancer des bouquets de fleurs ou de tenir une caméra. Ils ont peur des bombes, comme Hitler. Et la limousine royale aura des vitres à l'épreuve des balles. C'est tordant. Voyez-vous Napoléon ou Guillaume lançant une bombe ?

Théophile, bouche bée, contemplait le jeune reporter avec admiration.

— C'est vous autres qui avez fait ça, c'est vous autres ! Vous êtes bons.

Denis riait aux éclats et se tapait les cuisses.

— Avez-vous vu l'article d'un journal londonien disant que les gens de Saint-Sauveur, pour se moquer de la Couronne britannique, mettaient le Union Jack à l'envers et le faisaient flotter au milieu d'innombrables emblèmes religieux incompatibles avec la religion du roi ?

— Et les as-tu vus au journal ? exulta le père Plouffe. Ça proteste à grands cris que c'est faux, qu'on est des sujets soumis, qu'on aime le roi comme un père ! Pouah !

— Théophile ! appela Joséphine.

Le corps coincé dans la porte, elle regardait avidement vers la rue.

— Théophile ! Viens voir ça. V'là Napoléon avec sa blonde. Comme je pensais : une grande fraîche. Ils ont l'air de *Mutt and Jeff*.

Théophile se leva d'un air ennuyé pendant que Joséphine lâchait la porte pour aller recevoir le couple au sommet de l'escalier. Jeanne Duplessis portait un élégant tailleur brun qui lui donnait vraiment bel air et Napoléon, trottinant à ses côtés, paraissait un petit en-tout-cas. Alors qu'il lui restait quelques marches à escalader, il dit à sa mère, les yeux tournés avec admiration sur le visage de son amie intimidée par le regard inquisiteur de la mère Plouffe :

— C'est Jeanne, m'man. Elle avait hâte de vous connaître.

Joséphine ne répondit pas tout de suite et continua d'examiner comme un objet rare cette grande fille au sourire aimable. Et soudain, dans son esprit, passa la figure mutine que faisait Rita Toulouse quand Ovide la lui avait présentée lors de la soirée « Paillasse ». La joie d'Ovide avait empêché Joséphine de reconnaître la femme ennemie au premier abord, cette ennemie qui avait bouleversé la famille et expédié Ovide au monastère. Éperonnée par ce souvenir amer, l'antipathie vague de Joséphine à l'endroit de la nouvelle venue se précisa en une hostilité prête au combat. Elle dit froidement :

— Vous aviez hâte tant que ça ?

— Bonjour, madame, bredouillait la servante.

Elle rougissait sous l'insistance du regard de Joséphine comme si celle-ci l'eût surprise à tricher. C'était sûr, la mère de Napoléon s'apercevait que ce tailleur lui avait été donné et qu'il lui seyait mal. Jeanne se sentait les jambes démesurément longues et elle serrait fébrilement son sac à main contre sa poitrine plate. Joséphine, à la fin de son examen, conclut que cette fille était trop grande et trop bien habillée pour Napoléon qu'elle ruinerait et conduirait par le bout du nez si elle devenait sa femme.

— En tout cas, venez vous asseoir.

Jeanne Duplessis, mal à l'aise devant cet accueil glacial, jetait des regards décontenancés sur Napoléon qui s'agitait entre les chaises comme une fourmi, car le mouvement lui faisait oublier ses embarras. Un accès de toux la secoua. Joséphine la fixa d'un œil soupçonneux, car elle avait une peur bleue des microbes, qu'elle imaginait aussi gros que des poux chez les gens qui lui étaient antipathiques.

— Vous toussez pas mal creux ! Le rhume en été, c'est pas normal. Faudrait vous soigner.

— C'est les bronches, m'man, dit nerveusement Napoléon qui, pour une fois, devinait ce que sa mère pensait.

Jeanne Duplessis, prise d'une lassitude soudaine, eût voulu se voir dans une cuisine, seule, à cirer un plancher. Joséphine se tourna vers Théophile qui haussait les épaules devant les impolitesses de sa femme et tendait la main à l'amie de Napoléon.

— Bonjour, mademoiselle, fit-il en saluant.

— C'est vrai, je vous présente mon mari.

— Un grand champion, ajouta rapidement Napoléon.

Théophile sourit d'un air timide qui réconforta la servante. Puis, comme il n'avait pas le cœur à évoquer ses exploits de champion cycliste, il s'excusa et rentra dans la cuisine. Mme Plouffe chercha Cécile, mais celle-ci, à l'arrivée du couple, s'était enfuie dans sa chambre. Elle mit fin au silence qui s'établissait :

— Y a encore des chaises de libres. Allez pas vous imaginer qu'y en a pas qui voulaient s'asseoir dessus ! Ma visite est pas encore arrivée. Oh ! une tante et trois femmes avec qui je joue à l'argent l'après-midi. (Devant cette fille bien habillée, Joséphine tenait à dire qu'elle manipulait l'argent avec détachement.) Mâchez-vous ? fit-elle en tendant brusquement un rectangle de gomme.

Jeanne secoua timidement la tête et Joséphine, à cause de son état d'esprit belliqueux, se froissa du refus. Napoléon s'empara de la planche de salut que lui tendait le discours :

— Non, m'man ! fit-il en sortant un sac de sa poche. On va manger des lunes de miel, nous autres.

Comme, en achetant les friandises, il n'avait imaginé que Jeanne et lui qui les mangeaient, il n'en offrit qu'à son amie.

— Vous n'en mangez pas, madame Plouffe ? osat-elle.

— Non, qu'il les garde. C'est son argent.

La silhouette de Cécile, approchant à pas feutrés, se détacha à nouveau derrière le grillage.

— Tiens ! T'as senti le bonbon ! dit Joséphine.

La vieille fille, immobile, examinait le sac de fondants avec convoitise et jetait sur Jeanne Duplessis l'œil jaloux de la femme adultère qui envie la jeune fille libre d'aimer qui elle veut. Jeanne, rougissante, la bouche pleine, les lèvres pincées, n'osait sucer ses fondants, car Joséphine l'épiait avec avidité. La mère Plouffe, satisfaite du malaise d'une femme qui osait menacer la tranquillité de sa famille, n'abandonnait pas sa suppliciée à si bon compte.

Elle avait regretté trop amèrement de ne pas avoir fait à Rita Toulouse l'accueil qu'elle avait mérité pour que sa rancune ne cherchât pas à prendre une revanche. Malhabile dans son essai de méchanceté, elle s'exclama d'une voix trop mielleuse :

— Comme vous avez du beau linge ! Ça doit vous coûter cher pour vous habiller !

— Non, pas trop, murmura Jeanne, d'une voix blanche.

— C'est sûrement pas Napoléon avec son petit salaire qui pourrait vous payer de l'étoffe comme ça !

Napoléon, voyant où sa mère voulait en venir, ne prit pas le temps de réfléchir.

— Pas de danger, m'man ! Jeanne dépense pas une cent pour s'habiller. C'est du linge que sa « madame » met pus.

Hagarde, Jeanne Duplessis s'était dressée et jetait sur le collectionneur un regard éperdu.

— Napoléon !

Elle se mit à pleurer. Désemparée, chancelante de honte, elle se dirigea vers l'escalier et s'en alla. Cécile, à son poste, souriait presque. De la cuisine arriva le commentaire de Théophile qui avait écouté.

— Grosse bête ! cria-t-il à sa femme décontenancée.

Joséphine éprouvait presque l'envie de pleurer. Comment avait-elle pu agir ainsi ? Napoléon semblait pétrifié. D'un œil absurde, il suivait la fuite de Jeanne entre les groupes de badauds.

— Viourge de Viourge ! éclata-t-il soudain.

Il bondit et faillit renverser Onésime Ménard qui, le pied serein, attaquait l'escalier. La veine poursuivait Mme Plouffe : un problème nouveau venait toujours à sa rescousse quand elle était embarrassée. Elle cria :

— Va chercher ta femme, Onésime. Ou bien monte pas !

Il leva la tête et offrit une bouche bée au visage sévère de Joséphine.

— Elle garde les enfants.

— Mêlez-vous de vos affaires, vous, la mère !

Cécile avait poussé la porte d'un geste brusque et courait à la rencontre d'Onésime. Elle fouilla dans son corsage et en tira une lettre.

— Parle pas. Va lire ça chez vous. Tu vas comprendre. Va.

Et elle remonta sans se retourner. Onésime, débordé par les circonstances, examinait avec respect

cette enveloppe rose et pensa d'abord au mot « correspondance ». C'était du papier qui avait dû sentir le lilas à
l'époque où Cécile, fascinée par l'idée d'écrire une lettre
sur un papier aussi sentimental, avait décidé cette folle
dépense. Elle avait en vain cherché un correspondant,
mais elle n'avait pas pensé à Onésime. En se grattant
l'oreille, Onésime retourna sur ses pas sous les yeux
d'une Mme Plouffe satisfaite.

Pendant toute cette scène, Denis Boucher avait
arpenté le trottoir avec impatience. La foule devenait
de plus en plus dense et, dans la fièvre de l'attente, des
disputes s'élevaient entre les premiers arrivés et les
retardataires qui poussaient en jouant du coude pour
obtenir des places de choix. M. le curé Folbèche, d'un
pas incertain, passait de groupe en groupe, adressant
à celui-ci et à celui-là des bribes de phrases insignifiantes comme s'il eût été décontenancé de ne pas être de
la procession, pour une fois. Dans son va-et-vient nerveux, Denis se heurta à Guillaume qui, immobile,
tournait solennellement une balle de baseball dans
ses doigts.

— T'es pas sur la galerie, toi ? Fais attention que la
police montée te prenne pour un anarchiste ! Si tu es vu
avec une balle dans les mains...

Guillaume n'eut pas le temps d'entendre tout au
long ce sage conseil. Un murmure effervescent monta
des trottoirs et les façades des maisons parurent se
tourner vers l'horizon avec les têtes.

— V'là le roi ! V'là le roi ! chuchotait-on.

La foule se figea dans un silence tendu par la
curiosité. Enfin ! Sur le parterre de l'école, la petite
manécanterie se mit au garde-à-vous, car son maestro,
le frère directeur, épaulait son violon.

Le défilé royal apparut d'abord dans le lointain
comme une masse écarlate. Tel un long reptile dompté,

il rampait rapidement sur la piste d'asphalte, ses écailles de pourpre et d'or scintillant sous le soleil. Puis tout se précisa. À la tête du cortège, les uniformes rouges d'un détachement de la Gendarmerie royale moulaient des torses d'autant plus statuaires que les magnifiques chevaux qu'ils montaient caracolaient à l'allure endiablée et fière que tout cheval privilégié qui escorte un roi en automobile se doit de prendre.

Derrière ce détachement, glissait la longue limousine ouverte contenant les souverains. Un autre groupe de gendarmes à cheval terminait le cortège. Le long du parcours, quelques applaudissements de femmes crépitaient, car la reine, debout dans l'auto, portait une belle robe bleue, affichait un constant sourire et avait l'air d'une Canadienne française endimanchée. Quant au roi, il ressemblait à un vieil adolescent chamarré et mal à l'aise devant un public stoïque.

En effet, les spectateurs mâles gardaient plutôt un silence déçu. On avait espéré une parade grandiose et inaccessible à l'imagination et on avait devant les yeux quelques brèves teintes de vermillon qui disparaissaient vite sans tambour ni trompette. À Québec, on est habitué aux défilés lents et fastueux, avec chars allégoriques, fanfares, cantiques et haltes !

Et les policiers de l'avant-garde, dans leurs uniformes pourpres piqués d'étoiles d'or, impassibles sur leurs montures fières et luisantes sous le triomphant soleil de mai, approchaient de la maison des Plouffe. Denis Boucher griffonnait rapidement des notes.

Le frère directeur donna le signal et la petite manécanterie, au son du violon, commença de chanter *Un Canadien errant*.

Guillaume, de son poste, fit un signe à son receveur et banda ses muscles. Les chevaux défilaient en caracolant. L'automobile était à vingt pieds de Guillaume. Il leva lentement le bras. La reine, qui semblait exténuée de sourire à une foule silencieuse, parut soulagée par le chant des enfants. Puis le nez de la limousine entra dans le champ de vision du lanceur.

— Han !

Et la balle de baseball, éraflant presque le pare-brise de la limousine, alla pénétrer dans la moufle du receveur accroupi de l'autre côté de la rue. La foule avait lâché un cri de stupeur. Le roi était presque enfoncé dans le fond de la voiture et la reine, blême, avait cessé de sourire. Le chauffeur accéléra, effrayant les chevaux de l'avant-garde. Guillaume n'eut pas le temps de jouir de son exploit. Des cris fusèrent :

— Sauve-toi, Guillaume, la police !

Quatre gendarmes de l'arrière-garde, revolver au poing, sautaient de leurs montures et couraient sur lui. Quand ils le saisirent, il n'était plus qu'un paquet de chair moite.

— Laissez-le aller, bande de *blokes*, cria Mme Plouffe, alarmée et furieuse, du haut de sa galerie.

Un attroupement épais et bruyant s'agglutina autour des quatre policiers qui secouaient Guillaume. Sa tête oscillait en tous sens. Une automobile de la Sûreté provinciale, qui suivait le défilé à courte distance, vint se ranger le long du trottoir et la porte arrière s'ouvrit toute grande, prête à engloutir le prisonnier défaillant. M. le curé, qui n'avait pu traverser les rangs serrés des badauds, se planta devant la porte béante de l'auto et, croyant arrêter ainsi les policiers qui entraînaient Guillaume, il étendit les mains avec la solennité d'un Moïse séparant les eaux de la mer Rouge. Puis, indigné par les gestes impatients des colosses rouges qui tentaient de l'écarter, il s'arc-bouta et déclara sévèrement :

— Laissez-le. Laissez-le tranquille. C'est un pauvre innocent, un de mes paroissiens. Voyons, il n'est pas dangereux. Il a fait ça pour jouer.

Mais les policiers, Canadiens anglais venus de l'Ouest, s'apprêtaient à le pousser de leurs propres mains. Devant le sacrilège imminent, les badauds se changèrent en assaillants. Des cris de menaces s'élevèrent, pointant des « touchez-y pas » furieux. Le cercle d'hommes en colère se resserra autour des ennemis. Les gendarmes hésitèrent puis dirent au curé :

— *We don't understand. He is an anarchist. Mind your business. Get away.*

Alors le curé, regardant ses paroissiens avec fierté, déterra son anglais qu'il parlait aussi mal que le latin.

— *It is my business. It is my parish, you know. Him a good boy. I order you to give liberty to Guillaume. Understand ?*

— Allez-vous lâcher mon Guillaume, mes maudits grands flancs mous ! hurla Joséphine qui fit irruption en brandissant un lourd tisonnier.

Un des policiers tenta de maîtriser Joséphine qui, agitée par la fureur maternelle, se défendait avec ses ongles, ses deux dents, ses deux pieds et ses deux cents livres de chair. À ce moment, un des détectives de la Police provinciale, assis à l'intérieur de l'auto, décida de sortir après avoir longtemps hésité devant l'intervention du curé Folbèche. Ce détective avait obtenu son emploi du gouvernement Duplessis, dont la sympathie pour le clergé et les nationalistes est bien connue. Le policier Québécois eut un court colloque avec les membres de la Gendarmerie royale, et M. le curé sourit en croyant comprendre que le brave Québécois expliquait aux colosses rouges qu'il serait imprudent, dans les circonstances, d'arrêter un Canadien français sans la permission de son curé.

Les gendarmes devisèrent avec animation puis se tournèrent vers Guillaume en lui demandant avec hargne son nom et son adresse. Ils les prirent en note, lâchèrent l'anarchiste malgré lui et sautèrent sur leurs chevaux en les éperonnant. La foule laissa échapper une clameur enthousiaste en entourant la victime et le curé triomphant et qui disait : *you see, you see*. Denis Boucher, fiévreux à l'idée du compte rendu qu'il écrirait pour *Le Nationaliste*, courut s'enfermer dans sa chambre.

— Théophile, prépare un verre de lait froid ! cria Joséphine essoufflée.

Elle soutint Guillaume pour monter l'escalier. Le père Plouffe, le verre de lait en main, attendait.

— C'est pour ces cochons-là que tu voulais poser des pavillons ?

— Ah ! les maudits Anglais ! rugit Joséphine.

Elle n'eut pas le temps de manifester sa colère plus longtemps. Guillaume, livide, s'évanouit. Il venait d'être atteint d'un mal qui répand la terreur : la peur de la police.

3

Le lendemain soir, Denis Boucher, exultant, courut chez les Plouffe en brandissant *Le Nationaliste*.

— Monsieur Plouffe ! cria-t-il.

Il resta debout sur le seuil de la porte, le sourire figé aux lèvres, cherchant des yeux celui que son cri n'avait pas fait paraître.

— Ah ! c'est toi ? soupira Joséphine.

Elle affichait un air morne qui rendait plus flasques ses bajoues. Un relent de désolation se mêlait à l'odeur particulière de la maison et les meubles en semblaient plus vieux, plus égratignés.

— M. Plouffe n'est pas arrivé et il est presque huit heures ? fit Denis avec un étonnement forcé, afin de ne pas soumettre son ardeur à l'abattement qui écrasait l'atmosphère.

— Non, continua de soupirer Joséphine en ouvrant machinalement le couvercle de la machine à coudre. Il a dû arrêter à la taverne, j'ai bien peur. Pourtant, c'est rare que ça lui arrive maintenant. Il lui est tombé une grosse peine sur la tête, ou un gros plaisir.

Le triomphe de Denis reprit son élan.

C'est un gros plaisir, madame Plouffe ! C'est simple, il a vu mon article dans *Le Nationaliste*. Écoutez ça ! fit-il avec fièvre, oubliant la médiocrité de son auditoire.

LA MASCARADE ROYALE

« Lors du passage sur la rue Montmagny de certains visiteurs dispendieux, un incident cocasse s'est déroulé, qui démontre bien les véritables sentiments qu'éprouve notre bon peuple à l'endroit de ceux que nos journaux impérialistes dénomment "Nos bien-aimés souverains".

Nos gens, dont on connaît l'humour sans pareil, avaient décoré leurs maisons des emblèmes les plus susceptibles de faire comprendre aux piliers de l'hémophilie britannique que nous avons été, que nous sommes et que nous serons toujours des Canadiens français catholiques. Ne parlons pas du Union Jack. On le faisait peut-être sécher sur quelque corde à linge. Or une maison brillait par l'absence de toute décoration. C'est celle d'un typographe au journal X, un homme aux convictions patriotiques tellement solides qu'elles n'ont pas été ébranlées par les menaces des autorités constituées. Cependant, le fait saillant et qui indique bien dans sa cocasserie que la race est mûre pour faire la nique à la perfide Albion, n'est pas dans cette honnêteté platonique de principes qui mérite toute notre admiration. Non. Mais le fils de ce typographe, qui est probablement le meilleur lanceur de baseball de notre ville, a, dans un geste gaulois et inoffensif, lancé une *strike* météorique au-dessus du nez de la limousine royale. »

L'amour-propre de Denis sentit l'indifférence chronique de l'auditoire pour la littérature et la politique. Il baissa le ton, jeta un coup d'œil à la ronde, puis se tut en se mordant les lèvres. Mme Plouffe, qui avait tendu la même oreille à la lecture de Denis qu'aux extraits d'opéra d'Ovide, regarda en direction de la salle de toilette.

— Tu peux sortir, Guillaume. C'est pas la police. C'est Denis.

La porte aux vitres rouges bougea d'un pouce, laissant passer le nez pincé de Guillaume aux aguets.

— Cet enfant-là vit plus depuis hier. Il veut pas sortir. Aussitôt qu'il entend un pas, il se sauve.

L'enfant sortit de sa cachette. Guillaume allait avoir vingt ans. Sa taille et sa carrure étaient celles d'un homme fait et un duvet qui avait plutôt l'air d'une barbe longue assombrissait sa figure. Mais Mme Plouffe persistait à dire que c'était du duvet, parce que Guillaume voulait commencer à se raser et qu'elle craignait de voir son benjamin rejoindre Napoléon, Ovide et Théophile dans cet âge rude et fermé qui, chez l'homme, débute avec la barbe et le rasoir. Désœuvré, Guillaume arpenta nonchalamment la cuisine. Il dérangeait le tapis ciré de la table, déplaçait les chaises, faisait tinter les poignées du poêle.

— Veux-tu bien t'asseoir tranquille, achalant, s'impatienta Joséphine.

Boudeur, il saisit son chat et le flatta d'une main confidentielle.

— Denis, penses-tu qu'avec mon nom et mon adresse, la police va revenir m'arrêter ?

Denis Boucher n'était pas guéri du besoin d'être intéressant.

— On ne sait jamais ! fit-il en hochant la tête.

Joséphine s'indigna :

— Toi, Denis, rends-le pas fou. Il est assez énervé d'avance. Tu sais bien, mon petit Guillaume, qu'il fait des farces.

Et ses yeux inquiets suppliaient Denis de le tranquilliser. Guillaume, soucieux, avait laissé tomber son chat et, poussé par le besoin de faire une chose défendue pour oublier son obsession, il marcha vers le salon dont la porte était fermée. Il regarda sa mère avant de tourner la poignée.

— Je vas faire jouer les records d'Ovide.

— Jamais ! s'écria-t-elle, effrayée du sacrilège possible. Quand Ovide reviendra, il trouvera ses records et le salon comme il les a laissés.

Son visage pâlit soudain à la réflexion qu'Ovide pourrait bien ne jamais revenir et qu'alors le salon resterait toujours fermé, comme pour un mort. Elle réagit :

— Personne ne revient donc ici ! Veux-tu me dire ce que ton père fait qu'il n'arrive pas ?

Denis se leva en consultant sa montre.

— En ce cas-là, je reviendrai plus tard, madame Plouffe.

— Non, non, va-t'en pas. Il va arriver d'une minute à l'autre.

— Eh ! que c'est ennuyant, ici, se lamenta Guillaume, qui avait abandonné l'idée de faire tourner des disques.

Joséphine prit un journal sur la machine à coudre et le lui planta dans les mains.

— Lis, lis, lis les colonnes sans images. Tu vas voir comme c'est intéressant. Pratique à lire. T'es pas plus bête qu'un autre. Regarde Denis. Il est instruit, lui, il écrit. Il gagne bien sa vie, aussi. Ça fait un an que tu as laissé l'école, et tu travailles pas. Tu lis jamais. Comme c'est parti là, tu vas oublier ton français.

À ces mots, Cécile jaillit de sa chambre, le pas rapide, la tête orgueilleuse, tenant d'une main une plume rouillée et de l'autre son papier rose à correspondance.

— Oui, apprends à lire. Trouve-toi une *job*. Ça fait assez longtemps que je vous fais vivre, que je me sacrifie pour vous autres. Je commence à en avoir assez.

— Va donc te moucher, la vieille toune, riposta Guillaume.

Puis il s'appliqua laborieusement à lire un article en première page, traitant de « relations diplomatiques tendues entre l'Allemagne et la France ». Hautaine, Cécile se rendit à l'armoire et dénicha la bouteille d'encre. Avant de s'installer à la table, elle fit remarquer :

— M'man, on devrait avoir un secrétaire ici. Parlez-moi pas de me mettre dans la cuisine pour faire ma correspondance.

Elle se mit à chicaner sa mère à propos de sa plume, de l'encre trop claire, de la table branlante et de la vie en général. À ce moment, on entendit du tapage dans la chambre de Napoléon. Il apparut dans la cuisine et jeta sur l'horloge un œil mélancolique. Joséphine qui, depuis la fuite de Jeanne, se sentait coupable envers son fils dit affectueusement :

— Tu vas pas acheter ton cornet, Napoléon ?

Il hocha tristement la tête, ferma les yeux et dit d'une voix faible :

— J'en mange plus.

— Il commence à être temps que tu économises, jeta Cécile, interrompant la torture qu'elle infligeait au papier à lettre.

— Mêle-toi de ton affaire, Cécile, coupa sévèrement Joséphine. Aïe, Napoléon, as-tu rejoint ta blonde hier?

Il se retourna vers le bahut qui contenait ses albums de photos. Après un silence, il murmura:

— Oui. Mais ç'a servi à rien. Elle est partie pour vrai. C'est de votre faute, ajouta-t-il d'une voix douce.

— C'était pas une fille pour toi, s'excusa Joséphine.

Napoléon se retournait avec véhémence:

— Vous le savez pas! On s'adonnait bien ensemble. Je l'aidais dans son ménage, on se contait toutes nos affaires, pis on prenait des petites marches le soir.

— Tu peux prendre des marches avec d'autres filles.

— Celle-là était trop grande, vous aviez l'air de *Mutt and Jeff*.

Cette comparaison sembla assommer Napoléon. Il balbutia:

— Me prenez-vous pour un chien, la mère, pour rire de moi devant les étrangers?

Il ne tourna pas la tête vers Denis qui suivait la scène avec intérêt. Et soudain il arriva à Napoléon une chose qu'il n'avait pas faite depuis qu'il était bébé, quand il avait soif. L'hébétement figé sur sa figure fondit en une grimace douloureuse. Napoléon, qui n'avait même pas gémi quand le dentiste lui avait arraché toutes ses dents, qui gardait un visage serein quand sa mère lui enlevait ses furoncles avec un goulot de bouteille, Napoléon pleurait. Il gardait les yeux ouverts, comme quand il riait.

— J'suis tanné. J'vas m'en aller d'ici. J'vas m'en aller d'ici.

Dans ses yeux ouverts, pleins de larmes, scintillait le mirage d'une cabane solitaire, en plein champ, où il coulerait sa vie entre ses albums de photos et Jeanne qui dormirait jusqu'à midi.

— C'est ça, va-t'en, fit remarquer Cécile. Peux-tu être enfant un peu ! Mais moi, si j'étais partie chaque fois que j'ai eu de la peine, qu'est-ce que vous seriez devenus ?

— Mon petit Napoléon, pleure pas ! supplia Joséphine, bouleversée.

Elle enlevait machinalement son tablier comme si elle eût été soudainement mise en face d'une visite distinguée. Le collectionneur s'essuya les yeux de deux coups d'avant-bras et marcha vers la porte.

— Laissez-moi tranquille. Je m'en vas.

Il partait pour la Grande-Allée, où il verrait peut-être Jeanne qui, lasse à mourir, découragée de son piètre essai pour être heureuse avec l'aide d'un homme, ne voulait plus le voir, préférant rester seule avec sa destinée.

Joséphine, immobile, ne fit rien pour empêcher la fuite de son fils. Denis Boucher se leva brusquement et regarda dehors.

— Je crois que voici M. Plouffe.

— Oui ? Ah ! je l'attends, celui-là ! éclata Joséphine, remise d'aplomb.

Elle enleva soigneusement sa gomme et la colla sous une chaise. Elle se retourna à peine mais poussa un cri de stupeur en apercevant Théophile.

— Regardez-lui donc l'habit plein de vase !

Le feutre enfoncé jusqu'aux oreilles, comme un homme ivre, le visage et le veston maculés de boue, la pipe pendue à ses lèvres humides, le bras droit replié sur des colis, Théophile n'osait mettre le pied dans la maison. Il tenta un sourire engageant à l'endroit de sa femme. Sa pipe tomba. Denis Boucher s'empressa d'ouvrir au père Théophile. Joséphine, les mains sur les hanches, ne bougeait pas. Elle prononça lentement :

— Je suppose que tu vas me dire que c'est parce que t'as magasiné que t'arrives à huit heures ?

Théophile prit la figure d'un martyr, et il accentua le tremblement de ses mains en déposant les colis sur la table.

— Tu m'aimes donc pas, ma femme ? Je pensais que tu pleurerais en me voyant, comme pour la fois d'Ovide. Pourtant, je vous ai acheté des beaux cadeaux.

— Quoi, p'pa ? Quoi ? sursauta Guillaume, qui bondit et embrassa son père sur la nuque, chose qu'il n'avait pas faite depuis son équipée avec Rita Toulouse.

Théophile, inspiré, tendit les bras à sa femme. Elle recula avec effroi.

— Du sang ! du sang sur tes mains !

— C'est les framboises, je suppose, p'pa ? dit Guillaume.

Théophile étendit ses mains et les regarda.

— Oh ! c'est rien. Mon bicycle a besoin d'une réparation. La fourche est un peu croche. Je suis resté pris dans le rail et j'ai tombé sur de la vitre.

Joséphine n'était plus émue.

— Je pense plutôt que c'est ta fourche à toi qui commence à être *slack*. T'as pas honte, toi, le père d'un religieux ? Oust ! On va te laver. Ensuite la couchette. Tu sais pourtant ce que le docteur t'a dit à propos de la bière et de ton rognon.

Denis Boucher, déçu par l'ivresse de M. Plouffe, attendait quand même l'occasion de montrer son article.

— Avant que vous vous couchiez, monsieur Plouffe, j'ai quelque chose d'intéressant à vous montrer : *Le Nationaliste*. Mon compte rendu de la parade d'hier. Je cogne dessus, vous allez voir.

Théophile, debout devant la table, oscillait et, les yeux mi-fermés, geignait, semblant sombrer dans un désespoir d'ivrogne. Il hocha fébrilement la tête et se mit à défaire les colis dont Guillaume avait déjà enlevé la ficelle.

— Tiens, ma femme, moi je t'aime. Aimez-moi donc un petit peu, je vieillis, vous savez. Regarde. C'est pour toi. Un livre sur sainte Jeanne d'Arc.

— Ah! le vieux chenapan, dit Joséphine en saisissant le livre. Il a le tour de se faire pardonner.

Guillaume s'était déjà emparé de son cadeau: une balle de baseball.

— V'là pour toi, Cécile, ma petite fille. Un beau set de correspondance parfumée. Le tien sent pus, je pense.

La vieille fille s'empara de la boîte et alla la cacher dans sa chambre.

— Ça, c'est pour la blonde de Napoléon. Un beau compact doré. Elle avait de la peine hier.

— Il sort plus avec! triompha Cécile qui revenait de sa chambre. C'est à moi. J'en ai justement besoin.

Joséphine, plongée dans une profonde rêverie, contemplait distraitement la couverture de son livre.

— Y a quelque chose que tu ne dis pas, mon vieux. Les seules fois où tu m'as apporté des cadeaux, c'est quand t'étais garçon et t'étais pas chaud.

Tous les regards étaient tournés vers Théophile. L'huile de ses yeux sembla s'évaporer. Il recula lentement vers sa chaise berçante et s'y laissa tomber. Ses lèvres étaient si lourdes qu'en se choquant elles produisaient des petits sanglots.

— J'ai perdu ma *job* à *L'Action chrétienne*. Ils disent que je suis trop vieux! Trop vieux! C'est pas ma faute. Aimez-moi un petit peu, moi je vous aime, je vous ai acheté des cadeaux.

Joséphine prit une longue respiration et se blottit contre son poêle. Elle ne disait rien et son regard affolé s'agrippait à ses chers meubles, car les huissiers avaient saisi le ménage de celles de ses connaissances dont le mari était devenu chômeur. Cécile avait cessé de palper le compact et s'en allait dans sa chambre en disant :

— C'est là que je m'aperçois que j'ai bien fait de ne pas me marier.

Guillaume, presque réjoui à l'idée d'avoir à la journée longue un camarade qu'il pourrait taquiner, tapa doucement sur l'épaule de son père.

— Faites-vous-en pas, p'pa. On se désennuiera bien tous les deux, dans la maison.

De la masse écroulée de Théophile, des gémissements mêlés de « trop vieux » se dégageaient.

Mais c'était Denis Boucher qui était le plus troublé. En entendant l'aveu du père Plouffe, il avait jeté machinalement les yeux sur son article. Puis, en un éclair, il comprit. Sa tête était devenue froide.

Il se leva, cachant *Le Nationaliste* derrière son dos.

— Ne vous découragez pas, monsieur Plouffe. D'abord, ils n'ont pas le droit de vous renvoyer. Vous faites très bien votre ouvrage et vous n'avez pas la limite d'âge. Et ne faites-vous pas partie des Syndicats catholiques ? Ah ! les vendus, ils vous ont jeté dehors pour une autre raison, et je sais pourquoi. C'est parce que vous n'avez pas mis de drapeaux pour la parade. Ah ! les cochons ! Eh bien, je vous dis, moi, qu'ils vont vous reprendre, ou c'est la grève ! Fiez-vous sur moi et dormez tranquille. Je vais vous arranger ça tout de suite. Bonsoir.

Une fois dans la rue, il se frappa le front.

— C'est de ma faute, c'est de ma faute ! Pourquoi ai-je donc écrit ce maudit article ? Il faut réparer, absolument. Finfin, va !

Son besoin de paraître intéressant commençait de lui causer des ennuis.

4

Denis Boucher brûlait de réparer son méfait. Il marchait rapidement et ne se rendait pas compte que Théophile avait peine à le suivre. Le reporter parlait avec effervescence et accablait le vieil homme des attentions dont un coupable endort celui qui ne sait pas quelle est la personne responsable de ses ennuis. Il se retourna :

— Ce ne sera pas long. Vous allez la ravoir, votre position.

— Oui, je la veux, marmotta Théophile. C'est pour ma femme, tu comprends ?

Théophile suait, soufflait, mais n'osait demander à Denis de ralentir.

— Regardez, monsieur Plouffe. Mes amis les nationalistes m'ont prêté la clé du bureau. C'est un endroit excellent pour notre assemblée.

— Ça doit être une bien bonne place. Comme ça, personne ne m'a remplacé encore ?

— Personne.

— Les gars, à l'atelier, avaient-ils l'air triste ?

— Comme je vous l'ai dit, monsieur Plouffe. Tout le monde s'ennuie du vieux Théo. Ça se voyait à l'atelier que personne n'avait le cœur à l'ouvrage. On disait ici et là que vous étiez vieux, oui, mais qu'il n'y avait pas un jeune capable de vous remplacer.

— Moi aussi je m'ennuie d'eux autres, murmura tristement Théophile.

— Ne nous attendrissons pas, monsieur Plouffe. Il faut agir vite et battre le fer pendant qu'il est chaud. Aujourd'hui, j'ai fait le tour des clicheurs et des typographes et je leur ai fait savoir qu'il y aurait une assemblée à votre sujet ce soir.

— Y a encore du bon monde ! dit le vieux, dont les mains tremblaient davantage. J'ai hâte de les voir.

Il éprouvait la même émotion que le jour où il avait appris, par une indiscrétion, que sa famille se préparait à fêter son vingt-cinquième anniversaire de mariage.

Ils prirent le tramway qui se dirigeait jusqu'à la rue de la Couronne. Il faisait déjà noir. Les deux hommes gardaient le silence, Théophile ému à la pensée de revoir ses compagnons de travail, et Denis, mal à l'aise à l'idée de l'aventure dans laquelle il s'engageait. En descendant du tramway, le reporter examina la façade d'un édifice lointain.

— Il y en a déjà d'arrivés. Ils nous attendent.

Au-dessus du groupe d'hommes, une enseigne au néon clignotait, jetant sur eux des lueurs qui les faisaient paraître assemblés en faisceau. Il n'y eut pas un mot de prononcé quand Denis et Théophile les rejoignirent. Ils échangèrent des coups d'œil complices, car, devant cette assemblée quasi clandestine, ils se sentaient des conspirateurs. C'est quand ils furent enfin dans le bureau du *Nationaliste* qu'ils poussèrent des soupirs de soulagement et donnèrent à Théophile maintes tapes dans le dos comme s'ils ne s'étaient pas vus depuis longtemps. Seul un gros homme blond, rougeaud, à la cravate bien nouée, se contenta de tendre une main molle à Théophile en disant : « pauvre ami ». Sa présence semblait intriguer les autres. C'était Eustache Lafrance, reconnu pour son zèle à *L'Action chrétienne*, sa nombreuse famille, et les multiples sociétés dont il était un membre militant : la Saint-Jean-Baptiste, le Cercle Lacordaire, la Saint-Vincent-de-Paul, la Ligue du Sacré-Cœur, les Zouaves.

Leurs effusions passées, les hommes se mirent à inspecter la pièce. Le local avait l'air d'un simple pied-à-terre. Les chaises étaient rares et branlantes, le plancher parsemé de mégots recroquevillés, et les murs couverts de photos de Mussolini, Hitler, Franco, Salazar, Codreanu, Degrelle et autres personnages à tempérament dictatorial et violent. Une longue table chargée de brochures et de coupures de journaux n'ôtait pas à l'endroit son allure clandestine.

Denis, soucieux, s'installa derrière la table et écouta un moment les remarques cocasses des ouvriers debout devant les photos. Impatienté, il avança la tête et les compta tout haut.

— Un, deux, trois, quatre, cinq, six. Vous n'êtes que six, messieurs ? Pourtant, une vingtaine m'ont promis de venir ?

Les interpellés se retournèrent, jetant sur lui des regards révélant l'incompatibilité de vieux typographes à jeune reporter. Un clicheur d'une quarantaine d'années, qui s'appelait Phil Talbot et qui semblait le plus crâneur de la bande, haussa les épaules, regarda Eustache Lafrance, hésita, puis jeta d'un ton narquois :

— T'as cru ça, toi, mon jeune, que tout le monde viendrait ? Ils ont bien trop peur à leur *job*.

Le reporter esquissa une moue et examina ses auditeurs avec inquiétude. Il se sentait tout petit, tout à coup, désarmé et impuissant devant le géant qu'il voulait combattre : un grand journal. Il était seul avec ses vingt ans. Théophile ne venait pas se mettre à ses côtés pour éperonner son audace chancelante, il se blottissait contre ses amis, attendri et craintif comme un fils banni que ses frères retrouvent en cachette.

— Attendons encore dix minutes, décida Denis d'une voix rude. Si personne n'arrive, nous commencerons.

— Attendons ! dit sentencieusement Phil Talbot. Et il virevolta vers ses compagnons pour les taquiner, au grand plaisir de Théophile.

Denis feuilleta machinalement *Le Nationaliste*, mais en apercevant son article, il repoussa le journal avec brusquerie. Il tendit une oreille impatiente du côté du grand escalier de bois de l'édifice. Un désespérant silence lui répondit. Il n'y tint plus et dit fébrilement :

— Avancez, avancez. Prenez des chaises, messieurs. Nous commençons tout de suite. Nous sommes assez.

Eustache Lafrance excepté, ils se poussèrent en riant comme des enfants et approchèrent. Ils semblaient s'installer autour de la table comme s'ils se préparaient à passer une agréable veillée, à jaser de mille choses excepté d'une protestation contre leurs employeurs. Ils bourrèrent tranquillement leur pipe, et Théophile fut le plus lent, parce qu'il avait l'impression de ne pas être en cause. Denis haussa les épaules. Il avait devant lui cinq gamins de cinquante ans, venus à l'assemblée par goût de la distraction, plus Théophile Plouffe et Eustache Lafrance, dont le sérieux contrastait avec l'insouciance des autres. À quel motif devait-on sa présence ? À la manie des meetings ? Ou était-ce un espion de *L'Action chrétienne* ? Eustache Lafrance se croisa les bras et les jambes et attendit. Denis le regarda un instant d'un œil perplexe puis commença à parler :

— Messieurs ! Vous savez pourquoi je vous ai rassemblés ce soir ? Vous semblez l'oublier. M. Théophile Plouffe, votre compagnon de travail depuis vingt-cinq ans, a été renvoyé du journal sous prétexte qu'il est trop vieux. Qu'en pensez-vous ?

Dérangés dans leur gaieté, les cinq gamins serrèrent leur pipe et contemplèrent Théophile consterné d'avoir à réfléchir à son malheur. Un lourd silence tomba. Il était évident, par les regards qui s'échangeaient, que la présence de Lafrance mettait les typographes sur leurs gardes et les retenait d'exprimer leurs vrais sentiments. Phil Talbot, le plus audacieux, hocha la tête.

— Je comprends pas ça. C'est pourtant un bon homme, et qui travaille bien. Je me demande ce qui les a pris.

Eustache Lafrance, de douze ans plus jeune que Théophile, gloussa d'un ton confortable :

— À vous entendre parler, on dirait que c'est nous autres qui employons les patrons ? Théophile est bon typographe, c'est vrai, mais c'est aussi vrai qu'il se fait vieux, et il peut flancher d'une minute à l'autre. C'est entendu, je trouve ça bien de valeur.

Les visages se crispèrent. On était entré de plain-pied dans le sujet. Théophile marmottait, les larmes aux yeux :

— J'aime ça travailler, moi, j'aime ça. C'est pas une raison. J'ai une femme, des enfants.

— Fais-toi pas de peine, mon vieux, s'apitoya Talbot en tapant dans le dos de Théophile. Toi, Eustache Lafrance, qui te dit que t'auras pas une crise d'angine demain ?

L'enthousiasme de Denis commença de se ravigoter. Il frappa sur la table.

— Monsieur Lafrance, c'est bien votre nom, n'est-ce pas ? Les malheurs des autres vous sont donc indifférents ? Vous qui avec une famille à faire vivre, si on vous mettait demain à la porte parce que vous êtes trop vieux, ne seriez-vous pas content que vos amis restent à vos côtés et vous défendent ?

— Oui, oui, s'exclamèrent les cinq autres. On t'abandonne pas, Théophile.

Eustache Lafrance rougissait. Il attaqua :

— Et puis après ? Qu'est-ce qu'on peut faire ? La famille de Théophile est élevée. Il a de grands enfants qui travaillent.

Cette opposition imprévue déjouait les plans de Denis, qui s'était vu haranguant des ouvriers indignés et les incitant à la révolte. Il serra les poings :

— Ah ! c'est donc ça votre conception du travail : se fier sur ses enfants pour manger ? Vous ne connaissez donc pas cette fierté légitime de l'homme qui veut suffire à ses propres besoins, cet attachement que possède pour son métier l'artisan qui a du cœur ? Et vous rendez-vous compte qu'en enlevant à un homme comme M. Plouffe l'occasion d'exercer son métier, vous lui enlevez sa raison de vivre et vous en faites dès cet instant un vieillard ?

— Oui, essaie de dire le contraire, Lafrance ! ripostèrent les autres en manifestant leur indignation par toutes sortes de gestes.

Lafrance serrait ses mâchoires grasses et ne répondait pas. Théophile, les yeux rivés sur Denis, esquissait un sourire fier. Denis Boucher découvrait un plaisir nouveau : celui de rallier des voix dans un meeting. Et il adopta l'enfant trouvé de ce plaisir : la démagogie. Il ouvrit les bras :

— Eh oui, messieurs, vous avez raison de trouver injuste la couillonnerie de *L'Action chrétienne* à l'endroit de M. Plouffe, quoique vous, monsieur Lafrance, vous semblez la trouver justifiée. Je n'ai ni votre âge, ni votre expérience, je n'ai pas d'enfants à faire vivre, je ne suis ni clicheur ni typographe, mais quand je suis entré hier soir dans la cuisine de M. Plouffe et que j'ai vu son désespoir, j'ai compris que pour un homme comme lui, la perte de sa position équivalait à un arrêt de mort. N'en serait-il pas ainsi pour vous, messieurs ?

Ses auditeurs, les yeux ronds, le cou tendu, l'écoutaient comme s'il leur eût appris des choses inconnues qu'ils découvraient en eux-mêmes. Théophile, la voix chevrotante, déclara :

— C'est comme ça quand on se tient entre Canadiens français.

Denis, la tête en arrière, promena un regard de tribun sur ses auditeurs. Lafrance avait les yeux baissés et se pinçait le nez. Denis continuait :

— Vous dites qu'il n'y a rien à faire ? Et les Syndicats catholiques, dont vous faites partie ?

L'illusion de force se dissipa. Les visages devinrent soucieux et découragés. Talbot bougonna :

— Les Syndicats catholiques et *L'Action chrétienne* ! Ça marche ensemble. Ils vont nous promettre de faire leur possible. Et puis on n'en entendra plus parler.

— C'est embêtant, vous comprenez, pour les Syndicats catholiques de faire de la misère à *L'Action chrétienne*, disait Eustache Lafrance, doucereux.

La fureur de Boucher éclata :

— Mais alors, diable ! pourquoi leur payez-vous des contributions ? Car vous les payez, n'est-ce pas, vos contributions ?

— Faut bien, soupirèrent-ils.

— Alors personne ne vous protège ? C'est ridicule. Et pourtant, les Syndicats catholiques vous sont imposés ! Non, non, je me refuse à croire que, dans notre province, les Syndicats catholiques servent d'écran aux exploiteurs.

— Tu vas un peu loin, jeune homme, coupa sèchement Eustache Lafrance. T'as pas peur à ta *job* pour parler comme ça ?

— Oui, fais attention, Denis, conseilla Théophile, qui voulait ravoir sa position sans heurts.

Il n'y avait plus de gamins dans le local.

— Qu'il parle, qu'il parle ! gronda Talbot. Il a raison. Tous les employés pensent la même chose à *L'Action*, mais on peut pas parler. Tu le sais ben, Lafrance, que notre union, on la choisit pas. Il paraît que c'est comme ça quand on travaille pour le bon Dieu, par ici.

Denis Boucher retrouvait les envolées oratoires qu'il avait marmottées dans son lit d'insomnie toute la nuit dernière. Il étendit les deux bras.

— Calmons-nous, messieurs, calmons-nous. Il ne faut pas aller trop loin. Quant à vous, monsieur Lafrance, croyez bien que je ne suis pas ici pour réfuter systématiquement tous vos arguments. Il se peut que vous ayez raison sur certains points et d'un autre côté vous m'accorderez, si vous êtes honnête, que j'ai raison sur certains autres. Mais ce n'est pas de ça qu'il s'agit. Ne perdons surtout pas de vue le but de notre assemblée, qui est de faire réinstaller M. Plouffe par l'entremise des Syndicats catholiques. C'est entendu, *L'Action chrétienne* est le dernier endroit où les Syndicats déclencheraient une grève. Mais, devant un scandale qui indignerait l'opinion publique, je crois que les Syndicats catholiques, qui ont, parmi leurs officiers, des hommes de bonne foi, sévriaient et feraient la grève au besoin. La feraient-ils si le journal refusait de reprendre M. Plouffe parce qu'il est trop vieux ? Je ne le crois pas, car c'est un cas individuel qui n'est pas compromettant.

— S'il n'y a rien à faire, pourquoi nous fais-tu perdre notre temps ? interrompit Eustache Lafrance en se levant.

— Justement, il y a quelque chose à faire ! cria Denis.

Il se tut un instant et fixa intensément les ouvriers médusés. Ses deux poings s'abattirent sur la table.

— Mais si, par exemple, *L'Action chrétienne* avait renvoyé M. Plouffe pour d'autres raisons qu'elle n'avoue pas, d'autres raisons qui vous feraient bondir de colère ?

Eustache Lafrance se rassit. Théophile haletait.

— Lesquelles ? murmurèrent-ils.

Denis se ressaisit et parla froidement

— Avant de vous répondre, je vais d'abord vous poser une question. Êtes-vous oui ou non des Canadiens français sincères qui n'aiment pas les Anglais plus qu'il ne le faut, et acceptez-vous de bon cœur de donner votre argent pour payer une réception qui coûte des millions en l'honneur de ces maudits souverains anglais ? Ça vous fait plaisir, ça ?

Les typographes silencieux lui répondirent par un regard farouche. L'agitateur triomphait.

— Non, vous ne les aimez pas, les Anglais, je le sais. Eh bien ! voulez-vous savoir pourquoi votre vieux camarade, M. Plouffe, a perdu son emploi ? C'est parce qu'il n'a pas sali sa maison de décorations en l'honneur des souverains qui passaient à sa porte, et non parce qu'il est trop vieux.

Le corps penché, il avança sa tête brûlante pour saisir les signes de sa victoire. Il jouissait de leur apprendre cette nouvelle, oubliant qu'il était probablement responsable du renvoi de M. Plouffe, par la publicité qu'il avait faite à la fanfaronnade. Comme une bête qu'on pique, l'auditoire à cinq têtes se raidit en tournant vers Théophile des regards stupéfaits.

— Hein ? Pas vrai ? Ç'a pas de bon sens.

Quand on parlait des Anglais, Théophile en colère croyait toujours être indépendant de fortune.

— Aussi vrai que vous êtes là, s'exclama-t-il en bombant le torse et en brandissant son chapeau. Je l'avais dit que j'en mettrais pas de pavillons ! J'ai rien qu'une parole et c'est pas *L'Action chrétienne* qui va me faire peur.

— Si c'est vrai, ce que tu dis, on travaille pour des écœurants, gronda Phil Talbot en serrant son poing.

Denis Boucher frémissait. Mais Eustache Lafrance, qui avait tout écouté sans broncher, secoua la tête avec embarras.

— Voyons, les gars, laissez-vous pas monter par un gamin qui gagne quinze piastres par semaine. C'est à croire que *L'Action*, qui est cent pour cent avec la Saint-Jean-Baptiste, *L'Action* qui passe son temps à descendre les jaunes de l'Ontario, renverrait un homme parce qu'il n'a pas mis de drapeaux au passage du roi. Voyons, voyons, on n'est pas des fous.

Il baissa la tête et ferma les yeux, l'air candide et réjoui, comme quand il portait le coup fatal à son adversaire bénévole dans les débats truqués que le curé de sa paroisse organisait sous la rubrique de « Forums de L'Action catholique ». Le communisme, l'anticléricalisme, le protestantisme y étaient dépecés avec une virtuosité et un luxe d'arguments tout paroissiaux.

Denis Boucher se mordit les lèvres. Il s'aperçut qu'il ne pouvait leur montrer son article comme argument. Inquiet, il vit la haine disparaître des visages pour faire place à la détente. Les typographes remerciaient presque Eustache Lafrance du regard, espérant qu'il disait la vérité, car, si Denis avait raison, ils seraient quand même obligés, pour gagner leur vie, de travailler à *L'Action chrétienne*. L'anglophobie du père Plouffe était moins facilement désarçonnable :

— Un journal qui descend les jaunes d'Ontario, correct, mais qui est en même temps capable de faire traduire le *God Save The King* en français.

Eustache Lafrance l'interrompit vivement :

— C'est aussi vrai que le roi et la reine, qui sont anglais, nous ont adressé la parole en français, même si ça fait enrager les fanatiques d'Ontario.

Théophile s'exclama :

— C'est pour nous enrôler pour la guerre qui s'en vient. Ils savent qu'ils vont se faire donner ça par les Allemands si le 22ᵉ est pas là.

Denis Boucher le fit taire et ne donna pas le temps à ses auditeurs de se rallier définitivement à l'opinion d'Eustache Lafrance. D'une main rageuse, il fit voler les brochures empilées devant lui.

— Messieurs, c'est à mon tour de parler. D'abord, vous, monsieur Lafrance, je dois vous dire que vous me paraissez être assez content que M. Plouffe ait perdu sa position, et que vous faites tout pour l'empêcher de la ravoir. Auriez-vous un ami à placer, par hasard ? Et pourquoi êtes-vous venu ici ? Je suis jeune, c'est vrai, je gagne quinze piastres par semaine, c'est vrai. Mais je vais vous donner une petite leçon d'histoire du Canada.

Ah ! vous vous flattez que le roi vous ait adressé la parole en français même si ça déplaît à ces messieurs de l'Ontario. La raison de l'enrôlement, apportée par M. Plouffe, en est une. Maïs il en existe une autre beaucoup plus importante. Vous êtes donc aveugles ? Depuis deux cents ans, une haine de race divise le Canada, et aujourd'hui, malgré les efforts d'apôtres de bonne volonté, mais naïfs, la situation n'est guère améliorée. Qui donc est intéressé à ce que cette division dure toujours ? L'Angleterre. Car un Canada uni, une vraie nation se débarrasserait vite de sa tutelle. Et quel est l'atout de l'Angleterre pour entretenir cette division : la province de Québec catholique. Nos conquérants utilisent notre nationalisme, notre catholicisme, notre sang français pour fomenter cette mésentente. D'un autre côté, nos bons évêques, désireux d'assurer la survivance de notre race, doivent, par un de ces pénibles paradoxes de l'Histoire, employer les mêmes tactiques. Si le Canada devenait nation unie et indépendante, c'en serait fait de notre admirable catholicisme, de nos incomparables traditions et de notre esprit français. Car, les ponts-levis de la Province abaissés, nous serions vite dévorés par le monstre anglo-saxon et matérialiste que notre clergé tient heureusement en échec aux frontières de la Province. Le Foreign Office de Londres, diabolique comme toujours, a depuis longtemps compris l'identité de ses intérêts avec ceux du clergé québécois. Et c'est là que nous voyons la diplomatie anglaise proposer à notre haut clergé une abominable collaboration. Cette collaboration, nos évêques l'acceptent avec la bonne foi des sentiments élevés qui caractérisent les apôtres d'une religion de charité. Nos évêques croient, par cette association, assurer notre liberté et notre durée, quand, au fond, elle sert aux Anglais à nous garder les esclaves de l'Empire. Victime de sa sincérité et de son but élevé, notre épiscopat est donc la dupe des Anglais. Heureusement, les braves curés de notre bas clergé, ignorants de ces subtiles tactiques, continuent de huer l'Angleterre et s'étonnent de voir notre admirable cardinal recevoir les souverains anglais à bras ouverts. Et comme *L'Action chrétienne*, vous le savez, est le porte-voix de l'archevêché, ce journal ne peut, dans des circonstances comme la visite royale, que clamer bien haut notre loyauté aux souverains et renvoyer M. Plouffe, malgré qu'au fond, ce journal soit aussi antibritannique que vous et moi. Aussi, veuillez m'en croire, les autorités du journal ne se feront pas tirer longtemps l'oreille, si les Syndicats catholiques insistent pour la réinstallation de M. Plouffe. Le roi n'est plus en ville et la face sera sauvée. Vous comprenez ?

— Bien parlé, bien parlé applaudit Théophile, sûr de reprendre son travail le lendemain. C'est ma femme qui va être contente. Je vivais plus, dans la maison.

Les autres, bouche bée, les yeux voilés par les efforts d'une pensée laborieuse, regardaient Denis qui, pâmé par son discours, était convaincu qu'il avait établi une lumière définitive dans les cerveaux des typographes. Son œil fier se porta vers les photos sur le mur comme pour demander leur admiration. Mais Lafrance qui, au mot clergé, avait cessé de comprendre, se leva dignement en boutonnant son veston.

— Je discuterai pas ici avec un jeune frais qui ose parler des prêtres. Si tu veux te faire asseoir, tu viendras à notre forum d'Action catholique dimanche, on va t'organiser, petit communiste.

Il sortit en refermant la porte doucement derrière lui.

— Ça c'est un ami, déclara Théophile avec mépris.

— Ouais ! soupirèrent les autres, inquiets. Qu'est-il venu faire ici ?

— Vous pensez qu'il pourrait rapporter ce que j'ai dit aujourd'hui ? dit Denis, qui avait pâli.

— Tiens, toi aussi, t'as peur.

Ils se levaient à demi, se rassoyaient, ne sachant s'ils devaient rester ou suivre le fuyard. Cette défection minait beaucoup plus leur audace que toutes les objections d'un Eustache Lafrance présent.

— Non, je n'ai pas peur, cria Denis Boucher, l'air farouche. Ce sont mes idées. Je les répéterai à qui que ce soit. Et vous autres, êtes-vous assez courageux pour les affirmer ?

Ils ployaient le dos, tournaient leurs chapeaux entre leurs mains et murmuraient :

— C'est pas ça. On a une famille.

— Ah ! vous êtes de braves types. Soyez des hommes. Laissons partir les lâches et unissons-nous pour aider notre vieux camarade. Je ne vous demande pas la mer à boire. Alors c'est entendu, vous allez trouver les officiers de l'union et vous leur demandez la réinstallation de M. Plouffe ?

Quand il tint leur approbation chancelante, il poussa un soupir de soulagement. Au fond, il n'était plus très sûr que *L'Action* eût renvoyé M. Plouffe pour une autre raison que son âge, parce qu'il sentait que malgré toutes ses petites menées, le journal ne reprendrait pas le typographe. Mais au cas où son article dans *Le Nationaliste* eût été responsable de ce renvoi, Denis avait fait son possible pour racheter son erreur. Denis Boucher s'absolvait, retrouvait le cœur léger nécessaire à son avancement personnel. Il ne le retrouvait pas pour longtemps.

5

Joséphine Plouffe, en apprenant que son mari perdait sa position, avait entrevu une catastrophe qui jetterait la famille dans une misère de légende, dépouillerait le logis de son mobilier et la forcerait à prendre des contrats de lessive. Les meubles cependant étaient toujours à leur place et l'on mangeait encore très bien. La catastrophe, ce n'était pas cette misère attendrissante pour l'imagination, c'était l'énorme présence de Théophile dans la maison durant la journée. Il furetait partout, refaisait l'ouvrage de sa femme, insistait pour mettre la table, laver les planchers, car en s'agitant ainsi, il chassait le spectre du chômage, qui commençait de l'effrayer. Après deux journées de ce régime, Joséphine avait complètement perdu patience.

C'était le soir du lendemain de l'assemblée, et Théophile, sans nouvelles de Denis, l'attendait avec nervosité. Il s'approcha de sa femme qui, les deux mains enfoncées dans le plat à vaisselle, semblait jouer des coudes parmi une foule invisible.

— Où sont les torchons ? fit-il, l'air soucieux.

— Veux-tu bien me laisser mon ouvrage, fatigant. T'es une vraie plaie. Si tu continues à m'embarrasser, c'est moi qui vas aller travailler. J'en ai assez de vous avoir dans les jambes, toi et le beau Guillaume.

Théophile se laissa tomber lourdement dans la chaise berçante.

— Vous m'enduriez mieux dans le temps que je travaillais. Si je peux mourir, vous allez être débarrassés.

— Fais pas de drame. Sors un peu, ça va te distraire. T'as encore ton bicycle ?

— Il faut que je fasse examiner la fourche, avant.

Depuis son renvoi de *L'Action chrétienne*, il n'osait plus monter sa fameuse bicyclette de course, de peur de trébucher. Quand il se rendait à son travail sur sa bécane, ses jambes arthritiques gardaient leur sûreté d'antan, et le trajet de la maison à l'atelier lui semblait une piste à l'abri des chutes, sur laquelle un cycliste agonisant aurait pu rouler sans tomber. Désormais, sans se l'avouer, Théophile craignait la promenade et découvrait des défectuosités à sa machine. Le vieux se mit à siffler *It's a long way to Tipperary* et regarda dehors. À ce moment, Napoléon, les cheveux défaits, les yeux fixes, le col ouvert, jaillit de sa chambre et se dirigea vers la porte de son pas raide.

— Où vas-tu, Napoléon ? dit doucement Joséphine.

Il s'arrêta net mais ne se retourna pas. Sa voix était sourde, comme désaxée d'avec ses sentiments.

— Courir un peu.

Il poussa la porte. Joséphine le retint d'une exclamation plaintive.

— Qu'est-ce que t'as, mon petit ? Tu parles jamais ? On t'a rien fait.

— J'ai rien à dire.

Il partit. Joséphine souleva un pan de rideau jauni et regarda son aîné qui s'enfuyait dans le champ, les coudes collés au corps, dans une course sans autre but que d'aller au-devant de la brunante. Depuis que Jeanne Duplessis ne voulait plus le revoir, il courait, chaque soir, jusqu'à en perdre le souffle, comme si cette fuite eût laissé son chagrin loin derrière lui.

Joséphine soupira en hochant la tête :

— Il m'inquiète. Il a une grosse peine d'amour. Mais c'est mieux comme ça. C'est une fille malade qui va mourir jeune et qui lui coûterait les yeux de la tête.

— Ça va se passer, dit Théophile, qui n'avait jamais aimé qu'une fois lui aussi. Napoléon a une bonne haleine, je serais surpris du rendement qu'il pourrait donner dans une course.

— Sais-tu à quoi je pense, mon vieux ? J'ai envie d'aller voir Ovide au monastère, demain, et tout lui dire. Tu connais son intelligence. Il peut trouver un moyen de te faire reprendre par le journal.

— Va pas faire ça ! s'exclama Théophile avec effroi. Ça va l'inquiéter et il va se croire obligé de sortir pour nous aider.

Il avait toujours considéré Ovide comme le hautain magistrat familial qui avait épargné son père simplement parce qu'il n'avait jamais flanché à l'ouvrage. Le vieux s'empressa d'ajouter :

— D'ailleurs, ma position, je vais la ravoir d'une journée à l'autre. Je t'ai conté notre assemblée d'hier. Si t'avais entendu Denis ! Un vrai député. Tu comprends, faut que les gars en parlent à l'union avant. Ça peut prendre une couple de jours.

— Je te dirais bien, mon vieux, que Denis, c'est un gars qui est bon seulement à conter des histoires. J'ai pas confiance en ça, moi, les unions et les assemblées.

Joséphine se courba et avança la tête à la poursuite d'une idée qui l'avait taquinée et s'enfuyait déjà.

— Mon Dieu ! Que je suis bête ! M. le curé ! Mais oui ! C'est lui qu'il faut aller voir. Je vas pleurer, s'il le faut. Vite, mon linge.

Les yeux de Théophile avaient brillé d'espoir. Il se vit partant pour l'atelier le lendemain.

— Bonne idée ! L'union, et M. le curé avec ça, je suis correct. Mais va pas pleurer. Il nous prendrait pour des quêteux.

— On n'est pas plus riche que des quêteux, comme on est là.

Comme Joséphine allait sortir, Cécile se précipita dans la cuisine, tenant son compact neuf ouvert à la hauteur du nez et se saupoudrant le visage. Les ailes du nez refermées et sans lever les yeux, elle arrêta sa mère de la main.

— Attendez, m'man, je m'en vais à l'église. On va marcher ensemble.

Joséphine ajusta son chapeau et la toisa :

— Depuis un bout de temps, tu corresponds et tu pries que c'en est une vraie beauté. C'est la meilleure façon d'oublier nos peines. Pendant ce temps-là on pense pas à autre chose. Es-tu prête ?

— Mes gants, et j'y vais.

Cécile courut à sa chambre, un sourire mijotant au coin des lèvres. Comme ses parents n'étaient pas intelligents ! Elle les bernait tous quand ça lui plaisait. Mais elle les aidait tellement ! Que serait devenue sa famille si elle s'était mariée, si elle n'avait pas économisé son argent ? Heureusement, elle s'était sacrifiée et veillait à l'équilibre de la maisonnée à coups de remarques acerbes, à renfort de conseils désintéressés. Pour l'instant, elle se rendait rencontrer Onésime qui l'attendait à l'église.

Quand elles furent parties, Théophile arpenta la cuisine qui lui paraissait sous un aspect nouveau. Il examinait la disposition des pièces, des meubles, comme un propriétaire ravi qui visite pour la première fois la maison meublée qu'il vient de gagner à la loterie. Tout était merveille ! Il déplaçait une chaise, poussait la table, ouvrait l'armoire et le cri de sa femme n'éclatait pas. Le vieux typographe traversa le salon et pianota En roulant ma boule. Les sons remplissaient la maison, et cette musique ne s'adressait qu'à ses oreilles. Il caressa les trophées installés sur le piano, se sentit fier de Guillaume, palpa ses fauteuils et convint qu'il avait un beau mobilier. Théophile sourit à son portrait de cycliste puis retourna dans la cuisine. Devant le grand bahut qui contenait les albums de Napoléon, il réfléchit, tendit prudemment la main vers la poignée, mais la retira. Il marcha sur le bout des pieds jusqu'à la fenêtre et, le nez entre les rideaux, s'assura que son aîné ne revenait pas de sa course. Il retourna au bahut, l'ouvrit et sortit un album qu'il étendit sur le plancher. Il s'accroupit et chercha des photos de champions de la bécane.

— Monsieur Plouffe ! fit une voix étouffée.

Denis Boucher, pâle, les yeux presque hagards, s'encadrait dans l'embrasure de la porte. Il serrait les lèvres pour les empêcher de trembler et passait la main sur son front sec comme s'il eût été couvert de sueur.

Théophile ferma furtivement l'album. Ses mains se mirent à trembler.

— Et puis, ils me reprennent ?

— Monsieur Plouffe, prenez les nouvelles à la radio. J'ai perdu ma position moi aussi. Mon Dieu, qu'est-ce que ma mère va dire ?

— Hein ?

Denis se laissa choir sur une chaise. Les mots étaient tellement malmenés par son cœur bouleversé qu'ils sortaient de sa bouche presque défaits.

— Oui. À cause d'hier soir. C'est Lafrance qui nous a vendus. Ils m'accusent d'être communiste.

— Comme ça ils ne me reprendront pas ? balbutia Théophile.

Denis Boucher protestait faiblement.

— C'est tout ce que ça vous fait que j'aie perdu ma position pour vous rendre service ?

— C'est pas ça, s'excusa Théophile d'un regard suppliant. Toi t'es jeune, tu peux te replacer. T'es instruit. J'ai soixante-deux ans.

Un sursaut de fierté redressa le long corps affalé de Denis Boucher. Il cria, car il avait peine à s'entendre :

— Oui, je suis jeune et surtout j'ai une cause à servir ! Ah ! *L'Action chrétienne* veut me faire la lutte ! Ils vont payer cher. Vous me pensez découragé ? Loin de là. Qu'est-ce que vous faites de mes amis du *Nationaliste* ? Eux sont des hommes. Ils vont me secourir. Je travaillerai ouvertement pour *Le Nationaliste*, c'est simple.

Dans ses yeux souriants d'émoi brilla l'espoir du captif qui voit une armée amie accourant à son secours. Dans son esprit, les visages de ses camarades nationalistes devinrent d'une grande beauté à cause de leurs bras fraternels tendus vers lui.

— Tu pourrais peut-être arranger ça pour m'avoir une place de typographe à ce journal-là ?

— Peut-être. Mais j'y pense. C'est *L'Action chrétienne* qui imprime *Le Nationaliste*. Vous n'avez jamais remarqué ? On n'est pas assez riche, vous comprenez, pour avoir notre propre atelier.

— Ah ! soupira Théophile qui, d'une page imprimée, ne se rappelait que l'aspect typographique. Comme ça, il me reste seulement M. le curé.

Denis se mit à penser que si *Le Nationaliste* n'était pas assez riche pour se payer un atelier, il l'était encore moins pour rémunérer un journaliste autre que le directeur du journal, source de l'enthousiasme patriotique et feu qui fait brûler de générosité les collaborateurs bénévoles. On lui donnerait au plus dix dollars par semaine, peut-être moins, quand, à *L'Action chrétienne* il en gagnait quinze. Denis voulut garder sa belle assurance et cessa de penser à ces détails désagréables, car il avait à affronter ses parents.

— Je vous ai dit de prendre les nouvelles à la radio, monsieur Plouffe. La grève générale est déclarée à *L'Action* parce qu'ils ont aussi renvoyé tous les autres qui étaient à l'assemblée, excepté Lafrance.

— Qu'est-ce que tu dis ?

— Oui, ils les ont accusés de tenir des caucus communistes et les ont renvoyés. Ça fait un joli charivari. Excepté quelques zélés, tous les typographes, tous les pressiers et tous les clicheurs ont lâché l'ouvrage en signe de protestation. Les Syndicats catholiques sont supposés déclarer la grève ce soir.

Sur le visage épanoui de Théophile, les rides s'effaçaient.

— Et tu me le disais pas !

Savoir que ses vieux amis s'ennuieraient aux mêmes heures que lui à la maison, qu'ils endureraient les mêmes supplices de cuisine tout le long du jour, cela le sortait de sa solitude et lui donnait l'impression de retrouver une place dont l'emploi consistait à ne pas travailler pendant quelque temps. Il exultait :

— Ça, c'est des Canadiens français ! Et tu me le disais pas !

La grève que Denis Boucher avait tant souhaitée hier le laissait indifférent. Elle bourdonnait autour de son esprit déprimé, comme un plaisir longtemps désiré qui nous échoit un jour de deuil. Cette grève de typographes ne le recueillait pas, comme reporter, dans le giron de sa solidarité, elle le laissait gémir en vain sur son petit tabouret d'individualiste. Lui qui s'accordait du bon sens, de la lucidité, une notion claire de la hiérarchie des valeurs, reléguant au second plan cet événement social d'envergure pour se torturer d'abord à propos d'une réduction de salaire de cinq dollars par semaine.

— Prenons les nouvelles, décida gaiement Théophile en se dirigeant vers l'appareil de radio. Et tu me le disais pas ! Hourra ! On fait la grève !

En entendant le murmure grandissant des ondes qui s'en venaient, Denis eut peur d'entendre des mots qui l'abattraient davantage, car, commentée à la radio, cette grève des typographes prendrait à ses oreilles une importance qui l'enfoncerait plus profondément dans l'oubli, le jetterait dans les limbes des reporters mort-nés.

Il sortit sans dire un mot, la vue brouillée, le cœur serré à la vue de la maison paternelle qui lui apparaissait comme une forteresse imprenable. Il contempla, sans le voir, le paysage familier. De la salle de l'école, des voix d'enfants chantaient *Ô Canada*. Denis Boucher dressa les oreilles et la consolation coula vers son cœur. Ses amis nationalistes le soutiendraient. Il n'était plus seul. Il avait son union. Denis entra chez lui, décidé de n'annoncer à ses parents la perte de son emploi que lorsqu'il serait engagé au *Nationaliste*. Pour se prouver sa force, il ouvrit l'appareil de radio. La voix du speaker, bourdonnante, finit par se dessiner : « Les autorités de *L'Action chrétienne* nous assurent que cette grève n'a aucune importance, et qu'avec la collaboration des Syndicats catholiques, ce léger différend sera réglé dans quelques jours. Ces nouvelles vous sont offertes par gracieuseté de... »

Le jeune reporter poussa un soupir de soulagement et prit une cigarette. Ah ! il avait sa leçon. À l'avenir il agirait plus intelligemment. Il avait à peine tiré deux bouffées qu'il tendait à nouveau l'oreille au speaker heureux de clamer d'une voix mélodramatique : « Il nous arrive à l'instant un bulletin spécial de la *Presse Canadienne*. Par ordre du ministère de la Justice, la Gendarmerie royale vient de faire une descente dans les bureaux du journal *Le Nationaliste*, accusé d'activités clandestines et de la publication d'articles virulents de nature à menacer la sécurité de nos souverains. À cause de la tournure que prennent les événements internationaux, ce journal est désormais interdit, car les démocraties ont besoin d'unir leurs forces pour faire face à la menace hitlérienne qui grandit de jour en jour. »

Sous les bousculades de l'angoisse, les pensées s'entrechoquèrent avec une telle vitesse dans le cerveau du jeune reporter que son front devint moite avant que le speaker eût fini sa tirade. Denis ferma l'appareil, éteignit sa cigarette et marcha de long en large dans le salon. Tout son bel avenir s'écroulait avec les brûlantes polémiques rêvées, la gloire du journaliste, la fortune et la belle prestance de l'homme connu. Il était repoussé dans le noir, dans le désespoir des démarches inutiles auprès des directeurs de journaux. Il mourrait de vieillesse, correcteur d'épreuves. Une autre inquiétude naquit de ce désarroi. Son article était la cause de tout. Il se rappelait les mots «les piliers de l'hémophilie britannique» (trouvaille littéraire qui l'avait ravi). Peut-être y aurait-il des arrestations? Heureusement, il n'avait pas affaire à des types comme Eustache Lafrance, mais à de vrais amis, de vrais nationalistes. Ils tairaient son nom, fussent-ils sous la menace d'un supplice. L'idée de son arrestation écartée, il pensa à la perte de sa situation sous un autre aspect. Quelle atteinte à son prestige dans la paroisse! Chômeur! Et ses parents, et sa mère surtout qui l'obligeait chaque matin à mettre une nouvelle chemise blanche tant elle était fière de lui. Que penserait son père, qui disait à tout venant sa joie que son fils fût journaliste. Denis écrasa du doigt la larme qui scintillait au bord de ses cils et se coucha sur le divan, la tête sur les bras, en réprimant un robuste sanglot d'homme de vingt ans.

Trois coups secs furent frappés à la porte. Il se dressa d'un bond, prêt à s'enfuir dans une autre pièce. Sa mère, qui aimait recevoir des lettres et des visiteurs, courut joyeusement ouvrir. Comme il se glissait furtivement dans la cuisine, Denis entendit:

— Denis Boucher? C'est ici?

— Oui. Oui, monsieur, disait la voix hésitante de sa mère.

Du coin de l'œil, il aperçut deux colosses rouges de la Gendarmerie royale. Son cœur s'arrêta presque, et il était hypnotisé par la pâleur de sa mère qui le fixait d'un regard inquiet.

— Laisse-nous seuls, maman, parvint-il à ordonner d'un ton dégagé. C'est pour un reportage.

Elle sortit, en souriant de sa folle crainte. Denis, d'une main nerveuse, indiqua le divan aux policiers.

— C'est pas nécessaire de s'asseoir, dit d'une voix rogue celui des deux qui était sergent. C'est toi qui as écrit ça ?

Il lui tendait *Le Nationaliste* et lui désignait l'article signé « L'Indou ». Le jeune reporter, flasque de frayeur, bégaya, tenta de nier, mais il vit que c'était inutile.

— Qui vous l'a dit ?

— C'est pas notre petit doigt. Tes bons amis du *Nationaliste* se sont fait un plaisir de nous donner ton nom et ton adresse et nous ont assurés qu'ils ne partageaient pas tes idées.

Denis Boucher, bouche bée, avait l'air stupide.

— Ils vous ont dit ça ? articula-t-il enfin. Les salauds ! Les lâches !

— Pas de scène, pas de scène, mon gars. On vient t'avertir qu'on t'a à l'œil, tu comprends ? T'es mieux de marcher droit et de te fermer la gueule. Compris ? C'est pour ton bien. Bonsoir.

Quand ils furent partis, Denis s'assit et, laborieusement, tenta de mettre de l'ordre dans ses émotions.

— Naïf ! Naïf que tu as été ! Imbécile !

Il se donnait sur le front des coups de poing violents qui faisaient sursauter sa chevelure. Il aurait voulu partir sur-le-champ pour Montréal, y recommencer une vie nouvelle en débutant comme garçon de table. « Un malheur n'arrive jamais seul », dit le dicton populaire. La porte fut ébranlée de nouveau.

— Ça y est, souffla-t-il d'une voix morne, en se levant comme un homme ivre. Une autre tuile.

Un homme grand, au visage pâteux, imberbe, à qui on aurait pu aussi bien donner vingt ans que quarante, se tenait devant lui, le toisant d'un air hautain et se bombant le torse comme un mâle montrant fièrement sa virilité.

— Monsieur Denis Boucher? fit le visiteur d'une voix au timbre qui se situait entre le ténor et le contralto.

— Oui, moi?

— Vous ne me reconnaissez pas?

Embarrassé, Denis Boucher cherchait à reconnaître ce visage parmi les milliers de ses victimes dans le monde entier, qui devaient tous attendre à la porte leur tour d'entrer.

— Il me semble vous avoir déjà vu. Franchement, je ne peux dire où.

— Je suis Stan Labrie. Ça vous dit quelque chose?

— Stan Labrie! Je vois. Le lanceur de baseball!

— Exactement.

Le visiteur, solennel, d'un geste grandiloquent, décrocha comme une fleur une plume-réservoir de sa poche intérieure. Denis, qui ne comprenait pas encore, mais n'osait se départir de son effroi irraisonné, rit gauchement:

— Ça vous change tellement de ne pas porter l'uniforme de joueur. Asseyez-vous.

— Non, monsieur. Si l'uniforme change, l'homme ne change pas. Moi, l'homme que vous avez insulté dans sa réputation.

— Comment ça? balbutia Denis d'une voix faible, ne se rappelant pas avoir insulté Stan Labrie, mais acceptant déjà la responsabilité de tous les crimes qui s'étaient commis dans la ville.

— Hypocrite, vous ne vous rappelez pas! La partie de baseball contre le pasteur protestant l'an passé. Qu'avez-vous dit sur mon compte à l'innocent Guillaume Plouffe?

Aveuglé par le souvenir qui jaillissait de sa mémoire, Denis ferma les yeux. Des paroles prononcées par goût du pittoresque venaient comme un boomerang l'assommer avec une pression accumulée de douze mois. Il se rappela exactement ce qu'il avait dit de l'impuissance de Stan Labrie pour tranquilliser Guillaume Plouffe. Il balbutia :

— Franchement, ça ne me dit pas grand-chose.

Stan Labrie, brandissant sa plume de sa grosse main potelée, le derrière oscillant comme celui d'une matrone qui se hâte d'arriver à une vente à réduction, arpentait le salon avec une rage attisée par l'air d'innocence que Denis affichait.

— Je vais vous rafraîchir la mémoire ! cria-t-il. Pour détourner de moi Rita Toulouse qui est aujourd'hui ma fiancée, vous avez dit à Guillaume Plouffe que j'étais un impuissant ! Quand on pense, moi, Stan Labrie, un impuissant ! Pendant cinq ans, j'ai eu mon *flat* privé sur la rue Caron, j'ai eu des maîtresses, et j'ai fait des *pow-wow* comme vous n'en ferez jamais dans votre vie.

Soudainement, Denis eut un accès de colère.

— Et puis après ? Fichez-moi la paix ! Compris ? Sortez !

Stan Labrie, au lieu de devenir muet de colère, s'adoucit et son visage changea, une politesse mielleuse le façonnant de rondeurs lisses.

— Ça serait de valeur pour vous et ça ferait faire plus d'argent aux avocats. Votre père a une belle maison, de beaux meubles, à ce que je vois. Car imaginez-vous que j'ai l'intention de vous poursuivre en Cour supérieure pour attaque à ma réputation. Dix mille piastres. C'est assez ?

Narquois, il examinait la pâleur grandissante sur le visage de Denis, sa bouche entrouverte sur un souffle coupé et ses yeux durcis. Quoi ? Par sa faute, il jetterait sa famille sur le pavé, il ferait une loque de son brave père, cet homme humble, travailleur, sans prétentions, qui s'était usé à la tâche d'acquérir sa propre maison familiale, qui s'effaçait devant les enfants grandissants, qui douze heures par jour s'attelait à une besogne ingrate, qui se privait de son cher tabac et se rendait à l'ouvrage à pied pour permettre à ses enfants de prendre le tramway qui conduisait au collège commercial ? Non ! Non ! C'était impossible ! Il secoua rageusement la tête et les sanglots que sa gorge refusait d'émettre tentaient de naître sur ses lèvres tremblantes.

— Vous ne pouvez faire ça. J'étais jeune et je ne disais pas ça sérieusement.

Stan Labrie triomphait, martelait ses mots d'une voix claire :

— Un reporter qui ne sait pas ce qu'il dit ! Ah ! Et puis c'est loin d'être passé. C'est très grave, mon garçon. J'ai d'abord pensé à venir vous casser la gueule. Mais c'est mieux que ça se lave en cour. Vous saurez qu'hier j'ai demandé la main de ma fiancée Rita Toulouse à sa mère, Mme Toulouse, qui me l'a refusée. J'ai voulu savoir pourquoi. Alors elle m'a dit la chose effrayante qu'elle avait toujours été trop gênée pour me dire : que Guillaume Plouffe lui avait déjà confié que j'étais un impuissant, que je ne pourrais jamais me marier, que j'avais un physique de femme, etc. Elle m'a demandé un certificat du médecin par-dessus le marché. Quelle insulte ! Mais vous allez payer cher. Je suis allé voir le jeune innocent Plouffe, mais il n'est pas responsable, c'est un imbécile, et son père ne travaille même pas. Le vrai coupable, c'est vous, et vous allez payer.

— Quelle catastrophe ! gémit Denis, qui ne pouvait plus respirer par le nez.

Il commençait de ressentir les malheurs qui arrivaient aux autres à cause de lui comme s'ils étaient les

siens propres, et il aurait voulu en porter tout le fardeau pour que personne ne fût sa victime. Suppliant,
il suggéra :

— Si vous voulez, je puis aller trouver Mme Toulouse et lui dire que c'étaient des paroles en l'air. Épar-
gnez mon père, s'il vous plaît, ça le tuerait.

La victoire amincit les lèvres de Stan Labrie.

— Oui, c'est facile ! Vous rachetez vos bêtises
à bon marché. « Madame Toulouse, j'ai dit ça pour
m'amuser. » Et elle va croire que vous êtes de la partie
avec moi pour me rendre service.

Denis Boucher se mettait de plus en plus dans la
peau de sa victime.

— Mais si vous allez devant les tribunaux, cela va
vous rendre ridicule. Ce serait si facile pour vous d'avoir
un certificat de médecin !

Cette suggestion, au lieu de faire bondir le visiteur,
sembla l'adoucir et l'amener à des compromissions.

— Un type qui a eu un *flat* pendant cinq ans n'a
pas besoin de certificat de médecin. Ce serait trop bête.
Non, vous allez me signer une déclaration que je montrerai à Mme Toulouse. Si elle en est satisfaite, je ne vous
poursuivrai peut-être pas.

— Je signerai tout ce que vous voudrez, vous êtes
bien gentil ! fit Denis dans un cri d'espoir.

Alors Stan Labrie, de sa voix de tête, brandissant
une feuille comme un hérault d'armes, commença de
lire sa proclamation :

« Je, soussigné, Denis Boucher, déclare avoir dit
à Guillaume Plouffe une infâme calomnie sur la réputation physique de M. Stanislas Labrie. J'admets
avoir dit que M. Labrie était impuissant, par pure
ignorance d'abord, et ensuite à cause de la jalousie que
j'éprouvais envers lui. J'étais jaloux de lui pour deux
raisons : à cause de son succès avec les femmes, et

parce que j'étais amoureux de Mlle Rita Toulouse, que je voulais lui enlever. Je fais donc amende honorable, et déclare encore une fois que ce que j'ai dit de l'impuissance de M. Stan Labrie est faux et inspiré par le jalousie.

Signé : Denis Boucher. »

Il présenta la plume au reporter. Mais Denis Boucher sortit enfin de sa stupéfaction et éclata :

— Me prenez-vous pour un imbécile ? Signer ma propre condamnation ? Dehors ! Vous ferez ce que vous voudrez !

Denis Boucher resta longtemps debout devant la porte comme s'il eût attendu l'accusateur suivant. Sa figure brûlait, ses yeux étaient brouillés et ses oreilles percevaient les habituels bruits du jour en une sorte de rumeur bourdonnante, comme le plongeur qui émerge, les oreilles remplies d'eau. Puis tout se clarifia tout à coup. Bruits, objets, pensées, tout devint limpide. Il entendait battre son cœur affolé. Mais au lieu de la douce tiédeur qui suit l'engourdissement, une sorte de sueur froide transit tous ses membres.

Il se jeta sur le fauteuil en sanglotant. Son orgueil n'était plus qu'une loque. Son avenir s'était écroulé, il serait maintenant à la merci des quolibets et ferait la honte de ses parents. Ses ennemis l'accableraient et ses amis l'abandonneraient. Il se rassit, les poings serrés. Un féroce besoin d'être consolé et encouragé le prit. Il avait toujours suffi lui-même à cette tâche. Il ne le pouvait plus. À qui s'accrocher ? Son père ? Sa mère ? Il ne voulait pas alourdir leurs soucis. Les nationalistes l'avaient trahi. Le curé lui ferait la morale. Le jeune homme se sentait sombrer et ses sanglots se faisaient de plus en plus sourds. Soudain, il se dressa sur ses pieds et cria presque, le visage illuminé par une pensée subite :

— Ovide !

Ovide, qu'il n'était allé voir qu'une fois au monastère, par curiosité, comme on va voir les grands spécimens du malheur au Musée de cire, Ovide, qui avait peuplé son enfance de légendes romantiques et d'extraits d'opéra, qui lui avait toujours confié ses chagrins et de qui il avait intérieurement commencé de se moquer à dix-sept ans. Il irait le voir immédiatement. Nerveux, Denis consulta son bracelet-montre. Il avait deux heures à lui. Le monastère ne fermait qu'à neuf heures. Comment s'y rendre au plus vite ? C'est la bicyclette du père Plouffe qui vint à son esprit, et il courut chez Théophile sans s'arrêter à la pensée que les Plouffe, qui considéraient tout ce qui leur appartenait comme des reliques et ne prêtaient jamais rien, pourraient hésiter à lui rendre ce service.

Denis entra sans frapper. Théophile, qui s'avançait vers la porte, parut déçu de le voir paraître.

— Ah ! C'est toi. Je pensais que les gars venaient jaser de la grève.

Le vieux se tourna vers la chambre de toilette.

— Guillaume, tu peux sortir. C'est Denis. 'Cout' donc, qu'est-ce que ça veut dire ? Un grand type vient d'ici menacer Guillaume de la police à propos de placotage au sujet de Rita Toulouse. Il nous a fait une broue et est allé te voir.

Denis ferma les yeux, comme si cela eût pu l'aider à maîtriser son humiliation.

— Ce n'est rien, monsieur Plouffe. C'est un maniaque. J'ai arrangé ça. Monsieur Plouffe, je viens vous emprunter votre bicycle.

— Hein ? Mon bicycle de championnat ?

— Oui. Il faut que j'aille voir Ovide, tout de suite. C'est grave.

Théophile, froissé d'une demande aussi déplacée, se retrancha derrière un refus poli.

— Mon pauvre garçon. Un bicycle de champion comme ça, tu sais comme moi que ça ne se prête pas. Aussi, il faut que je le fasse examiner. Il a des craquements qui m'inquiètent dans la fourche.

Une colère folle aveugla Denis, reléguant ses chagrins au second plan.

— Monsieur Plouffe, quelle sorte d'homme êtes-vous donc ? Pour vous aider à ravoir votre position, je perds la mienne. Je veux aller voir Ovide pour une chose grave et vous me refusez votre bicycle ! Que vous le vouliez ou non, je le prends.

Il dégringola l'escalier et courut au hangar.

— Fais attention aux rails et aux coins de rue. Vérifie les pneus, cria le père Plouffe.

Bouleversé par le sacrilège, il tentait quand même de l'atténuer, à cause du danger immédiat que courait sa machine.

Mais Denis, couché sur les guidons, la tête pointant au-dessus de la roue avant comme celle d'un lévrier, disparaissait déjà au lointain. Il se ruait sur Ovide, il allait se jeter dans les bras du frère convers.

— Denis !

Le cri de surprise joyeuse avait jailli en même temps que la maigre silhouette d'Ovide à l'orée du tunnel de clarté pâle que la porte ouverte du monastère découvrait. Planté sur le seuil, Ovide semblait repousser l'ombre qui le zébrait de ses jeux. Son visage osseux était si bien enfoui sous une barbe noire très drue et déjà longue que seuls les pétillements de ses yeux et le rachitique épanouissement de ses pommettes trahissaient un large sourire.

— Bonjour Ovide, répétait gauchement Denis, sans bouger.

— Entre, viens vite. T'es chic, mon Denis !

La démarche sautillante, le frère convers escorta le jeune reporter vers un vaste salon aux murs nus, aux planchers de bois luisant, dont les seuls meubles consistaient en quelques chaises droites, sculptées de dessins sévères. Ovide, heureux, redressait son dos légèrement voûté. Une chéchia de laine rouge enfoncée sur la tête, son corps ballottant dans un ample habit noir, il avait l'air, avec sa barbe et ses joues pâles, d'un Juif anémique recevant dans son ghetto un gentil du Canada français.

— Tu ne portes pas encore la robe ? s'informait Denis, embarrassé, en marchant derrière lui.

— Non. Pas avant que mon noviciat soit fini. Ça ne sera pas long maintenant.

— Ça devrait bien te faire.

Ils étaient assis face à face. Ovide contemplait son ami avec complaisance, comme un enfant qu'on retrouve après un an, plus fort, plus grand.

— Comme tu as l'air homme !

Denis esquissa une grimace, frustré dans son espoir de ne pas présenter l'aspect d'un gamin à qui on pardonne ses mauvais coups, d'un enfant écrasé par les revers et qui cherche une poitrine contre laquelle se jeter. Il poussa un long soupir et d'une voix basse, presque brisée :

— J'ai beaucoup de choses à te dire, Ovide.

— Parle, parle ! Parle-moi de ta carrière, de tes articles. Dis-moi que tu es aussi heureux que je le suis ici. Je te raconterai ensuite. Parle.

Les dix doigts soudés par l'enthousiasme, la bouche ouverte sur des dents jaunes, luisantes de salive, Ovide, frissonnant de bonheur, tendait tout son corps chétif.

Denis lui jeta un regard méfiant et recula sa chaise. Son orgueil blessé, que cinq milles au grand air avaient revigoré, flairait à nouveau le danger. Qui était ce nouvel Ovide ? Ce n'était pas celui que dans son chagrin il avait planté au bout du chemin de l'abîme pour l'empêcher d'y tomber. Au lieu de retrouver l'Ovide grandiloquent d'autrefois, le personnage de guignol, cet Ovide facile à convaincre de n'importe quoi à cause de son amour-propre, au lieu de retrouver un amateur d'opéra désespéré sur qui il se serait débarrassé de ses déceptions en l'en enduisant, Denis découvrait un homme qui s'est déniché un destin autre que celui auquel il semble promis, et qui rayonne de sa victoire. Ovide n'était plus le même, et Denis, qui ne croyait pas à de telles métamorphoses à cause de son ignorance des forces de la prière, se méfiait. Cette méfiance accentuait le rempart entre les deux chaises, et plus il s'épaississait et s'élevait, plus l'amour-propre forgeait sa sauvage carapace autour du cœur de Denis, si prêt tout à l'heure à l'épanchement. Jusqu'au langage d'Ovide qui l'intimidait. De précieux qu'il avait été, il était devenu facile, correct, soigné. Denis, choqué contre lui-même, bredouilla :

— Heureux ? Est-ce que j'en ai l'air ? Regarde-moi bien. Et toi, vas-tu me faire croire que t'aimes ça, la boîte, ici ?

La phrase de Denis s'était terminée sur une note de défi. Ovide ne la releva pas.

— Si j'aime ça ? Tu ne me croiras pas. Mais si on m'offrait une position de soixante piastres par semaine, je la refuserais. D'ailleurs, ici l'argent ne compte pas. Le bonheur n'est pas là, car on voit des fils de familles riches, de beaux grands garçons comme toi avec cours classique et tout, à qui la vie pourrait tout donner, et qui rentrent dans notre communauté, tout joyeux de se donner à cette vie de sacrifices.

Un hoquet de méchanceté oppressa Denis.

— Pour eux, c'est facile. Ils sont pères, au moins, ils disent la messe, prêchent. Tandis que vous autres, les frères...

À ce moment, un convers au visage de fouine traversa la pièce en se dandinant. Ovide lui jeta un coup d'œil furtif dans lequel passa un éclair de dureté qui semblait signifier « qu'est-ce que tu viens écornifler ? » Mais il se retourna vite vers Denis en hochant la tête doucement.

— Tu penses avec ton esprit du monde. En communauté, la fierté prend un autre sens.

— Voyons, vous restez les mêmes hommes, avec deux jambes, deux bras, un ventre et une tête ? Sans blague !

Denis grattait le plancher de son talon nerveux. Il pouvait à peine compléter ses phrases, car, à chaque bouffée d'air qu'il prenait, une envie folle le gonflait de crier en bousculant les chaises : « Ovide, Ovide, j'ai perdu ma place. Tout le monde me trahit, me bafoue. Viens à mon secours ! » Le frère convers, le front soucieux, était occupé à protéger un autre trésor que la quiétude de Denis.

— C'est vrai, on est les mêmes hommes. Mais nous autres, on regarde au-dessus de la vie. C'est entendu, on peut être blessé dans son amour-propre. Tu prends le petit frère qui vient de passer, c'est le frère Léopold. Depuis que je suis ici, il m'a joué tous les tours possibles. Il est sournois et détestable comme pas un. Il me cache mes souliers, emplit mes poches de sable, me pique avec des épingles, fait exprès pour salir les planchers que j'ai cirés et par-dessus le marché m'appelle « Frère Caruso de poulailler ». C'est un profane, ajouta-t-il avec dédain. Ah ! j'y pense, vas-tu au concert de Pinza la semaine prochaine ?

— Non, soupira Denis à bout de forces.

Ovide demeura quelques instants songeur, puis dit, en agitant sa main maigre :

— Pour en revenir au frère Léopold. Au commencement ça m'a agacé, tu comprends. Je suis allé trouver le Supérieur, qui m'a ri au nez. « C'est comme ça que vous endurez les désagréments ? Que ferez-vous donc en mission, mon cher ? »

— Veux-tu que je lui casse la gueule, à ton frère Léopold ? avait bondi Denis, les poings serrés.

Essoufflé par la colère, menaçant, il était heureux de trouver un camarade à ses côtés dans les marais de l'humiliation. Ovide, effrayé, l'obligeait à se rasseoir.

— Es-tu fou ? Après avoir vu le Supérieur, j'ai compris. C'est frère Léopold qu'on a chargé de m'éprouver pour vérifier la profondeur de ma vocation. C'est probablement une âme de saint qui souffre plus des méchancetés qu'il doit me faire que moi de les endurer.

— En tous les cas, t'es bien bête de te laisser achaler par ce petit morveux-là.

— Non. Ici, vois-tu, la grande joie, c'est de faire des sacrifices pour Celui qui ne nous trahira pas.

— Et si Dieu, toute la *cheebang* céleste, ça n'était pas vrai ? T'en aurais perdu du temps.

Le reporter épiait le frère d'un œil anxieux de le désarçonner, de le faire choir lui aussi dans la même boue de désespoir. Ovide caressa sa barbe et fixa distraitement le mur.

— Denis, tu me caches quelque chose. Quand tu fais le fanfaron comme ça, c'est que tu as de la peine. Je vais te répondre. Tu te rappelles ton frère Gaston, l'infirme qui est mort ? Quand tu sacrifiais tes soirées à rester près de lui, pour lui faire oublier sa solitude...

— Ça va, ça va, Ovide. Pas de sentimentalisme.

— Réponds-moi. Le faisais-tu pour Dieu ? Non. D'abord parce que tu aimais ton frère. Ton sacrifice te grandissait à tes yeux, te permettait de jouir mieux du reste du jour. C'était un peu de sel sur ton existence endiablée et joyeuse. Tu faisais ça en amateur, le sacrifice. Nous autres, c'est notre pain quotidien. Et ce contentement de toi que te donnait une soirée perdue, nous l'éprouvons de cinq heures du matin à neuf heures du soir. C'est une sorte de volupté de l'âme qui la renforcit au lieu de l'épuiser. Elle en devient tout autre, elle est tellement gonflée qu'on dirait que c'est notre corps qui est dans notre âme, comme un poulet dans l'œuf. Et plus tu sens ton âme comme ça, plus tu te sens près de quelqu'Un de magnifique qui est Dieu, j'en suis sûr.

— C'est de l'orgueil, tout ça, grognait Denis en haussant les épaules.

— C'est de l'orgueil de choisir sa raison de vivre, son idéal ?

— Admettons. Mais pour qui tous ces sacrifices ? Pour les autres ou pour Dieu ?

— Les deux, mon vieux. Parce que plus tu aimes ton prochain, plus ton âme s'élève, je te l'ai dit tantôt. Alors tu commences d'apercevoir une cime merveilleuse que la brume de ton égoïsme te cachait. Et tu sais, dès que tu as aperçu ce sommet, tu veux l'atteindre. Ah ! Denis, si tu savais la joie de faire des sacrifices qui seront utiles à tout un peuple, tu ne parlerais pas ainsi. C'est là qu'on s'aperçoit que l'amour du prochain est le sentier qui mène à Dieu.

— Ouais. Et que dis-tu des moines qui ne font que prier, ne sortent jamais de leur monastère ? Que font-ils de pratique pour le prochain ?

— Ils prient pour lui. Ils sont tellement spiritualisés, en contact si étroit avec Dieu, qu'ils obtiennent dans leurs cellules, en priant pour tout le monde, les mêmes résultats que nous qui parcourons la brousse. Ces moines-là sont l'aristocratie de notre religion, nos experts si tu aimes mieux.

Denis sourit.

— Je ne te vois pas du tout dans la brousse aux prises avec les lions et les négresses, mères du jazz. Tout de même, je trouve que tu discutes bien. Où prends-tu tout ça ?

Ovide baissait la tête en rougissant comme quand ses amis lui disaient qu'il était un grand connaisseur de l'opéra.

— Le maître des novices nous instruit pas mal, mais je dois dire que la plupart de ces idées-là sont de moi. Oh ! je n'ai aucun mérite. Ici, notre seul casse-tête, c'est cette question-là. On y pense à la journée et on devient des spécialistes du sacrifice.

Il partit d'un franc éclat de rire et frappa le plancher de ses talons, si bien que les amples jambes de son pantalon, retenues par ses fragiles fémurs, oscillaient comme de grosses chairs flasques que l'hilarité secoue.

— Il ne faut pas non plus que j'exagère. On a de bons moments. C'est moi qui copie la musique de la chorale, dont je fais partie. L'acoustique de la chapelle est bonne, et je voudrais bien m'y essayer dans un petit extrait. Ça sortirait, je t'assure.

Denis sourit tristement et étendit la main :

— N'essaie pas de me convaincre de rentrer ici. Je sens que j'y mourrais.

— Ah ! non ! pas le moins du monde. S'il faut d'humbles frères convers pour seconder les pères en mission, il faut aussi des reporters.

— Ovide !

L'abcès venait de crever, faisant éclater la carapace de fausse honte qui entourait le cœur de Denis. Il s'était levé, les larmes aux yeux, la poitrine haletante. Ovide, bouleversé, lui prit les mains.

— Qu'as-tu, mon petit ? Qu'as-tu donc ?

La voix de Denis repoussait les sanglots, se faisait sourde.

— Je ne suis plus reporter, Ovide. Tout le monde me trahit. Je n'ai plus que toi. Je ne sais plus où me jeter.

Autoritaire, Ovide se mit au garde à vous et tendit un bras sévère.

— Denis, ne te décourage pas. C'est ton bon vieux Paillasse qui te l'ordonne. Voyons ça, parle, ajouta-t-il doucement.

Denis commença de relater fébrilement les événements récents.

— Hein ? Papa ne travaille plus ! s'exclama Ovide, la voix blanche, le dos vissé à sa chaise. Mon Dieu ! Comment vont-ils faire pour arriver ?

Un confesseur qui apprend que son père a été assassiné par son pénitent n'eût pas eu d'autre attitude. Les yeux atterrés, il répétait :

— Papa ne travaille plus. Et je ne suis plus là !

Sa terreur s'accentuait, son esprit ayant vite inventorié la catastrophe pour en saisir l'effet le plus terrible :

la vente de ses disques, objets de luxe, pour payer les dettes.

Avec fièvre, Denis continua de narrer l'assemblée, son discours, pour finir dans l'effroyable catastrophe de son renvoi de *L'Action chrétienne*. Puis il dit la trahison de ses amis du *Nationaliste*, la menace de la Gendarmerie royale. Il ne raconta pas l'humiliation que lui avait fait subir Stan Labrie, car Ovide était trop abattu pour qu'il éprouvât du soulagement à lui en faire part.

— C'est ton article qui est coupable de tout ça, murmurait Ovide en hochant la tête.

— Tu veux dire l'hypocrisie politique de *L'Action chrétienne*.

— Et quand cela serait! s'indigna Ovide en se frappant le front. Tous ces beaux mots ne paieront pas le loyer à la maison. Cécile et Napoléon gagnent presque rien. Et Guillaume est chômeur.

Ovide ne s'apitoyait donc pas sur le sort de Denis!

— C'est ça. Que je perde ma position à cause de ton père, que je sois en face de rien, tu n'es pas ému. Dès que la tribu Plouffe est touchée, les amis ne comptent plus. On veut vous emprunter vos bicycles? Ils sont brisés. Et toi, mon supposé grand ami, quand j'avais besoin de dix sous, tu me les refusais sous prétexte qu'on ne doit jamais prêter d'argent aux amis. Eh! Console-toi. La tribu Plouffe est sauvée. Les employés de *L'Action chrétienne* sont en grève depuis ce soir et ils ne retourneront au travail que si ton père et ses amis qui sont venus à l'assemblée sont repris. Maintenant tu peux t'attendrir sur mon sort, je ne suis pas de l'union et on ne me reprendra pas.

— Tu penses qu'ils vont reprendre papa? rayonna Ovide.

Rasséréné, il tendait à nouveau un profil de miséricordieuse pitié aux fautes de Denis.

— Voyons, Denis, sois logique. Tu ne peux m'en vouloir de m'inquiéter du sort de ma famille, quand je sais que toi, avec ton intelligence, tu peux gagner ta vie n'importe quand.

Le découragement du chômeur est un sentiment étroit, fait d'espoirs paralysés par des débris de faillite, et sur lequel l'imagination n'a aucune prise. Denis, la tête baissée, s'obstinait :

— Non, non, je voulais être journaliste. Maintenant, c'est impossible à jamais.

Ovide nettoya d'abord le terrain de ses propres embarras.

— Maintenant que la grève est déclarée et que *L'Action chrétienne* va reprendre mon père, car c'est fort une grève, n'est-ce pas ? occupons-nous de ton cas. J'ai devant moi Denis Boucher qui vient de perdre sa place de reporter et qui, apparemment, n'a aucune chance de se replacer dans un journal de Québec à cause de la Gendarmerie royale. Ce jeune homme est supérieurement intelligent, a une belle apparence, une plume incomparable. Comment s'y prendra-t-il pour devenir quelqu'un dans la vie ?

— J'ai envie de me faire communiste, avoua Denis anxieux d'être vaincu par l'optimisme de l'autre.

Ovide croisa ses mains derrière son dos et se mit à marcher.

— Est-ce croyable que mon Denis en soit rendu là ? Communiste !

— Trouve-moi une autre solution. L'idéal des nationalistes n'est pas assez fort pour les empêcher de me trahir sous la menace de la police. Les mouvements d'Action catholique ne sont que des marionnettes dans les mains de tireurs de ficelles...

— Silence, Denis ! Que tu es bête ! Que de choses j'ai comprises depuis mon entrée au monastère. La hâte, c'est comme l'amour, ça rend aveugle. Tu es trop pressé, tu veux arriver trop vite. Parce que ton ambition rencontre des obstacles, tu accuses notre catholicisme et tes compatriotes, et monsieur se fait communiste ! C'est toi que tu devrais accuser d'abord.

— C'est ça, fais-moi la morale, ça te va bien, tu es religieux. Y a pas de risques...

— Moque-toi tant que tu voudras. Mais tu sembles oublier que moi, j'ai beaucoup souffert, et avant toi. Mon pauvre Denis, j'ai fait des bêtises, moi aussi. Par exemple, Rita Toulouse. Si j'avais voulu, je l'aurais conquise. Au lieu de me décourager bêtement, de m'obstiner d'abord à lui imposer mes goûts, j'aurais dû faire semblant de partager les siens. Certain soir, ce n'est pas l'opéra *Paillasse* que j'aurais dû lui chanter, mais des mélodies américaines, et même j'aurais dû lui demander de me montrer à danser au son du jazz. Et alors c'est moi qui serais parti dans la Pente Douce avec elle à la place de Guillaume. Au lieu de se moquer de moi à la manufacture, elle aurait vanté mon amabilité et à la longue en serait venue à aimer l'opéra.

— Et tu ne serais pas ici. Très intéressant, murmura Denis.

Il suivait avec étonnement les gestes d'Ovide, il était tout oreilles à ses arguments enflammés. Ovide s'immobilisa, embarrassé, et la rougeur que sa barbe cachait fut trahie par ses oreilles et son front. Il bredouillait :

— Alors je n'aurais pas été Ovide Plouffe. On est ce qu'on est avant de devenir ce qu'on devient et on ne redevient jamais ce qu'on a été.

— Évidemment.

Le visage d'Ovide se crispa.

— Ne va pas croire que je suis entré ici par découragement comme toi tu veux te faire communiste. Non. C'était ma vocation. Maintenant que j'ai trouvé ma voie, je comprends toutes mes erreurs passées et je sais pourquoi je les ai faites parce que j'en suis détaché. Je veux te faire profiter de mon expérience, t'ouvrir les yeux.

— Et l'opéra ? Tu aurais pu devenir un grand chanteur.

— Non. Je ne pouvais pas donner le *la*, soupira Ovide, soudain rêveur. Mais je te parle de l'expérience que j'ai prise ici. Hier, Napoléon, mon frère, est venu me voir et, les larmes aux yeux, m'a raconté sa peine d'amour. C'est à propos d'une servante appelée Jeanne Duplessis qui ne veut plus le souffrir à cause de circonstances que je ne peux te raconter. Lui ai-je suggéré de l'oublier, de chercher ailleurs ? Non, je lui ai conseillé de prendre patience, de ramasser des fleurs, de les lui porter chaque jour, de sourire et de s'en aller. Je suis sûr qu'il va la reconquérir.

— Mais quel rapport cela peut-il avoir avec mes malheurs ? Je n'ai pas de peine d'amour, moi, s'impatientait Denis, ennuyé par les élucubrations d'Ovide.

Ovide leva l'index.

— J'y viens. Comme moi, comme Napoléon, tu t'y es mal pris pour commencer ta vie. Rappelle-toi les moyens que tu as cherchés pour t'élever dans la société, devenir reporter. D'abord tu es entré à l'université, où tu reniais tes pauvres amis de la Basse-Ville, et quand tu me parlais, t'avais un petit air qui me pétait dans la face comme une claque, je te l'ai déjà dit. Ensuite t'as rencontré un pasteur protestant à qui tu nous as montrés comme des spécimens du ridicule. Et tu t'es servi de nous tous pour berner le curé et le forcer à te placer à *L'Action chrétienne*. Ne va pas nier, j'ai compris tout ça, j'ai eu le temps d'y penser. Voilà encore que tu t'es servi de mon père pour écrire un article piquant qui faisait honneur à ta réputation de journaliste. Mais tout ça te retombe sur la tête aujourd'hui et tu perds tout. Pourquoi ? Parce que tu t'es servi de la tête des autres comme échelons pour monter dans la vie.

— Que faire maintenant ? Il n'y a pas moyen d'arriver autrement, gémissait Denis.

— Quoi faire ? Au lieu de marcher sur le cœur des autres, marche sur le tien.

— Les autres s'en chargent actuellement. Donne-moi une chance.

Ovide, dans un geste fraternel, prit son ami par la manche.

— Mon pauvre vieux, je te comprends. Tu as tellement bien fait de venir me voir. Écoute, regarde-moi dans les yeux.

Il se recula dans sa chaise et, avec un sourire triomphant :

— Denis, veux-tu te guérir ? Tu as remporté un prix littéraire il y a deux ans ? Écris un roman.

Ovide resta la bouche ouverte sur le mot roman comme s'il avait prononcé le nom de l'antidote à la tuberculose. Denis, étonné, réfléchit un instant, puis haussa les épaules.

— Pour dire quoi ? Ajouter une goutte à l'averse d'histoires d'amour qui nous tombent sur la tête ? Je ne m'en sens pas le courage. Je veux être quelqu'un, je te dis.

Ovide examinait Denis comme un psychiatre son patient.

— Je te l'ai dit, ta maladie, c'est ta hâte d'arriver. As-tu déjà pensé à écrire un roman sur ta vie, la paroisse où tu as vécu, les âmes d'élite que tu as connues ? Que de beaux sentiments, que de nobles abnégations tu pourrais faire voir !

— C'est pourtant vrai, murmura Denis, aux prises avec l'éblouissement qui le frappait.

Ovide, devant la bouffée de fièvre qui avait raidi le corps de son ami, prenait au sérieux sa proposition comme s'il avait présenté à un écrivain le génie sur un plateau. Aussi transporté de plaisir que s'il avait réussi une note élevée, il aperçut, dans le feu d'artifice de son apostolat, des milliers d'étincelles qui jaillissaient de cette idée de roman. Il imaginait Denis s'attendrissant dans la description de sentiments élevés, décorant sa paroisse comme un superbe gâteau de noces, avec lui, l'extraordinaire Ovide Plouffe, planté comme une chandelle rouge feu dans la crème des personnages sympathiques. Il dit, la voix tremblante :

— Tu sacrifierais un an, sans salaire, très bien. Mais ensuite ce serait la gloire, une gloire où le journalisme ne te portera jamais. Et tu l'aurais acquise sans faire de peine à personne. Romancier, Denis, penses-y !

Denis s'était levé tout à coup et arpentait la pièce à longues enjambées, mû par le brasier intérieur qu'Ovide venait d'allumer. Il marmottait en claquant presque des dents :

— C'est formidable, Ovide, tout ce qui me vient à l'idée. Ma tête éclate. Mon roman se bâtit en cet instant comme une maison qu'on construirait en rêve. Ovide, Ovide, tu m'as sauvé !

Le frère convers, pâle de joie, avait toujours la bouche ouverte et une larme de salive qu'il avait oublié de ravaler coulait dans les poils de sa barbe. Il écoutait Denis qui, exalté, semblait étreindre quelqu'un d'invisible dans ses bras.

— Je les vois mes personnages, ils sont là, extraordinaires, magnifiques.

Ovide ferma la bouche, les yeux, et baissa la tête en rougissant. Denis s'était immobilisé et souriait d'un air féroce aux fantômes qu'il avait tenté de saisir. Quelle raclée il administrerait aux Stan Labrie, à *L'Action chrétienne*, aux nationalistes, quel mémorable tableau il ferait des spécimens Plouffe !

— Et tu pourras… commença Ovide.

— Chut, chut ! n'en parlons plus ! dit gravement Denis, on pourrait gâter l'idée. Je vais m'en aller tout de suite.

— Denis ! Reste un peu, supplia Ovide comme si l'idée du roman les avait faits frères siamois. Donne-moi des nouvelles de la ville, de tout le monde. Quand chez nous viennent, ils me parlent toujours des vicaires de la paroisse et des filles qui rentrent chez les sœurs.

Denis revint lentement à son ami, gardant encore aux lèvres le pli du sourire féroce de tout à l'heure. Par un réflexe étrange, son imagination, mise en branle par une poussée de joie, transformait les événements qui tantôt l'écrasaient en des aventures fictives qu'il pouvait déformer ou diriger selon son bon plaisir.

— Ah ! tu veux des nouvelles. Tu me parlais de Rita Toulouse, il y a un instant ?

— Tu l'as vue ? s'informa Ovide, avec indifférence.

L'image de Stan Labrie le traitant d'imbécile passa dans les yeux luisants de Denis.

— Oui je l'ai vue. Elle marchait sur la rue Saint-Joseph.

— Si tu l'avais mieux connue, tu aurais pu lui demander de ses nouvelles.

— Je lui ai parlé.

— Ah ! Est-elle mariée ?

— Au contraire. Imagine-toi que Stan Labrie, le lanceur du Canadien, tu te rappelles, qui était devenu son fiancé, est un impuissant. Ça s'est découvert deux mois avant le mariage. C'en a fait une histoire. On a su qu'il n'a pas vingt-cinq ans, mais bien trente-quatre, que c'est un fourbe qui avait tenté d'emberlificoter deux autres jeunes filles avant Rita Toulouse. Elle lui en veut à mort.

— Si elle ne t'avait pas conté ça, peut-être t'aurait-elle parlé de moi, risqua Ovide, que l'impuissance des laïques n'intéressait pas.

Denis, débordant de générosité, s'empressa d'inventer :

— Oui, elle m'a parlé de toi.

— Elle a dû se moquer, comme d'habitude, fit-il, avec un sourire triste que ses yeux dévorants démentaient.

— Pas du tout. Elle est bien changée, tu sais. Plus sérieuse, plus élancée, elle a vraiment belle apparence. Elle m'a dit regretter amèrement de ne pas avoir compris tout de suite ta valeur, elle s'est excusée en disant qu'elle était dans le temps une jeune écervelée, mais qu'aujourd'hui, après son épreuve, elle voit les choses d'un autre œil.

— Elle t'a dit ça, elle t'a dit ça, murmurait Ovide.

— Certainement. Et puis elle te fait faire des saluts. Elle demande que tu lui pardonnes ses imbécillités et croies à son amitié.

— Je lui pardonne de tout mon cœur, s'écria Ovide. Qu'est-ce que je vais faire ? se débattait-il, affolé, comme si quelqu'un qu'il ne voyait pas eût été en train de se noyer, tout près de lui, dans le noir. Écoute, souffla-t-il, en s'approchant de Denis, tu vas lui dire...

Une sonnerie le fit sursauter et frère Léopold accourut en se balançant comme une marionnette et en répétant d'une voix nasillarde :

— Le parloir est fini, frère Ovide, le parloir est fini. C'est le temps de la prière.

Et ses bras ouverts semblaient chasser des poules. Denis partit, laissant un Ovide indigné aux prises avec frère Léopold qui le poussait vers une autre porte.

Le jeune homme respira à pleins poumons l'air de l'été naissant, saturé des odeurs de la liberté, la liberté éphémère de ceux qui ne choisissent pas leur destin. Il était heureux. Denis enfourcha la bicyclette du père Plouffe et roula tranquillement, en sifflant. Il serait bientôt célèbre.

Québec scintillait au loin.

7

« Pas mal ! Pas mal ! » murmura Denis Boucher en mettant le point final au premier chapitre de son roman. « Ça va bondir. » La voix de sa mère le tira de sa satisfaction.

— Une lettre des États-Unis pour toi, Denis !

L'aspirant écrivain, malgré sa hâte de lire la missive, la prit des mains de sa mère d'un air distrait. Il n'avait pas eu de difficulté à convaincre ses parents que dans un an il serait un grand homme, même si pendant ce temps il n'apportait pas un sou à la maison.

— Maman ! vous ne regretterez jamais de m'avoir fait confiance. Mon livre avance et bientôt je serai célèbre.

Il ne cueillit pas le coup d'œil extasié de Mme Boucher et se réfugia dans sa chambre, où il eut vite fait d'ouvrir la lettre. Ses sourcils se froncèrent. Le révérend Tom Brown ?

« Très cher ami,

La plupart des grands journaux américains m'ont appris récemment les événements sensationnels qui se sont passés chez vous lors de la visite des souverains britanniques. Le Canada français est un pays bien curieux, et qui n'a pas fini de nous étonner, nous les Américains. Vous ne savez pas combien j'ai regretté de n'être pas à vos côtés quand Guillaume Plouffe, cet extraordinaire jeune homme, a lancé une magnifique *speedball* au nez du roi George VI, qui doit son trône à une Américaine.

Cette publicité qu'on a donnée à l'exploit de Guillaume Plouffe n'a pas été sans intriguer et amuser nos amateurs de baseball. L'habileté phénoménale de ce garçon peut l'aider à se tailler un grand avenir chez l'Oncle Sam. Aussi j'ai parlé de lui au propriétaire des Reds de Cincinnati, qui est un grand ami à moi. Il est énormément intéressé à le connaître et il a les yeux sur lui. Comme dans deux semaines je serai à Québec avec ma femme, deux éclaireurs du club Cincinnati m'accompagneront et soumettront le jeune Plouffe à un test. S'il répond à nos espérances, nous lui offrirons un contrat de recrue.

Vous pouvez, mon cher Denis, annoncer cette nouvelle aux journaux, car vous qui êtes reporter n'ignorez pas la valeur de la publicité.

À bientôt

Rév. Tom Brown »

— Formidable ! Mon avenir est fait !

Denis Boucher était radieux. Cette lettre ne lui annonçait pas l'immense chance qui était échue au jeune Plouffe, elle venait dénouer le bandeau qui bâillonnait ses espoirs. Un monde merveilleux existait donc au-delà des frontières de la Province et où la fortune pouvait sourire à tout le monde, même à Guillaume Plouffe. Denis sortirait aussi de cette province de Québec, ce cloaque où ses robustes poumons manquaient d'air.

Il courut porter l'heureuse nouvelle aux Plouffe.

Au même moment, M. le curé Folbèche longeait rapidement la rue Montmagny, l'air soucieux, épiant du coin de l'œil Mme Plouffe qui, tendue sur le bout de la galerie, esquissait des gestes timides pour attirer son attention. M. le curé craignait de rencontrer Joséphine, car il avait échoué dans sa démarche auprès de *L'Action chrétienne* pour faire reprendre le typographe. On lui avait presque dit de se mêler de ses affaires. Quoi donc ! Le bas clergé avait si peu d'influence ? On le sacrifiait à la royauté ? Il accéléra le pas. Joséphine laissa échapper le cri qu'elle avait trop longtemps réprimé :

— Monsieur le curé ! Avez-vous des nouvelles ? Monsieur le curé !

Il s'arrêta net et leva la tête.

— Trop tard. Vous n'aviez qu'à me laisser faire seul. J'aurais tout arrangé. Votre histoire de grève a tout gâché.

Joséphine se pencha davantage.

— Il faut les arrêter, monsieur le curé. Ils font une parade de révolte ce soir contre la religion. Ils ont des pancartes et des discours de préparés. Mon mari est comme un enragé. Ça va être une vraie révolution !

— Qu'ils se révoltent ! Je m'en lave les mains.

M. Folbèche reprit sa route en se secouant des responsabilités dont on voulait le charger. Une révolte contre *L'Action chrétienne* qui l'avait ignoré, une révolte contre les évêques qui laissaient aux curés les soins de la cuisine pour aller, eux, faire la cour aux Anglais, tant mieux ! M. Folbèche les attendrait calmement dans son presbytère, les gradés, les chamarrés, les importants de la soutane, et il les accueillerait avec un petit sourire supérieur quand ils viendraient le supplier de réparer leurs bévues, de calmer le peuple et de le ramener tout soumis dans le giron de la Sainte Église. Il aperçut Denis Boucher qui courait en tenant une lettre à la main.

— Vas-tu toi aussi prendre part à la parade contre *L'Action chrétienne*?

Essoufflé, souriant d'un air goguenard, le jeune homme le dévisageait.

— C'est vrai. Je n'y pensais plus. J'y prendrai certainement part, quoique ça ne puisse pas me rapporter grand-chose.

Le curé, songeur, ne s'en allait pas.

— Toi aussi tu as perdu ta place. Si tu t'étais mêlé de ce qui te regarde...

Denis Boucher renversait fièrement la tête.

— Je me mêle de ce qui m'intéresse. Je suis d'ailleurs content d'être sorti de cette boîte infecte.

— Pourtant, on ne peut pas dire que tu ne t'étais pas débattu pour y entrer, lança M. Folbèche, froissé.

— Dans le temps, j'étais jeune, monsieur le curé. Je ne voyais pas autre chose. Maintenant j'ouvre les yeux. L'avenir est à l'Ouest, ici on crève. Les États-Unis, c'est grand, c'est généreux. La littérature, c'est beau aussi. Et je suis plein de force et je crois que j'ai du talent.

Il se montait la tête, son sourire tremblait à l'approche de ses paroles vibrantes de joie et de défi.

— Je vais vous confier un secret. J'écris un grand roman sur la paroisse. Ce sera un succès, j'en suis sûr, et les Américains, qui s'intéressent beaucoup à nos mœurs, le liront et m'accueilleront à bras ouverts.

Les yeux luisants d'une joie naïve, Denis Boucher se comparait en pensée à Guillaume Plouffe. Le jeune reporter, méconnu chez lui, deviendrait la coqueluche de New York, le génie exotique découvert dans la brousse québécoise. M. le curé était moins optimiste. Les oreilles dressées, les narines cherchant une piste, il se penchait sur Denis et, d'une voix inquiète :

— Un roman sur la paroisse ? Qu'est-ce que tu peux bien marquer ?

Il avait une méfiance de la littérature égale à celle des vieux pêcheurs qui s'inquiètent de voir leurs fils la tête dans les livres. La lecture n'est-elle pas aussi attirante et aussi traîtresse que la mer qui vole les enfants et ne les rend plus ?

— Ce que je marque ? répondait-il, la voix lente, le regard perdu dans la jouissance de voir le curé s'inquiéter. Je parle de vous, de votre apostolat, des âmes d'élite que vous avez créées, de la magnifique famille que vous avez élevée, enfin de notre belle paroisse.

Le curé poussa un soupir qu'éteignit vite son regard de vieux Normand soupçonneux.

— Franchement, mon garçon, à ta place j'abandonnerais l'idée. Je préfère qu'on ne parle pas du bien que j'ai fait. Tu t'imagines que les Américains vont te lire ? Tu te trompes. Ils ne s'intéressent pas à nous. C'est une bande de protestants qui n'aiment pas les catholiques parce qu'on les bat sur toute la ligne, même au baseball. T'as vu l'an passé le pasteur, je l'ai eu, hein ?

— Les Américains ne s'intéressent pas à nous ? s'écria Denis en brandissant la lettre du révérend Tom Brown, tenez, lisez, lisez.

M. Folbèche descendit ses lunettes sur le bout de son nez et commença de lire en gonflant ses lèvres dans une moue réprobatrice et sceptique.

Denis Boucher, victorieux, tentait de suivre l'atterrement du curé dans ses yeux.

— Et puis, que vous disais-je !

M. Folbèche ne répondait pas, oubliait de remonter ses lunettes. La lassitude qu'il repoussait depuis quelque temps l'abattait d'un seul coup. Qu'il aurait voulu avoir près de lui une chaise pour asseoir son vieux corps fatigué de lutter. Il était vaincu : sa paroisse n'était plus imperméable. Elle faisait jour de toutes parts et il ne suffisait plus à la tâche de la calfeutrer. Pour la première fois, il eut hâte qu'on le nommât chanoine ou, à défaut, aumônier de quelque monastère, loin de sa paroisse, où il garderait intact au moins le souvenir de la grande famille qu'il avait élevée, et où il ne la verrait pas se désintégrer. Mais le désespoir ne nous détache pas longtemps des œuvres qu'on a construites et aimées. M. le curé se raidissait, se refusait à admettre que s'il faillissait à la tâche, c'était sa faute. Il évoqua l'accueil triomphal qu'on avait fait au roi des Anglais contre l'assentiment des curés, il revit toute la gamme d'erreurs commises au nom de la tolérance et de l'avenir de l'Église par des généraux ecclésiastiques qui lisaient trop, faisaient trop de marchés avec les politiciens et n'écoutaient pas assez les avis des humbles caporaux comme lui, le rusé et habile M. Folbèche. Il s'arracha un poil dans le nez, éternua, essuya ses verres, puis dit avec un étrange sourire :

— Il n'y a pas à dire, les Anglais et les Américains commencent à nous rentrer dans le corps. Je sais à qui la faute. Mais je les attends ceux-là, à un petit détour, quand ils viendront se plaindre et me demander de les rebâtir...

— Qui ça ? demanda naïvement Denis Boucher, qui comprenait très bien.

— T'es trop jeune pour comprendre, bougonna M. Folbèche, à cent lieues de croire qu'un laïque pût s'y retrouver dans les méandres du labyrinthe clérical.

Songeur, il se mit à fredonner le *Dies irae* puis, le ton protecteur:

— Tu pourras dire au pasteur que je lui permets de venir. Je l'invite même à me visiter au presbytère. À propos de ton roman, si tu y tiens tant, tu viendras me soumettre tes chapitres de temps en temps. Je n'ai pas écrit de roman, mais j'ai fait mon cours classique et je pourrais peut-être t'aider. Et puis, si parfois tu disais, sans t'en apercevoir, des choses désagréables pour la paroisse, nous pourrions les enlever. Il vaut toujours mieux laver son linge sale en famille.

— Bien sûr, monsieur le curé.

Denis Boucher, un sourire sardonique aux lèvres, suivait des yeux M. Folbèche qui s'éloignait la mort dans l'âme, songeant aux concessions qu'il venait de faire aux ennemis de sa paroisse: la littérature, les Américains et les Anglais. Comment agir autrement? Il éprouvait le même sentiment que le père de famille jaloux de la vertu de ses enfants: il préfère inviter les garçons chez lui plutôt que de voir ses filles les retrouver en cachette.

— Le sang coulera peut-être, mais ils l'auront voulu!

En proférant ces menaces, Théophile Plouffe se sentait devenir gréviste parfait. Et plus Joséphine s'en montrait atterrée, plus il durcissait sa voix, plus il roulait des yeux terribles. La loi des compensations l'incitait à se griser des colères qu'il pouvait faire à d'autres qu'à sa femme contre qui il n'osait jamais se fâcher.

Les poings sur les hanches, la bouche tordue par un rictus moqueur, il regarda Joséphine courir à la galerie et interpeller le curé. Quand il entendit: « Il faut les arrêter, monsieur le curé, ils font une parade de révolte », il éclata d'un rire quasi hystérique qui déferla sur Joséphine quand elle rentra, abattue par son échec et stupéfiée par l'attitude du prêtre.

Théophile croisa ses mains sur son ventre pour en contenir les soubresauts.

— Vous êtes des poules mouillées, toutes les femmes. Vous avez peur de tout, et alors, vous vous jetez tête première dans la jupe de votre curé, comme des autruches. Et ça veut tout mener, nous conduire par le bout du nez, nous autres les hommes qui faisons les guerres et les révolutions.

Guillaume, à plat ventre sur le plancher, lisait les pages imagées de *La Patrie* du dimanche et Cécile, installée au bout de la table, la tête dans une main et le manche de sa plume dans sa bouche, cherchait le mot exact pour faire comprendre à Onésime qu'elle l'aimait et qu'elle en avait assez de ne plus le voir chez elle.

Joséphine mit ses deux cents livres de chair en branle et marcha vers le poêle d'un pas alourdi par la colère qu'elle n'osait manifester de peur de sangloter. Saisissant la clé, elle secoua les disques de fer d'une main boudeuse et se retourna :

— Nous autres, des lâches ? Mettre un enfant au monde, mon vieux, c'est pire qu'aller à la guerre. Comme ça m'est arrivé vingt-deux fois, ça se peut que j'aie le courage pas mal usé.

Théophile qui, par pudeur, n'aimait pas parler de ces choses devant ses enfants, s'empressa d'ajouter :

— À propos de guerres, je sais que tu vas m'apporter ton éternelle sainte Jeanne d'Arc. Mais t'auras beau lire son histoire cent fois, tu régleras pas de grève ni que tu sauveras le Canada des Anglais. Et puis c'est pas la question, *L'Action chrétienne* nous a joué un tour de cochon, et on fait la grève pour ravoir nos positions. Va, ma femme. Va me chercher ma grosse ceinture de cuir que je mettais pour aller à la pêche. Si ça vient à faire dur, j'aurai les reins plus solides.

Guillaume releva soudainement la tête et dit avec enthousiasme :

— Si Tarzan était avec vous autres, p'pa, vous seriez certains de gagner ?

— Eh ! que t'es donc développé pour ton âge, s'indigna Cécile, et elle se remit à écrire.

Joséphine, inconsciemment, malgré sa colère, se rendait chercher la grosse ceinture de cuir de Théophile. Elle protestait :

— Si tu avais laissé faire M. le curé, il vous aurait arrangé ça sans grève. Aujourd'hui tu travaillerais, on ferait notre petite vie tranquille. C'est ça la politique.

Théophile jeta sur sa femme un long regard découragé. Elle ne comprendrait donc jamais !

— Je t'ai déjà dit, ma femme, que dans ce cas-là, M. le curé pouvait rien faire. C'est trop de la haute politique. Quand tout est tranquille dans le monde et que ça va bien, les prêtres ont pas mal d'influence. Mais la guerre va éclater d'une minute à l'autre entre les Allemands et les Anglais, et le cardinal joue pas avec ça.

Joséphine eut le souffle coupé.

— La guerre ?

— Oui, la guerre, ma grosse, abonda Théophile, réjoui de cet avantage. Ça se prépare. Quand je te disais que le roi venait nous enrôler. Et si j'ai pas mis de drapeaux, si j'ai perdu ma place et si on fait la grève, c'est parce que je refuse à voir mes enfants, surtout celui-là, qui va avoir vingt et un ans, servir de chair à canons aux Anglais.

Théophile, emphatique, gardait le bras levé. Guillaume s'était mis sur pied et Joséphine se précipita vers lui en l'entourant de ses bras.

— Ton père fait des farces. Occupe-toi pas de personne. On va faire notre petite vie tous les deux. Demain on partira de bonne heure. Les fraises commencent à mûrir.

— Bon ! fit Théophile en se frottant les mains, va me chercher ma ceinture.

— Si Ovide était ici, ça marcherait mieux que ça, geignait Joséphine écrasée par le spectre de son benjamin qu'elle imaginait habillé en soldat.

Guillaume, armé du balai qu'il épaulait comme un fusil, visait sa sœur.

— Bang ! une placoteuse de moins !

Théophile s'engouffra derrière le poêle et vérifia si la bannière qu'il porterait à la parade de tout à l'heure était prête. Il l'avait soigneusement découpée dans du carton mural et clouée au bout d'un bâton. Napoléon, expert de l'écriture en lettres moulées, y avait inscrit à la peinture rouge, sous la dictée et la surveillance de son père : « À bas la dictature anglaise ! » Théophile coucha la pancarte à plat sur la table, à côté de la papeterie de Cécile qui grogna. Théophile jeta un regard circulaire :

— Bon. Ma gang est à la veille d'arriver. Où est donc Napoléon ?

Joséphine revenait avec la ceinture. Elle soupira :

— Il est parti ramasser son petit bouquet de pissenlits et de marguerites, comme à chaque soir, tu sais bien.

— Oui. C'est cette idée de fille qui le travaille, marmotta Théophile. En tout cas, fille ou pas fille, bouquet ou pas bouquet, c'est mon plus vieux et je veux qu'il m'accompagne à la parade.

Joséphine haussait les épaules.

— Pauvre lui. Aimer une fille comme ça, qui fait sa pincée parce qu'elle travaille à la Haute-Ville. Ah !

que je regrette pas de lui avoir servi son biscuit. Et Napoléon qui maigrit, qui mange plus de crème glacée, qui colle plus de photos depuis ce temps-là. Il lui ramasse des fleurs comme un enragé et quand il va les porter, elle ouvre même pas la porte. Regarde dans la chambre, c'est rien que des bouquets fanés qui pendent au bord des tablettes comme des torchons qui ont pas servi. Euh...

Elle baissa le ton, embarrassée, car Napoléon entrait en trottant, la figure bouleversée. Il courut dans sa chambre serrer le bouquet qu'il tenait et revint en disant avec hâte :

— Vite, mon chandail, la mère. Je m'en vas en bicycle à Saint-Étienne.

— À soir, s'étonna Joséphine, incrédule.

— Oui, tout de suite. C'est encore crû le soir, dehors. C'est vingt-cinq milles pour aller. C'est Jeanne qui est malade. Elle est partie chez elle.

Les deux bras de Joséphine tombèrent lourdement.

— Dis-moi pas que t'es assez fou pour faire cinquante milles pour une fille qui t'ouvrait même pas la porte pour recevoir tes fleurs ?

Napoléon, pris au piège, rougit, se débattit, puis bégaya :

— C'est parce que j'étais toujours trop gêné pour sonner. Je m'en retournais. À soir j'ai serré les dents, j'ai sonné. C'est une autre servante qui m'a dit ça.

Il souriait :

— Ça doit pas être dangereux. Une fille de campagne, c'est pas longtemps malade. Elle tousse un peu mais je vas aller lui dire le remède tout de suite. Un gars m'a dit qu'il faut respirer le fumier. Vite, mon chandail, m'man.

— Une consomption ! mon Dieu ! s'écria Joséphine en se prenant la tête à deux mains.

Il se fit un silence étouffant qui semblait faire baisser le plafond et remonter le plancher. C'est la voix de Théophile qui éclata, dominatrice, implacable :

— Y a toujours un bout à être fou comme ça, Napoléon. Partir à huit heures du soir pour Saint-Étienne. T'as pas les jambes de ton père. Tu vas pas à Saint-Étienne, tu viens avec moi à la parade, tu viens suivre ton père dans la bataille.

— Je vas à Saint-Étienne, Viourge !

D'un bond en arrière, il leur faisait face, du seuil de la porte. Le corps tendu, les jarrets pliés, on voyait pour la première fois son coup trop court, tant il faisait d'efforts pour avancer sa tête bouillonnante. La figure toute en rictus, il avait les yeux si brillants qu'on eût dit qu'il pleurait.

Alors Théophile, tremblant d'une voix théâtrale, s'avança lentement vers son fils en brandissant la large ceinture de cuir.

— Tu veux défier ton père, lui désobéir ?

— Attends, Napoléon. Je vais chercher ton chandail, s'écria Joséphine tout en larmes.

Napoléon attendait son père, l'air buté et féroce de la bête cernée par le chasseur. Il grondait :

— Je suis assez vieux, je sais quoi faire. J'ai trente-trois ans.

— L'âge de Notre-Seigneur Jésus-Christ quand il est mort, constata Guillaume.

— Avancez, j'ai pas peur de vous, le père, avec votre petite ceinture. Mais frappez-moi jamais.

C'est à ce moment que Cécile intervint. Elle s'était levée d'un bond et, s'interposant entre Napoléon et son père, elle cria :

— Allez-vous le laisser tranquille, ce garçon-là ? C'est rendu qu'on n'a pas le droit d'aimer qui on veut dans cette maudite maison. Tiens, ton chandail, Napoléon, fit-elle en le prenant des mains de sa mère éplorée. Va, va retrouver celle que tu aimes.

Napoléon s'enfuit en laissant Théophile, interloqué, aux prises avec l'esprit de justice de Cécile. Elle marcha vers la table du pas martial de la victoire et d'un grand geste jeta tout son papier à lettre à terre. Elle se retourna, les poings sur les hanches :

— J'en ai assez, moi aussi, de la correspondance. Vous allez laisser Onésime revenir ici, ou bien il va reprendre son banc de tramway dès demain. Ça lui appartient, n'est-ce pas ?

— Qu'il revienne le chercher ! déclara enfin Joséphine qui, pour une fois, venait à la rescousse de Théophile parce que l'autorité des parents était en jeu.

— Quoi ! Le banc de tramway !

Le père Plouffe semblait ne pas comprendre. Le banc de tramway sur lequel il se faisait chauffer de longues heures au soleil, sur lequel depuis dix ans il fumait sa pipe après souper et jetait des yeux vagues sur l'horizon, son banc de tramway décollerait, s'envolerait et irait se déposer sur une autre galerie ! Sa colère tomba complètement et il jeta vers Cécile un regard suppliant.

— Onésime ferait pas ça. On est des vieux amis.

— Théophile, flanche pas, commanda Joséphine qui préférait sa chaise berçante.

— Oui, il va venir le chercher demain, menaça Cécile, impitoyable, et puis c'est pas tout. J'ai sorti quarante-cinq piastres de ma banque depuis que vous avez perdu votre place, le père. C'est assez, vous n'aurez plus un sou à part de ma pension.

Cette fois, ce fut Joséphine qui s'affola. Les deux époux se regardèrent longuement et Joséphine concéda d'une voix basse, honteuse :

— C'est correct. Qu'il vienne, mais seulement quand je serai là.

— Vous êtes mieux, tempéra Cécile avec raideur, car elle avait toujours de la difficulté à se débarrasser d'une indignation. Ça commençait à faire. Quand je vois ce petit licheux-là qui joue à la balle, aux anneaux, qui va aux framboises, qui a vingt ans et ne rapporte pas un sou à la maison, ça me fend la face.

— M'man, elle m'attaque encore, menaça Guillaume. Si vous l'arrêtez pas...

— Aïe ! pourquoi toutes ces chicanes à propos d'argent, quand votre fortune est faite !

Ils s'étaient tous retournés vers Denis Boucher qui brandissait la lettre du pasteur Tom Brown.

— Vous êtes riches !

— On a-t-y acheté des billets de loterie ? dit Joséphine d'une voix blanche, la main sur le cœur.

— Mieux que ça, madame Plouffe. Guillaume va devenir un des plus grands joueurs de baseball des États-Unis.

— Comment ça ? scanda Joséphine, sur la défensive.

— Moi, ça ? demanda naïvement Guillaume. Écoute, Cécile, tu diras pas que je me vante.

Denis Boucher lut d'une voix triomphale la lettre du pasteur Tom Brown.

— Jamais, s'écria Joséphine en faisant reculer Guillaume dans un coin, jamais. Cet enfant-là est bien ici avec sa mère. J'aime mieux qu'il soit chômeur. Tantôt, c'était la guerre, maintenant, c'est l'exil aux États-Unis, ce pays de débauches et d'actrices. Guillaume, tu restes à la maison, tu m'entends ! fit-elle en pointant le plancher de son index.

— Mais, madame Plouffe...

— Toi, le Denis, répliqua-t-elle, furieuse, j'en ai assez de tes pasteurs protestants et des idées de fou que tu viens mettre dans le tête de mes enfants. C'est moi qui mène ici.

— Un instant, interrompit Théophile, avec l'air d'importance qu'on lui connaissait quand il parlait de son championnat cycliste. C'est grave, cette affaire-là. Ma femme, on a un enfant qui a du sang de Plouffe dans les veines, du sang de champion. Il commence à être temps qu'on soit connu dans le monde entier. C'est le temps de prouver que nous autres, de la Basse-Ville, on est capable d'atteindre les sommets, même à l'étranger.

Denis renchérit :

— Votre mari a raison, voyons, madame Plouffe. Guillaume, aux États-Unis, s'il joue avec un grand club, peut gagner cinq cents dollars par semaine. C'est la fortune pour vous tous.

Cécile, qui avait haussé les épaules jusque-là, se mit à rire à gorge déployée. Elle ne pouvait concevoir que le petit chou de sa mère, celui qu'elle croyait le plus grand hypocrite de la terre, pût gagner en une semaine le montant qu'elle, Cécile, avait mis dix ans à économiser.

— Elle est bonne, celle-là, parvint-elle à dire. Cinq cents piastres par semaine ! Lui ! Ah ! laissez-moi mourir de rire.

Et elle alla se jeter sur son lit où elle pouffa dans les couvertures. Guillaume sortit timidement de son coin et demanda, incrédule :

— Cinq cents piastres par semaine ? Ça va en payer des pensions, m'man. À part ça, ça fait assez longtemps que je veux m'acheter un chat angora et un bicycle de course.

Théophile étendit les deux bras :

— Faut pas s'exciter avec cette affaire-là. Cet argent, Guillaume, tu le dépenseras comme on te le dira. D'ailleurs, ça fait déjà un petit bout de temps que j'ai idée de me partir une petite imprimerie.

— Vous m'écœurez tous, s'écria Mme Plouffe. C'est ça, voyagez, débauchez-vous, abandonnez-moi.

Elle se retira dans sa chambre en emportant son tablier dans ses mains.

— Écoutez ! ma gang arrive, dit Théophile, en tendant l'oreille.

L'escalier résonna des pas pesants de plusieurs hommes qui vociféraient et brandissaient leurs bannières de grévistes comme des jouets. Théophile bomba le torse et les attendit.

L'assemblée qui précédait la parade avait lieu boulevard Charest en face des bureaux des Syndicats catholiques. Devant l'estrade provisoire installée sur le toit d'un hangar, une foule d'hommes laissait monter son inquiétude dans un grondement sourd. Ils étaient là cinq cents, mille ouvriers peut-être, servant d'arrière-garde tumultueuse aux grévistes de *L'Action chrétienne* dont l'indignation défaillante s'accrochait aux bannières héroïques qu'ils brandissaient : « À bas la dictature », « Vivent les Syndicats catholiques », « Dehors, les Anglais », « Vive le cardinal », « Sommes-nous des Esclaves », « Ils ne veulent pas de Syndicats ».

Les spectateurs sympathisants, curieux d'avoir enfin l'occasion de vérifier l'efficacité de leur union, exhibaient une colère toute neuve, que leurs boucs émissaires, les grévistes, avaient épuisée dans leurs cuisines au cours de soixante jours de grève. On était à la fin de juillet. L'obscurité tombait et les autos allumaient leurs phares, se trouvant des allées de clarté dans la masse d'hommes qui obstruaient la circulation. Les cloches des tramways et les coups de klaxon se heurtaient au-dessus de la foule. Aux fenêtres des voitures, des coups d'œil furtifs et moqueurs partaient, effleuraient les hommes et l'estrade. Quels étaient ces idiots, ces naïfs, ces illuminés qui voulaient grimper des échelles sans barreaux ? Les Syndicats catholiques faire la grève contre *L'Action chrétienne* ! Ces imbéciles obstruaient la rue par-dessus le marché ! Et les klaxons et les cloches insistaient avec fureur.

Mais la foule n'entendait pas. Les orateurs s'installaient sur l'estrade. Des applaudissements crépitèrent, des sifflements fendirent l'air, frayant un chemin aux huées. Les grévistes, les yeux fixes, crispaient le manche de leur bannière, oubliaient d'humecter leurs gorges sèches. Ils protestaient depuis trop longtemps, sans succès, dans un silence qui ne rendait même pas d'écho. Ils n'étaient pas bâtis pour chômer et crier, ils étaient faits pour travailler et se taire.

À quoi bon d'ailleurs lutter contre un adversaire qui possède à la fois nos armes et les siennes ? Et la bataille finirait sans avoir commencé par cette comédie cocasse, cette démonstration d'orateurs et de microphones. Mais Denis Boucher, aux côtés de Théophile Plouffe rayonnant de colère à cause de sa haine des Anglais qu'il rendait responsables de tous ses maux, les harcelait, les incitait à se battre, et ne recueillait d'eux que des regards mornes de vaincus.

Sur l'estrade, cinq hommes étaient assis, les genoux serrés comme des spectateurs égarés sur une scène. L'aumônier de l'Union, un homme grand et chauve, aux traits durs mais sympathiques, empoignait le microphone d'une main et étendait l'autre pour réclamer un silence déjà établi.

« Mes chers amis, commença-t-il en cherchant ses mots, en qualité d'aumônier des Syndicats catholiques, je n'ai pas à juger si votre grève est légale ou illégale.

Vos officiers sont là pour ça. Mon devoir à moi, c'est de veiller sur votre esprit de travailleurs catholiques, de vous aider à être des ouvriers estimés par leurs employeurs, des ouvriers comme les voulait Pie XI dans son encyclique *Quadragesimo Anno*. Les Syndicats catholiques, vous le savez, ont été fondés pour tenir en échec certaines unions dont le seul but est la lutte des classes en vue de l'avènement du communisme. Nous voulons faire disparaître les obstacles entre employeurs et employés, au lieu d'élargir l'abîme que les autres unions sont à creuser, nous voulons faire de vous des ouvriers modèles, non des rebelles et des révoltés. Une grève est toujours un événement malheureux, surtout quand elle éclate entre deux corps organisés par l'Église. »

— Vous l'avez dit ! cria-t-on dans la foule.

Sur l'estrade, un des orateurs avança la tête pour pêcher du regard l'auteur de cette exclamation déplacée. L'aumônier toussa en baissant les yeux et continua :

« Jusqu'ici, nous n'avons pas été trop malchanceux, car, excepté la grève de la Dominion Textile que Son Éminence a réussi à régler à l'amiable avec les dirigeants de cette grosse compagnie, nous pouvons nous flatter d'avoir évité plusieurs conflits ouvriers en amenant les employeurs sur un terrain d'entente. C'est donc un grand malheur pour l'Église que les Syndicats aient à combattre *L'Action chrétienne*. Aussi je vous demande d'adoucir les effets de ce conflit, car nos supérieurs ecclésiastiques en souffrent beaucoup.

« Vous allez parader dans les rues de la ville, faites-le dignement, sans éclat, comme des hommes, comme des ouvriers catholiques. Et surtout, n'oublions pas la prière, car Dieu qui, par l'intermédiaire de Moïse, a séparé les eaux de la mer Rouge, est aussi capable de réconcilier les extrêmes. »

— Amen ! lança encore une fois la même voix gouailleuse.

Ici et là, il y eut des éclats de rire brefs, mais les grévistes, pâles et crispés, ne se retournaient pas, comme figés par le froncement de sourcils de l'aumônier qui revenait au microphone.

« Mes amis, comme vous pouvez vous en rendre compte, des agents d'unions révolutionnaires sont disséminés parmi vous et tentent de vous inciter à des actes répréhensibles. J'ai confiance en vous, vous saurez vous en débarrasser. »

Souriant, il attendit, mais la foule ne se débarrassait de personne et ne bougeait pas. À ce moment, un gamin grimpa sur l'estrade en courant et remit un billet au prêtre.

« Mes amis ! dit l'aumônier, on m'apprend que votre président est retenu à la maison par la maladie et ne pourra assister à cette assemblée. Il vous offre ses meilleurs vœux de succès. »

Un murmure de mécontentement s'exhala de centaines de poitrines.

Denis Boucher, qui trépignait aux côtés du père Plouffe, mit ses mains en porte-voix :

— Ça adonne mal. C'est un type qui n'est jamais malade.

L'aumônier alla dignement s'asseoir et un gros homme à la cravate gauchement nouée, dont le veston enveloppait avec peine la poitrine trop épaisse, laissa sa chaise d'orateur et, d'un pas lourd et décidé, marcha vers le microphone comme vers un adversaire. Il s'était à peine levé que la foule criait son espérance. Les chapeaux volaient en l'air en même temps que les cris, et les applaudissements rythmaient les sourires d'espoir. « Vive Jos Bonefon ! Hourra pour un brave ! » « Il a gagné ses épaulettes ! »

Sans sourire, Jos Bonefon sortit un grand mouchoir et épongea le front rouge de son immense tête. D'un geste concentré, il fouilla dans sa poche et sortit l'aide-mémoire qu'il s'était préparé.

— Pas besoin de papier, Jos. On te connaît. Parle avec ton cœur.

Il ouvrait la bouche et allait commencer à parler, quand un tumulte se produisit. Quelques femmes tout en larmes, apparemment venues de concert, s'accrochaient à ceux des grévistes qui étaient leurs maris et les suppliaient de les suivre. Alors éclata la voix de stentor de Jos Bonefon :

« Les femmes, laissez vos maris tranquilles et retournez à vos cuisines. Vos maris sont ici pour faire la grève et ils vont la faire. On n'est pas des lâches. Je sais que le prote de l'atelier est allé dans vos maisons pendant que votre mari était parti et vous a dit que s'il ne retournait pas tout doucement à l'ouvrage il n'aurait plus jamais d'emploi et votre famille crèverait de faim. On connaît le truc. Vous ne crèverez pas de faim, cria-t-il à pleins poumons, car nous allons gagner notre point, et nous allons faire reprendre Théophile Plouffe et les cinq autres typographes qui ont été jetés dehors comme des torchons, pour des motifs qui n'ont rien à voir avec leurs devoirs professionnels. »

La foule était électrisée. Elle criait, haletait, applaudissait. Soumises, rougissantes, les femmes lâchaient leurs époux et, les mains croisées, écoutaient le gros homme rustaud qui, avec son air de bouledogue, sa voix retentissante, les hypnotisait.

« Les gars, je n'ai pas besoin de vous parler de mon passé. Vous me connaissez ! J'étais typographe, vous m'avez choisi comme officier de l'union. Et je vous jure que je remplirai mon devoir de représentant comme j'ai rempli mon métier de typo. »

— Fesse dans le tas, Jos, donne du gaz !

« D'abord pourquoi sommes-nous ici ce soir ? Pour protester de toutes nos forces d'honnêtes gens. Nous sommes ici pour réclamer la justice ! La grève est légale. *L'Action chrétienne* n'avait pas le droit de renvoyer Théophile Plouffe, car il n'a pas la limite d'âge, et elle n'avait pas non plus le droit de renvoyer cinq autres employés qui s'étaient réunis pour discuter son cas. C'est de la dictature. Vivons-nous à Moscou ou à Berlin ? »

— C'est encore pire, on vit à Québec ! cria quelqu'un.

Fouetté, l'orateur détachait sa cravate.

« En tous les cas, on a une union et on va s'en servir. La grève dure depuis soixante jours. Nous ne sommes guère plus avancés. *L'Action chrétienne* refuse obstinément de se soumettre à l'arbitrage auquel nous avons droit. Et que fait le ministère du Travail qui se doit d'imposer cet arbitrage ? Il ne bouge pas. Il a peur. De qui ? De quoi ? Pourquoi les lois ouvrières, les unions ne font-elles pas ce qu'elles doivent faire pour nous ? Il est temps que nous redressions la tête, que nous fassions valoir nos droits. *L'Action chrétienne* est une ennemie jurée du syndicalisme. Dans les rangs mêmes de ses employés, il existe une Gestapo qui dénonce tout à la direction. »

— On les connaît ceux-là, Jos !

Jos Bonefon, emporté, se levait sur le bout des pieds, et les bras en l'air, vociférait :

« Et le plus écœurant, c'est que le journal est publié quand même comme si vous étiez encore là. Qui vous remplace, vous les pères qui avez des enfants à nourrir ? Des gamins de seize à dix-sept ans, gracieusement fournis par un orphelinat de Québec qui possède un atelier d'imprimerie. Et parce qu'il s'agit de *L'Action chrétienne*, on nous demande poliment de ne pas faire de piquetage. C'est de l'esclavage à l'état pur. En 1916, on avait remplacé les grévistes par des religieuses, aujourd'hui on les remplace par des orphelins.

— Honte ! honte ! hurlait la foule.

Les poings se serraient, les cris sortaient à peine des gorges contractées. Les autres orateurs, mal à l'aise, s'agitaient dans leurs chaises et jetaient des regards désolés sur l'aumônier qui hochait la tête. Jos Bonefon s'épongeait encore le front. Il reprit :

« Rappelez-vous la grève de la Dominion Textile. Sous des manchettes de huit colonnes, *L'Action Chrétienne* dénonçait le manque de collaboration de cette compagnie avec l'union. Pourtant, cette compagnie se prêta à l'arbitrage et reprit tous ses employés, grâce à Son Éminence, dont *L'Action chrétienne* ignore les ordres aujourd'hui. »

— Vive le cardinal ! cria-t-on de toutes parts.

« N'est-ce pas édifiant, cette rébellion d'un journal catholique contre son chef, ce chef respecté à qui *La Revue des Deux Mondes* de Paris consacrait dernièrement un long article, disant de lui que malgré les honneurs et son rang ecclésiastique il était demeuré un homme du peuple, avec le peuple, réglant des différends ouvriers et prouvant qu'il est par là le champion de notre classe ouvrière ? Il est temps, messieurs, que cette dictature finisse. Paradez dans les rues de la ville, criez vos revendications et de notre côté, nous de l'union, nous ferons pression sur le gouvernement et nous supplierons Son Éminence d'intervenir en notre faveur comme il est intervenu dans la grève de la Dominion Textile. »

Les remous bruyants qui se firent dans les rangs des spectateurs et l'ovation qui fut faite à Jos Bonefon après son discours ne purent se calmer à temps pour faire à l'orateur suivant l'accueil froid que lui réservait l'assemblée. Les hurlements d'enthousiasme se transformèrent en sifflements et en huées. L'agitation générale changeait simplement de gamme.

Azarias Bégin était bien mis, avait de la patience et caressait calmement le microphone en attendant le silence de la foule. C'était le type d'officier d'union qui, à un meeting, se montre beaucoup plus soucieux de la majorité des voix que de l'intérêt des ouvriers. Une grève semblait-elle perdue d'avance pour les travailleurs, il devenait la créature du patron au cœur de l'union. Après un geste d'impatience de l'aumônier, un silence relatif s'établit et Azarias Bégin débuta d'une voix posée. Il fit, quelques minutes, des considérations vagues sur les principes des Syndicats catholiques, puis en vint à ceci :

« En théorie, évidemment, comme officier de votre union, je suis corps et âme avec nos grévistes. Mais dans le cas présent, j'ai combattu l'idée de la grève et je crois encore que nous avons tort de la faire. Je vous en prie, laissez-moi parler ! En tant que travailleurs catholiques, nous n'avons pas le droit, pour quelque motif que ce soit, de nuire à l'apostolat chrétien, car il s'agit d'intérêts spirituels supérieurs… Aïe… »

Une tomate pourrie, lancée avec force, s'était écrasée sur son œil gauche. L'indignation générale s'extériorisa en un immense éclat de rire, puis par une imperceptible poussée vers l'estrade d'une foule ramassée sur elle-même. Les commentaires furieux commencèrent de fuser :

— Et le pain des enfants, lui, et la liberté, c'est des intérêts inférieurs, on suppose ?

Les bannières oscillaient dans les mains tremblantes des grévistes épuisés, qui se laissaient entraîner vers l'estrade par la foule indignée. L'orateur, tout occupé à

·se nettoyer le visage, n'avait pas oublié de se réfugier sur une chaise derrière l'aumônier embarrassé. Heureusement, à ce moment, un messager d'une compagnie de télégraphe vint remettre une enveloppe au prêtre. L'aumônier l'avait à peine ouverte qu'il se précipitait vers le microphone en ouvrant des bras de pacificateur céleste. La foule s'immobilisa dans un silence haletant.

« Mes frères, mes amis ! Je reçois à l'instant un message venant de haut lieu. On demande aux grévistes de rentrer au bercail. Le cas des six rebelles sera arrangé dans les quinze jours. Pardon assuré pour tous ! »

La foule lâcha un soupir de ballon qui se dégonfle. La plupart des grévistes brandirent leurs bannières et lancèrent des cris de joie, mais les cinq hommes qui avaient été renvoyés pour avoir appuyé le père Plouffe courbèrent la tête, deux d'entre eux éclatant en sanglots, puis partirent en traînant leurs bannières comme des pelles. La foule allait se disperser en murmurant « encore une fois » quand la voix de Denis Boucher éclata, stridente, avec toute la force que peut fournir une bonne poitrine de vingt ans qui s'indigne. Il était blême, ses yeux étincelaient, il prenait à témoin la foule muette d'étonnement :

« Arrêtez ! Allez-vous encore une fois vous laisser berner par cette indigne comédie ? On vous mènera donc toujours à coups de bénédictions et de slogans claironnants ? Ces six hommes ne seront jamais repris, ils seront remplacés par ceux qui sont déjà installés, vous le savez tous. Ne vous apercevez-vous donc pas que les intérêts financiers nous mènent comme des esclaves en se servant de notre nationalisme et de notre foi religieuse comme paravents ? Révoltez-vous... »

Il ne put aller plus loin. Deux hommes grands, forts, en qui ses yeux atterrés reconnaissaient, déguisés en civil, les deux membres de la Gendarmerie royale qui l'avaient visité, se ruèrent sur lui et tentèrent de le maîtriser. Il se débattit, distribua coups de poing, coups de pied, étourdit le sergent d'un solide crochet, mais l'autre gendarme l'assomma de sa garcette. Ils emmenaient le jeune homme titubant vers leur voiture en se moquant :

— On t'avait dit de te tenir tranquille, qu'on t'avait à l'œil.

Intimidée par la force brutale de cette intervention, la foule muette s'écartait sur le passage des trois hommes. Soudain, des jappements rauques de vieillard qui veut crier les firent se retourner et changèrent leur étonnement en stupeur. Le père Théophile Plouffe, les yeux exorbités, une écume blanche aux lèvres, brandissait son étendard avec rage et hurlait. Paralysé d'abord d'avoir à manifester sa colère devant une foule, quand il ne l'avait fait toute sa vie que devant sa femme, il parvenait maintenant à cracher des bribes de phrase que sa gorge étranglait :

« Arrêtez-les, arrêtez-les, c'est des Anglais ! C'est eux autres qui mènent *L'Action*, c'est eux autres qui nous font crever de faim. La guerre s'en vient, ils veulent nous enrôler. Je vous le dis, je vous le dis, croyez-moi. Ces maudits-là sur l'estrade sont tous des vendus à part de Jos Bonefon qui se fait fourrer. Moi, Théophile Plouffe, s'égosillait-il en se frappant la poitrine, j'ai pas mis de drapeaux pour le roi, c'est pour ça que j'ai été mis dehors. Je m'en fiche de leur *job*, fit-il en lançant sa bannière loin de lui. La grève, je la fais plus. Je suis indépendant, j'ai un garçon qui est champion du monde. Je vas me partir une petite imprimerie, et je vas l'écrire, et je vas le crier jusqu'à la mort : les maudits Anglais ! Et vous autres, les vendus, sur l'estrade, je vous envoie au diable avec tous vos pareils ! Vive Guillaume II, Vive la France ! Ah !... »

Le père Plouffe avait soudain blêmi. Il se raidit, et sa mâchoire, ouverte sur son dernier mot, dévia vers la gauche. Son bras tendu se tordit, son poing s'ouvrit et ses doigts écartés se figèrent dans une rigidité de marbre. Puis il s'abattit. La foule émue entourait l'homme étendu. Un murmure angoissé flotta un instant, puis des cris sortirent du cercle immédiat autour du corps.

— Il est paralysé, le pauvre vieux. Il est paralysé...

D'un accord instinctif, toutes les figures, empreintes d'une tragique accusation, se tournèrent vers l'estrade. L'aumônier descendait et accourait près du malade. Azarias Bégin s'approcha timidement du microphone et déclara d'une voix altérée :

— Qu'on le transporte chez lui. Vous voyez bien, mes amis, que *L'Action* a renvoyé cet homme à cause de son âge. Et vous vous apercevez aussi comment le ciel frappe ceux qui se révoltent contre ses institutions.

Un hurlement unanime sortit du fond de toutes les poitrines :

— Écœurant !

— Dieu du ciel ! s'exclama Joséphine d'une voix éteinte, en voyant entrer le groupe d'hommes qui portaient son mari.

Blanche comme cire, elle avait d'abord reculé jusqu'à l'évier, puis s'était ensuite élancée vers Théophile qu'on étendait sur la table. Elle lui prenait la tête amoureusement, lui arrangeait les cheveux.

— Mon Dieu ! Ça peut pas être la boisson, il sent rien !

Les hommes baissaient le front avec embarras.

— Il est paralysé, madame. Faudrait faire venir le prêtre, le docteur.

Le masque de détresse que ces paroles mirent sur le visage de la vieille femme ne fut pas long à s'effacer pour donner place à un petit air crâneur d'épouse qui en a déjà vu d'autres.

— Ah! Ah! Paralysé, lui! Demain, ça n'y paraîtra plus. C'est souple, cet homme-là, ça a déjà été champion et c'est bâti comme un cheval, c'est moi qui le sais. D'ailleurs, je vais y voir, je sais mieux que le docteur comment le faire revenir. Guillaume! Guillaume! Où es-tu donc? Viens m'aider à transporter ton père dans son lit.

Elle s'agitait, tournait sur elle-même, ne savait où donner de la tête, essuyait son front blême de sueurs imaginaires et cherchait Guillaume des yeux dans tous les coins de la pièce. En voyant son père, il s'était curieusement approché, puis en entendant les hommes déclarer d'un air grave que Théophile était paralysé, il s'était enfui dans sa chambre. Avec l'aide des amis de son mari, Joséphine transporta Théophile. Il avait un peu d'écume à la bouche, qui était ouverte et tordue de côté. Mû par un reste de pudeur de chef de famille, il tentait en vain de se débattre et ses yeux réussissaient des lueurs indignées. Il bougonnait des phrases inintelligibles, puis on crut comprendre, après l'effort surhumain qu'il tenta:

— Je mourrai pas. Je suis pas un poulet. Envoie, ma femme, chante-moi des bêtises, qu'est-ce que t'attends?

Ils le déposaient sur le lit. Joséphine s'adressait aux hommes:

— L'entendez-vous? Lui chanter des bêtises? C'est comme un empereur, cet homme-là, dans la maison. Un signe du petit doigt et tout le monde l'écoute.

Elle alla reconduire les ouvriers à la porte, écouta religieusement leur récit et, le visage crispé pour ne pas laisser s'échapper sa confiance de voir guérir son Théophile, elle les remercia en hochant la tête avec importance:

— Oui, c'est un orateur, cet homme-là. Ah ! si les Anglais n'avaient pas été dans ses jambes, il était fait pour être premier ministre.

Elle retourna vite à la chambre et se mit à déshabiller Théophile en minaudant, lui promettant de recoudre tel bouton, de lui acheter une autre chemise. Et elle se mit à chanter, de sa voix fêlée : *À dix-huit ans, je sortais d'une église, de mon hymen c'était le premier jour.* Théophile ronronnait doucement. Excepté les corps qui étaient vieux, et ridés, et malades, c'était dans la chambre comme au début de leur mariage quand Théophile s'attardait au lit le dimanche matin et que Joséphine tournait autour en chantonnant de bonheur.

Quand elle l'eut bien bordé, après s'être moquée de la raideur provisoire de son côté gauche, elle décrocha du mur le crucifix qui faisait face à Théophile. Elle craignait que ce crucifix, enlevé de la tombe de son beau-père, fît trop penser à son mari que cette ennuyeuse paralysie pourrait le conduire au tombeau.

— Tiens, dit-elle, je le change de place. À force de le regarder, t'es assez peureux, je te connais, tu peux te mettre à avoir des idées noires.

La langue de Théophile, qui récupérait un peu d'élasticité, bougeait, tentait d'onduler et frappait le palais à coups saccadés, car il était à l'aise dans son lit et sa femme chantait.

— J'ai fait... un vrai... discours... ça criait...

Joséphine ajustait gaiement les rideaux.

— Oui, il paraît. Tout le monde en parle. Tu me surprends pas.

Elle recommença de chanter. Après un couplet, Théophile vagit encore :

— Je vas partir une petite imprimerie, Joséphine !

— Oui, mon vieux.

— T'es ben fine. Viens m'embrasser.

Elle s'ébranla, et d'un air timide l'embrassa sur le front, du bout des lèvres.

— Joséphine. Laisse personne toucher mon bicycle.

— Certain que personne y touchera. T'es le maître. Attends-moi, je reviens. Il est onze heures et ni Cécile ni Napoléon sont revenus. Et je vois pas Guillaume.

Elle se rendit sur la galerie et inspecta la rue. Songeuse, elle rentra et, plantée au milieu de la cuisine, regardant le mur, sembla chercher la date oubliée d'un rendez-vous. Puis elle se frappa le front:

— Mon Dieu! Ai-je payé la prime de sa police d'assurance?

Elle courut à l'armoire, où elle serrait ses papiers importants dans une grande soupière qui ne servait jamais. Cette préoccupation toute matérielle de Joséphine n'était pas un indice de sécheresse de cœur. Au contraire. Les polices d'assurance, les testaments permettent aux hommes, qui sont tous nés plus ou moins commerçants, d'envisager la mort comme un marché qui leur fait presque oublier la terreur du tombeau. Aussi Joséphine s'obstinait à s'inquiéter du bon fonctionnement de la grande transaction possible, afin de ne pas sombrer dans la peur nue réservée à ceux qui meurent intestats et non assurés. Elle n'eut pas le temps de vérifier, car Cécile, rayonnante, entrait, tenant par la main Onésime Ménard, qui était rouge comme un adolescent intimidé. C'est à ce moment que la douleur de Joséphine éclata. Elle se jeta dans les bras de sa fille en sanglotant:

— Ton père! Ton père! Paralysé!

— Mon Dieu! s'écria Cécile en pleurant à son tour sur l'épaule de Joséphine. Où est-il?

— Là, sur notre lit de noces!

Onésime Ménard, les bras ballants, offrait un visage ébahi à cette scène de détresse. Debout sur le dos du cheval noir dessiné dans le tapis du seuil de porte, il avait vraiment l'air du chevalier de l'embarras.

— Faudrait qu'y se frotte avec du jus de cerises, dit-il. C'est bon pour la paralysie.

En entendant la voix d'Onésime, Cécile se dégagea de l'étreinte de sa mère et renifla ses larmes avec l'énergie d'une femme qui a eu des malheurs et plusieurs enfants, mais qui est restée forte.

— Allons voir papa, Onésime.

Ils entrèrent dans la chambre sur le bout des pieds.

— Bonjour, p'pa, murmura Cécile en se penchant avec une grâce d'infirmière. Ne vous découragez pas. On est avec vous cent pour cent. Onésime et moi. Tu viendras le voir tous les soirs, hein, Nésime ?

Le conducteur de tramways, qui tapotait ses sous au fond de sa poche, esquissa un large sourire.

On s'assira sur mon banc. J'ai décidé de vous le donner.

— Vous voyez ce que c'est, papa, des vrais amis, fit-elle en jetant sur Onésime un regard attendri. Entendez-vous, il vous le donne ? Et puis, si vous avez besoin de mon argent pour vous soigner, vous pouvez piger dedans à deux mains.

Le paralytique ne semblait pas les écouter. Il suait, soufflait, comme s'il eût été en train de soulever une maison. Il laissa échapper un cri de détresse :

— Ça y est. Pas capable de lever le bras pour ma pipe !

— Me v'là !

Le cri victorieux venait de la cuisine. Napoléon était entré en trombe, tout essoufflé, mais le visage rayonnant de bonheur.

— La mère ! La mère ! Je l'ai, ma Jeanne, elle est dans un sanatorium à cinq milles de Québec. Woopee ! Je vas aller la voir assez souvent, et je vas prier tellement qu'elle va guérir, ça sera pas long. Y a personne ici, donc ? Êtes-vous tous couchés ?

— Napoléon !

Joséphine, tragique, appelait son fils et lui montrait Théophile. Troublé, prêt à défendre son amour, il s'approcha prudemment, aperçut son père, puis leva des yeux interrogateurs sur sa mère qui avait gardé son gros bras tendu, et dont les triceps pendaient comme des poches éventrées. Elle parlait par bribes, afin que les sanglots n'envahissent pas ses phrases.

— Paralysé ! Malade !

Napoléon pâlit, mais ce fut de courte durée.

— Viourge ! Ça me fait deux malades ! fit-il en bombant son torse comme un homme qui accepte ses responsabilités de bon cœur. Vous inquiétez pas. Ça va s'arranger. Quand je prie sainte Anne, ça réussit tout le temps.

Ils étaient silencieux, entourant Théophile qui grognait, découvrant seconde par seconde, degré par degré, l'étendue de son impuissance. Le plancher de la cuisine craqua. Guillaume, apprivoisé par le silence, approchait. Sur le seuil de la chambre, il hésita, puis d'un bond fut à genoux à côté du lit.

— Pauvre papa ! Pauvre papa ! Que je vous aime donc ! Tout l'argent que je vas gagner, c'est pour vous.

Il enfouit sa tête dans l'oreiller, car il sanglotait trop fort.

8

Les vaincus ont à envisager un problème immédiat : celui de s'habituer à leur défaite. La tâche devient facile à ceux qui perdent souvent. Aussi, même si les cinq camarades pour qui les employés de *L'Action chrétienne* s'étaient mis en grève n'avaient pas été repris, ces derniers s'étaient-ils soumis à leurs employeurs avec au cœur le seul regret d'avoir perdu en vain deux mois de paie.

Et tant il est vrai que le groupe s'habitue plus vite à son malheur que l'individu à sa peine, le père Théophile Plouffe refusait de se soumettre à la paralysie qui le ligotait. Cet anglophobe obstiné faisait des colères subites contre ses membres récalcitrants, et sa langue raidie traduisait en un charabia furieux les engueulades interminables qu'il déversait sur les Anglais, sur les jambes déshonorées d'un ancien champion, et sur ses proches qui s'empressaient de s'habituer à son état pour se consacrer plus complètement aux exigences de leur égoïsme. Excepté Guillaume qui s'était mis à caresser et à taquiner son père impuissant comme il aurait fait avec un gros chat, la mère Joséphine, Napoléon et Cécile, l'une pour avoir les coudées plus franches dans sa cuisine et les deux autres pour jouir plus sereinement de leurs amours, se débarrassaient de la présence de Théophile en le remisant comme un vieux colis sur le banc de tramway de la galerie, où le paralytique, tout en se faisant cuire au soleil, chicanait les enfants du quartier et les moineaux.

On était en août 1939. Les nouvelles d'Europe menaçaient le monde d'une guerre imminente. La population, toute à son angoisse, avait déjà oublié la visite du roi et la grève des employés du journal clérical. Afin de tromper son inquiétude, elle était à l'affût des moindres soucis, et sa vigilance, effrayée par l'immensité des événements qui ombraient l'horizon, s'emparait fébrilement de matériaux à sa portée pour renforcer le statut de l'indépendance du Canada. Les rumeurs de participation à une guerre aux côtés de l'Angleterre circulaient déjà, et les Canadiens français se suggestionnaient sur leur liberté en montant en épingle tout incident capable de gonfler leur lubie d'une autonomie provinciale.

À Québec comme ailleurs, c'est le sport qui donne lieu aux plus ardentes manifestations du nationalisme. Qui l'aurait cru? C'est Guillaume Plouffe qui allait servir de symbole à plusieurs de ses compatriotes. La nouvelle que sa réputation avait passé les frontières et qu'il allait être soumis à une épreuve publique par des éclaireurs des Reds de Cincinnati, alluma un feu de joie dans les cœurs serrés par la menace de la guerre. Les journaux et la radio se mirent de la partie, si bien que ce dimanche-là, quoique l'épreuve fût annoncée pour trois heures, la foule des fans envahissait déjà le terrain de baseball à midi.

Napoléon Plouffe dégringola l'escalier et d'un bond fut sur le trottoir, souriant béatement au spectacle bigarré qui se déroulait en éventail autour du champ de baseball. Son plus beau rêve de sportif se matérialisait devant lui. Joséphine apparut sur la galerie.

— Poléon! T'as pas mangé ta poutine au pain.

— Pas faim, m'man.

— Tant pis. Tu vas voir que les Américains vont sauter dedans tantôt.

Elle parlait fort, car des curieux encombraient le trottoir dans l'espoir de voir apparaître Guillaume. Joséphine rentra. Napoléon était maintenant réveillé et ne respirait plus comme un parfum les murmures capiteux de la foule impatiente. Napoléon était à la torture. Il avait à choisir entre le bonheur d'aller voir sa Jeanne à l'hôpital pour la première fois et la joie d'être témoin du triomphe de son frère. Comme Jeanne était hospitalisée depuis une semaine dans la partie du sanatorium destinée aux malades de l'Assistance publique, il n'avait pu la visiter le soir. Aujourd'hui dimanche, il pouvait la voir de deux à quatre heures et l'épreuve sportive se déroulait à trois heures. Pour Napoléon, c'était un dilemme tragique. Les muscles raidis, le front plissé, il se donna tout entier à la réflexion. Il n'avait pas vu Jeanne depuis sa fuite de chez les Plouffe. Jeanne allait peut-être mourir ? Une larme brilla sur son nez écrasé.

Il enfourcha sa bicyclette et sans tourner la tête roula vers le sanatorium.

— Viourge ! Que c'est grand ! murmura-t-il en errant dans les interminables couloirs de l'hôpital.

Il reniflait toutes les odeurs, dévisageait les religieuses qui passaient et s'exclamait avec ravissement sur la propreté des parquets comme un enfant qu'on enverrait chercher Alice au pays des merveilles. C'était le plus beau château du monde, cet hôpital, et il était étonnant que les gens qu'il croisait eussent le visage si triste, quand Jeanne était couchée quelque part dans l'aile la plus éloignée de la bâtisse. Il eût erré longtemps, s'il ne s'était aperçu, en mettant la main à sa poche, que le chocolat qu'il apportait à Jeanne fondait. Alors il se mit à courir, à descendre des escaliers, à prendre des ascenseurs, interrogeant des infirmiers, des gardes-malades et des bonnes sœurs.

Quand on l'eut enfin dirigé vers le troisième étage, dans l'antichambre d'une des salles de l'Assistance publique, il commença à trembler. Il ne s'était jamais senti les jambes aussi courtes ni la langue aussi embarrassée. Napoléon allait pousser la porte de la salle, quand il aperçut une religieuse de haute taille, au visage ascétique, qui depuis quelques moments observait ses gestes insolites.

Il s'inquiéta et lui sourit :

— Je vas voir Jeanne Duplessis.

— Vous dites ?

— Ma Jeanne, vous savez. Jeanne Duplessis. Bon, faut que j'entre, mes lunes fondent.

Il adressait à la religieuse imperturbable un sourire d'intelligence et, dans sa nervosité, il agitait son sac de chocolats comme une clochette. La religieuse gardait son air auguste.

— C'est votre sœur ?

— Cécile ? Jamais de la vie. C'est Jeanne, je vous dis. C'est ma blonde.

Étonnée par l'attitude de Napoléon, elle l'examina encore une fois des pieds à la tête. Les agissements de ce petit homme lui paraissaient bien singuliers, trop singuliers pour qu'elle leur laissât troubler la quiétude de ses malades. Elle fronça les sourcils et dit sèchement :

— Votre blonde ? Je vous conseillerais de ne plus aller la voir. Nous préférons que la cure de nos jeunes filles malades ne soit pas gâchée par de vaines inquiétudes sentimentales. C'est assez que les futilités mondaines les aient gâtées, sans que les hommes viennent les relancer jusqu'ici. Notre hôpital est aussi bien une retraite pour l'âme que pour le corps. Pourquoi, monsieur, ne vous en retournez-vous pas chez vous et ne laissez-vous pas Mlle Duplessis tranquille ?

Napoléon crut d'abord avoir mal compris. Mais à mesure qu'elle parlait, il durcissait la mâchoire. Puis il rentra sa tête dans ses épaules, s'arc-bouta et serra les poings comme quand son père avait voulu l'empêcher d'aller à Saint-Étienne.

— C'est la mère, je suppose, qui vous a avertie de m'empêcher de la voir ? Je vous dis que je passe.

La religieuse abasourdie changea de tactique.

— Calmez-vous, monsieur. Et du respect, je vous prie, fit-elle en jouant avec son crucifix. Nous avons à rendre compte devant Dieu de nos patientes, et comme les inquiétudes de l'amour sont fatales pour elles, nous éloignons les hommes autant que nous le pouvons. Par exemple, nous supprimons tout contact avec les malades masculins de cet hôpital et, autant que possible, nous préférons qu'elles ne reçoivent pas la visite des jeunes hommes qui ne sont pas leurs parents.

— J'suis pour ça cent pour cent ! s'exclama Napoléon. Mais moi, c'est pas pareil, je communie pour Jeanne tous les matins. À part ça, je suis le frère de Guillaume Plouffe, savez ? Et Ovide, mon autre frère, est Père Blanc d'Afrique.

Il gonflait le torse et regardait la religieuse de biais comme un membre d'une société secrète qui en identifie un autre.

— O.K. Correct ? Je passe ? Mes lunes fondent. Je serai pas longtemps.

Il contournait la religieuse et, cauteleusement, comme s'ils avaient été complices, il poussait la porte. Amusée par les manières de ce petit homme et attendrie par sa parenté, elle le laissa faire. La souris qui, profitant de la complaisance d'une chatte, s'échappe, n'eût pas bondi dans son trou plus vite que Napoléon dans la salle.

Deux rangées de têtes émergeant des oreillers se tournèrent vers lui. Arrêté par vingt-quatre paires d'yeux étonnés et déjà moqueurs, il fixait, fasciné, le long parquet luisant. Son ombre, démesurément longue et mince, y était couchée. Un rire discret résuma le pétillement des regards. Les yeux de Napoléon s'arrondirent comme pour éviter de voir les côtés de la salle. D'une main mouillée de nervosité il malmenait le sac de bonbons, et de l'autre il effleurait sa petite tête ronde. Plusieurs ricanements étouffés se firent entendre. «Viourge!» murmura-t-il avec terreur. Il fit quelques pas prudents, comme s'il avait marché sur une patinoire.

— Ici, Napoléon!

Saint Paul rencontrant la grâce sur le chemin de Damas ne fut pas plus vite transfiguré.

— Oui, Jeanne, me v'là! s'exclama-t-il en exécutant une cabriole qui lui permit d'égrener du regard les vingt-quatre visages.

Il glissa et faillit s'allonger en apercevant Jeanne qui, accroupie dans son lit, fronçait les sourcils devant la gymnastique qu'il faisait pour retrouver l'équilibre. Mais il avait les jambes courtes et semblait poser les pieds partout à la fois. Quand il eut paré à la chute menaçante, il exécuta trois ou quatre pas de danse en souriant et en saluant toutes les malades qui riaient aux éclats. Ses cabrioles le conduisirent jusqu'au lit de Jeanne. Il ne la regardait pas. Les yeux baissés, il déposait d'un air timide les bonbons sur le pied du lit. Allait-elle le chasser en lui rappelant l'attitude de Joséphine à l'occasion de la parade royale? Jeanne ne disait donc rien? Alors il se prit à réciter tout d'une traite:

— J'ai pensé de venir te dire que Guillaume allait être posé dans les journaux anglais. Les Cincinnati sont après le *tester*. Du monde par mille. Des journalistes,

des Américains. Pense que c'est beau pour un Canadien ! J'aimais mieux te voir.

— Napoléon, regarde-moi.

Émue, un sourire triste aux lèvres, elle le contemplait. Une frileuse de laine sur les épaules, les cheveux
tressés en couronne, le visage mince mais reposé, elle
ne voyait que son Napoléon, cet homme-enfant, cet
être pur qu'elle avait abandonné par amour. La joie qui
animait l'œil clair de la malade démentait la lassitude
de son sourire. Autour d'eux, les oreilles se tendaient
dans un silence curieux, car personne n'avait encore
de visite.

— Prends une chaise, murmura-t-elle en lui saisissant la main avec une tendre brusquerie.

— Comme ça, tu m'envoies pas ! s'écria-t-il enfin.

Il était essoufflé, il avait envie de pleurer, car ce
qu'il ressentait dépassait toutes les joies, même sportives, qu'il avait éprouvées jusqu'alors. La malade rougissait, toutes les larmes qu'elle n'avait pas versées
montaient à ses yeux. Un effort crispa ses lèvres et ses
paupières.

— Pourquoi chercher à me revoir ? À quoi ça
te servira ? Ta mère avait raison. Je suis si malade,
Napoléon.

Livide, il trépignait d'indignation, il s'appuyait fébrilement contre le lit qu'il aurait voulu prendre dans
ses bras pour ensuite courir le porter au bout du monde,
là où les tuberculeux guérissent peut-être.

— Toi, malade ? Laisse.

Elle lui mit la main sur la bouche en le suppliant
de parler moins fort. Il glissa un regard soupçonneux sur les voisines et prit une voix enrhumée de
conspirateur :

— Pas vrai, Jeanne, ça se peut pas. Tu vas guérir. Je
me suis trop ennuyé. Si t'avais vu toutes les fleurs que

je t'ai ramassées pis que t'as jamais senties. Toi, malade ? Est bonne celle-là. Écoute. Tu sais, les champions, pour gagner, faut qu'ils toffent. Chez nous, les Plouffe, on est des toffeux. Essaie ça, faut que tu sois championne, faut que tu gagnes. Pis tu te fais des peurs pour rien. Regarde, je vas le demander aux autres.

— Non, fais pas ça, l'arrêta-t-elle avec affolement.

Le ravissement avec lequel elle avait écouté l'éloquence de Napoléon s'était soudain changé en frayeur.

— On voit que tu connais pas ça, un sanatorium. Celles qui sont très malades vont te dire que mon cas est grave même si c'est pas vrai, parce qu'elles veulent guérir en même temps que les autres. Aussi, tu les as vues rire tantôt. Elles voudraient que tu leur parles autant qu'à moi.

— Ah !

Napoléon examinait la salle à la dérobée comme si Jeanne lui avait montré du doigt des êtres insolites. Les tuberculeux mettent un grand amour-propre à ne pas tousser, surtout devant les gens bien portants. Aussi, un silence lourd, coupé de quelques conversations attendaient pensivement une visite possible, au cas où quelque parent ou ami aurait sacrifié ce magnifique après-midi d'été pour elles. D'autres, l'attirail à toilette sur les genoux, essayaient des coiffures, se faisaient de plus en plus belles pour les jolis garçons qui ne viendraient pas.

Napoléon soupira en hochant la tête.

— C'est de valeur pareil. J'sais pas, si j'emmenais une gang de gars de la manufacture... Ça leur ferait de la visite. Tout le monde serait content, tout le monde s'encouragerait. Ouais, acheva-t-il pensivement, car il se rappelait soudain les recommandations de la religieuse.

— Faut pas s'occuper des autres ! fit-elle en se-couant la tête presque joyeusement.

Le moment des émotions était passé. Les amou-reux comme Napoléon ne s'éternisent pas sur les ques-tions de sentiment. Ils manifestent leur amour en ra-contant des anecdotes sur leur métier ou en confiant leurs ambitions. Il fut encore question de Guillaume, de la paralysie de Théophile et de l'argent que Napoléon mettait en banque.

En sortant de la salle, il arriva nez à nez avec la re-ligieuse géante. Grâce à de savantes courbettes, il allait l'éviter quand elle l'arrêta :

— Mon Dieu, monsieur, pourquoi vous acharnez-vous à troubler cette jeune fille ? Vous hâtez sa mort, car elle n'en a que pour quelques mois à vivre.

— Hein !

Pétrifié, il tentait en vain de se secouer du déses-poir que la religieuse venait de jeter sur lui. Ce n'était pas Cécile la menteuse, cette grande femme si grave qui ne riait jamais. Et cette robe noire qu'elle portait, qui endeuillait toute la pièce ! Il parvint à reculer d'un pas.

— Pas vrai ! Pas vrai !

— Hélas, monsieur...

— Ouais ? Correct. Je m'en vas à Sainte-Anne. Vous essaierez de l'empêcher, elle !

Il sortit en trombe du sanatorium et pédala folle-ment vers la ville qu'il lui fallait traverser. Quand Na-poléon, couché sur sa bicyclette, entendit la rumeur d'abord lointaine d'une foule en délire, et qu'ensuite ses yeux exorbités d'angoisse aperçurent l'immense et houleux éventail dont l'axe semblait être une silhouette levée à bout de bras, il comprit que Guillaume était sorti victorieux de l'épreuve imposée par les éclaireurs des Reds de Cincinnati, et que la famille Plouffe compterait désormais une célébrité du baseball. Le collectionneur crut s'évanouir. Son cœur d'homme et de sportif, coincé entre le chagrin causé par la mort possible de Jeanne et la fierté de voir Guillaume atteindre les sommets du sport, battit à coups précipités, puis sembla s'arrêter. Sa vue s'embrouilla. Le corps de Jeanne, livide, s'interposait entre lui et le terrain de jeu qui l'attirait comme un aimant. Son amour pour Jeanne fut le plus fort. Il continua tout droit avec une vitesse de bolide et ne détourna même pas la tête.

Il aurait pourtant pu voir de quoi se réjouir, même du coin de l'œil. Le pasteur Tom Brown, Denis Boucher, le curé Folbèche et deux Américains en chemise à carreaux battaient la marche triomphale en brandissant d'énormes cigares, devisant avec enthousiasme sur les exploits que Guillaume venait d'accomplir avec un calme inouï. Guillaume, du haut de son pavois d'épaules, distribuait des saluts d'une main nonchalante. Étendu sur le banc de tramway, le paralytique pleurait de joie devant le triomphe de son fils et Joséphine le tenait par le cou, car des journalistes braquaient leurs caméras vers la galerie.

Napoléon ne vit pas une jeune fille seule qui, les yeux rêveurs, contemplait de loin les reflets de toute cette gloire. C'était Rita Toulouse.

TROISIÈME PARTIE

Septembre 1939

1

C'est le 2 septembre 1939 que l'Amérique fut de nouveau éclaboussée par une Europe qui venait de se replonger dans le sang.

Hitler avait envahi la Pologne au nez de la France et de l'Angleterre qui décrétaient la mobilisation générale. Un long règne de barbarie et de mort commençait.

Sous la soudaineté de ce choc depuis longtemps prévu, l'Amérique s'était tapie derrière ses océans. Mais ce peuple de spectateurs, de sportifs, de reporters et de champions, aguiché par l'essaim vrombissant des nouvelles sensationnelles qui s'abattaient sur lui, reprenait vite sa place dans l'estrade. Quelle série mondiale ! Quel beau match ! Battrait-on les records de la première Grande Guerre ? On pouvait sans crainte allumer son cigare, manger son hot-dog, l'Atlantique et l'ombre de Monroe veillaient. Babbitt se réjouissait tellement de sa sécurité, qu'il n'apercevait pas le grand Roosevelt qui tâtait l'arène d'un pied discret.

Les Canadiens étaient plus nerveux, la tradition et les intérêts économiques du pays voulant qu'ils fussent les substituts des équipiers en lice. En face de cet état d'urgence où chacune des neuf provinces devait céder plusieurs de ses droits au gouvernement fédéral afin de consolider l'unité nationale, les différentes factions provincialistes du pays bilingue qu'est le nôtre étaient en proie aux derniers spasmes qui leur fussent encore permis. Les ultra-impérialistes de l'Ontario réclamaient la participation à outrance, et les séparatistes québécois vociféraient leur refus total d'endosser l'uniforme des Alliés.

Le 4 septembre au matin, le premier ministre annonçait que le Canada déclarait la guerre à l'Allemagne.

Québec était en fièvre. C'était le lundi de la fête du Travail. Il faisait un fort vent que réchauffait un soleil ardent. L'air bourdonnait de rumeurs angoissées. L'*Athenia* avait été coulée la nuit précédente, l'Allemagne martyrisait la Pologne et les Québécois se rendaient à la foire de l'Exposition provinciale pour oublier leurs soucis dans le brouhaha des crieurs de cirque, des trompettes, des courses de chevaux et dans l'odeur des patates frites. Cette foule-là, impressionnée par le geste du premier ministre, était presque fière d'appartenir à un pays si brave. La ligne Maginot protégeait la France (qui avait la malchance d'être l'alliée de l'Angleterre), et le parti libéral avait promis qu'il n'y aurait pas de conscription. Et tournez, petits chevaux de bois ! On pouvait s'amuser tranquillement.

Mais les nationalistes veillaient. Ils organisaient leur Résistance. Ils prétendaient que les politiciens les avaient joués. Ces apôtres de l'anglophobie parcouraient la ville, la Province, tentaient de préparer un peuple de fatalistes à une révolte sans effusion de sang.

— Denis, Denis Boucher !...

Le jeune homme, qui arpentait le trottoir de bois, se retourna avec brusquerie. Il marcha lentement à la rencontre de M. le curé Folbèche qui approchait d'un pas rapide, la figure pâle, le souffle court, les mains nerveuses. Pour la nation en danger, M. Folbèche oubliait son flegme et criait presque :

— Tu sais la nouvelle ? C'est épouvantable !

— Oui, monsieur le curé. Je m'y attendais. Mais il n'y a rien à faire.

— Comment, rien à faire ? Mais Denis ! Et nous !

Le vieux prêtre, raidi par une surprise teintée d'effroi, n'humectait pas sa grosse lèvre inférieure comme dans les conversations ordinaires, et son œil qu'on disait de verre reflétait une supplication. Denis Boucher ne répondait pas et gardait un air distrait. Le curé se méprit et un sourire affectueux détendit son visage.

— Voyons, je te connais mieux que tu penses. Ouvre-toi sans crainte. Tu sais, je ne te l'ai jamais dit, je lisais tes articles dans *Le Nationaliste* et je les trouvais bien.

Denis Boucher regarda le sol et commença à siffler. Des jeunes gens passaient, les mains aux poches, pensant aux lendemains tragiques que l'époque leur offrait en pâture. Ils avaient l'air boudeur et s'ils parlaient, c'étaient des « Quelle vie ! Chômer ou se faire tuer. » Ces gars-là ne pensaient plus à flirter, même si les filles n'avaient jamais été aussi aimables. Le curé, le visage attendri, les regarda s'éloigner. Il avait le même sentiment paternel pour Denis qu'il avait toujours considéré, sans le lui dire, comme un fils préféré.

— Écoute, Denis, il faut les protéger. Au nom de toute cette jeunesse, de notre population catholique et française, il faut se défendre contre les menées britanniques pour nous enrôler et nous exterminer. La guerre est un prétexte trop facile. C'est dès maintenant qu'il faut se grouper et crier nos droits. Voyons, tu es toujours avec nous, n'est-ce pas ?

— Non !

Denis Boucher fixait le prêtre atterré de ses yeux farouches. Puis il souleva une mèche de cheveux et découvrit la blessure cicatrisée qu'il avait attrapée au meeting de la grève. Il souriait d'un air narquois :

— Regardez ! Regardez ! C'est pour la race que j'ai attrapé ça. Non seulement les nationalistes ne m'ont pas défendu, mais ils m'ont dénoncé, les lâches. *L'Action chrétienne* m'a mis à la porte, et vous m'avez reproché mon audace quand vous la pensiez inutile. Eh bien ! c'est fini. Mon parti politique maintenant, c'est moi. Ce qui m'intéresse, c'est de me tailler un avenir. Un monde nouveau commence et je serai avec les forts.

— Denis !

— Excusez-moi, monsieur le curé. Mais je pense comme ça. J'ai vu trop de chômage, j'ai vu trop de sacrifices aveugles et inutiles faits au nom d'un idéal truqué. On n'est pas assez et ils sont beaucoup trop. La lutte ne réussit qu'à nous appauvrir. Les seuls à en tirer un avantage sont...

Le jeune homme ne se sentit pas le courage d'infliger une dernière cruauté au vieux curé dont les yeux s'emplissaient de larmes.

— Bonjour, monsieur le curé.

Denis Boucher s'en alla d'un pas nerveux, les yeux levés vers le Cap, vers les fortifications anciennes qui serraient dans leurs gueules des canons périmés. La catastrophe mondiale, au lieu de l'abattre, ouvrait de larges et mystérieuses avenues à son ambition. Son instinct pressentait la disparition de milliers d'hommes en place, un chambardement économique formidable, une moisson d'avantages dont il saurait bien cueillir sa part. Les barrières économiques et sociales qui l'avaient gardé prisonnier étaient ouvertes : les gardiens étaient occupés à se sauver ou à se tuer. Enfin la grande aventure lui ouvrait les bras. Denis Boucher frémissait de joie, car l'ère terrible qui s'ouvrait lui permettait aussi d'abandonner, sans s'accuser d'incompétence, le roman qu'il avait commencé. Il avait lu de trop beaux livres.

M. Folbèche, les épaules basses, les pieds tournés en dedans, le suivit longtemps des yeux. Puis une sorte de colère le secoua :

— Ils ont laissé entrer des pasteurs protestants à l'université, ils ont accueilli le roi d'Angleterre à bras ouverts, ils ont dîné avec lui. Ils se sont moqués des avis des bons vieux curés comme moi. Et voilà le résultat. La paroisse tombe en miettes, les jeunes désertent. J'avais raison, mon Dieu.

Un coup de vent soudain balaya la poussière de la rue. Un pan de la soutane moula les jambes maigres du prêtre tandis qu'un autre pan claquait dans la brise comme un vieux drapeau que la tempête menace d'emporter. La silhouette de M. Folbèche, miné dans son cœur et battu par les éléments, sembla fléchir un instant. Mais sa ténacité de Normand reprit le dessus. Il retint son chapeau d'une main nerveuse. Son buste gonflé par le défi résistait aux assauts de la poussière tourbillonnante et, la tête haute, la mâchoire serrée, il regardait le soleil.

— Eh bien ! Je lutterai quand même !

Joséphine Plouffe traversa lentement la cuisine en jetant sur son mari et ses enfants le coup d'œil qu'un général inquiet laisse tomber sur ses chers soldats endormis. Arrivée devant le calendrier, elle arracha le mois d'août d'un geste boudeur et scruta le mois de septembre 1939 comme s'il se fût agi d'une carte militaire.

— Pauvres enfants, soupira-t-elle. Pauvre monde !

Elle pensait avec effroi au départ de Guillaume le printemps prochain. Il avait signé un contrat de recrue pour les Reds de Cincinnati et il devait se tenir prêt à rejoindre son club la saison suivante. Comment refuser une offre aussi alléchante ? La famille était pauvre et les Américains avaient versé mille dollars d'avance.

Joséphine se sentait seule. Tous l'abandonnaient. Ç'avait été Ovide d'abord, puis Cécile qui la défiait avec son Onésime, puis Napoléon, amoureux fou d'une malade contagieuse. La paralysie avait ensuite pris son Théophile, et maintenant c'étaient les États-Unis qui s'emparaient de Guillaume. Ce pays lui apparaissait comme un orgue de Barbarie géant, dont les coups de revolvers, les cigares, les hot-dogs, les actrices, les gangsters et les cow-boys déclenchaient un tintamarre qui choquait ses oreilles et dessinait dans son esprit des images surréalistes.

Joséphine était désemparée. Le monde même qui avait été le sien disparaissait. Son pied, formé par les bottines hautes de 1900, ne pouvait chausser l'époque nouvelle. Les bajoues jaunes gonflées de nostalgie, elle pensa avec tendresse aux bébés qu'elle n'avait pas rendus à terme, soit à cause d'une chute dans l'escalier, soit à cause d'une violente prise de bec avec Théophile, soit à cause d'un danger qu'avait couru ou Napoléon, ou Cécile, ou Ovide aux bébés qui aujourd'hui seraient grands et ne l'abandonneraient peut-être pas comme ceux pour qui elle les avait sacrifiés.

Le mijotement de l'eau bouillante la tira de sa rêverie et elle courut au poêle.

— Guillaume, mon petit, que veux-tu qu'on mange à midi ?

Guillaume, depuis l'épreuve publique et surtout à cause des mille dollars qu'il avait cachés dans sa chambre, était plus que jamais le petit maître dans la maison. Sa mère, le corps tendu, attendait patiemment qu'il levât la tête. Il était absorbé par la lecture des lettres qui jonchaient la table. Plusieurs admirateurs et admiratrices lui écrivaient, et Guillaume, que la gloire n'énervait pas, trouvait surtout dans ces témoignages une occasion de taquiner sa sœur.

— Guillaume ! supplia encore une fois Joséphine, réponds donc ! Qu'est-ce que tu veux qu'on mange ?

Il s'empara d'une autre lettre et la décacheta avec ostentation. À ce moment, Cécile, qui se choisissait une robe dans sa chambre, bondit en jupon rose dans la cuisine et fit éclater sa colère :

— La mère, moi je mange du steak. Si vous pensez qu'avec son mille piastres et son championnat, ce petit morveux-là va nous régenter.

Joséphine, le visage fripé, contempla sa fille sans rien dire. Guillaume déposa la lettre qu'il n'avait pas encore lue et esquissa un sourire discret.

— C'est toi ou moi qu'a le mille piastres ? Tu mangeras ce que Guillaume te dira de manger. T'es rien qu'une pauvre vieille toune qui reçoit jamais de lettres. Personne te connaît.

Cécile était si fâchée qu'elle éternua. Guillaume lui conseilla de se moucher. La vieille fille était hérissée comme un cactus habillé d'un jupon.

— Tu te penses le nombril du monde, hein ? Y en a d'autres qui sont encore plus fins que toi, tu sauras. Apprends qu'Onésime a été nommé chauffeur d'autobus. T'en feras autant, petit lanceur de pelotes, cerveau gonflé ? Je t'en bouche un coin.

— C'est pour ça que tu passes ton temps à te promener en autobus ? conclut le champion.

Sous les yeux inquisiteurs de Joséphine alarmée, Cécile, qui croyait avoir remporté la victoire, retourna dans sa chambre d'un pas hautain.

— Tu nous feras des patates frites, m'man, ordonna Guillaume en se plongeant à nouveau dans sa lecture.

Pendant que Joséphine se rendait poser quelques questions à Cécile sur cette affaire de promenades en autobus, Napoléon, qui arpentait la cuisine d'un air sombre, s'arrêta devant son héros et rangea machinalement quelques enveloppes.

— Tu devrais te trouver un album de tapisserie. Faudrait que tu colles ces lettres-là par ordre de grandeur, de date. Tu prends, moi, j'ai collé tes portraits de journaux. C'est commode. Plus tard, on regarde ça. Quand quelqu'un nous croit pas, on sort l'album, pis on a raison.

Guillaume acquiesçait mais ne l'écoutait pas. La lettre qu'il tenait semblait l'intéresser au plus haut point. De la chambre de Cécile, on entendait la voix de Joséphine qui hachait des remontrances à sa fille. Celle-ci répondait sur un ton de défi qu'elle était maîtresse de choisir l'autobus qui lui plaisait.

Napoléon, voyant que Guillaume ne l'écoutait pas, changea de sujet.

— Vas-tu au cirque après-midi ? Tu iras voir la grosse femme qui pèse quatre cents livres. Ça c'est en santé. Pas besoin de sanatorium, pour elle.

Le lanceur, rayonnant, se levait de table en brandissant la lettre et courait vers sa mère qui revenait à la cuisine.

— M'man ! Tu te rappelles Rita Toulouse ? Elle m'écrit, elle me félicite !

Joséphine cessa de torturer sa gomme et ses mâchoires semblèrent se changer en roc. Mais elle ne dit rien et ferma les yeux. Elle ne se sentait plus de taille à lutter. Avant, se présentait-il un obstacle, elle l'écrasait du pied. Maintenant, toute difficulté familiale rongeait son énergie comme un acide.

Napoléon qui, depuis l'entrée de Jeanne à l'hôpital, faisait la cour à sa mère pour la convertir à ses amours, s'approcha d'elle en lui tendant un cube de gomme à mâcher. Elle recula, atterrée :

— Toi, viens pas me faire attraper les microbes que tu charroies de l'hôpital. T'as pas de cœur, donc ? Ça te fait rien de nous contaminer ? Laisse-la donc mourir en paix ! T'es en train de te tuer de fatigue en pèlerinages !

Napoléon lança le morceau de gomme dans le coin de la cuisine et contempla tout le monde d'un regard haineux. Puis il sortit en faisant claquer la porte. Joséphine haussa les épaules et déclara :

— C'est épouvantable ce qui se passe ici. Plus ça va, plus je pense que c'est Ovide qui a choisi la meilleure part. Lui, c'est un homme. On s'aperçoit qu'il est parti. Sans ça, ça marcherait autrement.

Elle regarda distraitement Guillaume qui chatouillait le nez de son père impuissant, du coin de la lettre. Puis, accablée, elle alla polir son poêle d'un geste machinal, mais elle ne voyait qu'une image bestiale, celle que rendait le nickelé convexe. Depuis que son mari était impotent et qu'elle ne recevait plus d'argent de ses mains, elle ne se sentait plus maîtresse dans la maison. Quelque chose était changé, comme si elle était aussi devenue très vieille et paralysée. Théophile, agacé par le manège de Guillaume, grogna de colère et laissa échapper sa pipe.

— Vas-tu laisser ton père tranquille ! s'impatienta Joséphine.

Guillaume se rassit à la table en contemplant la signature de Rita Toulouse, et Mme Plouffe remit la pipe éteinte entre les quatre dents jaunies et branlantes du paralytique.

Depuis une couple de jours, Théophile semblait nerveux. Il grognait sans cesse. Il n'avait jamais souffert aussi douloureusement de l'exiguïté de sa prison. La guerre qu'il avait prédite était déclarée et personne dans la famille n'en parlait. Il était là muet comme une bûche devant leurs chicanes insignifiantes, quand il aurait pu arpenter la cuisine en improvisant des péroraisons géniales sur son esprit politique clairvoyant et les conflits armés. Théophile, les yeux tristes, contempla le calendrier qui annonçait une brasserie célèbre. Les premiers jours de sa paralysie, quand chacun était aux petits soins à son endroit, il faisait des efforts surhumains pour parler le plus clairement possible, mais on s'était vite lassé de se sortir les yeux à fleur de tête pour le comprendre et, comme on ne l'écoutait plus, il marmottait sans pudeur des sons inintelligibles. À quoi bon ! Il n'était qu'un père qui n'apporte plus d'argent à la maison, il n'était qu'un champion cycliste qui ne marche plus et qu'on traite comme un vieux chien malade. Soudain, Théophile se dressa presque sur ses jambes. M. le curé, solennel, entrait dans la cuisine et lui tendait la main.

— Bonjour, monsieur Plouffe, bonjour, mes amis.

Sa voix était grave et il regardait les Plouffe comme des statues qu'il allait détruire.

— Mes amis, le Canada a déclaré la guerre à l'Allemagne à six heures ce matin !

La grande catastrophe atteignait enfin l'univers des Plouffe qui, en apprenant que la Pologne était envahie, s'étaient contentés de plaindre l'Europe de son esprit chicanier. M. Folbèche, les yeux mi-clos, attendait leur réaction de son pied ferme de patriote. Théophile, les veines du cou gonflées, levait vers le curé un vieux visage lissé par le triomphe absolu de ses prédictions. Le paralytique agrippait sa chaise dans un effort pour se lever, et les quelques mots qu'il aurait pu dire coulaient en salive sur son menton tremblant. Joséphine, le dos à son poêle, se taisait et semblait attendre un agresseur. Les mâchoires serrées, les yeux méchants, elle boudait férocement le monde de lui apporter de nouvelles inquiétudes. Les Plouffe respiraient à peine, et maintenant, comme si un effort des muscles eût pu défendre leur égoïsme contre la contagion du malheur mondial, ils se raidissaient. M. Folbèche, debout, immobile sur le cheval noir du tapis, attendait l'explosion de leur frayeur. Ce fut Cécile qui réagit la première. Elle jaillit dans la cuisine en finissant promptement de baisser sa jupe aux hanches.

— Pensez-vous, monsieur le curé, que ceux qui ont les pieds plats vont aller à la guerre ?

Le prêtre parut déçu.

— Non. Devant la menace qui plane sur nos têtes, mieux eût valu que tous les Canadiens français eussent les pieds plats.

— Je m'en doutais.

La vieille fille poussa un profond soupir et marcha rapidement vers sa chambre en évoquant avec fierté son Onésime dont les pieds collaient au sol comme des buvards sur une tache d'encre.

Le paralytique émit quelques sons incohérents. Puis, blême de colère contre son impuissance, le front crispé, son pied disponible grattant le plancher, la langue affolée entre ses mâchoires ouvertes, il parvint à prononcer :

— Je l'avais dit. Les Anglais nous ont. Conscription ?

Dans son angoisse, Joséphine détachait son tablier. Le curé fixa le paralytique.

— Conscription ? Non, pas encore.

— Ah ! mon Dieu ! C'est ce qui me faisait peur !

Joséphine semblait se dégonfler. Elle ferma les yeux un instant et remercia le ciel. Puis elle s'élança et offrit une chaise au prêtre. M. Folbèche se croisa les jambes et garnit ses narines de tabac.

— Ne vous réjouissez pas trop vite. Pas encore de conscription, mais si nous ne nous défendons pas, le gouvernement va nous jouer dans les cheveux. Et nos jeunes gens, l'avenir de la race canadienne-française, seront fauchés sur les champs de bataille européens.

Il désignait gravement Guillaume. Celui-ci se leva de la table et, les mains aux poches, l'œil rêveur, se mit à rôder autour du curé.

— Ouais, dit-il. J'haïrais pas aller à la guerre. Je me demande ce que je vaux à la carabine.

Sa mère lui donna une bourrade dans les reins.

— Viens jamais répéter ça, toi, mon escogriffe d'imbécile. Toi, ta place, c'est les États-Unis, le printemps prochain. Ça finit là.

Elle voulut cueillir un signe d'approbation et regarda le curé qui, soucieux, songeait avec envie à la tâche facile du clergé américain. Joséphine se méprit :

— Oh ! craignez pas, monsieur le curé. J'ai bien averti Guillaume de pas se laisser enfirouaper par les actrices. Pas de danger. C'est un si bon garçon.

Elle jeta un regard mouillé de fierté maternelle sur Guillaume qui se pencha, simula le geste de lacer son soulier pour sourire sans être vu. « C'est ce que vous croyez, la mère », pensait-il en imaginant les adolescentes des États-Unis. Le paralytique s'agita dans sa chaise puis réussit un rire sardonique.

— Les Allemands vont éventrer les Anglais.

— Dis donc pas ça, mon vieux ! s'indigna Joséphine. Oublie pas que la France est avec l'Angleterre.

Mon Dieu, que c'est donc de valeur que sainte Jeanne d'Arc soit morte. Les Allemands se feraient organiser.

Le curé toussa comme au début d'un sermon important.

— Halte-là, madame Plouffe! Vous n'ignorez pas tout le mal qui s'est fait en France. Vous n'avez qu'à écouter les chansons de Lucienne Boyer et de Tino Rossi. C'est l'impureté faite mélodie. Dieu en a assez. La France doit expier ses péchés.

— Exactement, bredouilla Théophile, qui n'avait jamais eu l'occasion de tromper Joséphine, mais qui se cachait dans le salon pour écouter *J'ai deux maîtresses*.

Joséphine songeait avec terreur à ces chansons d'amour passionné qu'elle fredonnait à cœur de journée sans songer à mal, et se demandait si ce n'était pas là l'origine de ses malheurs. La vieille fille jaillit de la chambre d'où elle écoutait la conversation. La tête tendue dans un élan de vertu, elle apporta ses commentaires, car elle voulait gagner les bonnes grâces du curé qui la semonçait à confesse à propos d'Onésime.

— Vous avez raison, monsieur le curé. On n'a pas d'affaire à se faire tuer pour les débauches de l'autre bord.

L'atmosphère était enfin créée : M. le curé sentait monter en lui une fièvre qu'avec un désespoir d'artiste, il avait crue perdue à jamais.

— Oui, mes amis, dit-il en élevant une voix tremblante de patriotisme. Est-il juste que cette population de la province de Québec, cette population qui est, grâce à nous, la plus catholique du monde, aille se gâter au contact de ces Anglais et de ces Français, dont les péchés sont trop connus, sous prétexte qu'il faut sauver la démocratie ? En 1918, nos soldats sont revenus avec de méchantes maladies et surtout anticléricaux. Faut-il combattre pour une victoire dont le salut de nos jeunes est le prix ? Problème angoissant auquel le Christ a intelligemment répondu : « Que sert à l'homme de gagner l'univers s'il vient à perdre son âme. » Mais ce n'est pas là le plus grave aspect de la question, fit-il mystérieusement à Théophile qui ouvrit la bouche comme un enfant à qui on présente à manger. Depuis trois cents ans, les Anglais voudraient nous voir disparaître et ils ont toujours manqué leur coup, parce que nous étions là, nous le clergé, la tête de la Résistance. Les États-Unis, des démocrates tout purs, n'y vont pas à la guerre ! Pourquoi, nous...

— On serait avec les États-Unis si les évêques nous avaient laissés faire en 1775 !

Théophile avait crié, car il ne pouvait plus soumettre sa voix à des intonations choisies. Le corps de M. le curé sembla se souder au dossier de la chaise.

— Monsieur Plouffe, vous ne connaissez pas les grands problèmes politiques. Si les États-Unis nous avaient eus, je pense que ça aurait été pire qu'avec les Anglais. La Province serait couverte de buildings plus hauts que des églises, les prêtres n'auraient plus eu d'influence, parce qu'aux États-Unis, la religion, ça n'a pas d'importance. Vous avez vu le pasteur protestant ? Un joueur de baseball ! Ce n'est pas des âmes qu'il sauve, c'est des lanceurs qu'il découvre. Vous allez voir votre Guillaume quand il reviendra avec le cigare au bec, marié, divorcé trois fois, quatre fois, la tête pleine d'idées protestantes et des O.K. et des *Ya* plein la bouche. Mais de ça, je vous avais prévenu.

Joséphine fixait son fils de ses gros yeux qui jaillissaient au-dessus des lunettes.

— Guillaume, t'entends ce que dit M. le curé ? Là-bas, pas de filles, pas de cigares.

— O.K., m'man.

Chez Théophile, le démon de la politique était aux prises avec le diable de la paralysie. La langue du vieux sortait presque victorieuse :

— En tout cas, les Anglais nous auront pas. On va se défendre avec des fusils.

— Mais, mon vieux, tu peux donc parler ! s'écria Joséphine avec joie. Pensez-vous, monsieur le curé, que si cet homme-là était pas paralysé qu'il en ferait, des discours !

— Il est avec nous de cœur. Ça suffit, madame. Nous, les prêtres, sommes encore là, et nous allons mettre en garde, de toutes nos forces, la population contre la menace qui plane sur elle.

Son discours fut interrompu par Guillaume qui se leva d'un bond et dit :

— M'man, v'là quelqu'un !

Le silence s'établit et les regards fixèrent la porte. Des pas discrets, moites, égrenèrent les planches disjointes de la galerie, produisant le même bruit anonyme que le chat de Guillaume quand il rôdait la nuit. Une ombre coiffée d'un chapeau melon défila dans la clarté des stores baissés. « Qui c'est ça ? » murmura Joséphine. La porte de gaze fut lentement poussée.

— Ovide !

Il avait un sourire carré et ses yeux se ternissaient d'angoisse. Le visage paraissait d'autant plus blême et d'autant plus mince qu'Ovide était habillé de noir et avait rasé de frais sa barbe longue de plusieurs mois.

— Ça va, vous autres ?

Personne ne répondit. Les yeux exorbités de la vieille Joséphine semblaient vouloir aller au-devant du fils bien-aimé. Ovide restait sur le seuil de la porte et, la bouche bée d'embarras, regardait le curé étonné. Puis il déposa sa valise et enleva son chapeau comme un timide vendeur qui ne sait comment présenter sa marchandise.

— Ça va pas pire, Vide. Mais faut dire qu'on t'attendait pas, admit gaiement Guillaume.

— Ovide ! Mon Vide !

Les gencives dénudées de Joséphine s'entrechoquaient de bonheur. Mais elle ne bougeait pas, tant ses jambes étaient molles et tant l'extase la paralysait toute. Ce fut le curé qui émergea le premier de cette surprise de caractère ecclésiastique.

— Comment ? La communauté vous donne-t-elle des congés ?

Ovide pâlit davantage, prit une longue respiration et licha la réponse qui lui coupait l'estomac depuis trois jours.

— Oui, je sors pour un bout de temps. Je ne veux pas qu'on dise que je suis entré au monastère pour me sauver de la guerre. Vous comprenez ?

Ovide avait tiré la gâchette. Le curé explosa. Il était debout et, pourpre, il suffoquait.

— Comment ? Comment ? C'est incroyable ! Mais c'est tout le contraire que vous deviez faire ! C'est le temps ou jamais de rester au monastère. Vous ignorez donc que nous sommes contre l'enrôlement ?

Le premier mouvement d'Ovide avait été de se replier comme un chien battu dans l'encoignure de la porte. Mais l'odeur de la cuisine agissait déjà sur lui comme un tonique. Il était dans l'atmosphère même qui, pendant vingt-cinq ans, avait vu son autorité suprême gouverner la famille. D'un geste désinvolte, Ovide lança son chapeau melon sur la table.

— Monsieur le curé, j'ai consulté ma conscience.

L'esprit polémiste du prêtre maîtrisait l'aveuglement de la colère.

— Vous appelez ça de la conscience, déserter l'armée du Christ pour celle de la trahison nationale ? Soyez donc franc !

Il se tut et regarda les Plouffe. Guillaume fronçait les sourcils et semblait le juger. Joséphine avait la lippe réprobatrice et Théophile tout tremblant levait les yeux sur son Ovide, quêtant un bonjour. Les paroles que le curé avait à adresser à Ovide ne pouvaient être dites devant des laïques. Il se dirigea vers la porte et ordonna d'un ton solennel :

— Ovide, je veux vous voir sans faute ce soir au presbytère, après l'office.

Il partit en brossant furieusement son chapeau. Alors Joséphine se précipita vers son fils, l'attira sur sa grosse poitrine et le pressa avec amour.

— Vide ! Tu sais ce que t'as à faire. T'es chez vous ici, plus que jamais.

Ovide se raidissait, embarrassé de sentir sur ses côtes les seins flasques de sa mère.

— Pauvre sa mère, sourit-il gauchement.

Il la repoussa en flattant ses cheveux gris et se tourna vers le paralytique qu'il prit par les épaules.

— Papa ! Mon papa ! Moi, je vous ferai soigner. Vous allez guérir.

Le père Théophile renversait la tête et sur sa face couleur de terre, la joie, comme une sève, gonflait les poils blancs de la barbe. De sa main disponible, le vieux s'agrippait à l'avant-bras d'Ovide et son œil huileux luisait d'une espérance insensée. Il était arrivé, le sauveur, il revenait mettre de l'ordre dans le chaos familial et redonner à Théophile son titre d'homme et de père.

— Enfin ! bégaya-t-il.

Ovide pressentit la vérité. Il se releva, inventoria la cuisine d'un regard de justicier et déclara :

— Je pense qu'il commençait à être temps que je revienne. Il faut un chef ici. Ça va marcher rondement. Guillaume, va porter ma valise dans ma chambre.

Guillaume se gonfla dans une attitude de champion décoré.

— Oui, chef ! Avec tous mes portraits dans les journaux et le bras que tu vois là, je suis pas un porteur de valises ordinaire.

Joséphine croisa les mains.

— Ça prend un prêtre pour se faire écouter comme ça.

Ovide grimaça. Puis Guillaume revint de la chambre et indiqua à Ovide la liasse de lettres.

— Tu sais que ma correspondance me tient pas mal occupé. Justement j'ai reçu une lettre qui va t'intéresser. Rita Toulouse.

Ovide s'avança près de son frère et vérifia distraitement la solidité de la table. Et d'un geste sec il arracha la lettre des mains de Guillaume. Il commençait à lire, quand la voix de Cécile lui fit lever la tête.

— Bonjour, Ovide. Es-tu sorti pour tout le temps ?

— Tiens, bonjour, Cécile. Tu es toujours aussi tranquille, à ce que je vois. Tu n'as pas changé.

La vieille fille jeta un coup d'œil sur sa mère et dit d'un ton persifleur :

— Faut bien rester tranquille. Cette maison est comme un vrai couvent.

Ovide se replongeait dans sa lecture, mais Joséphine, piquée par la remarque de Cécile, l'en tira :

— Essaie pas de faire un allié d'Ovide. Tes fréquentations avec Onésime, il va te les couper, lui.

— Comment, ça n'est pas fini, cette affaire ? dit sévèrement Ovide.

— Finie ? renchérit Joséphine triomphante, mais elle passe ses soirées en autobus.

— Et puis ? gronda Cécile, les lèvres serrées.

Elle défiait Ovide, cet usurpateur, ce revenant qui semblait prétendre à son ancienne suprématie. Il déclara :

— Cécile, j'aurais à te parler personnellement à ce sujet. Tu comprends qu'il faut que ça cesse.

— Je n'ai pas d'explication à te donner, répliqua-t-elle. On a payé pension, nous autres, pendant que t'étais parti.

— Silence ! rugit Ovide. Tous, vous allez marcher droit. Et vous allez apprendre à vous conduire, à ne pas sortir avec des hommes mariés et à respecter vos parents.

La vieille fille fit claquer la porte et disparut. Joséphine avait les mains croisées et frissonnait de bonheur. Ovide avait oublié sa colère et continuait à lire la lettre de Rita Toulouse. Puis il la rejeta négligemment sur la table. Joséphine s'approcha, le prit par le bras, l'entraîna au salon, lui montra le piano, les disques et le phonographe, et de la voix chevrotante qu'elle aurait dans quelques années pour dire des choses ordinaires, elle murmura :

— Je t'avais dit que personne y toucherait. Je le savais que tu reviendrais.

Ovide enthousiasmé lui tapota la joue, puis enleva son veston, le lança sur la machine à coudre, releva ses manches et chanta quelques fortes notes de baryton.

— Que diriez-vous d'un Georges Thill avant dîner ?

Il brandissait le disque *Qu'une belle, pour quelques instants charme mes sens*, quand il rougit et épia sa mère. Il se ravisa et mit en branle l'*Agnus Dei* de Bizet.

Théophile, dans sa chaise berçante, grognait son approbation de père réhabilité.

2

Les premières lueurs de l'aube léchaient les paupières d'Ovide. Une mouche effleura les narines du dormeur qui grimaça. Puis, de la cuisine, le tintement d'une cuiller jeta sa note claire dans le silence du matin. Ovide sursauta, ouvrit des yeux effarés et bondit hors de son lit en cherchant ses souliers à tâtons. Il s'immobilisa. Son regard avait fait le tour de la chambre et se posait sur Guillaume qui ronflait à ses côtés. Les deux souliers retombèrent sur le plancher et Ovide se recoucha en souriant avec béatitude.

— Ouf ! Que je suis bête ! Je me pensais au monastère.

Il se blottit amoureusement contre son oreiller avec une volupté de laitier qui s'aperçoit que c'est congé et qu'il peut dormir jusqu'à dix heures. Il plissa le front. Voyons. Où en était-il avec son rêve ? Ils étaient au concert, Rita Toulouse et lui. Elle serrait doucement sa main en murmurant son regret de l'avoir méconnu. Ovide se tourna sur le côté gauche et se plia en chien de fusil pour repasser les portes du sommeil. Rien à faire. Elles étaient définitivement fermées. Les yeux dépités tombèrent sur le crucifix de plâtre pendu au mur. Ils émergèrent rapidement des langueurs du songe et s'emplirent aussitôt d'une buée. Ovide ! Déserteur !

La vue du crucifix faisait monter dans son esprit des bouffées de remords, de peur. Une année de sacrifices, de prières, de mysticisme surgissait soudain de l'arrière pour l'accuser de désertion, pour écraser de mépris le plaisir impie qu'il éprouvait à retrouver ses mesquines préoccupations de pécheur laïque. Qu'est-ce que Dieu devait penser de sa fuite, Dieu dont il s'était senti si près certains jours ? Mais Denis Boucher était venu qui lui avait parlé de la nouvelle Rita Toulouse. Ovide s'assit et passa une main moite sur son front. Quelle honte de rêver à Rita Toulouse de cette façon ! Il était à une ligne du désespoir. Il avait fui un grand transatlantique et nagé vers une île qu'il avait crue paradisiaque. Il n'y trouvait que des pygmées, des pygmées connus qui le refaisaient prisonnier de leurs absurdités. Et le grand bateau était déjà loin, il continuait sa dure route vers la grandeur.

Le regard atterré d'Ovide tomba sur le rayé bicolore du pyjama de Guillaume. Le pyjame de Guillaume ! Ovide croisa ses doigts pour en faire craquer les phalanges. Il y avait eu dispute la veille entre Guillaume et sa mère. Guillaume voulait coucher tout nu, comme d'habitude, et Joséphine, à cause d'Ovide, l'avait obligé à s'emmitoufler dans ce pyjama rouge et blanc dans lequel il avait maintenant l'air d'un poteau réclame de barbier tant il s'était tourné et retourné pendant son sommeil.

Ovide appuyait son menton sur ses genoux pointus. Le sourire moqueur de Rita Toulouse, la lettre à son frère, les paroles de Denis Boucher au monastère dansèrent devant ses yeux. Il se rasséréna. C'est ça, il devait couper tous les ponts avec sa vie monastique, redevenir allégrement un homme ordinaire, puisqu'il était trop tard, puisqu'il ne pouvait plus rejoindre le lointain bateau. Ovide revit en un éclair la bouche attristée du père supérieur quand il avait annoncé son départ et prononcé de dures paroles : « J'en ai assez de cette existence asséchante, où c'est l'amour qui manque le plus. » À ce moment, il avait pensé aux méchancetés de frère Léopold, aux cheveux de Rita Toulouse. Et il était parti en faisant claquer les portes au nez du Supérieur silencieux. Ovide se rappela soudain avec une netteté hallucinante le discours qu'il avait tenu à Denis Boucher sur le salut par l'amour du prochain. Il haussa les épaules avec impatience. À quoi bon s'amollir dans ces réminiscences? Il avait à faire face à un problème plus immédiat.

Quelle attitude prendre au juste devant sa famille qui le traitait comme un ecclésiastique en vacances? Quelle mésestime inavouée les siens n'auraient-ils pas pour lui, s'il leur déclarait qu'il préférait revenir dans la vulgaire mêlée, s'il leur avouait que la vie monastique lui pesait? Et ne perdrait-il pas du coup ce qui leur restait de respect, s'ils s'apercevaient qu'il était redevenu l'ancien Ovide dans le but de reconquérir Rita Toulouse? Ovide connaissait sa famille, son entourage. Il ferait figure de Luther, car, à leurs yeux, un défroqué paraît presque aussi renégat que n'importe quel laïque qui ne va pas à la messe depuis dix ans, si ce défroqué n'a pas la maladie pour excuse.

Ovide donna un coup de poing rageur dans son oreiller. Il était prisonnier d'une auréole et il n'y avait pas d'évasion possible sans qu'il fût accusé de lâcheté. Jusqu'à sa mère qui lui parlait comme à un saint martyr canadien. Elle prévoyait ses moindres désirs, n'avait en bouche que termes de religion et faisait déjà régner dans la maison une discipline de presbytère. Napoléon ne pouvait plus dire «Viourge», et il était défendu à Cécile de se promener en jupon dans la cuisine. C'est vrai, il lui fallait parler à Cécile au sujet d'Onésime. Quoi dire?

La cloche de l'église annonçait la messe de six heures. Ovide sauta avec empressement dans son pantalon. Dieu l'appelait au rendez-vous. Dieu voulait lui dire de ne rien regretter, qu'il se sauverait quand même. Presque joyeux, et évitant la vue du crucifix, il se rendit à la cuisine où il aperçut Napoléon nu-pieds, en caleçon, penché sur la table, et qui sucrait son café. Le collectionneur se retourna et rougit en voyant son frère :

— Viourgemarie ! Excuse ! Une minute ! Je vas aller mettre mes culottes.

Il se précipitait pudiquement vers sa chambre. Ovide grimaçait d'impatience et glissait sa longue main poilue dans ses cheveux défaits.

— Non, coupa-t-il. Reste en caleçon. Qu'est-ce que tu veux que ça me fasse ?

Napoléon le contempla avec stupeur puis esquissa un sourire timide en clignant des yeux, car il aimait déjeuner nu-pieds et déshabillé.

Ovide arpenta la cuisine puis jeta un coup d'œil dans chaque chambre pour vérifier si les autres dormaient. Les deux frères se regardaient les pieds pour ne pas se faire face et le silence était brisé par les seuls ronflements catarrheux de Théophile. Napoléon courut au poêle. Sa rôtie fumait. Il dit :

— C'est rare, Vide, les prêtres pas scrupuleux. Toi, aussi, t'as jamais été comme les autres.

Les pouces d'Ovide se promenaient nerveusement le long de ses bretelles.

— Voyons, Napoléon, je ne suis ni prêtre, ni frère. Je n'ai jamais porté la soutane ni prononcé de vœux.

Napoléon prit une gorgée de café en levant sur Ovide le regard absurde qu'on a en mangeant.

— C'est drôle. Pourtant t'es pas comme avant. T'as l'air d'un prêtre quand même. On sent que c'est ta vocation, que tu vas y retourner, quand la guerre sera finie, cet hiver.

Ovide était accablé. Pourquoi n'avoir pas dit à sa famille qu'il était revenu pour de bon ? Et il y avait eu la présence du curé, si inattendue. Certainement Ovide n'irait pas le voir au presbytère ! Il marcha vers la fenêtre de façon à tourner le dos à son frère.

— Napoléon.

— Oui.

— Dis. Ça te ferait quelque chose si je te disais que je ne retournerai pas au monastère ! Es-tu contre ?

Napoléon respectait son frère. Ses petites dents mordillaient en vitesse la rôtie croustillante. Il n'osait avouer la déception que lui causait une telle possibilité.

— La mère, je sais pas comment elle prendrait ça. Dans les discussions avec les femmes, elle se vante qu'elle a un garçon prêtre. Serait peut-être contente, dans le fond. Le père, pis Guillaume seraient pour ça cent pour cent. Mais Cécile ? Certain qu'elle serait contre. Me disait hier soir qu'elle avait hâte que tu retournes. Elle dit que t'es comme un veuf jeune qui revient prendre sa place dans la maison du père. Que ça fait tort aux autres enfants. Quand on est parti on est parti, qu'elle dit.

— Ah ! Ah ! marmottait Ovide, perplexe. Mais toi, Napoléon, qu'en penses-tu ?

— Moi ? Bien...

— Dis, dis. Ne te gêne pas.

— Pour dire, on est plus de monde dans la maison... Avec toi on se sent plus solide.

Un silence. Napoléon, mal à l'aise, hésitant, contemplait le fond de sa tasse. Ovide le fixait.

— Fâche-toi pas, Vide, Viourge. Rien qu'une chose. Je pense que la sœur à l'hôpital me laisse voir Jeanne souvent parce que t'es Père Blanc. Tu comprends, si tu l'es plus...

Napoléon renversait la tête et sirotait le sucre fondu qui restait dans sa tasse. Ovide ouvrit la porte et contempla le Cap déjà roux. Les oiseaux chantaient. Les cheminées fumaient dans l'air bleu.

— Comme ça, c'est vrai, Napoléon. Tu es en amour tant que ça ?

Le collectionneur déposa sa tasse et épia longuement le dos de son frère. Joséphine devait avoir chargé Ovide de briser ses relations avec Jeanne. Toujours la même conspiration. Il s'essuya les lèvres.

— Jeanne ? Ça se discute pas. Une vraie amour, une grande, une catholique, rien que du cœur, pas de cochonneries. Personne pour m'empêcher.

Ovide se retourna et sourit doucement.

— Alors ne t'inquiète pas. J'irai trouver cette religieuse et je lui parlerai. Elle va bien, ta Jeanne ?

Napoléon ne déjeunait plus. La surprise, le bonheur le faisaient se lever et courir vers Ovide.

— Oui, elle engraisse un peu. Mes pèlerinages. Comme ça, t'es pas contre ?

Ovide examinait les jambes courtes et poilues du collectionneur.

— Contre ? Es-tu fou ? On ne fait sa vie qu'une fois. Et puisque tu as la chance de posséder un grand amour, donne-toi à lui complètement, sans te soucier des autres.

Napoléon avait les yeux écarquillés. On pleure franchement le matin. Une larme coulait sur son nez écrasé. Son amour pour Jeanne trouvait enfin une sorte de définition dans la bouche d'Ovide. C'était ça, il mourrait pour elle.

— Merci, Vide, bégaya-t-il. Et pis tu pourrais, un dimanche, venir chanter pour les autres filles qui s'ennuient. Un piano dans la salle.

Les deux frères, émus, gardaient un silence embarrassé.

— J'irai, dit enfin Ovide. Maintenant tiens-toi bien. Je ne retournerai pas au monastère. Je reste ici. Es-tu encore contre ?

Napoléon secouait gaiement sa tête et ses yeux riaient.

— Viens-tu à la messe ? demanda Ovide.

Ils marchèrent allégrement vers l'église. Deux malheureux, formés en équipe, obtiendraient ce qu'ils voudraient du bon Dieu.

En ces temps de malheur où la menace de la conscription planait sur les Québécois, l'église, aux messes matinales, regorgeait de monde. M. le curé Folbèche avait donné l'alarme à ses paroissiens et composé la Prière de la paix, qu'il récitait à chaque office, prière dans laquelle il était vaguement question de se battre pour l'autonomie de la Province, de repousser les razzias britanniques dans les rangs canadiens-français, de se défendre contre l'incorporation aux armées pécheresses de l'Angleterre et de la France. Cette invocation se terminait par un appel de confiance absolue au pape, qui connaissait le secret d'une paix où il n'y aurait ni vainqueurs ni vaincus. Mais comme les belligérants n'écoutaient pas le pape, M. Folbèche avait pour lui les atouts qui le justifiaient d'inciter son monde à une confortable neutralité sans s'accuser de lâcheté.

Ovide Plouffe se dégagea vite de la cohue que les portes ouvertes de l'église éparpillaient sur le trottoir et dans la rue. Plusieurs personnes examinaient Ovide et chuchotaient : « Ovide Plouffe, vous savez, qui était chez les Pères Blancs ! » « Le frère du champion Guillaume, voyons, le chanteur d'opéra ! Le fils à Théophile ? » « Justement, trop maigre pour l'Afrique, je suppose. » « Ou un mauvais coup, peut-être. » « Y a pas de risques, ça passera jamais dans l'armée. Un vrai chicot. » Les commentaires malveillants allaient leur train et plusieurs parvenaient aux oreilles d'Ovide.

Il était las. L'ambiance de l'église ne l'avait pas rasséréné. C'est en vain qu'il y avait cherché le recueillement si facile à trouver dans la chapelle du monastère. L'atmosphère de cette église paroissiale, où il se prévoyait tant de budgets, de plans de construction, de réparations, où se comptaient tant de recettes et où fleurissait si peu de vraie piété, ne donnait pas prise aux ailes de la prière et repoussait dans le cœur les élans d'une foi exigeante. Au milieu de la messe, Ovide avait eu envie de sortir. Tous ces regards fixés sur lui l'écrasaient comme autant d'accusations. Et le curé, à la communion, ne lui avait-il pas jeté un regard sévère en lui donnant l'hostie !

Ovide se sentait plus maigre que jamais. Que leur avait-il donc fait ? Ils le cernaient, lui reprochaient la direction de sa destinée, quelque sens qu'elle prît. Quand pourrait-il être seul à prendre ses décisions ? Ah ! s'il pouvait les rassembler, les gens de cette paroisse, en un immense meeting, le curé compris, et leur dire ce qu'il avait sur le cœur. « D'abord, mêlez-vous de vos affaires. C'est moi que ça regarde. Et puis il faut que vous compreniez que si j'étais fait pour les grandes choses, on ne m'a pas donné les moyens d'y arriver. Je retombe toujours sur le pavé avec ma petite carcasse d'Ovide, avec mon cœur malheureux d'Ovide. »

Il s'aperçut qu'il parlait tout haut et rougit, car une commère, au *stand at ease* avec sa vadrouille, le regardait, bouche bée. Il pressa le pas. Une envie folle le prit de voir Denis Boucher. Celui-là ne s'étonnerait pas, le comprendrait et lui donnerait plus d'explications sur ce que Rita Toulouse avait dit de lui. Avait-il commencé son roman ?

Mme Boucher, étonnée de voir Ovide, parvint enfin à dire que Denis venait de partir pour la Citadelle où, disait-il, les garçons intelligents vont rôder en temps de guerre. « Je l'ai bien averti de ne pas s'enrôler. J'aime mieux le voir chômer. »

Ovide se sentait désorienté. C'était la rentrée des classes. Les enfants le bousculaient. La splendeur de septembre s'installait dans les branches et, dans la clarté des feuilles déjà rousses, les moineaux affairés avaient l'air d'oiseaux de paradis. Distraitement, Ovide arracha une feuille, en mordilla la tige. C'était l'heure du départ pour le travail aux manufactures et les ouvrières encore endormies dégringolaient les escaliers. Les hommes, la tête enfouie dans le journal ouvert, se heurtaient aux maisons et traînaient les pieds. Quoi donc ? La guerre était déclarée depuis six jours et les Français, forts comme ils étaient, n'envahissaient pas l'Allemagne ! Qu'attendaient-ils ?

Arrivé devant la maison de son père, Ovide mit le pied dans l'escalier, puis se ravisa. Un nouvel embarras venait se superposer à ceux qui le torturaient déjà. Qu'allait-il faire chez lui ? S'asseoir dans la cuisine entre un paralytique et un champion pendant que les autres iraient gagner le pain quotidien ? Au monastère il y avait l'horaire, la vaisselle à laver, les planchers à cirer, les offices religieux. Ici, rien, la flânerie vide, asséchante, sans but. À quoi avait-il donc pensé de déserter ainsi ?

Il marchait parmi les travailleurs, le dos courbé, les mains aux poches comme à l'époque où il se rendait à la manufacture par les matins froids. C'est dur de se créer l'illusion d'un but. Les autres avaient des portes à ouvrir, des machines à faire démarrer.

Une pétarade de talons hauts rattrapa le glissement flasque de son pas désabusé. Cécile, son éternel

parapluie sous le bras, le dépassait et sa petite tête secouée par la hâte de sa démarche pincée lui consentait
un salut fraternel.

— Ah ! Cécile, attends.

Elle lui tombait du ciel. Il avait à lui parler, à la
convaincre de ne plus voir Onésime.

— Je n'ai pas le temps.

Il s'accrochait à cette planche de salut.

— C'est grave, je te dis.

— Quoi !

Elle s'était arrêtée net et le toisait. Ovide se sentait
grandir. Finie la lutte contre les malaises affreux. L'in-
tellectuel de la famille reprenait le dessus, le despote
de cuisine retrouvait la terre ferme et il était heureux.
Il ajusta les revers de son veston.

— Oh ! tu sais bien de quoi je veux te parler. C'est
pour ça que tu m'évites et que tu as si hâte de me voir
retourner au monastère. Mais j'ai attendu de te voir
seule, par délicatesse. En effet, c'est de tes relations
avec Onésime...

— On fait pas de mal.

La vieille fille serrait son parapluie contre elle
comme un secret et, les yeux fermés, attendait l'orage.
Elle sentait que le véritable ennemi de son amour,
ce n'était ni la femme d'Onésime, ni les racontars, ni
la mère Plouffe, mais Ovide drapé dans son auréole
d'intransigeance religieuse. Il adoucissait la voix, en
atténuait la sévérité par une onction de faux confesseur.
Des paroles qu'il avait marmottées dans son lit de novice couché trop tôt, des phrases qu'il avait dégustées
quand il s'imaginait confessant, une à une, les plus belles pécheresses du monde, venaient à ses lèvres :

— Je sais. Tu n'es pas une passionnée et j'espère
que ces fréquentations sont encore platoniques. Mais
avec saint Augustin et Paul Bourget, je ne crois pas

aux longues amitiés entre hommes et femmes sans qu'ils en viennent aux caresses défendues. Laisse-moi parler.

Mais la poule condamnée à mort n'écoute pas les signes d'apaisement de son égorgeur. Elle se débat, toutes plumes hérissées, avec des cris de détresse.

— Onésime et moi on est des bons catholiques. C'est sa femme qui a eu six enfants. Pas moi. Il m'a même jamais embrassée. Je me sens bien quand je suis avec lui, c'est tout.

Ovide levait un index de découvreur.

— Ah ! Ah ! Tu vois. Je te crois quand tu dis qu'il n'y a pas eu péché entre lui et toi. Mais tu te sens bien à ses côtés, tu désires sa compagnie. Le mal, c'est comme un fruit. Tant qu'il est vert, on lui résiste. On se dit qu'on n'y touchera jamais. Et puis il est très mûr tout à coup. Il suffit de l'effleurer pour qu'il tombe. Et c'est presque impossible de voir un fruit mûr pourrir par terre, sans...

Cécile avait comme un couteau sur la gorge. Son frère Paillasse la tenait bien. Elle proférait une défense incohérente en consultant son bracelet-montre.

— Un fruit. Une pomme, une poire ! Ah ! Ah ! Ça lui prend du temps à mûrir en diable. Ça fait vingt ans que je connais Onésime.

Ovide s'était garé le long de la maison pour laisser passer un chien qui poursuivait un chat. Ses yeux gris acier, hypnotiques, retenaient Cécile prisonnière.

— Vingt ans ? C'est que le soleil de vos sens n'est pas ardent. Mais vous êtes enfin mûrs pour le mal. Je le sens. Je le vois dans tes yeux. Pourquoi t'acharnes-tu à menacer ce foyer, à déshonorer ta famille, à gâcher ton avenir ? Rappelle-toi les malheurs de la femme adultère.

Cécile se bouchait les oreilles, ses yeux étaient exorbités.

— Ovide! Ovide! Un prêtre! Des pensées comme ça!

Il durcit la voix, puis la radoucit.

— C'est la vérité. Je t'ouvre les yeux, aveugle! Voyons, petite sœur, écoute-moi. Cesse toute relation avec Onésime. Il y a d'autres garçons, et plus brillants que lui, qui aiment l'opéra, la symphonie, les belles choses.

Interloqué, Ovide s'interrompit. Les larmes jaillissaient des yeux de sa sœur, traçaient des coulées limpides sur sa face blême. Puis dans un sanglot étouffé, elle parvenait à s'écrier:

— Mais, Ovide, tu connais pas Onésime! Et puis tu sais, j'ai quarante-trois ans!

Elle s'enfuit en ajustant son chapeau d'une main et en s'essuyant le visage de l'autre qui tenait un parapluie agité par un balancement ridicule.

Ovide avait les pieds écartés et la bouche bée.

— Ouais.

Les parois de son cou, qu'il avait gonflées d'importance pendant qu'il sermonnait sa sœur, reprirent leur aspect ratatiné. Il s'en sentait même la gorge pressée. Il découvrait une tragédie en cette Cécile, sa sœur, dont l'existence tenait dans sa mémoire une place à peine plus importante que celle du plumeau familial. Aussi loin qu'il se la rappelait, il la voyait toujours pareille, allant et revenant du travail, toujours mécontente des repas, parlant avec Onésime sur la galerie puis se couchant à dix heures.

Que de choses s'étaient passées depuis la soirée «Paillasse»! Napoléon, Guillaume, Cécile, Théophile, Ovide lui-même avaient été bousculés par les événements. Seule Joséphine, immobile au milieu de la cuisine, avait résisté.

Songeur, Ovide continua d'errer. Est-ce consciemment qu'il se mit à faire le tour de la manufacture où il avait été employé, la manufacture où Rita Toulouse devait encore travailler ?

Ovide ne s'avouait pas qu'il voulait parler à Rita Toulouse ce jour-là. Mais il mobilisait avec une attention méticuleuse tous les hasards susceptibles de lui faire rencontrer la jeune fille. Le plus sûr d'entre eux consistait, pour Ovide, à se tenir non loin de la porte de sortie du personnel de bureau. Et justement une bijouterie offrait son étalage de montres à son honnêteté de badaud pour qui la rencontre d'une amie sera une surprise. Il regarda, détailla, examina si longuement chaque montre, que le marchand commençait à lui jeter des coups d'œil soupçonneux et à prendre note de son signalement, car Ovide, avec ses regards furtifs qui alternaient de la manufacture au comptoir, avait l'air d'un cambrioleur préparant les plans d'un mauvais coup.

Midi sonna. Les deux battants de la porte s'ouvrirent pour laisser passer le groupe jacassant des jeunes filles du bureau qui, en ajustant leurs bérets ou leurs chapeaux, riaient, se disaient au revoir ou mettaient une sommaire couche de rouge sur leurs lèvres. Le cœur d'Ovide battit. Ah ! Il l'avait reconnue tout de suite, Rita, avec son imperméable bleu dont la ceinture serrait si bien la taille et faisait ressortir la poitrine, les épaules, les jambes bien faites. Mais c'étaient son menton fantasque, son béret crânement posé derrière la tête qui la dénonçaient à ses yeux d'homme angoissé. Comme elle semblait sage, de loin ! Elle saluait les autres d'une main distraite et, songeuse, fourrant les mains dans ses poches, elle marchait lentement en direction de la bijouterie. Ovide esquissa le geste de s'enfuir, mais il vérifia, dans le mirage de la vitrine, si ses cheveux étaient bien peignés, sa cravate bien nouée. Puis il partit. Mais dans son énervement, il se trompa de direction et marcha à la rencontre de Rita Toulouse. Il se regardait les pieds comme s'il n'avait pas marché depuis longtemps. Elle ne le voyait donc pas ! Comme elle avait l'air soucieux et presque triste ! Il s'enhardit :

— Mais c'est mademoiselle Toulouse ! Quel hasard !

Elle levait sur lui des yeux étonnés qui sortaient lentement de leur rêverie pour le reconnaître et s'arrondir.

— Monsieur Ovide ! Mais... Vous...

Il souriait avec humilité en secouant la tête, embarrassé, comme si elle eût retrouvé en lui un colonel couvert de décorations au lieu du civil morne et quelconque qu'elle avait connu. Elle l'examinait avec curiosité, comme interdite par l'habit d'Ovide. Puis elle pâlit. La vue d'Ovide lui rappelait soudain le ridicule dont elle l'avait couvert par ses calomnies, l'embarras dont elle s'était sentie envahie quand elle avait appris l'entrée d'Ovide au monastère. La présence de ce garçon maigre et pâle, aux yeux brillants, comme égaré dans son complet et qu'elle était habituée à imaginer drapé dans une robe immaculée, la décontenançait, lui rappelait les sottises de ses dix-neuf ans, sa toquade pour Stan Labrie, puis le drame ridicule dans lequel ses fiançailles avaient sombré. Elle balbutiait :

— Je vous croyais au monastère.

Il secouait la tête avec lassitude, trouvant encore assez de patience pour ne pas répondre sèchement à cette évocation indésirable.

— Non. La guerre, vous savez. L'apostolat qui importe, actuellement, c'est la victoire de la France, des Alliés. J'ai l'intention de m'enrôler.

— Vous ?

Elle l'examina à nouveau comme si cette réponse l'obligeait à voir Ovide sous un nouvel angle. Il allait s'enrôler quand tant de gens parlaient de se défiler. Ce petit homme porterait un uniforme, brandirait un fusil, ce petit homme dont elle avait ridiculisé le maniérisme presque féminin allait peut-être se faire tuer par bravoure. Elle se sentit toute petite devant lui tout à coup. Elle hochait la tête.

— Comme vous devez m'en vouloir !

Ovide, de tout son corps, disait un non généreux, ravi.

— Vous en vouloir ? De quoi ? D'avoir ri de mon ignorance du cœur des femmes ? De mes attitudes fausses, de mes ridicules prétentions ? Au fond vous avez bien fait. Et cette lettre que je vous avais écrite ! Étais-je bête !

Elle poussa un long soupir de soulagement. Son visage s'illuminait de reconnaissance, puis de confiance. Elle se sentait portée à lui raconter tous ses malheurs, à les confesser, car il émanait de cet homme un vague prestige de religieux qui sait consoler et pardonner.

— J'étais une petite folle alors. Mais depuis, la vie ne m'a pas ménagée. Je crois que j'ai changé.

Il l'interrompait d'un bras magnanime :

— Oui, je sais. Denis Boucher m'a dit. Mais je vous avais pardonné depuis longtemps.

La figure de Rita se contractait de sévérité.

— Comment Denis Boucher ?

— Rappelez-vous quand il vous a rencontrée et que vous lui avez demandé de mes nouvelles.

— Mais je ne l'ai jamais rencontré et c'était mieux pour lui. Ah ! je le déteste !

Elle était toute pâle, elle serrait les mâchoires et ses yeux luisaient de haine. Ce nom maudit de Denis Boucher rouvrait la cicatrice trop fraîche de sa déception. Au lieu de lui être reconnaissante de l'avoir avertie de l'infirmité de Stan Labrie, elle le tenait inconsciemment responsable de son malheur, comme si l'impuissance sexuelle d'un homme eût pu aussi bien s'ignorer dans le mariage qu'une faute de jeunesse.

— Quoi ! Vous ne l'avez jamais rencontré ?

Il reculait en s'excusant de tout son corps comme s'il s'était trompé de femme. Il revit en cet instant la figure froidement distraite qu'avait Denis Boucher au monastère en lui racontant sa rencontre avec la jeune fille. Tout cela était mensonge ! Et ce mensonge avait bouleversé son cœur de religieux au point de lui faire abandonner sa vocation pour courir après une Rita qui l'avait oublié ! Quelle farce ! Toutes les tragédies d'Ovide tournaient en farces. Et pendant ce temps Denis Boucher, le torse bombé, les mains aux poches, le regard triomphant, rôdait autour de la Citadelle.

— Pardon, balbutiait Ovide, les yeux fermés.

L'attitude embarrassée d'Ovide étonna assez la jeune fille pour lui faire oublier la colère subite que le nom de Denis Boucher avait fait naître en elle.

— Pardon de quoi, monsieur Plouffe ? Il vous a menti, c'est tout, comme il doit mentir à tout le monde, le salaud.

— Il m'a menti. Me faire ça à moi. Je l'ai connu tout petit.

Elle haussait les épaules.

— Un gars comme ça ! Il pourrait faire pendre son père. Voyons, ne vous en faites pas. Ça revient au même, puisqu'on se rencontre, tous les deux.

Elle serrait sa ceinture d'un cran, écrasait son béret, et glissait dans son sourire poli des pointes d'encouragement coquet. Il redressait la tête, essayait de sourire avec complicité.

— Bien entendu, puisqu'on se rencontre.

Leurs regards brillants se croisèrent. Ovide et Rita ne s'apercevaient pas qu'au lieu de ranimer des souvenirs désagréables au cours d'une banale rencontre, ils commençaient déjà à conjuguer leurs sentiments et à s'étonner mutuellement du résultat. Sentiments flous, mystérieux, chez Rita Toulouse, sentiments directs, connus, comblés, chez Ovide. Diverses circonstances avaient assez bouleversé ces deux âmes différentes pour les faire se retrouver à une croisée de chemins, s'arrêter, échanger des mots, des regards. Les hommes grands, bien faits, entreprenants, avaient trop déçu Rita Toulouse pour qu'elle ne découvrît pas de l'attrait à un Ovide petit, maigrelet, timide, encore tout empreint de dignité et de discrétion ecclésiastiques. Rita ne s'apercevait pas que l'homme nouveau qu'elle découvrait en Ovide lui inspirait autant de sympathie que de déférence. Elle faisait pourtant assez de chemin à la rencontre d'Ovide pour que celui-ci la trouvât encore plus aimable qu'il ne l'avait jamais rêvée.

Il hésitait, car il n'osait croire au monde d'espoir qu'il entrevoyait dans le regard de la jeune fille, tant il avait été trompé déjà par les bonheurs souhaités. Il parlait toujours de Denis Boucher :

— C'est incroyable. Un mensonge comme ça.

Elle fronça les sourcils avec une impatience toute maternelle.

— Ah ! voyons, ne parlons plus de ce type-là. Revenez-en, vous oublierez ça vite. On revient de tout, d'ailleurs on sort de tout. Oh ! pardon, je n'ai pas voulu.

Il était tellement ravi de l'entendre ainsi parler qu'il comprit la gaffe longtemps après qu'elle s'en fut excusée. Il secoua la tête et rit avec une générosité d'homme heureux.

— Oh! ce n'est rien. Je vous en prie. Vous avez raison, on sort de tout, on change. C'est la vie. Excusez-moi, je parle, je parle, et je vous retarde.

Elle protestait:

— Pas du tout. Il y a si longtemps qu'on ne s'est vu. Tant de choses sont arrivées. Je me dépêcherai à dîner, c'est tout.

Ovide réfléchit, hésita, puis se risqua:

— Je peux aller vous reconduire si vous voulez.

— Limoilou c'est loin.

Il la prenait gentiment par le bras. Elle riait et continuait de protester en mentionnant qu'il leur faudrait prendre l'autobus 14, dont Rita expliqua ensuite le parcours avec un brio enfantin. Cela rappela à Ovide sa conversation avec Cécile.

Il la chassa vite de sa pensée et jeta un rapide coup d'œil attendri sur le menton mutin de sa compagne. Rita dit soudain:

— J'oubliais. Pensez-vous que votre frère Guillaume est en train de nous faire honneur! Ah! c'est un grand lanceur. Étiez-vous là à l'épreuve publique? Il était magnifique.

— Non, je n'y étais pas, répondit Ovide avec froideur.

Elle leva les yeux sur lui et fronça les sourcils. Qu'elle était bête! Elle aurait dû y penser. Elle se rappelait soudain nettement la soirée «Paillasse», sa fuite avec Guillaume dans la Pente Douce, l'orage, la brume qui montait de l'asphalte mouillé et les baisers, sur la pierre plate. Puis elle rit en hochant la tête.

— Dire qu'encore l'an passé je pouvais me conduire ainsi en petite sotte. Il ne faut pas plus m'en vouloir qu'à un bébé, monsieur Ovide. J'étais une enfant ignorante et je me cherchais d'autres enfants pour jouer. Mais soyez sûr que maintenant le monde n'est plus pour moi une grande chambre à poupées. J'ai souffert.

Elle s'attristait à nouveau et sa lèvre gonflée de lassitude dénonçait une douleur secrète, tenace. Ovide se sentit déborder d'une assurance virile.

— Voyons, ne vous faites pas de peine. Vous parlerais-je ainsi si vous étiez restée une enfant ? Relevez ce menton, jolie fée, souriez, la vie est belle. Regardez-moi. N'ai-je pas changé moi aussi ?

— Oh si !

Elle lui souriait avec confiance, et Ovide durcissait ses mâchoires en jetant des regards supérieurs sur les autos qui les dépassaient. Puis, secoué par une inspiration subite, il la fit s'arrêter et plongea un regard brûlant dans ses yeux étonnés.

— J'ai changé à tel point que... Je ne sais si je dois...

— Dites, dites !

— Que si je vous invitais à venir danser au Château Frontenac, ce soir, accepteriez-vous ?

— Pardon ? Danser ?

La jeune fille répétait ces mots comme si elle ne leur eût pas trouvé de sens. Non seulement elle ne pouvait imaginer Ovide, le fanatique amateur d'opéra, se dandinant au gré du jazz, mais elle ne se concevait pas enlacée par un danseur qui jetait sur elle en ce moment un tel regard, un regard qui rappelait les éclairs lancés par certains confesseurs de retraite derrière les grillages du confessionnal. Puis elle revit Ovide drapé dans une longue robe blanche.

Ovide serrait les poings, fermait les yeux. Ses oreilles bourdonnaient. Autant en finir tout de suite si elle voyait encore le moine en lui. Il martela :

— Oui, danser au Château. Ils ont un bon orchestre. On boit une couple de cocktails. On se raconte des choses. Et puis ça passe bien une soirée.

L'évocation de la salle de danse du Château Frontenac vainquit enfin l'étonnement de Rita Toulouse et ses préjugés à l'égard d'Ovide. Danser au Château, dans la griserie de cet hôtel chic, réservé aux Américains et aux filles riches qui ont un premier bal ! Elle n'osait y croire et ne voyait plus en Ovide qu'un magicien prodigue de féeries.

— Vous êtes sérieux, c'est vrai ? Vous voulez m'emmener ?

Elle semblait soupçonner une blague. Son regard sceptique s'accrochait aux lèvres d'Ovide. Le cri de joie qui était monté à la gorge de celui-ci se traduisit par un geste satisfait.

— Puisque je vous le demande. Alors c'est entendu, vous venez ?

— Chic ! Oui ! Vous pensez ! Mon Dieu, quelle robe vais-je mettre ? Ma bleue, non ma noire, et mes souliers vernis.

Elle pressait le pas, s'habillait d'avance, en imagination, se coiffait de façon originale, comme Véronika Lake, se voyait paradant dans l'atmosphère fastueuse du Château Frontenac. Ovide, un sourire paternel aux lèvres, la contemplait en hochant la tête, comme si une danse avec cocktail, au Château, eût été pour lui chose ordinaire. Il ne savait pas danser, mais cet obstacle ne se présentait pas à son esprit tant il savourait la victoire qu'il venait de remporter sur son complexe de défroqué. Ils arrivaient à l'arrêt de l'autobus. Rita le prit par la main et ils se frayèrent un chemin dans la masse des badauds qui se précipitaient vers la porte.

Soudain, Ovide pâlit. Le chauffeur ! Onésime ! Assis sur son banc comme sur un trône, il présidait pompeusement aux destinées de son autobus. Saint Pierre, aux portes du Paradis, n'est pas, dans l'esprit des dévotes, plus consciencieux vis-à-vis des mortels

qu'Onésime envers les passagers, prenant les billets, vé-
rifiant et distribuant les correspondances. Machinalement, comme si c'eût été inévitable, Ovide chercha Cécile des yeux. Assise à l'avant, de biais avec le chauffeur,
elle contemplait, presque en extase, son Onésime en
fonction. Quel homme ! Puis elle aperçut une main qui
en tirait une autre. Puis Rita Toulouse, puis Ovide.

Ovide était pris au piège. Le frère et la sœur se regardèrent longuement, sans sourire, sans qu'un trait
de leur visage bougeât.

3

La fleur que tu m'avais jetée, dans ma prison...

— Veux-tu bien me dire ce que t'as ? sourit Joséphine, qui s'immobilisa, un chaudron fumant en main,
pour laisser passer Ovide qui pivotait de l'évier au miroir en chantant et en valsant.

*Dans ma prison, m'était restée, flétrie et sèche, cette
fleur...*

Ovide était heureux. Dans une heure il serait au
Château, dansant avec Rita Toulouse. Et Cécile n'avait
rien rapporté à la maison de leur rencontre. Elle s'était
contentée de le fixer longuement pendant le repas. Ça
n'était pas grave. Quelle fille discrète ! Il l'avait méconnue.
Bon ! La barbe maintenant. La cérémonie habituelle. Le
blaireau s'attaqua au visage, le masqua de mousse blanche, excepté les lèvres qui souriaient en cachette. Puis la
main gauche, nerveuse, passa par-dessus la tête, pinça
la joue droite, la tendant au rasoir scintillant. Joséphine
bougonna, puis continua sa marche vers le poêle.

— On voit que ça rend heureux, la religion. Regardez votre frère, vous autres ! Ça vous donne une belle
leçon.

Ovide, dans le miroir, rencontra les yeux fixes de sa sœur. Les traits de son visage ne bougeaient toujours pas. Napoléon, les coudes sur la table, avait la tête dans les mains. Une terrible inquiétude semblait le miner et il n'avait presque pas soupé. La phrase de sa mère parvenait à son esprit comme un écho embrouillé qu'on ne pense pas à démêler. Mais Guillaume sauta soudain sur ses pieds et déclara, imperturbable :

— Je le sais, m'man, moi, pourquoi Vide est content.

Le rasoir s'immobilisa à la crête de la mousse. Ovide se raidit. Il se sentait tout froid. Et dans le miroir, encore, il aperçut l'attitude mystérieuse de Guillaume qui lui dédiait une œillade exagérée et l'invitait de la tête à passer au salon. « Dis pour voir ! » avait envie de crier Ovide, mais il ne prit pas de risques et se rendit au salon en déclarant d'un ton bourru :

— Encore une de tes farces sans queue ni tête, je suppose ? Fais vite, mon savon refroidit.

En sifflant, la tête basse, Guillaume le suivit. Joséphine les couvait des yeux comme deux bébés qui s'amusent. Il y en avait du bonheur dans la maison depuis le retour d'Ovide. Ça durerait au moins jusqu'à son nouveau départ pour le monastère. Elle se mit à fredonner À dix-huit ans... Guillaume referma la porte derrière lui et chuchota :

— Je sais pourquoi t'es content. Rita Toulouse. Je t'ai vu avec à midi. J'étais en bicycle.

Ovide était appuyé sur le piano. Machinalement, il fit résonner le do en haut de la portée. Il se sentait défaillir. Il indiquait la cuisine de la tête :

— Leur as-tu dit ?

Guillaume bombait le torse, et ses lèvres se plissaient de dignité offensée.

— Es-tu fou ? On est des Américains ou bien on n'en est pas. J'suis pas un placoteux.

Ovide poussa un long soupir. Il tira paternellement les poils de barbe qui garnissaient le menton de Guillaume, comme s'ils eussent été des médailles de bravoure.

— C'est là que je vois que t'es un homme. Tu nous feras honneur aux États-Unis.

Mais Guillaume clignait de l'œil et l'interrompait de sa main célèbre, dont les doigts et le poignet imprimaient aux balles des courbes trompeuses.

— Ouais ! j'suis un homme et j'aime ça coucher tout nu. Je parlerai pas si tu dis à la mère de ne pas me faire mettre le maudit pyjama rouge et blanc. Je meurs de chaleur là-dedans.

Ovide éclata d'un rire généreux et tapa sur l'épaule de son frère.

— Marché fait. Tu couches tout nu et tu te fermes la boîte. Et surtout, ne pense pas à mal. Tu verras mon vieux, un jour, que les questions de femmes, c'est compliqué. L'important, c'est que maman ne sache pas. Ça lui ferait de la peine.

Il revint à la cuisine en triomphateur et, en passant, secoua les épaules affaissées de Napoléon.

— Voyons, sois plus gai, vieux Napo ! La vie est belle. Les difficultés, ça ne compte pas. On sort de tout. Ça va s'arranger.

Le collectionneur leva un visage empreint de tristesse incertaine, puis il sourit.

— J'voudrais te parler, Vide. Cinq minutes.

Ovide lui tapota le bras d'une main distraite.

— Oui, après. Je vais me raser d'abord.

Joséphine, en voyant revenir Ovide dans la cuisine, avait baissé la voix, car il n'aimait pas À *dix-huit ans*. Puis elle cessa de chanter et s'exclama :

— Foi de sainte Jeanne d'Arc, Vide, t'as mis ton habit gris, tes beaux souliers de veau. On dirait que tu t'en vas à un Congrès eucharistique !

Ovide ne répondit pas et commença de se raser. On aurait pu dire si les rides soucieuses qui sillonnaient son front étaient causées par les exigences de la lame ou par la réflexion. Sa mère, par une phrase innocente, avait le don d'ébranler ses bonheurs, de ramener au premier plan les inquiétudes qu'il avait dissimulées derrière une joie artificielle. Joséphine, avec une intuition cruelle, choisissait les chemins qui menaient au plus profond de son être, comme si elle les eût connus depuis longtemps, même avant lui. Ovide, songeur, essuya son rasoir sur un morceau de papier journal.

À ce moment, le père Théophile, immobile comme une statue de bronze dans sa chaise, réclama avec une insistance monotone que son protecteur lui lût les dernières nouvelles. La timidité suppliante avec laquelle le paralytique avait commencé de jouir de l'empressement d'Ovide à son endroit s'était vite changée en un despotisme de malade gâté. Tous les prétextes étaient bons pour appeler Ovide : pipe tombée, rayon de soleil gênant, allumettes, verres d'eau, changements de position. Le vieux ne vivait que pour l'audition de la lecture du journal. Il se la réservait pour le soir à huit heures, comme à l'époque où il travaillait à *L'Action chrétienne*, alors que, en santé mais fatigué, il se levait de table pour s'écraser, journal en main, dans sa chaise berçante. Mais le vieux était inquiet. Ovide semblait vouloir s'en aller sans penser aux nouvelles de la guerre, si décevantes, mais qui pourtant, un soir ou l'autre, apporteraient les échos de quelque bataille gigantesque où des milliers d'Anglais seraient tués.

— Oui, le père, je vais les lire, mais laissez-moi me laver, dit Ovide d'un ton sec.

— T'es bien de mauvaise humeur, tout à coup ? s'inquiéta Joséphine.

La plupart des scènes violentes du foyer éclataient quand Ovide, Napoléon ou Théophile se rasaient, comme si le maquillage de savon et la menace de la lame eussent créé une atmosphère de théâtre. Ovide, d'un geste brusque, fit couler la chantepleure, s'emplit les mains d'eau et se lava le visage en faisant un bruit étrange avec son nez et sa bouche. Après s'être essuyé vigoureusement, il garda la serviette dans ses mains et resta immobile, la face crispée, les yeux vagues, pendu au bord d'une décision importante. Toute la famille l'épiait. Il lança soudain la serviette sur une chaise et, le dos à l'évier, les bras croisés, regarda ses parents un à un.

— Écoutez. Vous pouvez cesser de me traiter comme un prêtre en vacances. J'ai décidé aujourd'hui de ne pas retourner au monastère. Je n'ai pas la vocation religieuse. J'ai dit.

Avidement il attendit la réaction. Elle fut inattendue. Quatre œillades d'une complicité indécente et le cri de joie d'une mère lui répondirent. Napoléon, Cécile, le père Théophile, Guillaume, ne riaient pas, mais clignaient de l'œil d'un air complice, comme si l'on eût confié à d'autres, devant eux, un secret qu'ils connaissaient déjà. Ovide était désorienté. Était-ce une conspiration ? Depuis le souper, à ses affirmations, à ses gestes, seules des paupières qui s'ouvraient ou se fermaient comme des signaux dans la nuit lui répondaient. Mais Joséphine avait les deux yeux bien ouverts.

— Comme ça, c'est fini ? Tu vas rester ici, tout le temps, tout le temps ?

Elle ne savait que faire de ses mains, ni comment sourire, car cette décision d'Ovide venait couronner le secret espoir qu'elle nourrissait de le garder à jamais près d'elle. Aussi, elle était si consciente de son bon-heur, elle en connaissait si bien les replis pour les avoir étudiés d'avance, qu'elle ne savait jusqu'à quel degré le montrer. Cette joie prévue, dont l'extériorisation la mettait dans l'embarras, poussa Joséphine à s'enfuir vers un état d'âme dans lequel elle se débattrait avec plus de spontanéité. L'expression de joie dans laquelle se tordait son visage fit vite place à un masque boudeur et mécontent. Elle se tourna avec brusquerie et essuya les taches de savon qu'Ovide, dans sa nervosité, avait laissé échapper sur le plancher. Ovide, désorienté, fronça les sourcils.

— Comment ? Ça vous choque, maman ?

Elle haussait les épaules et ne répondait pas. Ovide suppliait presque :

— Ah ! je vois, vous allez vous mettre à avoir honte de moi maintenant ?

— C'est pas ça, bougonna enfin Joséphine. Dans les chicanes avec ta tante, je lui mettais ça sous le nez que j'avais un fils Père Blanc. Et puis le monde me di-sait « Madame Plouffe » gros comme le bras depuis que t'étais au monastère.

Ovide pâlit. Sa tragédie de raté était faite de toutes ces mesquineries. Son destin était conditionné par le qu'en-dira-t-on. Il eut besoin de toutes ses forces et de l'évocation de Rita Toulouse pour se secouer du poids qui l'écrasait. Il s'approcha de sa mère, entoura de son bras ses épaules affaissées et lui parla si doucement que Joséphine frissonnait et avait envie de sangloter.

— Voyons, maman, vous m'aimez plus que ça ? L'opinion des autres compterait plus à vos yeux que le bonheur de votre enfant, de votre Vide ? Voyons.

— T'essaies de me gagner, hein ?

Joséphine se cuirassait dans son obstination à ne pas sombrer dans l'attendrissement, car depuis le retour d'Ovide, elle croyait avoir retrouvé son énergie d'antan. Elle tendit le bras vers Cécile.

— Et qui va l'arrêter, elle, de suivre un homme marié dans des tours d'autobus qui finissent pas, si on n'a plus de prêtre dans la famille pour l'empêcher ?

Instinctivement Ovide regarda sa sœur qui, les yeux brillants, le défiait. Battu, il baissa la tête et caressa les cheveux de Joséphine.

— Cécile ? Laissez-la donc tranquille. Ce n'est pas grave. Onésime est un vieil ami d'enfance. Il faut bien qu'elle ait un peu de distraction.

Joséphine se redressait, le visage lumineux.

— Tu penses ?

Elle ne demandait qu'à croire Ovide, puisque le problème Cécile-Onésime la rongeait. Et cette fausse alarme, une fois reconnue et classée, la rassurait sur son autorité, car on ne se sent jamais plus impuissant que quand on essaie de résoudre un problème qui n'existe pas. Elle prit Ovide par les deux bras et le secoua comme un bébé à qui on a fait peur et qu'on veut faire rire.

— Grand fou, va. Tu vois pas clair ? Que je suis contente ! C'est pas croyable que tu vas rester avec nous autres, tout le temps, tout le temps.

— Tu l'as *strikée*, t'es correct, Vide, dit placidement Guillaume. Te v'là quasiment aussi bon que sainte Jeanne d'Arc.

Ovide, réconforté, se dégageait et, la pomme d'Adam gonflée, nouait son bouton de col.

— Le père, préparez-vous. Dans cinq minutes, les nouvelles ! Bon, maintenant, il me faudrait une dizaine de piastres. J'ai quelques achats à faire ce soir. Guillaume, tu peux me passer ça, toi ?

Guillaume, qui s'était mis à jouer avec son chat, ne parut pas avoir compris et se dirigea vers la porte.

— J'pense que je vas aller prendre une marche.

Interloqué, Ovide eut longtemps les yeux rivés sur la porte refermée. Quand il avait invité Rita Toulouse au Château, la question financière ne l'avait pas inquiété. Cette assurance de trouver facilement l'argent au moment voulu résultait de ceci : d'abord ses douze mois de monastère l'avaient habitué à voir dans l'argent une manne facile à récolter et à s'inquiéter surtout de l'aspect moral d'un problème. Ensuite si l'autorité incontestable qu'il exerçait sur sa famille lui permettait d'être l'arbitre des gestes de Guillaume, elle devait le justifier aussi de disposer des dollars du lanceur, que celui-ci comptait infatigablement chaque soir, avant de se coucher. La voix de Joséphine le tira de sa torpeur.

— Je te les passerais bien, Ovide, mais j'ai payé le loyer et il me reste une piastre. Si tu veux attendre à demain, les pensions vont rentrer. Guillaume, faut pas lui en vouloir. Son argent, c'est comme si c'était de l'or. Il me donne dix piastres par semaine. Le reste, il le cache. Si je pouvais le trouver.

Elle marcha vers la chambre de Guillaume en épiant du coin de l'œil Cécile et Napoléon. Ovide était pris de panique. Que faire ! La vision qu'il avait de la vie depuis sa sortie du monastère était encore une fois bouleversée. L'argent et les souffrances que sa pénurie engendre prenaient leur revanche sur celui qui pendant un an les avait ignorés. Et Rita Toulouse qui, toute parée, déjà, devait attendre le grand seigneur qui l'emmenait danser au Château.

— Vide ! Mon journal. Mes nouvelles, insistait la voix hachée de Théophile.

Ovide, atterré, imaginait une promenade lente dans la rue où la tête baissée, le regard anxieux, il trouverait peut-être dix dollars. Puis il inventoria des yeux la machine à coudre, la table, le socle du Sacré-Cœur de plâtre sur lequel Théophile, quand il travaillait, déposait son argent, sa montre et son canif avant de se coucher. Rien ! Ah ! l'argent ! Soudain Ovide se raidit. Cécile, du seuil de sa chambre, lui clignait de l'œil et l'invitait de la tête ! Comme Guillaume tout à l'heure. Cécile ! Ce n'était pas possible ! Elle était trop pingre. Elle disparut dans sa chambre en lui faisant signe de venir. Il se mit à arpenter la cuisine afin d'avoir l'air d'entrer dans la chambre de Cécile par désœuvrement. Comme il s'y dirigeait enfin, le cœur battant, et en murmurant une prière machinale : « Mon Dieu, faites que je trouve ces dix piastres », Napoléon qui guettait depuis un bon moment l'occasion de prendre Ovide en aparté, lui saisit le bras d'un air complice et l'entraîna au salon.

— Quoi encore ? marmotta Ovide avec impatience.

Son inquiétude l'agitait tellement qu'il n'était pas touché par la bouche tremblante, par les petits yeux ronds, gonflés de détresse, que le collectionneur levait sur lui.

— Vide, je sais plus quoi faire. J'pense que Jeanne m'aime pas. Pourtant j'en fais des pèlerinages. Tu m'avais dit de t'en parler, que tu m'approuvais de voir Jeanne, de pas m'occuper des autres.

Ovide regarda sa montre. Il avait l'air d'un médecin cousu de dettes consulté par un malade ruiné.

— Pourquoi penses-tu qu'elle ne t'aime plus ?

Napoléon était tout à son mal. Il l'expliquait passionnément, avec force gestes. À chaque après-midi de congé, il se rendait à bicyclette prier sainte Anne de Beaupré pour la guérison de Jeanne et, à toute vitesse, roulait vers le sanatorium et courait au chevet de la malade. Tout essoufflé, angoissé, il lui demandait d'abord : « Te sens-tu guérie ? »

— Après-midi, quand j'ai demandé ça, elle s'est mise à pleurer, pis à se fâcher, pis à me dire : « Laisse-moi donc tranquille, tu m'énerves, j'aime mieux mourir. » Penses-tu qu'elle m'aime encore, Vide ?

Ses yeux suppliaient derrière une vitre de larmes. Ovide l'examina, puis haussa les épaules.

— Elle a de quoi s'énerver. Mets-toi à sa place. Prie pour elle, mais ne lui en parle pas. C'est agaçant de sentir que quelqu'un attend après nous autres et qu'on ne peut pas le rejoindre. Voyons, console-toi. Jeanne t'aime, mais elle est malade et ça l'énerve de ne pas être aussi bien que tu voudrais qu'elle soit. Compris ? Ne lui parle plus de santé, ni de prières. Tu m'en diras des nouvelles. Bon, je suis pressé.

Il laissa Napoléon seul avec ses problèmes dans l'obscurité du salon. Ovide, distrait, pénétra chez Cécile. Solennelle, elle l'attendait, une main appuyée sur la commode.

— Tu veux me parler ? semblait se rappeler Ovide.

— Oui. T'as besoin de dix piastres, les v'là. Tu me les remettras plus tard.

Le regard soupçonneux d'Ovide allait du billet de banque à la figure rigide de sa sœur, qui regardait ailleurs. Il prit l'argent et se sentit soudain affreusement embarrassé, comme s'il venait de signer un contrat par lequel il s'engageait à favoriser les amours défendues de Cécile et à paver la route à un adultère. Mais Cécile l'avait vu, tenant la main de Rita Toulouse. La tête basse, il sortit de la chambre à reculons.

4

Les Anglais ayant enlevé le Canada à la France en 1760, et les Québécois s'étant obstinés à rester Français dans leurs mœurs, dans leur langue et dans leur architecture, les conquérants semblent avoir cru bon, pour défier cette résistance, de dresser sur un site stratégique un édifice qui marquât leur victoire : le Château Frontenac. Cet immense et luxueux hôtel du Pacifique Canadien, dont les plus importants actionnaires, dit-on, sont Anglo-Saxons, coiffe le Cap Diamant de ses lourdes tourelles de briques, se mire dans le Saint-Laurent et regarde froidement les bateaux qui arrivent ou qui s'en vont. Planté au sommet d'une montagne, face à l'est, au-dessus des épaules d'une ville qui s'écoule en pente derrière lui, il offre au lever du soleil un masque de rigidité qui travestit le visage turbulent du Québec entassé dans son immense arrière-cour. Cette pacifique forteresse est perchée si haut qu'elle dépasse de cent coudées les plus audacieux clochers et jette de l'ombre sur les séminaires, l'archevêché, les monastères et les couvents, qui sont pourtant, Dieu le sait, installés sur les plus beaux sites de Québec.

Un hôtel comme le Château Frontenac est tout désigné pour recevoir les rois et leur suite, les princes, les premiers ministres et les cardinaux. Mais comme ces importants personnages ne viennent pas tous les jours, il faut bien miser sur une clientèle plus stable les touristes américains. On les attire avec le pittoresque que présente le pays conquis : caractère français, fortifications, rues étroites et tortueuses, sanctuaires miraculeux, orchestre du dix-huitième siècle et cuisine appropriée. Ces clients du Sud enjambent à flot les frontières et, bigarrés, tapageurs, établissent leurs quartiers généraux au Château Frontenac, puis relèvent leurs manches. Ils se hâtent d'inventorier le pittoresque et l'historique de la ville qu'ils ont vite fait d'évaluer en pieds, en secondes et en dollars. Revigorés par cette pilule de savoir condensé, et la conscience calmée par un rapide tour d'autobus du haut duquel ils ont jeté quelques nickels, ils rentrent vite dans leur chambre et font face au bon *rye* canadien, se gargarisant déjà des formidables blagues qu'ils feront partager aux femmes qui les accompagnent. L'Américain moyen, le plus souvent puritain chez lui, vient à Québec pour la raison qui le fait aussi courir à Mexico : faire la noce. L'attrait historique de ces villes justifie son voyage, flatte sa curiosité et enveloppe sa conscience méticuleuse dans les voiles vaporeux d'un noble dicton : voyager pour s'instruire. Et alors, paradoxe touchant : la toute catholique ville de Québec, que des esprits malins comparent à Port-Royal, devient le rendez-vous de touristes en mal de bacchanales qu'ils n'osent organiser chez eux.

Les autorités du Château Frontenac font tout pour plaire à cette précieuse clientèle. Les Américains, n'aimant peut-être pas les Noirs, on refuse à ces derniers l'accès de l'hôtel. On ne s'y dépense pas non plus en courbettes pour les Québécois pendant l'été, car si on accepte leur argent pendant la saison morte, on n'aime pas que ces indigènes coudoient les spectateurs de juin et juillet qui ont payé pour les voir. C'est bien assez qu'ils envahissent par troupeaux, le dimanche soir, la terrasse Dufferin qui ceinture le Château, afin de contempler, au moins une fois par semaine, du haut du Cap, leur cher grand fleuve.

C'est dans cet hôtel que pénétra ce soir-là Ovide Plouffe, raide comme un os dans son habit bien repassé, et tenant à son bras Rita Toulouse éblouie.

Les deux jeunes gens, habitués de marcher sur du linoléum, de l'asphalte ou du bois, semblaient à chaque pas s'empêtrer dans le tapis moelleux de l'immense hall, sillonné en tous sens par les silhouettes galonnées des chasseurs et des porteurs. Des grappes de voyageurs en chemises à carreaux pendaient aux guichets et faisaient retentir leurs joviales exclamations d'Américains en pique-nique. La plupart étaient de haute taille, et Ovide, d'un œil inquiet, mesurait le nombre de pouces qui lui manquaient pour les rattraper. Il serra plus fort le bras de Rita Toulouse, car un chasseur (pour Ovide, le garçon occupait un poste important) les suivait d'un œil soupçonneux. Rita accueillit l'étreinte d'Ovide avec complaisance, l'incorporant au vaste sentiment de propriété qui la pénétrait. Le Château lui ouvrait ses portes, l'auréolait du feu de ses lustres, l'accueillait dans l'atmosphère de luxe que méritait sa beauté blonde et qui lui avait jusqu'alors été refusée. Dans ce hall fastueux, elle cueillerait des mille mains de la richesse, pensait-elle, le diplôme de grande distinction auquel lui donnaient droit sa coiffure, sa robe, ses souliers et le loquet serti de verroteries qu'elle portait à son cou bruni par le soleil de l'été. La tête haute, souriante à son succès, les yeux pétillants de bonheur, elle marchait, la croupe ondulante, se frayant comme en triomphe un chemin à travers tous ces regards d'hommes qu'elle croyait fixés sur elle.

Le couple émergea de la cohue chamarrée et s'engagea dans un long couloir qui véhiculait l'écho d'une musique de danse. Elle soupira :

— Les hommes sont bien tous les mêmes. Ils ont des regards qui vous déshabillent. C'est gênant.

Ovide rougit. Il n'avait jamais imaginé Rita déshabillée. Il n'avait pas remarqué non plus ses regards complaisants à tous, occupé qu'il avait été à tromper l'œil inquisiteur du chasseur, à se donner l'air américain.

— Ces étrangers, vous savez. Quand ils voient une jolie femme, leurs yeux brillent.

Il s'embourbait dans les compliments comme dans le tapis. Il se sentait en marge de l'Ovide ordinaire, et porté à chercher des phrases qu'il pût marier avec l'atmosphère qui les enveloppait. Rita minaudait :

— Pourtant je ne suis qu'une petite Québécoise.

Ovide dut recourir, pour se donner de la façon, au souvenir de ses anciennes colères nationalistes et religieuses. En ce moment, sans le connaître, il voyait dans l'Américain le type géant à tête d'oiseau dont les Européens décadents et dépités ont créé la légende pour déprécier les succès des bâtisseurs du Nouveau Monde.

— Justement. Ils viennent ici, croyant rencontrer des spécimens étranges, et ils voient des femmes comme vous, des hommes comme moi. Ça les charme, ça les étonne. Moi, je ne les aime pas. Ils sont effrontés, ils croient que l'argent achète tout. Pas intellectuels pour un sou. Des enfants trop grands pour leur âge. Oui, ils sont trop grands, anormaux même.

— Dites pas ça, monsieur Plouffe. Ils sont beaux hommes.

Elle souriait d'un air cachottier comme si elle avait déjà pris rendez-vous secret avec l'un d'eux. Ovide baissa la tête avec tristesse et froissa le billet de dix dollars qu'il serrait dans sa main.

— J'aurais dû faire de la gymnastique, et moins de musique, je serais plus grand.

Rita le scruta, puis un éclair attendri voila ses yeux. Elle prit son bras à deux mains, se serra contre lui.

— Voyons, monsieur Ovide. Si vous saviez comme les hommes grands ne m'excitent pas. Souvent ils ne sont pas bons à grand-chose. J'en suis revenue. Un jour je vous raconterai. Et puis ce qui me plaît en vous, c'est votre élégance, votre intelligence, votre beau front.

Ovide était déjà tout réconforté. Pourtant il se savait maigre, décharné. Mais dès l'âge de vingt ans, quand il avait compris que son torse ne se garnirait jamais de muscles, il avait cessé de vérifier sa croissance dans le miroir. C'est pourquoi il s'était mis à accorder une importance fanatique à la musique d'opéra, aux choses de l'esprit.

— Regardez ! s'exclama Rita Toulouse.

Deux officiers de l'armée canadienne, tout pimpants de l'importance soudaine que la guerre leur donnait, arrivaient de la salle de danse, le torse bombé, le képi crânement posé sur la tête. Ils traînaient à leur bras des jeunes filles ravies qui comptaient leurs galons. Ces jeunes gens semblaient plus conscients de l'élégance de leur uniforme que du péril de mort auquel cet habit les désignait. Quand ils furent passés, Rita Toulouse chuchota :

— Dire que bientôt vous aussi serez en uniforme. J'ai hâte de vous voir. Vous serez chic.

— Oui ? dit-il sans conviction.

Ils étaient arrivés au guichet des billets qui leur permettaient l'entrée à la salle de danse. Pendant qu'Ovide payait avec les dix dollars de Cécile, Rita Toulouse, les yeux éblouis comme un enfant qui va rentrer pour la première fois au cirque, regardait avidement les couples évoluer. Ovide la rejoignit. Il s'arrêta à ses côtés et jeta sur la salle un œil curieux qui devint vite méfiant. Il fronça les sourcils. Mais Rita Toulouse, excitée, l'entraînait car le maître d'hôtel venait à leur rencontre, souriant, et les évaluait d'un coup d'œil averti. La jeune fille semblait trop ravie, et ce petit homme sec, Ovide, était trop attentif à ses moindres mouvements. C'étaient des Québécois, bien sûr, des commis de magasin, probablement, qui se payaient une grande soirée au Château. Les pourboires ne seraient pas riches. Ce diagnostic valut au couple une table que personne ne voulait prendre à cause de la proximité d'une colonne.

Ovide, s'assit et croisa ses mains sous la table après s'être demandé s'il n'était pas préférable de les mettre dessus. Il osa ensuite un rapide coup d'œil autour de lui.

Son regard devint vite sévère. Depuis son entrée à la suite du maître d'hôtel, il avait été trop absorbé par le souci d'afficher une démarche d'habitué, il avait trop appréhendé les premiers pas de danse au bras de Rita Toulouse, il avait trop fait culbuter les dollars qui lui restaient entre les phalanges des doigts, et il n'avait pas eu le temps de se laisser pénétrer par l'atmosphère qui l'entourait. Devant lui Rita Toulouse, fébrile, comme si elle avait eu peur de manquer quelque chose, vérifiait furtivement sa beauté dans son compact entrouvert. Sur les tables abandonnées par les couples, des verres presque vides scintillaient, dans lesquels restaient des pailles tordues. À l'avant, sur une estrade basse, un orchestre en livrée, conduit d'une main nonchalante par un chef à la lippe lasse, faisait entendre une plainte syncopée qui entraînait les couples dociles et langoureux au gré de ses remous tantôt lents, tantôt précipités. Un chanteur s'empara du microphone, l'enlaça comme une femme et se mit à susurrer vers le disque d'acier chromé, avec des râles d'agonisant qui voudrait jouir, d'une mélodie qui, ainsi hoquetée, eût jeté du froid dans le dos d'un homme sain du dix-huitième siècle. Mais les couples fredonnaient avec le chanteur et dansaient maintenant joue contre joue.

— Monsieur veut commander quelque chose ?

Le garçon, un crayon en main, légèrement courbé, attendait leurs ordres. Ovide lui trouva un sourire ironique et le ton sec. Il s'énervait. Quelle boisson commander ? Il ne connaissait pas le nom des cocktails. Il consultait Rita du regard.

— Un scotch ?

Elle secouait la tête et proposait, suppliante, les yeux pétillants :

— Non, monsieur Ovide. Un Singapore Sling. Vous n'avez jamais goûté ? C'est merveilleux.

Ovide hésita, puis sembla reconnaître ce nom.

— Va pour deux... Singapore...

— Sling ! ajoutait Rita avec une joie enfantine. Vous verrez comme ça rend sentimental. On se sent tout chose, et puis on est porté à se dire des tas de tendresses.

La jeune fille agitait ses mains, était tout sourire et tout œillade, affichait un contentement coquet qui frisait l'exagération, car elle sentait, posés sur elle, les regards gourmands de deux vieux messieurs assis à une table voisine, venus là colorer leur ennui aux reflets argentés du gin et au spectacle d'une jeunesse qui danse. Rita faisait les frais de leur curiosité troublée, Rita qui s'était imaginé la salle de danse du Château comme un hall paradisiaque, où même les vieillards à bedons avaient des figures de jeunes dieux. Ovide, inconsciemment, faisait la moue et la regardait sans comprendre, en murmurant « des tas de tendresses ».

— Quoi, vous n'êtes pas content, monsieur Plouffe ? demandait Rita, glissant un furtif air d'inquiétude entre deux sourires.

Ovide baissa la tête. Non, Rita lui parlait d'un tas de tendresses, et il n'était pas heureux. Tout son être protestait contre l'atmosphère de cette salle de danse qu'il tentait en vain de s'assimiler. Son âme d'amateur d'opéra montait la garde contre la musique de danse et, malgré son désir de plaire à Rita Toulouse, il ne pouvait franchir la barricade. Son année de privations, de prières et d'apostolat ne l'avait pas changé. Il était toujours le même Ovide qui, dans le salon paternel, pleurait en chantant les *Sanglots* de *Paillasse* et crachait son mépris sur le jazz américain. Il avait gardé sa pudeur d'adolescent et détournait les yeux du spectacle des décolletés qui trahissaient la naissance de la poitrine. Et il ne comprenait déjà plus Rita de rester à l'aise dans cette atmosphère qui l'indignait. C'était une étrangère inaccessible. Pourquoi la voulait-il donc ? Elle répétait :

— Vous n'êtes pas heureux ? Des tracas ? Oubliez-les, voyons. Nous sommes dans un rêve.

Il haussait les épaules avec lassitude et sa voix se perdait dans le bruit qui montait du plancher. Puis il eut un bâillement qui faillit lui décrocher la mâchoire. Ses paupières étaient lourdes. Il était dix heures. Il s'endormait. Au monastère, à cette minute, il aurait ronflé.

— Franchement, cette salle de danse ne m'emballe pas. Les décolletés sont trop osés, les gens ont l'air idiot.

Elle l'examina avec étonnement, comme si elle reconnaissait quelqu'un qu'elle eût déjà rencontré. Le menton entre les mains, le front contracté, elle tentait de résoudre un difficile problème. Son visage s'illumina soudain.

— Voilà les Singapore ! Ah ! j'ai hâte.

Le garçon déposait les verres et tendait la note. Deux dollars. Ovide paya, laissant un pourboire. Il bâilla encore une fois. Les dix dollars de

Cécile disparaissaient rapidement, plus vite que son humiliation pour le prix de vente d'une complicité ignominieuse. Rita sirotait déjà avec gourmandise, les yeux perdus dans la même interrogation. Puis elle leva la tête avec vivacité.

— Je l'ai ! Je l'ai ! Je sais pourquoi ça vous choque. Vous êtes trop habitué au monastère. Vous avez encore ça dans le sang. Ça fait pas assez longtemps. Ça va revenir, par exemple.

Ovide était réveillé. Il pâlit et raidit son torse. Il se pointait la poitrine de son index recourbé.

— Moi ! Scrupuleux ! Ça en prend plus que ça pour me scandaliser.

Une danse finissait. Les couples regagnaient leurs tables, heurtaient les coudes d'Ovide en passant. Il se rangeait poliment, se faisait tout petit. Il continua à protester :

— J'en ai vu d'autres, vous pensez. Je suis complètement dégagé du monastère. Garçon, deux autres Singapore. Vous allez voir. Regardez-moi enfiler ce verre et vous me direz si j'ai une gorge scrupuleuse.

Il avait empoigné son verre, en retirait la paille et le buvait avec la même hâte fébrile qu'il avait mise, l'an passé, la veille de son entrée au monastère, à avaler toute une série de verres de bière. Rita riait avec un ravissement enfantin et applaudissait.

— Épatant ! Buvez pas trop vite. Faut que l'effet se produise tranquillement.

Ovide repoussa son verre vide avec désinvolture et toussa.

— L'effet ! La belle affaire. Vous me connaissez mal, ça m'en prend plusieurs.

Rita, la bouche cherchant la paille déjà tachée de rouge, hochait la tête et clignait des yeux.

— Pas moi. Vous allez voir tantôt, à la fin de ce verre. C'est comme si je devenais toute molle et que mon cœur s'ouvrait.

Ovide ne réagit pas tout de suite à cet aveu. Il était trop occupé à se raidir, à se défendre contre le doux engourdissement qui partait de ses entrailles, envahissait sa poitrine, montait aux épaules. Il fronça soudain les sourcils et la fixa d'un œil soupçonneux.

— Comment ? Ça vous est déjà arrivé ? Vous avez bu ? Vous avez...

Il était angoissé. Il n'osait continuer ses questions de peur de découvrir chez Rita Toulouse tout un passé qui l'eût mis en face d'une femme pour qui on ne sort pas du monastère, pour qui il est ridicule de souffrir tant et tant. C'est vrai elle l'avait humilié. Il le lui pardonnait. Elle avait été la fiancée de Stan Labrie, passe encore, puisqu'elle avait rompu. Dans l'esprit chimérique d'Ovide, ces fréquentations entre Rita Toulouse et Stan Labrie avaient eu un cachet cérémonieux, officiel, à cause du mot fiançailles et de la condition physique de Stan Labrie. Les enlacements, les baisers en étaient exclus, comme ils l'auraient été si lui, Ovide, avait été le fiancé. Mais par exemple, qu'elle connaisse le Singapore, qu'elle se soit déjà sentie toute molle, qu'elle ait ouvert son cœur ! La jalousie, de pair avec les vapeurs du Singapore Sling, envahissait Ovide. Cette jalousie éclosait à son heure, comme plus tard viendrait le moment du désir de la possession. Il était mûr pour cette torture maintenant qu'il avait franchi les premières barrières qui le séparaient de la jeune fille. Il tendait toute sa tête avec angoisse, ne voyait plus la salle de danse. À cette question, devant ce regard de feu qui la fouillait toute, elle cessa de boire et devint toute triste.

— Oui, monsieur Plouffe. Mais si vous saviez ce que ça me rappelle, vous ne me parleriez pas ainsi. Ah ! quand j'y pense, j'en pleurerais.

En effet, à ces mots, ses yeux se mouillèrent. Ovide poussa un soupir de soulagement. Il se sentait puissant, joyeux, consolateur. Les larmes des autres le rassuraient sur leur bonté. Les méchants ne pleurent pas. Pendant ce temps, l'alcool accomplissait ses bouleversements. Il mettait des larmes aux yeux d'une jeune fille joyeuse et faisait d'un soupirant hésitant et pétri de scrupules un amoureux triomphant.

— Voyons, Rita, qu'avez-vous ? dit-il tendrement.

Elle essuyait une larme.

— Vous me rappelez un grand désastre de ma vie.

Ovide lui caressait maintenant la main et attendait avec magnanimité qu'elle lui racontât ce drame. En effet, elle lui avait dit ce matin qu'elle avait souffert, qu'elle avait changé. Ah ! la vie était belle.

— Racontez-moi tout, chère pauvre petite fille. Il faut se confesser de temps en temps dans la vie. Ça allège le cœur. Tiens, voici nos Singapore.

Le garçon revenait avec deux autres verres. Rita repoussa le premier qu'elle n'avait pas terminé et s'empara du verre plein avec la nervosité du fumeur qui jette une cigarette à moitié fumée pour en prendre une nouvelle. Attiré par l'approche de la confidence, Ovide choqua les verres et attendit, l'air recueilli. Rita ne parlait pas. Il rouvrit les yeux, insista.

— Buvons donc d'abord à notre avenir, à votre avenir, devrais-je dire, chère.

Les lèvres d'Ovide, à ce mot, devinrent écarlates, comme si un baiser y eût fleuri. Rita replaça une boucle rebelle, puis se mit à boire avec avidité. Elle vida presque son verre d'un trait. Ovide avait les yeux rivés sur elle et avalait aussi le sien sans s'en rendre compte. Enfin, elle se mit à parler.

— Cette affaire-là a commencé avec le fameux Denis Boucher. Stan et moi, on était fiancés depuis une semaine. On l'avait dit à personne. Puis un soir, Stan se décide, va trouver maman et lui annonce nos fiançailles puis notre mariage prochain. Ah ! c'est épouvantable ! Je revois la scène.

Rita mettait ses mains devant ses yeux. Ovide approchait sa chaise.

— Continuez, ayez du courage.

— Maman est devenue pâle, nous a regardés tous les deux, longtemps. Puis elle s'est mise à parler vite, en fermant les yeux : « J'ai jamais pu me résoudre à vous parler d'un obstacle que je crois très grave, monsieur, ni à toi, Rita. Mais puisque vous voulez vous marier, il faut régler cette question d'abord. Monsieur Labrie, avant de vous accorder la main de ma fille, j'exige que vous me montriez un certificat de médecin attestant que… »

La jeune fille, les yeux terrifiés, interrompit sa confidence et vida son verre sans le secours de la paille. Ovide avait l'air d'un enfant à qui on raconte une histoire policière.

— Ça s'est jamais vu, même dans un roman. Maman disait qu'un certain Denis Boucher avait averti votre frère Guillaume, qui était allé le raconter chez nous, que Stan était une sorte d'impuissant, incapable de se marier. Imaginez la scène. Moi je tremblais de colère, de honte. Je voulais tout casser dans la maison. Stan m'avait donné une belle bague, notre ménage était acheté. On avait fait des projets. J'étais surprise, car Stan m'avait souvent parlé de la grosse vie qu'il avait faite avant de me connaître. Maman pleurait. Alors je me retourne vers Stan : « Allons chercher le docteur tout de suite. » Il me repousse prudemment et il dit avec un petit rire tranquille : « Madame, on dit pas des choses comme ça à un homme qui a eu un *flat* pendant cinq ans dans la rue Saint-Olivier. » Ah ! monsieur Plouffe, des choses comme ça, on peut pas les raconter. Maman s'est fâchée à cause du *flat*, puis a dit à Stan qu'il avait trente-cinq ans, qu'elle l'avait su par d'autres. Lui se défendait au lieu d'aller chercher le docteur. Moi je pensais à rien, je voulais m'en aller avec lui, nous marier, ne plus revoir mes parents. Stan était bon pour moi, il m'achetait des cadeaux, me disputait jamais. Et puis c'était un bon lanceur. Ah! que j'ai été malheureuse, monsieur Ovide!

Ovide, médusé, appelait machinalement, d'une main vague, le garçon qui n'était pas là. Il avait soif, sa tête bouillait. Il relâcha sa cravate. Les larmes, aidées par la griserie de l'alcool, perlaient sur les joues de Rita.

— C'est à ce moment que Stan, au lieu d'aller chez le médecin, s'est rendu chez Denis Boucher pour lui faire signer une déclaration. Il n'a pas voulu, l'animal. Stan a pensé le poursuivre, mais il a eu peur de la publicité. Alors il est revenu chez nous et m'a ordonné de faire le choix entre lui et ma mère. J'ai fait claquer la porte et j'ai suivi Stan qui sifflait un air triste. Il avait l'air embarrassé, ne savait pas où m'emmener. J'étais tout essoufflée, je pleurais: «Faut coucher ensemble tout de suite. Tu vas leur montrer que c'est pas vrai.» J'avais raison, hein, monsieur Plouffe? On avait le droit, dans un cas comme ça, parce que c'était pas pour le *fun*. Vous connaissez la religion, vous. (Ovide, les yeux baissés, hochait la tête consciencieusement.) Alors il a dit: «Allons prendre un coup.» C'est là qu'on a bu du Singapore dans un restaurant chinois.

Maintenant, Rita pleurait à chaudes larmes, attirant sur elle les regards étonnés des vieux messieurs et des couples assis aux tables voisines. Ovide s'en rendit compte d'un regard furtif.

— Voyons, Rita, consolez-vous, je vous en supplie. On nous examine.

Mais la jeune fille ne pouvait plus s'arrêter.

— Eh bien ! monsieur Plouffe, vous saurez que c'était vrai tout ce que Denis Boucher avait dit. Après trois verres, Stan m'a tout avoué. C'est effrayant ce qui s'est passé en moi. C'est comme si Stan s'était mis une robe, des bas de nylon, tout d'un coup, et m'avait dit : « Je t'ai joué un tour, je suis une femme, au fond. » Je me suis sauvée du restaurant, toute seule. J'ai jamais revu Stan et j'ai pleuré pendant deux mois.

La tête de Rita s'abattit, comme assommée, et son menton heurta sa poitrine haletante. Ovide, éberlué, oubliait de jouir de son triomphe.

— Pauvre petite. On sort de tout, vous l'avez dit vous-même. Consolez-vous, puisque je suis là, que je serai toujours là.

Rita sanglotait sourdement, pendant que la salle de danse s'agitait à nouveau. Les couples envahissaient le parquet, invités par l'orchestre qui commençait à jouer *East of the sun and West of the moon*. Soudain, Ovide se sentit pénétré par le rythme langoureux. Étonné d'abord de cette étrange sensation, il offrit avec enthousiasme son bras à la jeune fille et l'entraîna sur le parquet. Sa rancœur hérissée contre le jazz et l'atmosphère des salles de danse fondait, se noyait dans la glu d'une complaisance qui l'attachait à une ambiance hier abhorrée. Les couples étaient assez nombreux pour permettre à Ovide de se dandiner au lieu de danser. La tête haute, il croyait jeter un regard de noble domination au-dessus de la foule, essayant d'amoindrir le plaisir défendu de l'étreinte dans laquelle Rita l'enlaçait. Le Singapore triomphait. Oubliant ses malheurs, la jeune fille attendrie appuya soudain sa tête blonde sur l'épaule d'Ovide et, de ses mains hésitantes, mesura l'envergure de son dos en faisant glisser sa main de la nuque à la taille.

— On sent que vous êtes un homme, Ovide chéri.

Le regard d'Ovide devenait de plus en plus noble et son dos frémissait sous la caresse. Il déclarait avec une assurance de connaisseur :

— C'est vrai qu'il y a dans la danse, dans le jazz, une sorte de griserie mystérieuse.

— Ah ! Ovide ! Ovide ! j'ai tellement souffert. Ne vous enrôlez pas, restez près de moi.

— Moi aussi j'ai souffert, pour vous. Au monastère, je ne pensais qu'à vous. À toi, à toi. Je t'aime.

Elle le serrait encore plus fort. Ovide semblait maintenant vouloir pleurer lui aussi. Toutes ses défaites passées assaillaient son cœur attendri.

— Ah ! serre-moi fort ! murmura-t-il, tragique, l'amour m'a tellement manqué.

— Ça y est, dit Rita, d'une voix brisée de langueur. Je me sens toute molle. Et j'ai chaud. Si on sortait d'ici, si on allait s'asseoir sur les Plaines, devant le fleuve.

— Ah oui ! s'exclama-t-il avec un accent théâtral. Il y a trop de monde ici. En avant ! La solitude nous attend.

Ils se dégagèrent de la cohue des danseurs et se dirigèrent vers la sortie. Leurs pensées emportées par le tumulte de leurs sens, ils sortirent du Château sans observer le décor qui les entourait et sans apercevoir les gens qu'ils poussaient pour se frayer un chemin. Leur but, la solitude, les fascinait. Ils y marchaient en droite ligne, sans se soucier d'autre chose, car leurs corps frémissants traînaient leur esprit à la remorque. Le couple courait vers la retraite, parce que le plaisir dont il avait soif les y attendait déjà. À pas rapides, sans dire un mot, ils prenaient la direction de la Citadelle, quand Ovide, le visage illuminé par une découverte subite, s'immobilisa.

— Il y a mieux que les Plaines. J'ai une idée formidable.

Elle esquissa une moue langoureuse.

— Oh ! Pas dans une chambre d'hôtel ? Non. On sait d'avance ce qui va se passer. Je vous en supplie, Ovide, protégez-moi, vous êtes le plus fort.

Le plus fort avait la bouche bée. L'idée de l'hôtel l'estomaquait. Elle ne lui serait jamais venue. Aussi il se débarrassa vite de son étonnement et sourit :

— Non ! Pensez-vous ? Vous rappelez-vous l'escalier, l'an passé ? En haut, à gauche, il y a le monastère des Franciscains. Il est ceinturé d'un mur de ciment. Puis il y a un peu de verdure et ensuite, c'est le Cap. On s'assoit sur la verdure, le dos au mur et on a la ville à ses pieds. Ça vous prouverait que les monastères ne m'impressionnent plus.

— Et on reprendrait nos baisers manqués de l'escalier.

— Ah ça... fit-il d'un air mystérieux.

Ils eurent vite fait de s'engouffrer dans un taxi. Rita se blottissait contre lui, la bouche appuyée sur son cou. Ovide ne bougeait pas et, malgré le bouleversement de ses sens, s'adonnait à des calculs méticuleux et sans réponse, sur les possibilités de cueillir une parcelle de plaisir charnel. Il n'était pas question pour lui d'accepter ou de refuser (le Singapore l'avait débarrassé de ce genre d'inquiétude), niais bien de savoir par où commencer, tant le corps de Rita, ainsi étendu contre lui, offrait de surface aux attouchements défendus. Et Ovide, pour ne pas avoir l'air d'un imbécile qui ne saisit pas la fortune que la chance lui tend, fredonnait, sur un rythme légèrement grégorien, la mélodie *East of the sun and West of the moon* que sa mémoire lui laissait enfin retrouver en entier.

Ils étaient rendus à destination et Ovide n'avait encore rien décidé. « Tantôt », se disait-il en manière d'excuse. Rita, comme si elle eût été soudain très faible, s'accrochait à lui et ne parlait que par bribes, d'une voix presque éteinte.

— On arrive ?

— C'est là, répondait Ovide, fébrile. Vous reconnaissez l'escalier, le troisième palier manqué ? Que j'étais bête ! Voyez le monastère à droite, et le mur de ciment qui le ceinture. Prenons le sentier qui y mène.

Il la dirigea dans le ruban de terre battue que d'autres amoureux se chargeaient d'entretenir. Les hautes herbes qui se rejoignaient au-dessus du petit chemin s'écartaient avec un doux bruissement devant eux. Ils découvrirent enfin un carré de gazon et s'y allongèrent après qu'Ovide, pour la forme, eût soigneusement étendu son mouchoir. Leurs têtes touchaient le mur du monastère et leurs pieds suivaient la pente du Cap. À leur gauche, le long escalier, dans le soir, avait l'air d'un accordéon démantelé. La ville, en bas, sommeillait sous sa croûte de toits. Sauf les clochers illuminés qui émergeaient de la masse anonyme des maisons, la ville basse paraissait écrasée. Ovide se leva sur le coude, prit une longue respiration, frappa le mur du monastère d'un poing satisfait et jeta un coup d'œil victorieux sur l'escalier.

— Est-ce croyable ? Nous sommes des êtres libres.

— Oui, libres, Ovide.

Elle s'approchait, l'effleurait de ses genoux, jouait avec sa cravate. Devant l'imminence du moment à la fois attendu et redouté des baisers, des étreintes, Ovide se sentait pris d'un intense besoin de parler, de disserter brillamment sur l'amour, la vie, le destin, la mort.

— Dire que pendant qu'on se parle doucement tous les deux, des hommes se tuent en Europe, des moines prient dans ce monastère, des femmes souffrent dans les maisons pauvres, à nos pieds.

Elle se moula franchement contre lui. Elle disait dans une plainte :

— Ne parlez plus, Ovide. Fermons les yeux. On est ici, c'est ce qui compte. Ah ! je vous l'avais dit que je me sentirais toute molle. Tiens, une idée ! Fermez les yeux, une minute.

Il les ferma et tenta de deviner à quoi Rita Toulouse employait ses mains. Elle devait aussi jouer des épaules, car son loquet tintait. Soudain, elle lui saisit la tête et l'embrassa en chuchotant avec fièvre :

— Serrez-moi fort ! Fort ! Fort !

S'il rouvrit les yeux, ce fut pour les refermer aussitôt, car devant l'éblouissante indécence du spectacle qu'il rencontrait, son regard habitué aux tons sobres des visions pudiques replongea d'abord avec effroi dans les profondeurs du scrupule. Mais il avait suffi de cet éclair au démon de la chair, cet impitoyable pêcheur, pour prendre à son hameçon, comme une truite naïve, la vertu d'Ovide. Son esprit s'engourdit. La vue brouillée, il appuya brusquement sa joue brûlante contre la poitrine de Rita, à laquelle la robe dégrafée avait rendu une liberté triomphante. Il serra fiévreusement Rita contre lui, l'embrassa longuement mais ce fut tout ce qu'il osa, son plaisir étant extrême.

L'alcool change un homme. Mais son effet est éphémère comme celui de la volupté. Surtout quand on est, comme Ovide, novice dans l'art de boire et d'aimer, on déguste trop vite un premier verre et un premier baiser.

Il frissonna, puis resta figé dans l'étreinte. Il leva lentement la tête vers le firmament.

— Ovide, Ovide, embrassez-moi encore, insistait Rita dans une sorte de murmure aguichant, comme si le sort du monde eût dépendu d'un autre baiser.

Éperonné par l'amour-propre, il fit appel à son ardeur de tantôt et chercha passionnément la bouche de Rita. Comme il avait les lèvres froides ! Son feu de commande s'éteignit et il déclara, l'air soucieux :

— Vous ne trouvez pas qu'il commence à faire cru ?

— Vite, réchauffez-moi encore, murmurait-elle en levant sur lui des yeux suppliants.

La fraîcheur de ce soir de septembre s'emparait maintenant du corps d'Ovide, prenant la place abandonnée par une ardeur satisfaite et chassant les dernières vapeurs du Singapore Sling. Lentement, il redevenait l'Ovide d'avant le Singapore, l'Ovide sévère et puritain. Comme un plongeur qui remonte à la surface, sa personnalité recouvrait ses contours à mesure qu'elle gravissait la distance qui la séparait de son atmosphère. Ses oreilles bourdonnaient, ses yeux brouillés distinguaient un ciel plus clair, et tout son être abandonnait graduellement le lest qui l'avait entraîné vers le gouffre de l'ivresse et du plaisir. Son regard qui fuyait avec embarras les yeux de Rita tomba soudain sur les épaules nues de la jeune fille. Il pâlit et recula avec effroi.

— Ovide ! lança-t-elle dans un cri de frustration.

Il claquait des dents, ses yeux semblaient fixés dans un moule de terreur. Le spectacle qui l'aurait sans doute encore ébloui, si la nuit ne l'avait si bien voilé de ses ombres, le faisait maintenant frissonner comme une douche d'eau glacée le faisait d'un seul coup redevenir l'Ovide ordinaire. Et c'est tout ce qu'Ovide, le novice qui, à peine une semaine auparavant, priait la nuit, à genoux sur un plancher de bois pour chasser les semblants de mauvaises pensées qui le traquaient dans son insomnie, put faire de la poitrine nue, palpitante, d'une femme affolée qui s'offrait à lui.

— Ovide, embrassez-moi encore ! S'il vous plaît, Ovide mendiait-elle jusqu'aux larmes.

— Couvrez-vous, vite, c'est affreux !

Sa bouche tremblante laissait échapper un souffle qui emportait des phrases hachées et sans suite. Ses yeux étaient fermés et ses mains décharnées repoussaient la vision démoniaque. Rita Toulouse se replia sur elle-même et se mit à pleurer comme une fillette déçue. Le silence disposait calmement de ses petits sanglots sans importance, devant la ville endormie. Ovide tourna soudain un visage de bête traquée vers le monastère.

La cloche y sonnait minuit. Puis une lamentation psalmodiée déborda les murs et se répandit comme une brume dans l'air. Les moines commençaient la plainte nostalgique des matines.

Ovide se mit à grelotter de tous ses membres. Ses yeux embués créaient des spectres aux dents pourries qui ricanaient dans les failles du mur, se préparaient à le saisir pour l'entraîner en enfer et le plonger dans la mare d'huile bouillante des luxurieux. Il ne pouvait s'enfuir, ses jambes se dérobaient sous lui, comme en rêve, quand il était poursuivi. Langoureuse et suppliante, Rita Toulouse revenait à la charge :

— Voyons, Ovide, soyez chic. Un bec, encore, juste un !

Il se sentit soudain envahi par l'intransigeance d'un Savonarole, comme si un châtiment contre le péché qu'il venait de commettre eût pu transformer les spectres grimaçants du mur en des anges souriants de miséricorde.

— Habillez-vous, petit démon ! glapit-il.

Hébétée, elle se leva machinalement et agrafa sa robe. Elle éclata soudain en sanglots, puis s'engagea en courant dans le petit sentier et dégringola l'escalier.

Ovide resta comme médusé. Le martèlement des talons hauts sur les marches de bois alla en décroissant, mais il ne le suivit pas jusqu'à la fin. La complainte des moines le reprenait. L'aimant du chant grégorien l'arrachait déjà au malaise de cette brusque rupture et le précipitait dans les régions éthérées du mysticisme, de la prière et du remords. Il se prit la tête à deux mains :

— Mon Dieu, pardonnez-moi !

Dans le champ de sa conscience défilaient tous les supplices et mépris qu'au monastère on promettait aux luxurieux. Il était damné. Son âme commençait à pourrir. Ça lui donnait mal au cœur. Ah ! s'il pouvait se confesser ! Jamais il ne pourrait passer la nuit dans cet état. Comme un homme ivre, les yeux rivés sur les clochers lointains, il parvint à se diriger vers l'escalier. Puis soudain, comme libéré de l'emprise du monastère, il se mit à descendre les marches en courant, dans l'espoir d'échapper aux milliers de démons qui le poursuivaient. Il avait introduit le mal dans l'âme de Rita. Et Cécile qui lui avait acheté à dix dollars sa complicité en vue d'un adultère ! Quel châtiment Dieu ne réserverait-il pas à Ovide ? Le pape lui-même se compromettrait en lui donnant l'absolution ! Inconsciemment, il se dirigea vers l'église de sa paroisse en marmottant des invocations incohérentes. Haletant, il s'arrêta devant le presbytère et poussa presque un cri de joie. La lumière brillait dans le bureau du curé. Il ne réfléchit pas et pressa le bouton.

— Ovide Plouffe ?

Le vieux M. Folbèche, le visage figé dans le masque que devait lui avoir dessiné une lecture passionnante, le dirigeait vers son bureau avec l'impatience d'un savant importuné au cours de ses recherches. Ovide haletait.

—Je veux me confesser, monsieur le curé.

Le vieux prêtre l'écoutait d'une oreille distraite et s'asseyait derrière son bureau de chêne verni. Il regarda longuement la page d'un livre ouvert, qu'il ferma lentement. Il contempla le titre avec nostalgie : *L'Appel de la Race*. Un petit appareil de radio chuchotait les dernières nouvelles de la guerre. La Pologne était conquise, mais rien ne bougeait sur la ligne Maginot. Aucun développement ne s'annonçait à propos de la conscription prochaine au Canada. Le curé fit taire l'appareil. Ovide, assis à l'extrême bord de sa chaise, le dos courbé, les mains fébrilement croisées, le suivait d'un œil angoissé. Le prêtre recula sa chaise, appuya son menton sur sa main, pendant que de l'autre il faisait tourner sur son axe, un globe géographique.

—Frère Ovide Plouffe, dit-il enfin, vous vous faites attendre. Et encore vous venez me voir à des heures où les moines dorment ou prient. Je vous avais pourtant demandé l'autre jour, quand vous avez déserté le monastère et nos idées patriotiques, de venir me voir immédiatement.

—Je ne viens pas pour ça, monsieur le curé. Voulez-vous me confesser ?

Il s'était élancé et s'agenouillait devant le bureau du prêtre, ses yeux hagards levés sur le crucifix, et ses deux mains croisées appuyées sur les journaux qui jonchaient le bureau.

—En effet il y a de quoi vous confesser, bougonna M. Folbèche. Un homme comme vous, le plus intelligent de la famille, sort du monastère au moment où c'était le temps plus que jamais d'y rester. Et pourquoi ? Pourquoi ?

Le curé s'enflammait :

—Pour ne pas avoir l'air de vous enfermer au monastère pour éviter l'enrôlement. C'est le comble !

Stupide orgueilleux. Mais notre cause à nous, notre orgueil à nous les Canadiens français catholiques et opprimés, c'est justement de trouver tous les moyens possibles de nous soustraire à la domination anglaise. En 1917, j'ai été fier, moi, d'être prêtre et d'éviter ainsi la conscription. Autant de religieux, autant de victimes arrachées aux canons anglais. J'étais tranquille sur le sort de plusieurs. Guillaume se réfugiera aux États-Unis, Napoléon est trop âgé. D'autres ont le cœur malade, ou les pieds plats. Mais il m'en reste encore à protéger. Quand je pense que vous abandonnez votre abri pour nous tomber sur les bras. C'est inouï. Stupide orgueilleux, va. J'espère que vous allez retourner au monastère au plus vite. Et l'autre traître, le Denis Boucher qui déserte la cause nationale, qui fréquente les officiers de l'armée et la Gendarmerie royale. C'est à croire que tous les gens intelligents sont des apostats du nationalisme et de la religion.

Le curé haletait. Les mains croisées d'Ovide tremblaient sur le *Time* et *L'Action chrétienne* qui s'entremêlaient avec des froissements ridicules. Ovide balbutiait :

— Je viens de commettre un péché atroce. Avec une femme. Le péché de la chair. Demandez à Dieu de me pardonner.

Le vieux prêtre, étourdi par sa colère politique, exultait :

— C'est ainsi, je le savais. La trahison nationale mène aux pires débauches. Si la cause des Canadiens français vous avait été plus chère, vous seriez resté au monastère où vous auriez été protégé contre les péchés de cette sorte.

Il se promenait de long en large, les mains derrière le dos.

— Et puis, vous confesser, vous confesser ! Vous viendrez demain matin. Ce soir, je n'ai pas le cœur à l'absolution.

Ovide, les yeux hagards, se dirigea à reculons vers la porte. Sur le seuil, il parvint à dire enfin :

— Je ne suis pas sorti du monastère à cause de la guerre. C'est pour elle, la femme. Je l'aimais. Je suis désespéré… damné. Je suis complice d'un adultère, aussi.

Sa voix s'étrangla dans un sanglot. Il sortit précipitamment et s'engagea dans la rue presque en courant. Le vieux curé, abasourdi par cet aveu, sembla en comprendre tout le sens au moment où claquait la porte derrière lui. Le prêtre se précipita sur la galerie et rappela le fuyard d'une voix angoissée :

— Ovide ! Ovide ! mon fils. Revenez, que je vous confesse, que je vous pardonne.

Ses dernières paroles moururent sur ses lèvres. Ovide était déjà loin, et il n'avait pas entendu l'appel du prêtre tant il était en proie à l'idée fixe de la damnation.

Ivre de détresse, Ovide se dirigeait en titubant vers la maison paternelle.

— Que vais-je devenir ? Mon Dieu, marmottait-il, qui me pardonnera ?

Il arriva à une intersection de rues où un groupe d'adolescents racontaient leurs effronteries avec des gloussements de fanfarons. En le voyant arriver, ils se turent et firent entendre de petits rires moqueurs. Quand il les eut dépassés, ils se mirent à crier :

— Va te coucher, faux prêtre. As-tu laissé ta soutane sus ta blonde ?

Une sueur froide glaça son front et il se raidit pour ne pas s'élancer dans une course aveugle vers la campagne environnante, jusqu'au bout de la peur. Mais sa mère, qui l'avait aperçu, du haut de la galerie, poussait une exclamation de soulagement.

— Enfin ! T'arrives, Vide. Qu'est-ce que tu fais ? Je commençais à être inquiète.

Cette voix le tirait d'un cauchemar. Il toussa, passa la main dans ses cheveux et s'engagea dans l'escalier.

— J'ai flâné. Il fait si beau.

Les mots sortaient mal de sa bouche tant il concentrait tous ses efforts à ajuster un masque d'impassibilité sur son visage d'angoisse. Joséphine, d'un pas lourd, satisfait, le précéda dans la cuisine.

Personne, excepté Théophile, n'était couché. Napoléon, Cécile, Guillaume, Joséphine étaient encore debout à cette heure tardive, comme des captifs, la nuit, qui attendent une liberté qui ne viendra pas. Ovide les examina d'un œil vitreux. Les Plouffe ! Des prisonniers à vie de la cuisine. Napoléon massait le dos et les bras nus de Guillaume en grognant :

— Tu rentres trop tard pour un champion. J'suis ton entraîneur. Faut que tu m'écoutes. Ça fait deux heures que j't'attends. Aux États, t'auras besoin de te coucher.

Guillaume ne l'écoutait pas et glissait un regard malicieux vers Ovide. Cécile se berçait dans la chaise de son père en un tangage ennuyeux et digne. En apercevant Ovide, elle s'était immobilisée et consultait sa mère d'un regard de soldat qui avertit son allié que va sonner le signal de la bataille. Joséphine se mordit les lèvres et ne réussit à parler qu'en voyant Ovide lui tourner le dos.

— Ah ! j'y pense, Vide. On discutait de ça, Cécile et moi. Question de discuter, bien entendu. Vas-tu retourner à la manufacture, vu que tu sors du monastère pour de bon ? Ça va être ennuyant pour toi, te promener tout le temps.

La voix de Cécile se greffa, implacable, sur celle de sa mère :

— Dans la vie, faut travailler à la sueur de son front, gagner de l'argent.

Les deux assaillantes se turent et attendirent une riposte qui ne vint pas. Les regards mornes et désaxés d'Ovide se perdaient dans les dessins du tapis de la table.

— On sait bien, dit Joséphine. C'est pas de valeur, un homme comme toi. Je pense que tu peux te passer de la manufacture. Cécile dit que tu pourrais être bedeau, moi je prétends que tu peux travailler dans un bureau et gagner de gros salaires.

— Peuh ! interrompit Cécile. Pas comme sur les autobus. Je pourrais travailler Onésime qui a de l'influence avec les *boss*. Peut-être pourrait-il te faire rentrer. Tu ferais quelques années sur un tramway, bien entendu, pour commencer. L'expérience, tu comprends.

Ovide se dégageait de l'hypnotisme que les dessins du tapis exerçaient sur lui et ses yeux étaient battus par l'horreur des spectacles que sa mère et sa sœur évoquaient. Retourner à la manufacture, se faire écraser par les quolibets des imbéciles sur le « faux prêtre » ? Admettre la défaite de sa vie devant des brutes ? Jamais ! Être bedeau ! Sonner des cloches, manipuler des ciboires, des calices, des ostensoirs, décorer l'église de bannières de deuil ou de fête, allumer et éteindre des cierges, retomber dans un monde qu'il avait trahi et y faire figure d'espion ? Dérisoire jusqu'au désastre. Travailler dans un bureau ! Miroitement magique. Rien qu'un miroitement. Que savait-il faire ? Réciter des prières latines, tailler du cuir, prendre des attitudes hautaines, citer des extraits d'opéra et des noms de chanteurs. Les tramways ! Comme Onésime. Quelle farce ! La sarabande d'images cessa soudain de défiler, arrêtée par un éclair de raisonnement. Ah ! il comprenait. C'était Cécile qui, toute la soirée, avait poussé sa mère à lui suggérer de retourner au travail. Il marcha vers elle, méprisant.

— T'as peur de ne pas ravoir ton dix piastres ! Sans cœur, va !

— Les affaires sont les affaires, marmottait Cécile, troublée, en voyant son frère marcher vers sa chambre.

Avant de disparaître, il dit d'une voix magique :

— Demain matin, je me trouverai une position. Une vraie.

Il rentra dans sa chambre et crut entendre Joséphine qui reprochait à Cécile de l'avoir incitée au langage qu'elle avait tenu à Ovide. Puis la voix de Napoléon qui disait :

— Lâchez-le tranquille. On a la tête fatiguée quand on sort du couvent. C'est comme un hôpital. Qu'il se repose. Si vous avez besoin d'argent, j'en gagnerai.

Ovide étouffa un sanglot et deux larmes rafraîchirent ses yeux secs. Il se regarda dans le miroir en ôtant sa cravate. Puis il aperçut le Christ pendu au mur et, dehors, la nuit noire. La mélodie *East of the sun and West of the moon* jouait dans sa gorge. Il la chassa. Les chants grégoriens envahirent sa tête, bourdonnèrent à ses oreilles. L'angoisse des deux dernières heures l'enveloppa à nouveau, plus terrible, et le coucha, tout claquant des dents, sur son lit.

5

Werther, s'il eût souffert le désespoir d'Ovide, se serait suicidé au cours de la nuit. Ovide fut moins fataliste et, l'instinct de conservation aidant, opta plutôt pour une action dramatique qui ne l'engageait pas à mourir immédiatement.

Il avait décidé de s'enrôler !

Les traits tirés par l'insomnie et les yeux rongés par un noble feu, il passa à la cuisine où il fit sa toilette avec des gestes d'une raideur déjà militaire. Sa mère, occupée à préparer les rôties pour Cécile qui la pressait, l'épiait du coin de l'œil. Joséphine s'était toujours contentée d'admirer son Ovide, ne l'ayant jamais compris, et elle s'attendait toujours à ce qu'il accomplît des actions surprenantes. Aussi était-elle inquiète de le voir ainsi fripé par l'insomnie. Elle retint son souffle quand elle le vit se diriger vers la porte.

— Tu déjeunes pas, Vide ?

Il se tourna légèrement.

— Manger ? À quoi bon ? Les condamnés à mort n'ont pas besoin de déjeuner.

Il avait pris sa voix profonde des matins mélancoliques, quand il s'imaginait speaker à la radio et qu'il lui semblait entendre l'écho de ses paroles.

— Comment, condamné à mort ? mâchonna Joséphine qui n'aimait pas ce genre de farce.

Ovide dirigea un regard lourd sur Cécile qui avait cessé de mastiquer son pain.

— Oui. Vous m'avez dit assez clairement hier soir de me chercher une position. Que ceux à qui je dois de l'argent ne s'inquiètent pas, je crois que je m'en suis trouvé une bonne.

Aux derniers mots de son fils, Théophile laissa échapper sa pipe et fit entendre une sorte de gémissement angoissé.

— Signe jamais ! T'entends !

Ovide, effrayé par la perspicacité de son père, ne désirait pas gâcher la qualité de son sacrifice par des discussions préliminaires qui eussent amoindri l'intensité de la consternation dans laquelle le drame, une fois consommé, plongerait ses parents. Il ne répondit donc pas et marcha d'un pas altier vers son destin héroïque.

À la vérité, Ovide, une fois rendu à l'extrême bord de son angoisse, la nuit dernière, avait été pris de vertige devant le mélodrame de ses problèmes, et était tombé tête première, avec une naïveté de comédien, dans l'armée d'outre-mer. C'est le mélodrame d'ailleurs qui lui avait permis de souffrir toute sa vie sans aigreur. Dès que ses peines tournaient en attitudes théâtrales, il ressentait un étrange bien-être, comme l'artiste s'accommode fort bien de ses douleurs devant l'œuvre qu'elles lui ont inspirée. Donc Ovide, devant des spectateurs consternés, jouait le noble rôle du héros qui part secrètement pour la guerre, et il ne se sentait pas le cœur à manquer son effet.

Il se précipita dans l'escalier. Rien ne pouvait l'arrêter. Son esprit filait avec la vitesse d'un bolide qui a pour destination une planète inexplorée. Joséphine, Cécile, l'appelaient de la galerie, Guillaume, dans la cour, pratiquait une nouvelle courbe ; mais leurs appels, les spectacles de leurs vaines occupations, glissaient sur les parois fuyantes de la pensée du brave que le champ de bataille appelle. De quelle intensité dramatique il se sentait vibrer ! Quel coup de théâtre, quelle apothéose, quand il reviendrait à la maison en déclarant : « Tout est consommé, je suis soldat. » Ovide exultait.

Sa conscience n'osait même pas opposer les anémiques remords du raté et du défroqué aux sublimes transports du héros. Les ressources du théâtre blindaient momentanément Ovide et l'aspergeaient d'une buée d'irresponsabilité. Il fonça dans la rue vide et, dans son exaltation, s'imagina vaguement sanglé d'un uniforme aux couleurs vives, plus spécialement celui de Don José dans *Carmen*, qu'il avait vu représenté à Montréal en 1937. Des airs guerriers se bousculaient dans sa poitrine et ce fut *Le Régiment de Sambre-et-Meuse* qu'il se mit à chantonner.

Animé d'un tel esprit, il fut vite rendu au centre de la ville. Il faisait frais, et les maisons semblaient se blottir, dociles, sous la caresse tiède du soleil de septembre. C'est le mois où les choses ont l'air de ce qu'elles sont. Les briques sont des briques., l'asphalte est de l'asphalte, les autos sont des autos. C'est que l'extrême froid ou l'extrême chaleur ne sont pas là, fouettant ou abrutissant l'imagination, mettant entre la chose vue et l'œil qui voit le prisme déformant qui enfante des images fausses. C'est aussi le mois, à Québec, où les gens ont le plus de bon sens, parce qu'ils s'accordent mieux avec la température.

Une auto qui faillit le happer fit sauter Ovide par-dessus les feux de la rampe et le jeta parmi les spectateurs.

— Tiens ! murmura-t-il, la rue de la Couronne n'a pas changé.

L'air tonique de septembre commençait d'agir sur Ovide. Bouche bée, comme un somnambule qui se réveille en pleine rue, il examinait la foule joyeuse qui le bousculait. Puis il se mit à jeter un œil curieux sur les devantures de magasins, et à flâner devant chacune.

Étrange sensation ! Que lui arrivait-il ? En dehors de sa maison, de sa paroisse, la vie lui apparaissait sous un autre aspect. Pourquoi, au juste, allait-il s'enrôler ? Il commençait à se demander si les désirs de bravoure ne sont pas le partage des anormaux, puisqu'on ne peut pas vouloir se faire tuer pour la patrie quand on est Québécois et qu'on a du bon sens. Il essayait de se persuader qu'il n'est pas nécessaire de s'enrôler parce qu'en sortant du monastère on a embrassé une femme, ou parce qu'on n'est pas comptable ou gérant de magasin, quand son regard tomba sur un spectacle qui le fit pâlir. Un prêtre, les mains derrière le dos, se balançant sur ses pieds avec un soupçon de mépris silencieux, lisait une grande affiche : « Canadiens, enrôlez-vous ! »

Le tonique du mois de septembre était vaincu. L'angoisse pétrissait à nouveau Ovide. La combinaison de la soutane et des mots « enrôlez-vous » le saisissait comme une pince et le replongeait dans son drame. Son imagination ne fit qu'un bond. Il était remonté sur la scène, bien protégé par les feux de la rampe contre les petitesses des hommes et leurs reproches. D'ailleurs, le troisième acte commençait, et la France menacée appelait au secours. « Allons ! C'est le temps. »

Le petit homme maigre, d'un pas d'artilleur, attaqua la Côte d'Abraham. Il ne s'apercevait pas qu'un espion le filait. En effet, Joséphine alarmée avait envoyé Guillaume à sa poursuite.

Les quartiers généraux de l'armée était situés rue Saint-Louis, près de la Citadelle. Ces casernes, bâtisses de pierre qui depuis la fin de la première Grande Guerre jetaient sur les alentours une ombre morne et désolée, rayonnaient depuis le début de septembre d'un va-et-vient et d'une activité enfiévrés. La Belle au Bois Dormant était réveillée. Les sentinelles, à la porte de leur guérite, se sentaient d'actualité et affichaient l'air d'autorité propre aux soldats en temps de guerre. Des bureaux, installés à la hâte dans les casernes, montaient le crépitement des dactylographes et les cris impatients d'officiers frais émoulus des temps de paix, qui ont appris la guerre dans des manuels et qui, parce que versés dans la bureaucratie du ministère de la Défense, se croient déjà sur un champ de bataille où les ennemis sont des formules et des subalternes.

Dans la vaste cour de briques qui séparait les guérites de la caserne préposée aux enrôlements et aux examens médicaux, des soldats, qui la semaine dernière étaient encore chômeurs, montraient leurs uniformes et vantaient la vie d'aventures à d'autres chômeurs en civil. Ceux-ci les écoutaient attentivement en jetant des regards tourmentés vers le bureau médical. Ou bien de grands éclats de rire montaient d'un groupe, car on s'y contait avec force détails des histoires d'examen général où différentes catégories de mâles tout nus, leurs paquets de vêtements sous le bras, font la queue devant le bureau du médecin de l'armée.

À travers cette soldatesque de guignol, figurants déroutés qui attendent la répétition d'une pièce mal montée, circulaient des officiers à la mine de régisseurs boudant le mauvais sort. Ils étaient bien bottés, bien peignés, et leurs lèvres se pinçaient dans une moue de dédain chronique. Quel triste matériel humain ! Ils étaient là une vingtaine qui tergiversaient des heures avant de se décider à signer la formule d'enrôlement. Et encore, sur dix hommes qui se présentaient à l'examen, cinq, six et parfois huit étaient refusés. Ces beaux brummels d'officiers recruteurs, apôtres zélés d'un régime militaire qui ramène la mode des beaux uniformes, après avoir haussé les épaules, jetaient un coup d'œil impatient vers la rue Saint-Louis. Leurs regards décelaient le rêve qu'ils nourrissaient de transformer les édifices du Parlement, tout près, en un immense camp d'entraînement où ils mettraient le pied au derrière de tous les pacifiques Québécois en commençant par les fonctionnaires. Mais voilà, hélas ! l'enrôlement au pays était volontaire. Les politiciens et les traditions le voulaient ainsi. Et les officiers recruteurs rongeaient leur frein en attendant les rares volontaires, car, malgré leurs beaux uniformes, ils en étaient encore au stade des commis voyageurs qui attendent des clients.

Vêtu de son seul complet neuf, le dos appuyé à l'escalier qui conduisait au bureau médical, une jambe cavalièrement croisée par-dessus l'autre, Denis Boucher offrait une cigarette américaine à un capitaine qui écoutait distraitement les explications de l'ancien reporter.

— Non, moi, je serai plus utile à l'armée en ne m'enrôlant pas immédiatement. Comme je vous l'ai laissé entendre, je me propose de rendre au ministère de la Défense certains services secrets très importants. Mais revenons aux nationalistes. En tant qu'ancien nationaliste moi-même, je vous assure qu'en ce moment je les connais. Vous savez, ils montent contre vous, les militaires, une cabale.

Sa péroraison fut interrompue par le silence soudain qui s'établit dans la cour. Toutes les têtes étaient tournées vers les guérites.

— Mais ! C'est Ovide ! murmurait Denis, ébahi.

Ovide, juste à l'entrée de la cour, était aux prises avec Guillaume qui le retenait par les bras en criant :

— Va pas là, je te dis. Maman veut pas ! Non !

Ovide, qui avait commencé par se débattre sans conviction, réussit à se dégager d'un coup brusque dès qu'il sentit la présence des spectateurs. Essoufflé, le torse raide, remettant ses cheveux en place d'une main tremblante, il s'approcha des sentinelles et leur demanda sur un ton d'ultimatum :

— Messieurs ! C'est ici qu'on s'enrôle ?

Les sentinelles riaient et lui indiquaient du doigt le bureau d'inscription.

— Merci.

Les yeux en feu, la tête haute, il mit le pied dans la cour en voûtant ses épaules comme s'il se fût agi de grimper une montagne. Mais son escalade fut interrompue au départ par Guillaume qui, désorienté un instant par la vue des sentinelles armées, revenait à la charge et le tirait par les manches, Ovide trébucha.

— Vas-tu me lâcher ? Qu'est-ce que tu connais à la guerre ? Ce n'est pas une partie de baseball !

Guillaume, obéissant aveuglément aux recommandations de sa mère, commençait à l'entraîner vers la sortie. Les soldats et les chômeurs, les mains aux poches, riaient de bon cœur. Mais les officiers recruteurs n'avaient pas l'humeur à la blague et n'entendaient pas se faire enlever un précieux client, même maigre et chétif. Trois d'entre eux se précipitèrent sur Guillaume et, avant qu'il n'eût le temps d'esquisser un geste, le champion lanceur était précipité dans la rue Saint-Louis par des coups de pied bien placés. Ovide, le cœur serré de voir son frère ainsi maltraité, éprouva d'abord l'envie de quitter la cour d'un air hautain en disant leur fait aux militaires barbares.

Par contre, ces hommes avaient protégé sa liberté d'action, et tout un auditoire admirait son courage de braver les foudres de ses parents pour s'enrôler. D'ailleurs un acteur, sur la scène, n'a pas de famille. Il appartient à la curiosité de la foule. Le théâtre l'emporta. Ovide se raplomba dans son habit tordu par la lutte et déclara :

— Merci, messieurs. La France d'abord, la famille ensuite.

À ces nobles paroles, les rires redoublèrent chez les chômeurs et les soldats, et des commentaires moqueurs fusèrent :

— Fais donc pas le frais. Tu veux gagner une piastre et trente par jour, toé aussi.

Ovide, abasourdi comme si on avait organisé une claque contre lui, jetait tout autour des regards inquiets. Les dix dollars de Cécile, les tramways, les autobus, les monastères, les extraits d'opéra et les seins de jeune fille se mirent à se bousculer dans son esprit désorienté. Mais un officier recruteur le prenait par le bras et le dirigeait, docile, vers la caserne des enrôlements. Ovide ne voyait personne, pas même Denis Boucher debout près de la porte que l'officier ouvrit en haussant les épaules avec un air : « Il faut bien les prendre comme ils sont. »

Denis Boucher contempla longtemps la porte refermée. Pourquoi Ovide venait-il s'enrôler ?

Évidemment, Denis avait appris la sortie d'Ovide du monastère, mais il n'avait osé se rendre chez les Plouffe pour en savoir le motif. D'ailleurs, depuis les événements tragiques qui avaient inspiré sa volte-face contre les nationalistes, Denis Boucher se sentait mal à l'aise avec tous ceux qui l'avaient connu dès sa tendre enfance et préférait les éviter pour couper court aux explications. Denis Boucher était entré dans une époque nouvelle de sa vie, où ses amitiés anciennes, ses habitudes de jeunesse n'avaient de place qu'à titre de souvenir embarrassant. La visite qu'il avait faite à Ovide au monastère lui avait marqué le cœur de réminiscences trop amères pour qu'il désirât les agiter, en reprenant avec Ovide des relations qui nuiraient à ses ambitions de devenir quelqu'un à la faveur de la guerre. Mais devant la scène qui venait de se dérouler sous ses yeux, sa calme indifférence de jeune homme qui a évolué s'effondra pour laisser place à un malaise vague, relent de celui qu'il avait éprouvé lors des incidents de la visite du roi et de la grève de *L'Action chrétienne*.

Denis Boucher avait toujours tenté de repousser le sentiment de culpabilité qui l'assaillait quand il évoquait la paralysie du père Théophile Plouffe. À cet instant même, pendant qu'il regardait la porte de la caserne, des remords lui revinrent, plus précis. Au fond, son ambition n'était-elle pas responsable de tous les malheurs dans lesquels la famille Plouffe avait été précipitée ? C'est l'arrivée du pasteur Tom Brown dans la paroisse qui avait tout déclenché. Denis Boucher voulait être reporter. Les misères des Plouffe avaient été le prix de sa réussite. Maintenant, à la suite de quelque drame mystérieux, un Ovide hagard venait s'enrôler. Denis se mit à ronger une allumette. Qui sait ? C'était peut-être à cause de Denis qu'Ovide souffrait au point de vouloir devenir soldat ? Il voulut savoir et attendit le retour de l'ancien novice.

Le brave parut enfin. Il fermait la porte derrière lui d'une main cauteleuse comme s'il eût voulu que personne ne s'aperçût de son départ. Ovide était accablé. Naturellement il était refusé. Son physique le destinait tout au plus à servir de patient aux infirmeries des armées qui ne se battent pas. Ovide eût d'ailleurs été encore plus accablé de se voir accepté, car un tison de bon sens brûlait au fond de l'exaltation théâtrale qui l'embrasait depuis le matin, l'assurant qu'il ne prenait aucun risque en jouant le rôle du héros. Maintenant la pièce était terminée et, tout penaud, il était forcé de reprendre l'identité de l'Ovide ordinaire avec tous ses problèmes angoissants. Au moins pendant plusieurs heures il avait cru à la comédie qu'il s'était jouée, il avait, grâce au théâtre, interrompu un supplice moral intolérable. Une longue main lui saisissait le bras.

— Hé ! *Private* !

— Hein ? Denis ?

— Comme tu vois. En chair et en os. Comment va l'amour du prochain ?

Les deux hommes se serraient la main. Denis, sur ses gardes, souriait prudemment. Ovide trépignait de joie. Un bonheur inexplicable illuminait soudain son être déprimé. Denis Boucher ! Ovide bafouillait :

— Vite, sortons d'ici. Parle-moi de toi. Ton roman avance ?

Denis, embarrassé, détournait la conversation.

— Le roman ? J'y travaillerai plus tard. Quelque chose de plus important m'occupe. Nous allons en parler. Allons donc nous asseoir à la taverne du coin. T'as pas d'objection ?

— T'es fou ? Ah ! chère vieille grande branche, que je suis heureux de te voir ! Enfin, je vais pouvoir parler de choses intellectuelles.

Ovide riait de toutes ses dents et, avec ravissement, contemplait son ami des pieds à la tête. Il rencontrait Denis au moment même où, croyant être vidé de tout espoir par une série ininterrompue de désillusions, il n'attendait plus le salut que de l'intervention de l'impossible. Ovide ne se connaissait pas. Le premier événement heureux représenterait cet impossible. Puisque Denis n'avait pas été mêlé aux aventures récentes d'Ovide, et que son souvenir était associé aux belles heures que l'amateur d'opéra avait vécues jadis, l'apparition subite de l'ancien reporter symbolisait aux yeux du malheureux l'élément extérieur miraculeux qui tourne une cause désespérée en triomphe possible. Ovide exultait. Denis ne partageait pas cette exubérance, mais essayait d'afficher un plaisir qui ne parût pas insolite.

À leur entrée dans la taverne, une bouffée de voix d'hommes les enveloppa. On discutait ferme et dru. C'est merveilleux, la guerre, comme sujet de conversation, quand les verres débordants de bière pétillent d'un éclat doré, et quand la fumée des cigarettes vous noie dans ses halos jaunâtres. À la taverne les hommes se sentent à l'abri. Séparés des femmes par les barrières de la loi, ils s'abandonnent à des orgies de verbiage qui révèlent la multiplicité des opinions que peut émettre l'individu le plus ordinaire.

— Deux bières ! commandait Denis en choisissant une table et en levant un œil interrogateur sur Ovide. Tu en prends ?

Ovide, joyeux, haussait les épaules et s'asseyait en posant ses mains à plat sur le marbre.

— Voyons, Denis, tu connais ton vieux Vide. Cinq verres, dix verres, si tu veux. Pour l'effet que ça peut avoir. Ce n'est rien, comparé au Singapore.

Il avait pris un air mystérieux. Denis leva le menton.

— Singapore ?

Les lèvres d'Ovide se mouillèrent en souriant et son regard se perdit dans la rêverie.

— Mon pauvre petit ! Quand tu auras fait le tour de mon jardin ! L'expérience de ton vieux Vide, tu sais ! Hum ! Le Singapore, mon Denis, ça vaut une piastre le verre et ça se boit avec une belle femme.

Denis était de plus en plus intrigué. Il reliait mal ce langage d'Ovide à la tentative d'enrôlement qu'il avait faite tout à l'heure. Ovide était-il ivre ? Ovide était soûl de la joie du prisonnier libéré par surprise. Toutes les souffrances qu'il avait endurées depuis sa sortie du monastère jusqu'à sa soudaine rencontre avec Denis trouvaient une récompense inopinée dans cette taverne où, face à son cher Denis Boucher, il sentait tout son être nager dans une quiétude indéfinissable. Le passé n'avait plus d'importance, puisqu'il aboutissait à cette minute, à cette étape où, seuls tous les deux devant des verres de bière, à l'abri de tout, ils se disaient leur plaisir avant de plonger dans l'inconnu qui les attendait dehors. Les lèvres souriantes d'Ovide étaient encore humides et sa main distraite caressait les parois du verre, il pensait à Rita Toulouse, hier soir, dans le taxi, puis sur le gazon, quand elle lui avait demandé de fermer les yeux, une minute, et qu'il les avait rouverts. Ah ! Il se mordit les lèvres pour refréner le désir aigu qui le prenait de revoir Rita. Denis buvait lentement, les yeux rivés sur Ovide.

— Une femme ? Serais-tu sorti avec une femme ?

Ovide se recula dans sa chaise.

— Oui, hier soir, au Château. Nous avons dansé. Ça ne veut pas dire que j'admets le jazz. Mais le Singapore ! Un élixir. Ça rend mous, fous.

— Et puis ? pressa Denis, qui avait vingt-deux ans.

Ovide renversait la tête et riait d'un rire silencieux et comblé.

— Et puis tout ce qui peut se passer après. Mais n'en parlons plus. Tu connais mes principes. J'ai toujours protégé l'honneur des femmes.

Il se mit à fredonner *East of the sun and West of the moon*. Denis, dépité, soupira et sourit en évoquant les métamorphoses d'Ovide. Il le revoyait, deux mois auparavant, dans le hall du monastère. Ovide flottait dans un ample habit noir, portait barbe et chéchia. À ses oreilles résonnaient encore les paroles d'apôtre qu'Ovide, avec un mysticisme religieux et convaincu, prononçait sur le sacrifice, l'amour de Dieu à travers l'amour du prochain. Denis releva soudain la tête.

— Je parie que c'est Rita Toulouse !

Ovide laissa tomber ses deux bras le long de sa chaise. Un héros cachottier qui s'aperçoit que ses exploits sont le secret de polichinelle n'a pas attitude plus joyeusement résignée.

— On ne peut donc rien te cacher! Quelle intelligence il y a chez toi!

Il s'approcha de la table et, la tête entre les mains, prit le ton confidentiel.

— On vieillit. Il y a quelques années tu étais un enfant, et dire que maintenant je peux te confier des secrets d'homme. Car tu es un homme...

— Hélas! ajoutait rapidement Denis, désireux de ne pas briser l'élan du bavardage d'Ovide.

Les doigts d'Ovide tambourinaient sur le marbre et sa voix se voilait d'un amical reproche.

— Denis, je t'en veux. Tu savais que j'étais revenu à la maison. Pourquoi n'es-tu pas venu me voir? C'est pas chic. Je suis ton plus grand ami.

La bataille commençait. Denis le sentait. Enfin sa curiosité allait être satisfaite, son inquiétude confirmée ou effacée. Il connaîtrait les événements qui avaient bouleversé ainsi la vie d'Ovide ces derniers temps. Denis accrocha ses talons aux barreaux de la chaise et expliqua posément:

— Par délicatesse, Vide.

Ovide, bouche bée, penchait la tête sur le côté.

— Oui, par délicatesse. Je supposais qu'une raison grave t'avait fait sortir du monastère et que déjà assez de gens devaient te poser des questions qui te faisaient souffrir. Je savais que tu avais besoin d'une certaine solitude pour te réadapter. J'ai attendu. Et voilà, je te rencontre au moment exact où il fallait que je te rencontre. Voilà la raison.

— Deux bières! appela Ovide, d'une voix mouillée.

Il penchait tristement la tête. Ses lèvres étaient redevenues sèches.

— C'est là que je reconnais ta grande âme, Denis. Merci. Hélas ! il y en a tant d'autres qui ne comprennent pas.

— Je sais que tu as souffert, mais n'en parlons pas, dit généreusement Denis, satisfait de la tournure que prenait la conversation.

— Oui, j'ai souffert, murmura Ovide.

— Ovide, dis-moi. J'ai une question à te poser. Pourquoi, toi que j'ai connu nationaliste enragé, es-tu venu t'enrôler tout à l'heure ?

— M'enrôler ? disait Ovide d'une voix d'absent. Ah oui, c'est vrai.

Il remonta en esprit le courant de ses émotions, à partir de la honte qu'il avait éprouvée à se voir nu devant le médecin militaire. Depuis sa sortie du monastère, il avait traversé une si longue chaîne d'états d'âme différents, qu'il éprouvait en les évoquant l'impression du vieillard qui se remémore les étapes importantes de sa vie. Tout y passa : son désespoir de la nuit dernière, sa décision de devenir soldat, sa confession manquée, la scène du péché, la salle de danse du Château, les dix dollars de Cécile et, très loin, presque aux limites de sa mémoire, sa rencontre avec Rita aux portes de la manufacture. Ils s'étaient dit un tas de choses, avaient même parlé de Denis.

Soudain, Ovide déposa son verre lentement sur la table et croisa le regard inquiet de son ami. Comment, en apercevant Denis, tantôt, ne s'était-il pas rappelé ce que Rita lui avait révélé ? Dans la tempête d'émotions qui l'avaient charrié depuis sa rencontre avec la jeune fille, il avait oublié son indignation contre Denis. Les amours d'Ovide, par la suite, avaient été si bien comblées que son ire contre le reporter s'était évanouie.

À cet instant, il essayait de retrouver cette colère, mais Denis avait l'air si étonné, si sympathique, qu'il ne réussissait qu'à prendre un ton où le reproche se noyait dans la tristesse.

— Tu me demandes, Denis, pourquoi j'ai été m'enrôler ? Par ta faute.

— Ça y est, c'est encore de ma faute, répétait l'autre, l'air désemparé.

— Évidemment tu oublies tes mensonges, même s'ils brisent la vie des autres. Rappelle-toi quand tu étais venu au monastère te faire consoler. Pour me remercier, tu m'avais dit avoir rencontré Rita Toulouse. Elle t'avait parlé de moi, disais-tu. Elle t'avait demandé de mes nouvelles, elle t'avait dit ses regrets. Rien de cela n'était vrai ! Ah ! Denis, quel mal tu m'as fait. Tu es venu jeter le germe du désir dans mon âme qui était si bien abritée. Tu m'as enlevé le bonheur de ma vocation, dans laquelle je me sentais si à mon aise avant ta visite. Eh bien ! oui, dès ce moment je me suis mis à penser à elle, à désirer la revoir puisqu'elle t'avait parlé de moi, puisqu'elle regrettait le chagrin qu'elle m'avait fait.

— Deux autres bières ! commandait Denis en essuyant sur son front des sueurs imaginaires.

— Tu veux savoir pourquoi j'ai voulu m'enrôler ? Écoute-moi. D'abord à cause de ton mensonge, je suis sorti du monastère dans l'espoir de reconquérir Rita.

Et, les yeux exorbités, haletant, il raconta la tempête d'événements qui l'avaient jeté sur la grève du désespoir, d'où il avait rampé jusqu'aux casernes militaires, attiré par le mirage de l'héroïsme sauveur.

Ovide se tut, baissa les yeux et but lentement, à petites gorgées. Il lui fallait voir Rita Toulouse immédiatement, pour se faire pardonner de l'avoir incitée au mal. La pensée de l'avoir fait pleurer lui devenait intolérable. Il se préparait à se lever. Denis Boucher, impatient, le fit se rasseoir. Denis n'endurait pas longtemps une tension d'angoisse. Il se croisa les mains et se cambra dans sa chaise.

— Ouais. Est-ce que je pouvais savoir ? J'obéissais surtout à un bon sentiment. Je voulais te faire plaisir.

Ovide avait le haut du pavé. Le ton doctoral l'envahissait déjà.

— Les bons sentiments ! Peuh ! L'enfer en est pavé.

Boucher se redressa brusquement et frappa la table de son poing.

— Cesse tes lieux communs de sacristie. Ils ne m'impressionnent pas. Et sache que je ne regrette pas ce mensonge. Il t'a rendu service. Il t'a permis de voir clair en toi-même, de t'apercevoir que ta vocation religieuse était du dépit transformé en faux mysticisme. Ah ! c'est la Providence, mon vieux, qui m'a fait te rencontrer aujourd'hui pour t'empêcher de faire d'autres bêtises. Après tout, tu l'aimes cette jeune fille, pourquoi lui fais-tu des chichis pour un baiser ? C'est l'argent qui te manque pour la marier ? Si je t'en faisais faire facilement ?

— Tu crois ? disait Ovide, impressionné à son tour. Garçon, deux bières !

Les verres pleins, coiffés de leur calotte de mousse blanche, reflétaient l'or de la bière brouillée par les poussées de la fermentation, image des sentiments nouveaux qui faisaient irruption dans le cœur des deux hommes. Ovide, victorieux, s'imaginait déjà au bras d'une Rita Toulouse conquise à jamais, et se voyait pavant de billets de dix dollars le plancher de la cuisine familiale. Et Denis découvrait en Ovide un acolyte précieux dans les entreprises bizarres qu'il projetait. Ovide protestait : c'était trop beau.

— Mais penses-y, Denis, c'est affreux ce que j'ai fait avec Rita hier soir, une semaine après ma sortie du monastère. Et elle, elle ! Pauvre petite !

— Voyons, imbécile ! Depuis des siècles, des hommes et des femmes s'embrassent et font des enfants. T'imagines-tu que tes baisers à minuit vont changer le cours de l'Histoire ?

— Et le curé qui m'écrase de reproches ? Toute la famille qui veut que je retourne à la manufacture ? Et les gamins qui me lancent des injures dans la rue ?

Denis haussa les épaules avec impatience et avala tout le contenu de son verre.

— Bois donc. Ça va te faire du bien. Le curé ? Laisse-le faire. Il ne voit le monde qu'à travers sa paroisse et ses lubies politiques. Ta famille ? Ils ne te vont pas à la cheville, tu le sais. Continue d'être le chef dans cette maison et vois à ce qu'on ne discute pas tes actes. Les gamins et les imbéciles qui nous entourent dans cette paroisse ? Ah ! Ah ! Patientons, nous leur démontrerons notre supériorité, car...

— Tu as raison, approuvait Ovide en attaquant consciencieusement un autre verre. Je pense que mon premier geste sera d'aller voir Rita et de lui faire comprendre qu'hier, à cause du Singapore, je me suis conduit comme un lâche.

— C'est ça. Mais avant, écoute, insistait Denis, plus désireux d'exposer son plan. Je te parlais de faire de l'argent. T'as remarqué qu'avec nos idées de nationalistes, on est toujours resté pauvre. Et l'éducation qu'on a reçue dans la paroisse nous jette un tas de remords dans les jambes. T'en as la preuve. Bon. Je te sais intelligent.

— Je fais mon possible.

— Sais-tu à quoi j'ai pensé ? Si, tous les deux, on formait une agence de service secret, une sorte d'Intelligence Service ? Hein ?

Ovide n'avait jamais tant arrondi les yeux. Denis s'approchait, baissait la voix.

— Oui, un service secret. On pourrait s'offrir de travailler pour le ministère de la Défense. Ça paie. Il s'agirait de tenir les autorités au courant de tous les mouvements subversifs qui ont pour but de saper l'effort de guerre. Il s'agirait de se mêler aux nationalistes, aux fascistes, si tu aimes mieux, et de se tenir au courant de leurs activités et de leurs projets. C'est bien moins compliqué que de s'enrôler. Pas si bête, hein?

Ovide examinait Denis avec effroi.

— Tu deviens fou? Moi, travailler contre les Canadiens français au profit des Anglais? Mais te rends-tu compte, Denis, de la trahison? Et tu as là des plans pour nous faire assassiner! Non, jamais Ovide Plouffe ne trempera là-dedans, et j'espère que mon Denis ne fera pas cette erreur. Continue donc à écrire ton roman. Je t'avais donné des bonnes idées pourtant.

Ovide faisait cette déclaration théâtrale en consultant sa montre. Denis l'imitait.

— Tu ne veux donc pas faire d'argent!

Ovide semblait préoccupé par un problème plus pressant. Il répondait par bribes et se dirigeait vers la porte.

— Pas comme ça. D'ailleurs je penserai à l'argent plus tard. Il est midi moins le quart et je dois rencontrer quelqu'un à midi. Fais-tu un bout avec moi?

Denis, dépité, hochait la tête en soupirant.

— Non. Va voir Rita Toulouse, puisque tu as si hâte. Nous reparlerons de ce projet.

Ovide, que les cinq verres de bière avaient rendu gaillard, lui disait bonjour en riant de toutes ses dents. Il se mit à marcher rapidement vers la Basse-Ville. Il arrivait juste à temps pour rencontrer Rita à la sortie de la manufacture.

6

Le cœur d'Ovide battit plus vite. Pensive, Rita Toulouse approchait en trottinant vers l'encoignure où il l'attendait. Dès le moment où, en écoutant Denis Boucher, l'envie l'avait pris de revoir la jeune fille, tout son corps, tout son esprit avaient jeté par-dessus bord les émotions et les pensées étrangères à cette envie. Il se rappelait à peine les derniers propos de Denis Boucher. Il oubliait les humiliations de la matinée. Il oubliait même ses remords d'avoir introduit le mal dans l'âme de Rita et sa résolution de lui demander pardon. Encore une fois, à cause de la bière, il était repris par l'euphorie aveugle du désir. Comme un gamin, il jaillit de l'encoignure et se planta devant la jeune fille.

— Monsieur Plouffe ! Je...

— Chut ! Chut !...

Ovide souriait et, à l'attention, faisait un salut militaire.

— Bonjour, chère.

Rita, embarrassée, bafouillait et regardait obstinément le trottoir.

— Vous... vous allez bien ?

— Bien ? Mieux que ça. Je me sens le roi du monde. On fait un petit bout ensemble ?

Machinalement, elle marcha à ses côtés, tant elle était étonnée et intimidée à la fois. Elle gardait le silence, grattait les poches de son imperméable de ses doigts nerveux. Ovide sentait son audace fermenter. Sa voix résonnait, solennelle et gaie.

— Rita, je viens vous parler d'hier soir, de ma bêtise.

Elle rougit et bredouilla :

— C'est épouvantable ce que j'ai fait, monsieur Plouffe. Vous devez penser…

— Tut, tut, interrompit Ovide, grisé par la largeur de vue inaccoutumée qui l'envahissait. Je me suis conduit comme un idiot. Il faut dire aussi que votre fameux Singapore m'avait complètement tourné à l'envers. Je ne veux pas que vous me preniez pour une sorte de bedeau scrupuleux, parce que vous savez, ce n'est pas dans mes habitudes de refuser l'étreinte d'une jolie femme. Voilà, je vous le répète, c'est le Singapore. Et je viens m'excuser de cette folie. Ah ! si j'avais été sobre !

Son bras dessina une parabole gonflée de sous-entendus. Rita paraissait consternée. Elle parvint à l'interrompre :

— Mais moi aussi, c'est le Singapore. Je ne sais pas ce que j'ai eu. Je n'ai pas dormi de la nuit. Il ne faut pas que vous croyiez que je suis une dévergondée.

Ovide ne l'entendait pas ainsi. En vérité, il éprouvait un désir si aigu de corriger son baiser de la veille qu'il n'observait pas l'état d'âme actuel de Rita.

— Voyons ! Nous étions deux êtres qui s'embrassaient comme des millions d'autres le font dans le monde. Et ce n'est pas un petit baiser devant un monastère qui changera le cours de l'Histoire. Dieu, vous savez, n'attache pas grande importance à ce qu'on appelle les péchés d'amour.

— Monsieur Plouffe ! Qu'est-ce qui vous prend ? Si j'ai pleuré, c'est à cause du Singapore et d'un tas de choses que je vous ai racontées. Ah ! que j'ai été folle ! Dites-moi, je vous en supplie, que vous me croyez quand je vous dis que je suis une bonne fille et que je n'ai pas l'habitude d'agir comme je l'ai fait hier soir. Mon Dieu que je suis malheureuse !

Ovide, bouche bée, semblait avoir été paralysé par une douche d'eau froide. Rita se tamponnait les yeux de son mouchoir. Ovide tentait de retrouver l'état d'âme propre au remords, au pardon, qui l'avait pétri depuis la veille. La transition était trop brusque. Il trébucha sur une banalité.

— Oui, je vous crois. Vous voyez bien que je faisais des farces.

— C'est pas des farces à faire. Ah! que je regrette ma folie!

Des gens approchaient. Elle remit son mouchoir dans sa poche et, les traits durcis, la tête haute, esquissait le geste de le quitter. Ovide se hâta, désemparé.

— Faudra se revoir, hein, Rita? On retournera au Château. On ne boira plus. Je ne sais ce que j'ai eu à vous parler comme ça. Croyez-moi, je voulais vous demander pardon.

Elle le saluait avec la dignité de la vertu offensée et lui disait tout bas, la voix brisée par l'émotion:

— Oui, mais pas maintenant, monsieur Plouffe. Plus tard. Quand vous aurez une meilleure opinion de moi. Excusez-moi, il faut que j'aille dîner.

Elle s'éloignait rapidement. Ovide essuya son front. Il se sentait affreusement seul sur le trottoir.

— Alors, qu'est-ce que je deviens?

Il se disait ces mots d'une voix monotone. Tout l'abandonnait comme un sac vide. La dernière planche de salut se dérobait. Sous quelle étoile était-il né? Ovide se compara à l'aiguille d'une montre détraquée qui ne marque jamais l'heure juste. Ou bien il prenait du retard, ou bien il avançait. Désemparé jusqu'à l'hébétude, il avouait sa malchance aux briques sales des maisons, à l'asphalte de la rue. Il faudrait encore manger, dormir, faire face à sa famille, endurer les reproches de sa mère à cause des mauvais traitements qu'il avait laissé infliger à Guillaume, aux quartiers généraux. Il lui faudrait rentrer chez soi, tout penaud, sans gloire, quand il avait menacé ses persécuteurs d'un holocauste.

Il suivit la direction du vent, qui soufflait vers sa paroisse. En débouchant dans la rue Montmagny, il aperçut des commères qui, tout énervées, gesticulantes, discutaient en désignant la maison paternelle. Une inquiétude vague le saisit, comme si un incendie se fût déclaré à la maison et qu'il y fût arrivé un peu avant les pompiers. Il doubla les commères d'un pas rapide et crut les entendre qui disaient : « Elle l'aimait beaucoup, vous savez. » Les yeux levés sur la porte de la cuisine, il courait presque. L'instinct de conservation familiale lui faisait oublier ses problèmes. Que se passait-il ? Pourtant, aucune fumée ne s'échappait par les fenêtres, aucune ambulance n'attendait à la porte. En mettant le pied dans l'escalier, il entendit un sanglot déchirant. Cécile ? Ovide, le cœur figé, gravit l'escalier quatre par quatre et se précipita dans la cuisine, obscurément satisfait que le drame mystérieux qui se déroulait lui permît d'entrer de la sorte.

Debout près de l'évier, Guillaume et Napoléon, bouche bée, regardaient le triste spectacle. Ovide resta cloué sur le seuil.

Cécile, la tête enfouie au creux de l'épaule de sa mère qui la berçait en murmurant des paroles douces et sans suite, sanglotait, gémissait comme si elle eût pu ainsi se débarrasser du tourment qui la faisait se tordre.

— Faut que tu te fasses une raison, petite fille. C'est le bon Dieu qui est venu le chercher. C'était son heure, ajoutait Joséphine en la serrant plus fort contre elle, comme pour l'endormir.

Mais Cécile agrippait les épaules de Joséphine de ses mains convulsées.

— Pas vrai ! Je veux pas ! Je l'ai vu encore ce matin. Ça se peut pas. Mon Dieu, je suis toute seule, je veux mourir moi aussi ! Maman ! Maman !

Des miasmes de mort alourdissaient l'air de la cuisine. Ovide, devinant le drame, s'informait discrètement :

— Y a-t-il eu un accident ?

Joséphine leva la tête.

— Ah ! mon Dieu ! Merci ! Il est revenu ! Encore un peu, je te pensais mort toi aussi. T'es pas soldat, hein, Vide ?

Le regard sombre, il disait non de la tête et indiquait Cécile du doigt. Joséphine, la bouche grimaçante, essayait de faire comprendre à Ovide qu'Onésime s'était fait tuer, le matin. Cécile, comme si elle eût entendu, se raidit, repoussa sauvagement sa mère et se leva.

— C'est pas vrai ! Je veux pas !

Soudain, elle aperçut Ovide. Le visage tuméfié par les larmes, les yeux fous, les cheveux défaits, elle tendit vers lui une main de cire, aux veines gonflées, et cria d'une voix hystérique, atterrée :

— C'est lui qui l'a tué ! Je le sais. Il lui a jeté un sort. Sorcier maudit ! Retourne au monastère ! Regardez-lui les yeux ! Va-t'en !

Elle s'enfuit en courant dans sa chambre où on l'entendit se rouler sur son lit. Ovide, pâle, se glissait le long de la table comme un fugitif qui longe un mur. Son regard hébété rencontra l'œil fixe de Théophile qui disait : « Fils ingrat, tu as trahi ta patrie, tu es allé offrir tes services aux Anglais ! » Guillaume lui donna un coup de coude rageur dans les reins en marmottant : « Tu vas me les payer, les coups de pied. » Ovide, assoiffé, but un verre d'eau pendant que sa mère expliquait l'accident dans lequel Onésime Ménard avait perdu la vie.

Onésime conduisait son autobus selon le parcours habituel, quand tout à coup, venant droit sur lui, avait surgi un gros camion de transport. Surpris dans son calme de conducteur parvenu, il s'était agrippé au volant, oubliant de le tourner, et avait enfoncé l'accélérateur de son véhicule d'un pied entraîné à frapper la cloche du tramway. Conduire l'autobus étant pour Onésime une sorte de poste honorifique, il était normal que dans une situation aussi inattendue, ses réactions fussent celles d'habitudes répétées pendant quinze ans. Prisonnier des rails, il n'avait pas pensé un instant à contourner le camion et les deux voitures s'étaient abattues l'une sur l'autre dans un fracas épouvantable. Il y avait eu des blessés et deux morts, dont Onésime, qui avait eu la poitrine défoncée par le volant.

Joséphine soupira et conclut en tournant la tête vers la chambre de Cécile :

— Ça pouvait pas durer. Je l'avais dit que ça tournerait mal cette affaire-là.

Ovide but un autre verre d'eau. Il ne pouvait chasser le spectacle de Cécile l'accusant de la mort d'Onésime. « Regardez-lui les yeux, c'est lui qui a jeté un sort. » Une main lui prenait doucement le bras et l'entraînait vers le salon. C'était Napoléon. Le petit homme était surexcité, il disait tout bas, en arrondissant les yeux :

— Tu vois, Vide, c'est drôle, la vie. Onésime était en santé, toussait pas, jamais d'hôpital. Pis il est mort. Tu prends Jeanne, tousse presque plus, engraisse. Un bout de temps encore, et elle est guérie. Je pense que notre affaire va bien.

Il disait ces mots en souriant, les yeux complaisamment fixés sur les trophées de Guillaume qui encombraient le piano, et qui tintaient quand un lourd véhicule passait dans la rue et ébranlait la chaussée et les maisons.

— Ça te dirait pas de venir faire un tour ? Elle aimerait ça, te voir. Les autres filles aussi.

Ovide éprouvait une soudaine envie de pleurer, de se rouler sur le plancher du salon en criant, comme si cette manifestation eût pu faire de lui un homme nouveau au passé débordant de triomphes. Mais il ne pleurait ni ne criait. Les paroles de Napoléon bourdonnaient à ses oreilles, et ses yeux taillaient l'emplacement où on exposerait le cercueil, s'il était mort.

Les gémissements de Cécile recommençaient de plus belle dans la chambre à côté, gémissements qui enflèrent jusqu'à un nouveau cri de détresse :

— C'est le défroqué qui l'a tué ! Ah ! mon Dieu !

Ovide, les traits tordus par la terreur, se boucha les oreilles de ses mains décharnées. Napoléon, étonné, examinait son frère. Soudain, les lèvres du collectionneur se mirent à trembler. Sous le front bas de Napoléon, par les allées étroites de son cerveau élémentaire, toute la détresse d'Ovide venait de pénétrer, attirée par l'aimant d'un cœur qui avait souffert.

— Viourge, Vide, faut que tu t'en viennes avec moi. T'as trop de peine. Je connais un Père Blanc, au sanatorium, qui a attrapé la tuberculose en Afrique. Le père Alphonse. Faut que tu lui parles, tout de suite. Va te comprendre. C'est lui qui nous encourage, Jeanne pis moi. Viens vite.

— Ah ! laissez-moi tous ! éclata Ovide en se jetant dans le fauteuil, la tête dans les mains.

Il était secoué par des sanglots secs, déchirants, qui faisaient le bruit d'une pompe aspirant un puits vide.

Napoléon, la gorge sèche, hésita, puis bondit sur son frère, lui saisit les poignets dans ses mains courtes et puissantes. Il l'entraînait vers la porte de sortie.

— Faut que tu sortes de la maison. Viourge, viens, je te dis.

— Que se passe-t-il?

C'était la voix du curé qui entrait par la cuisine. Probablement venu dans le but de rencontrer Ovide, il tombait au milieu du drame de Cécile. Ovide cessa de résister et se laissa tirer docilement par Napoléon.

Ils étaient dans la rue. Autour d'eux des enfants jouaient aux billes, d'autres à la balle. Ovide pensa que c'était dépasser le but que d'atteindre l'âge d'homme. Le vent d'automne soufflait, trahissait sa maigreur dessinée dans l'habit ballottant. Il se sentait aussi égaré dans son destin qu'un squelette sur un trottoir d'asphalte. Napoléon était plus optimiste. Il parlait avec une volubilité frémissante. Son amour pour Jeanne, que sa famille lui reprochait comme une tare, lui permettait de tendre à Ovide la seule planche de salut capable de le sauver : le père Alphonse. Napoléon jubilait. Il faisait d'une pierre deux coups. Il rendait service à Ovide et il introduisait ce frère supérieur par l'intelligence dans son univers intérieur à lui, Napoléon, que personne n'avait essayé de pénétrer si ce n'est par la raillerie ou le mépris. Et son amour pour Jeanne, que nul, excepté le père Alphonse, ne comprenait ni n'approuvait, recevrait, grâce à la visite d'Ovide, l'approbation de toute la lignée des Plouffe, approbation refusée par Joséphine à cause de sa peur des microbes. Napoléon pensait qu'on a beau dire et beau faire, nos amours ont toujours l'air de sentiments défendus quand nos parents ne les approuvent pas. Il dirigeait Ovide vers le hangar où les bicyclettes étaient garées. Il parlait du père Alphonse comme d'un copain qui a fait un coup pendable dont on rit encore.

— On dirait qu'il a cent ans. Une barbe qui descend jusque-là. Chique et des fois ça coule dans le poil blanc. Paraît que les sœurs à l'hôpital ont voulu qu'il la coupe. Tu comprends, sont habituées à voir nos prêtres qui ont jamais de moustaches. Lui veut pas, rit de ça. Ça lui fait quelque chose à flatter, qu'il dit. Paraît que les sœurs ont demandé au cardinal d'y faire couper.

— Un Père Blanc, tu dis ? murmura Ovide, ses lèvres minces entraînées dans un sourire pâle.

— Oui, avec une grande robe blanche, abonda Napoléon. A été trente ans en Afrique avec les nègres. A vu des lions, des serpents que c'en est pas croyable. C'est un vrai bon père. S'ennuie à l'hôpital. C'est pas un liseux. Passe son temps à visiter les malades. Même qu'ils se confessent presque tous à lui, surtout les mourants. L'aumônier de l'hôpital, qui est gros et rouge, aime pas bien ça. Tu comprends, lui reste rien que des sœurs à confesser, les sœurs qui aiment pas la barbe du père Alphonse. Paraît que c'est ennuyant à confesser des sœurs. Jeanne se confesse au père Alphonse. Ouais.

Il y eut un silence. Napoléon toussa, avala sa salive, puis glissa un regard oblique sur Ovide qui se taisait, les yeux perdus comme un juge qui médite une sentence.

— Tu sais, le père Alphonse m'encourage à aller voir Jeanne et pis à la marier quand elle sera un peu mieux. Je pense qu'il a raison.

Ovide ne répondit pas. Il pensait à Napoléon qui, dans sa simplicité, était heureux, à Napoléon qui, comme une fourmi obstinée, s'attaquait avec une ferveur aveugle aux obstacles qui le séparaient du bonheur.

— Vide, continua patiemment Napoléon. Si on a une petite minute, après le père Alphonse, tu viendras voir Jeanne. Serait bien contente.

Ovide acceptait d'un coup de tête. Cet acquiescement fit bondir un Napoléon joyeux dans le hangar. Avec empressement, il sortait les deux bicyclettes dans la cour.

— C'est pas vrai, hein, Vide, tu t'es pas enrôlé ? Ce serait fou et ça ferait mourir le père.

— Non, je suis trop maigre, dit Ovide d'une voix morne.

Napoléon parla ensuite de la mort d'Onésime, conclut que c'était bien triste pour Cécile, qu'il faudrait faire quelque chose pour la consoler, mais qu'il était encore trop tôt. Les deux cyclistes commencèrent à pédaler. Napoléon, le corps en boule, la tête émergeant des épaules comme une grosse verrue, était ramassé sur le guidon. Il savait où il allait et ce qu'il voulait. Ovide, le corps affalé, les mains lâches, la jambe molle, semblait à cheval sur une machine illusoire qui menaçait de se dérober sous lui comme tous les rêves qu'il avait enfourchés.

Par la force des choses, la douleur rétablissait une échelle des valeurs chez les Plouffe. Napoléon était l'aîné et il n'avait pas besoin de faire une colère pour le prouver.

7

La chambre du père Alphonse, située dans l'aile du sanatorium réservée aux malades de bonne famille, n'offrait cependant pas l'aspect douillet et propre qui caractérise les chambres des prêtres dans un hôpital régi par des religieuses. Le vieux missionnaire avait vécu trop longtemps dans les intempéries d'un climat tropical, où il avait été habitué à se priver souvent du plus strict nécessaire. Il ne pouvait s'acclimater, à

soixante-dix ans, aux exigences du confort et aux petits soins des religieuses qui, à son arrivée, l'avaient accablé des délicatesses dues en exclusivité aux prêtres
malades. Les religieuses, froissées par ses rebuffades,
l'avaient vite pris en grippe ainsi que sa barbe. Sa nature
brusque de vieux troupier du Christ lui eût été cependant pardonnée à la longue, grâce aux sentiments de
charité cléricale qui animent d'une façon particulière
les religieuses de Québec. Mais, faute inexcusable, le
père Alphonse s'étendait, tout chaussé et habillé, sur
les draps blancs de son lit. Pendant les heures de repos,
il fumait d'interminables pipes qui éparpillaient dans
la chambre d'innombrables grains de tabac et laissaient filtrer une fumée opaque par les interstices de la
porte. Les volutes se faufilaient dans le couloir et faisaient éternuer les petites sœurs furetant de chambre
en chambre pour vérifier l'obéissance au règlement. Et
quand une audacieuse nonne osait lui faire remarquer
qu'il lui était défendu de fumer pendant ces heures-là,
il retirait lentement sa pipe de l'antre poilu qu'était sa
bouche et ripostait :

— Je me fiche de la cure, ma bonne sœur. Je fume,
je fumerai même après ma mort, si Dieu le permet.

Il enfonçait la pipe dans sa bouche édentée et la
tétait rageusement en distribuant de grasses bouffées à
droite et à gauche. Les pieds écartés, la robe retroussée,
la tête appuyée sur les barreaux de sa couchette, il récitait son chapelet en fixant le mur pendant de longues
heures. Le père Alphonse rongeait son frein. Il se mou-
rait d'impatience. Homme d'action, colonisateur des
âmes et de la brousse, il semblait s'adonner à la prière
comme à un pis-aller de l'apostolat. Il connaissait trop
les difficultés avec lesquelles ses confrères mission-
naires sont aux prises en Afrique, il savait trop leur
dénuement et l'aide pratique dont ils ont besoin, pour

se complaire dans l'atmosphère douillette où ses supérieurs l'avaient confiné.

Des petits coups secs, trépidants, secouèrent la porte.

— Entrez !

La tête de polichinelle de Napoléon pointa.

— Je voudrais vous parler une minute.

Le père Alphonse sauta au bas de son lit avec une bonne humeur visible.

— C'est ça, viens fumer une pipe.

Il savait que Napoléon ne fumait pas, mais il disait cette phrase à tous ses visiteurs, et même par gaminerie aux religieuses. Napoléon se retourna vers Ovide et lui confia rapidement :

— Attends-moi une minute dans le passage. Ce sera pas long.

Il pénétra dans la chambre sur la pointe des pieds en tournant souvent la tête vers la porte comme si quelqu'un pouvait le surprendre en train de dévaliser le père Alphonse.

— As-tu un lion à tes trousses ? s'étonnait le missionnaire amusé.

— Non, c'est Ovide, mon frère, qui était Père Blanc. Je vous en ai parlé.

— Et tu le laisses dehors ? Fais-le entrer.

Napoléon, l'air conspirateur, expliquait rapidement :

— Ben découragé. Pleurait chez nous tantôt. Je sais pas ce qu'il a. Je vous l'ai amené parce que vous connaissez ça, vous, les Pères Blancs. Faut le remonter, hein, mon père ? Je vas le chercher.

Il ressortit en vitesse. Le père Alphonse, soudainement soucieux, pressentait le drame d'Ovide. Il déposa sa pipe sur le bureau et se rendit à la porte. Il était petit, chauve, ses yeux luisaient comme du verre au-dessus de ses pommettes rouges de tuberculeux. De son poing fermé, il retint une toux sèche, et sa longue barbe blanche s'agita comme un feuillage autour de la croix qui brillait sur sa poitrine creuse. Ovide, poussé de la main par Napoléon resté dans le corridor, entra, les yeux fixés avec inquiétude sur la figure souriante du père Alphonse.

— Entrez, vous êtes chez vous. Venez fumer une pipe.

Napoléon commença d'arpenter le long couloir garni de portes numérotées. À cause du silence que le poli du plancher semblait rendre encore plus précieux, il commença à siffler un air joyeux, tout bas, et ses petits yeux ronds avaient l'air d'un tréma au-dessus de sa bouche en O majuscule. Napoléon ne chantait jamais et ne s'intéressait pas à la musique. Seulement, aujourd'hui, de chaudes bouffées mélodieuses transportaient tout son être. Il éprouvait l'allégresse de l'accusé innocent que la justice acquitte. Son amour pour Jeanne, emprisonné dans son cœur derrière les barreaux de l'incompréhension familiale, venait d'être enfin libéré par la visite qu'Ovide faisait au père Alphonse. Aujourd'hui, demain, la semaine prochaine, il pourrait parler de cet amour à ses amis, à ses parents, à cœur ouvert, comme on parle d'une affection permise. Quel beau jour ! Une religieuse jaillit soudain d'une porte qui semblait close depuis toujours. Dans cet hôpital, les sœurs surgissaient ainsi, tout à coup, au moment où l'on s'y attendait le moins. Elle s'immobilisa un instant en jetant un regard inquisiteur sur Napoléon qui eut vite fait de transformer sa joie sifflée en un long soupir.

La tête droite, empesé par le regard amidonné qu'il sentait posé sur lui, il glissait sur le plancher plutôt qu'il ne marchait. Une fois rendu au bout du couloir, il revint sur ses pas et vit que la religieuse était disparue. Quelle hâte il avait de voir Jeanne ! Ovide était déjà depuis un quart d'heure chez le père Alphonse. Napoléon, en passant près de la chambre du missionnaire, ralentit le pas, hésita, puis colla son oreille à la serrure. Il se releva avec effroi. Il avait failli surprendre un secret de confession. La voix rauque et précipitée d'Ovide lui était parvenue : « Mon père, je m'accuse... »

Napoléon se reprit à marcher du pas rapide de l'homme qui l'a échappé belle. Mais la religieuse de tout à l'heure apparaissait, voguant vers lui, car l'ample jupe masquant le mouvement de ses pieds sur le parquet luisant, elle semblait flotter sur les eaux. Elle arborait un sourire de cire.

— Vous cherchez quelqu'un, monsieur ?

Napoléon trouvait la question superflue.

— Non, j'attends mon frère Ovide qui se confesse au père Alphonse.

Elle haussa les épaules et continua de voguer sur la mer calme du corridor vers un port de fioles, de thermomètres et de patenôtres, en marmottant :

— Vous avez pourtant assez de prêtres en ville.

Au bout d'une heure d'attente, Napoléon, les pieds irrités, les yeux agrandis par l'hallucinante vision du plancher poli et des portes closes, conclut que la confession d'Ovide était terminée depuis longtemps et que les deux hommes l'avaient oublié. On ne sait jamais avec ces Pères Blancs. Ça peut parler pendant des heures, comme en chaire, sur les bêtes féroces, les négresses et tout le tralala. Mais Napoléon voulait voir Jeanne. Il n'y tint plus et, après s'être assuré qu'aucune religieuse ne pointait à l'horizon, il alla coller son oreille à la serrure, bien décidé d'entrer s'il s'apercevait qu'Ovide ne se confessait plus. Les propos compliqués qu'il entendit d'abord ne lui permirent pas de conclure qu'il s'agissait d'une conversation profane.

— Mais, mon père, protestait Ovide, j'ai trahi ma vocation.

La voix du père Alphonse tardait à riposter. Il devait attiser le feu de sa pipe.

— Je vous répète que vous ne pouvez pas trahir une vocation que vous n'aviez pas. Vous êtes entré au monastère par dépit, par orgueil, si vous voulez. Et tout ce qui vous est arrivé par la suite était inspiré par l'orgueil. Si vous aviez su être vraiment humble, vous n'auriez pas souffert ainsi.

Napoléon heurta légèrement la poignée de la porte, car il approuvait de la tête l'opinion du père Alphonse. Ovide était un orgueilleux qui avait toujours voulu tout régenter à la maison. La voix d'Ovide, angoissée, lui parvenait.

— Mais, mon père, sans cet orgueil-là, on est une loque.

— Pardon, mon vieux, on est un vrai chrétien, interrompait doucement le père Alphonse. C'est une des formes détestables de l'orgueil que de se croire victime de tourments spirituels compliqués et subtils. Nos souffrances se résument à peu de chose quand on a le courage de les exposer au soleil de Dieu. C'est aussi de l'orgueil que de refuser la place que la Providence nous assigne dans la société, sous prétexte que cette place n'est pas à la hauteur de nos ambitions. Et votre place n'est pas au monastère, car autrement, le seul nom d'une femme ne vous en eût pas fait sortir. Moi qui vous parle, je suis un vieil ouvrier qui a toujours fait le métier de missionnaire. Eh bien ! Quand on a la véritable vocation religieuse, on se sent aussi à son aise dans le ministère qu'un menuisier dans son échoppe. Les occupations du religieux, ce n'est pas votre métier, mon vieux.

— Alors, quoi ? Que me reste-t-il ? gémissait Ovide, la société ne m'offre pas d'autre refuge !

Le rire du père Alphonse éclata si fort que Napoléon retira son oreille de la serrure.

— Gagner votre vie et vous marier. Vous marier ! D'ailleurs vous montrez pour cet état d'excellentes dispositions, si j'en juge par ce que vous m'avez raconté.

Le père Alphonse continuait de rire et Ovide devait en faire autant, les yeux baissés de façon modeste. La voix d'Ovide prenait déjà un ton plus dégagé :

— Vous croyez ? Ce qui me fait peur cependant, c'est que je serai obligé de me contenter toute ma vie d'un petit salaire, et de tellement trimer pour gagner la vie de ma famille, que je ne trouverai pas de temps à donner aux belles choses. La musique, la littérature, les grandes idées.

— Mon vieux, la plus belle chose du monde c'est de faire son devoir. Et vous savez, les Arts, si ça a tant d'importance, c'est parce que des millions d'êtres comme vous, qui triment, qui font leur devoir, les aiment. Voyons, cessez d'être compliqué et ayez confiance en Dieu si vous voulez retrouver la paix.

Il y eut un long silence. Le père Alphonse devait aspirer sa pipe à pleins poumons, car la fumée filtrait par la serrure et portait Napoléon à tousser.

— Dites, mon père, demanda Ovide, vous ne devez pas avoir une haute opinion de moi, puisque je suis entré au monastère quand il m'était si facile de savoir que ce n'était pas là ma vocation ?

— Au contraire. Sous le coup de la souffrance, on fait les pires erreurs. D'ailleurs, la façon dont vous vous êtes conduit démontre que vous avez une âme droite. J'ai connu des frères convers qui, pendant la crise économique, ont joué à la Communauté la comédie de la vocation pendant tout le temps d'un noviciat difficile, et cela à la seule fin de fuir le chômage et de se payer à nos dépens une traversée de l'Atlantique. Sur les côtes de l'Afrique, ils nous abandonnaient pour courir l'aventure.

— Ah! les salauds! s'écria Ovide qui revint vite à son problème. Je vous remercie de tout mon cœur, mon père. Je me sens vraiment réconforté. Il ne me reste plus qu'à me débarrasser de l'angoisse qui me prend devant l'attitude de mes parents et de tous ceux qui savent que j'ai été au monastère.

— Justement, j'ai quelque chose à vous proposer qui va vous guérir complètement. Il faudrait que vous voyagiez un peu, que vous sortiez de Québec.

À ce moment, Napoléon, dans le corridor, sursautait. Ses regards posés par terre venaient d'apercevoir la jupe de la religieuse debout près de lui. Elle disait, sarcastique:

— C'est comme ça que vous surprenez le secret de la confession?

— Non, non, ma sœur, bredouillait-il, honteux. Je... j'écoutais pour voir si c'était fini.

Fâché contre lui-même, il recommença d'arpenter le corridor. Ah! il aurait bien dû emmener Ovide au chevet de Jeanne avant de lui présenter le père Alphonse.

Ovide s'attarda si longtemps dans la chambre du missionnaire, que l'heure allouée aux visites des malades de l'Assistance publique fut dépassée, au grand désespoir de Napoléon qui, en sortant du sanatorium aux côtés de son frère triomphant, s'imagina qu'il allait pleuvoir malgré le soleil et le ciel bleu.

— Viourge! que c'est ennuyant! Avec tout ça, on n'a pas vu Jeanne.

Mais Ovide, les yeux luisants d'espoir, fixait les montagnes lointaines.

— Napoléon ! Sais-tu une chose ? Je pars pour New York la semaine prochaine, en bateau.

— Hein ?

Ovide n'avait pas la langue assez rapide pour articuler le flot de mots qui sortaient de sa bouche. Le neveu du père Alphonse, capitaine d'un vaisseau marchand qui desservait Québec et New York, engageait Ovide comme aide-cuisinier sur la recommandation de son oncle. Ensuite, à la fermeture de la navigation, le père Alphonse promettait de trouver une situation à Ovide.

— Comme ça, tu vas aller aux séries mondiales, dit Napoléon.

— Et à l'opéra ! acheva Ovide.

En enfourchant sa bicyclette, il avait l'air d'un aigle convalescent qui se prépare à reprendre son essor. La vie était belle ! Rita Toulouse, sur le quai, agiterait un mouchoir en signe d'adieu. Pour quelque temps, il serait marin et deviendrait un dur de dur. L'époque du sentimentalisme était finie. Au fait, il lui faudrait s'abonner aux cours de culture physique par correspondance de Charles Atlas, et enseigner à Guillaume comment on devient un homme et un vrai champion.

— Vas-tu à l'enterrement d'Onésime ? demanda Napoléon, la tête tournée vers le sanatorium.

QUATRIÈME PARTIE

Mai-juin 1940

1

Dunkerque ! Fin de mai 1940 !

Le premier cri de l'alerte terrifiante après de longs mois de guerre sans bataille, de longs mois abrutissants, où l'humanité, à force de ne rien décider, sombrait dans l'hébétude.

Dunkerque ! Le coup de fouet qui interrompait soudain l'étrange halte et poussait pêle-mêle les hommes horrifiés.

Dunkerque ! La Machine s'ébranlait enfin. Les désastres qu'elle allait entasser justifieraient son hésitation.

Dunkerque !

Québec, surpris en pleine sieste, tournait des yeux angoissés vers l'Europe, vers Ottawa, vers l'archevêché. La catastrophe atteindrait-elle la Laurentie ? Pendant les mois de l'hiver qui avait précédé, devant cette guerre de reportage et de littérature, les Québécois, une fois leurs craintes de la conscription apaisées, s'étaient moqués de ces bavards d'Européens. Réconfortés par l'allure de la drôle de guerre, ils avaient presque oublié que de chaque côté de la ligne Maginot des soldats attendaient un signal. Mais les Allemands avaient bondi les premiers, sans crier gare, envahissant la Hollande, la Belgique, repoussant les Anglais à la mer et jetant leurs *panzerdivizionen* sur la France désemparée. Et tout cela en quelques jours !

Était-ce la fin d'une époque ? D'alarmantes rumeurs parvenaient d'Ottawa. Les provinces anglaises réclamaient la conscription ; Mackenzie King, d'une voix incertaine, refusait mollement, et Ernest Lapointe tentait vainement d'apaiser les craintes des Canadiens français.

Les Québécois étouffaient d'incertitude. Seule une grandiose cérémonie religieuse pouvait calmer leur inquiétude. Coïncidence providentielle : l'on était à l'époque de la procession spectaculaire que l'on organise en hommage au Sacré-Cœur, chaque année. Cette procession prit dans le cœur de tous une telle importance qu'il paraissait que le salut du monde y fût attaché. Pendant neuf ardentes journées, on en prépara la pompe, et plus le grand soir approchait, plus la ferveur et l'espoir grandissaient.

Une activité fiévreuse agitait Québec et les environs. Les hôtels étaient remplis, des cortèges d'automobiles, des camions bondés arrivaient des campagnes. On communiait ferme, les conversations s'éternisaient le soir autour des radios tonitruantes et, dans les cuisines, les hommes, sous les yeux des femmes inquiètes, attendaient le signal de l'immense rassemblement avec des mines déterminées.

Deux heures avant la procession. Les caravanes d'autos qui pénétraient dans la ville par toutes les artères indiquaient si péremptoirement l'importance de la cérémonie que l'ambulance immaculée qui filait en ce moment dans une des rues de Limoilou semblait se diriger sur les lieux du parcours pour attendre et cueillir les blessés.

Les freins grincèrent. Le chauffeur, blafard et mince dans son uniforme blanc, sauta sur le trottoir et frappa fébrilement à une porte. Rita Toulouse, la tête enveloppée d'une serviette ouvrit.

— Ovide ! Entre donc. Je suis à me donner un shampoo.

Le chauffeur souriait de toutes ses dents et secouait la tête.

— Non. Je viens juste te demander si tu vas voir la procession. Moi je marche. On se rencontrera après, à l'hôtel de ville.

— O.K. Comme tu voudras.

Les formes de Rita s'épanouissaient. Des boucles blondes s'échappaient des plis de la serviette tordue en turban, et sa robe de chambre avait été croisée à la hâte. Ovide, les yeux luisants, restait là à piétiner.

— Je suis sûr qu'on va avoir le service obligatoire. La procession n'y peut rien. Le type du magasin de disques est en parfaite santé. La place sera libre et je l'aurai. J'ai mon bouton de vétéran. Ça fait assez longtemps que je veux lâcher l'ambulance. Et puis, vendeur de disques, j'aurai un salaire pour me marier.

Ovide observait avidement Rita. Coquette, elle lui donna une légère poussée.

— Tu penses ? Ah ! on vous connaît, vous autres, les hommes, avec vos promesses.

Elle acceptait donc ! Ovide riait.

— On sera heureux comme des fous, tu verras. Finis les baisers dans les parcs. Et dire que c'est la guerre qui fait notre bonheur ! Sans compter qu'à la maison tout le monde sera sauf. Guillaume part demain pour les États-Unis.

— File, bandit. À ce soir, fit-elle rapidement. Mon eau refroidit.

Ovide contempla un instant la porte refermée puis, un sourire extatique aux lèvres, s'installa au volant. Au retour de son voyage à New York, d'où il semblait avoir rapporté de mystérieuses expériences, il avait accepté cet emploi d'ambulancier que lui avait trouvé le père Alphonse. Fort de cet état civil, il avait commencé à fréquenter régulièrement Rita Toulouse et même à la recevoir chez lui, au grand mécontentement de la rancunière Joséphine. Puis l'idée du mariage avait commencé de le hanter, mais son revenu n'était pas assez élevé pour cette aventure. Il se mit alors à détester son métier et à convoiter le poste de vendeur de disques dans un grand magasin, emploi occupé par un jeune homme incapable, à cause de sa magnifique santé, d'échapper à la conscription, si restreinte fût-elle.

Non seulement Ovide était harassé d'entendre gémir dans son dos, mais il avait à souffrir la hargne de Cécile à l'égard des ambulanciers. La silhouette sinistre du véhicule stationné à la porte de la maison à l'heure des repas rappelait à sa sœur de trop lugubres souvenirs. Seul Napoléon se réjouissait du métier d'Ovide, car il faisait régner dans la famille une atmosphère d'hôpital favorable à ses amours.

Le mariage ! Les dents d'Ovide luisaient de salive. L'ambulance roulait comme dans une gaieté insolite. Une longue silhouette bondit soudain sur le marche-pied et la tête ébouriffée de Denis Boucher se découpa dans le châssis de la porte.

— T'es bien nerveux, Ovide ? Juste un mot. Je viens de m'enrôler. Versé dans le service de la propagande. Paye d'officier. Bonjour.

— Enrôlé ? T'es fou ?

Mais Denis avait quitté le marchepied. Ovide retomba vite dans une lumineuse rêverie. Amour, quand tu nous tiens... Tout allait bien. Il irait à la procession, se griserait de prières, pleurerait sur le sort de l'Europe. Mais la procession ne pouvait empêcher le service obligatoire. Toutes les chances fleurissaient devant Ovide. Jusqu'à Guillaume qui, rappelé par son club, partait demain pour les États-Unis. Car le champion, auréolé de sa gloire, avait recommencé avec Rita Toulouse une complicité de coquetterie exaspérante pour Ovide.

Ovide souriait. Il manipulait son ambulance comme un gros pansement. Sans bruit, il la tassa le long du trottoir et grimpa l'escalier. Les aboiements de l'appareil de radio ouvert à toute force jaillissaient de la porte de la cuisine. Ovide haussa les épaules. Le vieux paralytique ne se fatiguait pas d'écouter les nouvelles du désastre de Dunkerque.

— V'là le croque-mort, bougonna Cécile.

En robe noire, elle était assise sur le banc de tramway au bout de la galerie, et jetait des regards dégoûtés sur le toit de l'ambulance. Depuis la mort d'Onésime, la vieille fille, dont plusieurs mèches de cheveux passaient du gris au blanc, parlait sans cesse du défunt au point que, après plusieurs mois, elle semblait s'imaginer avoir été sa femme. Cécile, à cause de son sens inné de l'économie, tirait donc de la disparition d'Onésime le seul avantage que ce décès lui présentât : elle pouvait enfin ouvrir son cœur et parler d'Onésime comme de son mari, sans que la famille y trouvât à redire, et il était tacitement entendu, dans la maison, que le disparu était une sorte de gendre ou de beau-frère dont Cécile pouvait tous les jours évoquer l'image avec un prestige de veuve. Mais depuis quelques semaines la situation se compliquait, et la famille Plouffe trouvait que la mesure commençait à déborder, car Cécile insistait pour adopter le plus jeune des enfants d'Onésime, de qui la veuve légale ne pouvait plus assumer la charge. Le principal obstacle que rencontrait la vieille fille dans ce dessein était Guillaume qui, jaloux de ses privilèges de benjamin, voyait d'un mauvais œil l'intrusion d'un garçonnet de deux ans. Aussi Cécile s'intéressait-elle au baseball américain.

Après avoir bougonné, elle se pencha vivement vers la porte de gaze :

— Le v'là justement.

— Quoi encore ? fit Ovide.

Une activité insolite régnait dans la cuisine. La malle de noces de la mère Plouffe gisait grande ouverte au milieu de la pièce, recevant les chaussettes de laine, les caleçons, les médailles, les scapulaires de Guillaume et les innombrables recommandations de Joséphine.

Guillaume s'avançait vers Ovide et lui tendait une feuille jaune.

— On vient de recevoir un autre télégramme des États, dit Joséphine.

Tous les Plouffe suivaient le va-et-vient rapide des yeux d'Ovide posés sur le télégramme.

— Hum ! fit-il, perplexe. Il me semble qu'à New York ce mot-là ne prenait pas deux s ?

— Ça dit quoi ? demanda timidement Joséphine. Veux-tu bien me baisser ce radio-là, Théo, qu'on comprenne ! cria-t-elle en se retournant vers son mari qui, de sa main disponible, jouait avec le régulateur.

Le paralytique, l'air rayonnant, écoutait les nouvelles de la défaite des Anglais, et comme le sportif radiophile qui déguste l'explosion de triomphe déclenchée par la victoire de son équipe, il essayait toutes les tonalités.

Joséphine, sous l'œil désolé de son mari, ferma l'appareil.

— Ça dit quoi ?

— Il y a un mot qui me semble mal écrit. Je vais aller vérifier l'orthographe. C'est très important.

— Tu parles d'un gars, s'impatientait Cécile. Onésime nous aurait dit ça tout de suite. Il ne savait pas écrire l'anglais, mais le comprenait.

— Voulez-vous que je vous le lise ou non ? menaça Ovide.

Il se dirigea vers sa chambre pour consulter un dictionnaire. Depuis son voyage aux États-Unis, on croyait à la maison qu'il connaissait bien l'anglais, et son prestige en avait été rehaussé. Pendant qu'il déchiffrait chaque mot, Napoléon, dans la cuisine, essayait de tempérer l'impatience des autres.

— Une lettre de trop, ou de moins, des fois, en anglais, ça change tout.

— Fais donc pas le Jos Connaissant, coupa Cécile. Continue à faire des statistiques.

— Rien n'empêche que Jeanne va battre plusieurs records, protesta le collectionneur.

Assis le dos à la fenêtre, il était attablé devant de grandes feuilles carrelées sur lesquelles il inscrivait l'histoire de la maladie de Jeanne : nombre de jours d'hospitalisation, hauts et bas de la température, sédimentation, onces et livres chèrement conquises, au jour, à la semaine, au mois, enfin une série de chiffres fastidieux avec lesquels Napoléon cimentait l'édifice de ses espérances.

Joséphine, au mot « statistiques », jeta un regard harassé sur les feuilles rayées.

— T'aimes ça perdre ton temps.

Napoléon, pendant l'hiver qui venait de s'écouler, avait de beaucoup renforcé ses positions. Il déclama calmement en fixant sa mère :

— Le père Alphonse dit que c'est beau, l'ordre, dans la vie. Il dit que les malades, c'est du monde comme les autres. Le père Alphonse dit que Jeanne est pas mal guérie et qu'elle va pouvoir se marier bientôt.

L'argument du « père Alphonse » avait eu raison de Joséphine depuis longtemps. Aussi, elle changea le cours de son impatience et regarda vers la chambre d'Ovide.

— Ah ! L'anglais, que c'est compliqué !

Il y eut un court silence où l'on n'entendit que le bruit d'une plume qui traçait des lignes et les bourdonnements qui recommençaient à faire vibrer la radio furtivement rallumée par le paralytique. Cécile, les yeux baissés, souriait mystérieusement. Très aimable tout à coup, elle s'adressa à Guillaume qui, près de l'évier, les mains aux poches, attendait le retour d'Ovide d'un air soucieux :

— As-tu hâte de partir, de te voir aux États-Unis ? T'as pas peur de t'ennuyer ?

Le lanceur lui jeta un regard oblique.

— Fais pas l'hypocrite. T'as assez hâte que je m'en aille.

À ce moment, Ovide, accablé, arriva dans la cuisine en traînant les pieds et jeta le télégramme sur l'évier, à côté de Guillaume.

— Tiens ! Tu ne pars plus.

— Hein ! ! !

L'exclamation avait jailli de toutes les bouches. Ovide, excédé, cria presque :

— Tu ne pars pas ! C'est clair ! Ils cancellent ton départ, le remettent à plus tard, à cause des événements internationaux, je suppose.

— Viourge ! Le père, baissez donc le radio qu'on comprenne ! rugit Napoléon.

Dans l'explosion de stupeur collective, chacun réagit de façon différente. Napoléon abandonna ses statistiques et se mit à arpenter la cuisine de long en large, tentant de mettre de l'ordre dans le fouillis de ses espoirs déçus.

— Viourge ! Ça a pas de bon sens. Je t'avais entraîné, t'étais prêt. Et les articles, et les portraits dans les journaux, qu'on n'aura pas.

— Il s'agit bien de portraits ! marmotta Ovide en lui jetant un coup d'œil furieux.

Cécile, sur sa chaise, n'avait pas bougé. Un sourire amer tordait ses lèvres. Ce n'était pas surprenant, rien n'était jamais arrivé de ce qu'elle avait espéré. Elle ne pourrait pas adopter l'enfant d'Onésime, voilà tout. Joséphine qui, au fond, n'était pas fâchée de cet événement, constata à ce moment que la solidarité familiale est impossible avec des enfants adultes, l'égoïsme de chacun apportant son élément de division. Elle examinait la figure de ses enfants et devinait les motifs de leur déception. Joséphine eu envie de sourire. Elle remportait une victoire, puisque les événements empêchaient son bercail de se disperser.

— Le bon Dieu sait ce qu'Il fait, dit-elle. Dans le fond, t'es bien plus en sûreté avec ta mère, mon petit. Fâche-toi pas.

Guillaume, furieux, serrait les dents et pourchassait à coups de pied rageurs une boîte de carton vide qui alla finalement choir sur le lit de Cécile.

— Le bon Dieu, le bon Dieu ! bougonna-t-il. Je suis lanceur, oui ou non ? Je me sens meilleur viseur que jamais, maudit de maudit. Pis je vas rester ici dans la cuisine ? Non ! Je suis trop habitué à penser que je vas partir. Faut que je parte. Je m'enrôle.

— Va pas perdre la boule ! s'effara Napoléon. Faut pas s'énerver. Ça peut encore s'arranger.

À la radio, le speaker donnait une version littéraire du désastre de Dunkerque dont les bombardements, décrits par un diplômé du Séminaire de Québec, semblaient avoir leur répercussion dans l'appareil des Plouffe qui bourdonnait et craquait. Le père Théophile, par ses grimaces et ses grondements, par toutes les torsions du corps dont il était capable, tentait d'attirer l'attention de ses enfants pour leur dire de ne pas s'étonner de ce qui arrivait à Guillaume. La conscription serait imposée dans quelques jours, et le gouvernement ne permettrait pas aux jeunes de s'éloigner. Mais il y avait belle lurette qu'on ne portait plus d'attention aux grimaces de Théophile, qui était maintenant très maigre et avait le visage raviné de rides profondes. Une larme perla entre ses cils. Il était un expert en diagnostics de guerre et ses enfants lui refusaient la suprême consolation de leur en communiquer un.

Le curé Folbèche fit soudain irruption dans la cuisine. Le chapeau relevé, essoufflé, le mouchoir à la main, il s'essuyait nerveusement.

— Aux dernières nouvelles, il paraît qu'Ottawa est à la veille de voter le service militaire. Vous savez ce que ça veut dire : la conscription ensuite. L'Angleterre voit enfin sa chance de nous exterminer. N'oubliez pas de marcher à la procession ce soir. C'est notre seule chance de salut. Toi aussi, Guillaume, même si tu pars pour les États-Unis.

— Il ne part pas, dit Joséphine, qui pensait soudain à l'enrôlement avec terreur.

On avait à peine fini de mettre le vieux prêtre au courant du télégramme, qu'il déclamait, les bras ouverts, d'une voix prophétique :

— Monsieur Plouffe, vous ne pouvez pas parler, mais à vos yeux, je vois que vous êtes le seul à avoir compris. Regardez tous votre père. Son regard de patriote impuissant vous crie qu'une époque sanglante va s'abattre sur notre jeunesse. Vous rendez-vous compte qu'Ottawa dirige Guillaume vers les champs de bataille au lieu des champs de baseball ? Il faut se défendre. Notre dernière arme, c'est la procession. À sept heures ! À l'église Saint-Roch !

Il partit. Les Plouffe s'entre-regardèrent avec effroi. La situation internationale, qui ne les avait pas trop émus à cause du remue-ménage causé par le départ de Guillaume, prenait soudain dans leur vie une place de premier plan.

2

Une intense atmosphère dominicale s'abattait sur cette soirée de vendredi où cent mille personnes sortirent d'une table de semaine pour entrer dans un après-souper solennel.

Il faisait une chaleur humide, amortissante, et la ville, sous un lourd baldaquin de nuages, semblait condamnée à un orage certain auquel personne pourtant ne croyait à cause de la puissance du Sacré-Cœur.

À mesure que l'heure de la cérémonie approchait, la ville subissait une curieuse transformation. La circulation cessa, ou presque, et les quelques voitures ou tramways qui avançaient encore avaient l'air de véhicules sacrilèges égarés sur des pavés inutiles.

Car une nouvelle hiérarchie des rues s'installait. La Foi déjouait les règles de la topographie : de grands boulevards se transformaient en culs-de-sac et des ruelles devenaient des voies royales. Les rues élues par le défilé serpentaient triomphalement de l'église Saint-Roch à l'hôtel de ville, flamboyantes de drapeaux et de banderoles, laissant dans l'ombre la multitude des chemins qui drainaient jusqu'à elles la population vibrante.

À sept heures, les cloches sonnèrent la mobilisation des croyants et des patriotes, et l'exode vers le point de départ du défilé, l'église Saint-Roch, commença. Les hommes, les femmes, les jeunes filles, les enfants surgissaient de partout, grossissant les cohortes attirées par le tracé lumineux. On s'étonnait même qu'il y eût tant de monde dans cette cité paisible, comme on est surpris de constater la multitude des papillons qui peuplent les nuits d'été quand une lumière s'allume soudain. Seuls des malades, des infirmes et des vieillards semblaient encore habiter quelques maisons, où des radios transmettaient les premières rumeurs de la cérémonie.

Même le bourdonnement sourd qui, à l'ordinaire, monte de la ville, et que l'on perçoit mieux le soir quand les rues et les édifices s'enluminent, s'était métamorphosé en un immense murmure coupé de cantiques et voilé par le brouillard d'encens coloré des réverbères et des enseignes au néon. La ville s'agenouillait et commençait à prier pour empêcher le fléau de l'atteindre.

Les haut-parleurs installés aux points stratégiques du parcours, les radios lançaient avec des sifflements et des craquements de mécanique blessée, deux cris tragiques qui zébraient comme des éclairs la complainte qui débordait les rues par-dessus les toits : « Vive le Sacré-Cœur ! » « Sacré-Cœur, sauvez l'Europe, éloignez de nous le spectre de la guerre ! »

La procession prenait forme, répondait à l'appel de son apôtre attitré, le père Lelièvre, un saint dont l'immense amour pour le Sacré-Cœur égale l'intuition qu'il a des inquiétudes du peuple. Il faisait déjà résonner son cri de ralliement au-dedans du temple même où le cœur du défilé commençait à battre, et imprimait un élan précis aux flammes de foi couvrant encore entre quatre murs, mais qui tantôt, au sortir de l'église Saint-Roch, se transformeraient en un gigantesque feu grégeois dont l'incendie de ferveur dévorerait le parcours jusqu'à l'hôtel de ville.

Les populations que les rues charriaient pêle-mêle vers les lieux de la cérémonie, semblaient obéir, dès qu'elles approchaient du centre de la ville, à une discipline mystérieuse. Les hommes, la mine grave soudain, se séparaient des femmes et marchaient vers l'église Saint-Roch, tandis que celles-ci, tout en jetant un dernier coup d'œil à leur toilette, couraient se tasser sur les trottoirs. Les femmes des pacifistes applaudissent aux exhibitions de leurs hommes avec autant de zèle que les femmes des militaristes acclament les parades de soldats.

Pendant que ces rubans chatoyants continuaient de garnir les abords du parcours, des milliers d'hommes, tête nue, noircissaient les alentours du temple ébranlé par le tonnerre des voix et des orgues, et attendaient l'apparition de l'ostensoir d'or pour s'enfiler à lui et le suivre dans sa course surnaturelle.

La vente des insignes, qui d'habitude faisait réaliser aux organisateurs de cette procession annuelle des revenus appréciables, perdait ce soir-là son aspect mercantile, tant elle passait inaperçue de la masse houleuse qui payait et épinglait sans s'en rendre compte. Les attitudes, les gestes importaient peu dans l'espèce de transport mystique qui soulevait les êtres, psychologie particulière aux foules et mise en branle par la soudaineté de la tragédie européenne, attisée par la récente neuvaine et par la grandiose mise en scène de la procession, puis excitée par les infatigables messieurs Folbèche. Ceux-ci éperonnaient leurs paroissiens fringants de ferveurs en leur faisant crier des cantiques que les haut-parleurs emportaient jusqu'au ciel. Quand cinquante mille croyants se mettent ainsi à chanter, une ville n'est plus une ville. On se croirait transporté, ce soir de 1940, dans une vallée de Josaphat sublime ou terrifiante, et les oreilles n'attendent plus que les trompettes de l'Apocalypse pour conclure à l'arrivée de la fin du monde. La terre va-t-elle s'entrouvrir, les édifices vont-ils s'écrouler ?

Non. Dans le grand portail de l'église Saint-Roch, le dais chamarré d'or, étrenné lors du célèbre Congrès eucharistique de 1938, s'encadrait, abritant le vicaire apostolique de la Baie James, dont la tête et les épaules disparaissaient derrière l'ostensoir d'or aux raies de soleil.

La foule fascinée, immobile, contemplait cet astre symbolique qui contenait le Dieu sauveur. Les Hébreux, devant l'Arche d'Alliance qu'on leur découvrait aux moments tragiques de leur histoire, n'étaient pas plus transportés que les Québécois devant l'ostensoir qui resplendissait de tous ses feux. Car ce n'était pas le Dieu des dimanches ordinaires qui se montrait à eux ce soir, c'était le Dieu de 1837, de 1917 et de 1940, le Dieu du nationalisme, le Dieu de la Laurentie, le Dieu des grands moments historiques où la patrie est menacée.

Pendant que la tête de la procession se constituait et que les ondulations de la multitude, soumises à un ordre mystérieux, dessinaient déjà le squelette du défilé, un abbé au verbe enflammé, bien connu par ses violentes sorties antibritanniques et ses prêches nationalistes, s'empara du microphone laissé libre par le père Lelièvre. Celui-ci était en route vers le reposoir de l'hôtel de ville pour accueillir la procession.

L'abbé clama en substance : « Bien entendu, l'Europe est à feu et à sang. Nous la plaignons et nous prierons le Sacré-Cœur de mettre fin à son supplice. Mais là doit se borner notre participation. Notre jeune race ne peut se permettre de s'exposer à mourir sur les champs de bataille. N'oublions pas que les forces politiques qui encouragent la conscription pour outre-mer sont celles mêmes qui veulent nous voir disparaître. Dieu leur pardonne ! Allons, jeunes gens, prions ! Le Sacré-Cœur nous écoute. Chantons ! Tous ensemble, d'une voix forte… »

Un souffle de frénésie gonfla les poitrines. « Cœur Sacré de Jésus, j'ai confiance en vous. » Le chant de ces dizaines de milliers de voix angoissées montait, d'une force telle, que l'oreille ne pouvait en évaluer l'intensité. Il semblait que la ville, soulevée dans une éruption de cratère sacré, tentât de trouer le ciel de ses cris. Une atmosphère de catastrophe ou de miracle prenait lentement la place de la sourde tension générale. La clameur née à l'église Saint-Roch se communiqua à tout le parcours jusqu'au reposoir de l'hôtel de ville, comme une tornade qui soulève tout sur son passage.

Pas de conscription ! Ce mot d'ordre marqua le départ de l'avalanche d'hommes. La gigantesque croisade s'ébranlait, précédée des gendarmes à cheval. À l'avant-garde, comme pour faciliter la trouée au dais, marchaient les religieux de toutes les communautés : frères Maristes, frères des Écoles Chrétiennes, frères du Sacré-Cœur, frères de l'instruction chrétienne, etc., puis pères Eudistes, Capucins, Franciscains, Oblats, suivis de la croix de la procession et des ecclésiastiques du Grand Séminaire, des prêtres et des curés de la ville. Le dais suivait, gravement soutenu par des marguilliers gantés de blanc, qui se relayaient en cours de route, par équipes. Marchaient ensuite des prélats, des chanoines et des ecclésiastiques de haut rang. Puis c'étaient les notables, les personnalités politiques et l'énorme masse des laïques anonymes qui s'incorporaient au défilé dont les rangs s'allongeaient et se grossissaient comme un raz de marée formidable.

Vers huit heures le vent s'éleva, poussant pêle-mêle vers le nord les nuages noirs qui menaçaient la ville. Les banderoles, les drapeaux, les habits, les robes, les cheveux, tout battait au rythme des cours. C'était trop beau, trop ardent, trop grandiose, Dieu ne pouvait plus rien refuser. Le volcan de la place Saint-Roch continuait toujours de répandre son inépuisable lave d'hommes, dont le flot roulait vers le reposoir dans un tumulte de chants et de prières. Au passage du dais, les rangées de femmes debout sur les trottoirs s'agenouillaient, et de loin, ces colonnes d'épis multicolores semblaient couchées au ras du sol par le passage d'un souffle surhumain. Une telle foi charriait ces milliers d'hommes qui portaient un ostensoir comme drapeau, qu'on se serait cru devant un ouragan de piété qui balayait les êtres comme des fétus.

Si des centaines d'ecclésiastiques précédaient le dais, quelques prêtres plus ardents le suivaient, échelonnés sur le corps interminable du défilé, jusqu'à la place Saint-Roch. On les voyait, en surplis, marchant à reculons, exhortant leur régiment paroissial à prier, à chanter plus fort, toujours plus fort : « Sacré-Cœur de Jésus, épargnez-nous la conscription ! » Alors, un nouveau spasme de ferveur soulevait la procession qui, avec le fracas d'un cataclysme, bondissait de pavé en pavé dans un grondement épouvantable.

Ces formidables phalanges marchant d'un pas rapide offraient un aspect sublime. Armés de milliers de chapelets dont le balancement accéléré de pendule rythmait l'exaltation grandissante, les groupes d'hommes communiaient tous dans une même adoration du Sacré-Cœur de Jésus.

Ici, c'étaient de farouches anglophones qui marmonnaient avec ferveur.

Là, c'étaient les atterrés de la populace, dont les inquiétudes et les espérances, transplantées dans cette fièvre collective, se métamorphosaient en questions de vie ou de mort, selon que la procession s'avérerait une réussite ou un échec. C'était la partie du peuple pétri par les partis politiques brandissant depuis tant d'années, pour obtenir des votes, l'épouvantail de la conscription. Cette menace, comme celle de l'enfer, de la tuberculose et du cancer, faisait partie, pour ces effrayés, du patrimoine intime de sentiments primordiaux légué par nos valeureux pères. Et cette crainte qui, en temps ordinaire, cédait la place à des préoccupations d'ordre secondaire, passait de l'état chronique à l'affection aiguë, une fois plongée dans l'atmosphère d'étuve qui dévorait la procession.

Puis c'étaient les indifférents aux luttes raciales, et qui songeaient avec terreur aux malheurs de l'Europe. Larmes aux yeux, ils suppliaient le Sacré-Cœur de guérir le monde.

Enfin venaient ceux qui, tenant distraitement leur chapelet, se préparaient dans la méditation à leur holocauste de demain. C'étaient les innombrables jeunes hommes qui bientôt iraient grossir les rangs du 22ᵉ Régiment, du Régiment de la Chaudière, soit par amour de la France, soit par goût de l'aventure, soit pour refaire des muscles atrophiés par le chômage, soit par un étrange et admirable besoin du don de soi.

Évidemment, quelques jeunes gens, ici et là, au lieu de porter leurs regards vers le ciel, examinaient les centaines de belles filles massées sur les trottoirs, les jolies Rita Toulouse dont Québec n'est pas en disette, et que la menace d'une conscription remplissait d'un émoi dramatique d'où le prestige des beaux hommes sortait fort rehaussé. Une fois le dais passé, les coquettes s'en donnaient à cœur joie et n'avaient pas assez d'yeux pour répondre aux œillades. Presque toutes les femmes, les Joséphine, les Cécile, même si elles participaient aux chants et aux prières des hommes, satisfaisaient leur curiosité sans négliger leur ferveur. En effet, quel spectacle incomparable ! Des nuées d'hommes à la fois ! Plusieurs d'entre elles réussissaient le prodigieux tour de force de les examiner un à un, et la vision pénétrait si profondément dans leurs yeux que par une espèce d'illusion d'optique elles voyaient encore le défilé une heure après la fin de la cérémonie.

Et surtout, quelles physionomies hilarantes elles pouvaient découvrir ! Certains hommes laids ont des mines si ridicules quand la foi qui transporte les montagnes déforme leurs traits et fait béer leurs bouches suppliantes ! Mais la majorité des manifestants, dégagés des soucis ordinaires de l'apparence, ne s'occupaient pas du spectacle qu'ils offraient. Les oreilles bourdonnantes, le sang battant aux tempes, les yeux levés vers le Sacré-Cœur, ils participaient à l'avalanche avec frénésie. Trapus ou efflanqués, maigres ou gras, blêmes ou rougeauds, ils accomplissaient leur marche à l'étoile.

Et le flot de lave humaine roulait vers le reposoir dans une presse toujours croissante. L'asphalte martelé rendait une longue plainte sourde sous les piétinements saccadés : les haut-parleurs, déchirés par les éclats de la voix enrouée du père Lelièvre, semblaient près d'étouffer dans une crise d'asthme. Car le saint promoteur de cette procession, qui dirigeait mainte-

nant de la place de l'Hôtel-de-Ville cet immense orchestre de prières, était agité jusqu'au paroxysme par un
enthousiasme religieux qui frôlait l'extase à mesure que
le mouvement final de la symphonie du Sacré-Cœur
approchait. Une telle adoration, une telle confiance en
Dieu se dégageaient de ses cris, que les plus baroques
supplications revêtaient un aspect de sublimité. La
procession était sa chose. Des milliers d'hommes, la
tête en avant, mis à bout de souffle par l'escalade des
côtes, les yeux exorbités, obéissaient à l'appel de sa voix
d'illuminé. La psychose était complète. Qu'allait-il se
produire ?

Soudain, le père Lelièvre fit entendre un cri étouffé
par une sainte jubilation. « Les premiers contingents de
la procession atteignent le reposoir et, à la place Saint-
Roch, la foule continue d'alimenter le défilé. Vive le
Sacré-Cœur ! » « Sacré-Cœur de Jésus, pitié pour nos
jeunes gens ! »

Un vent d'exaltation secoua les marcheurs électrisés. La porte des miracles s'ouvrait enfin. La ville,
qui avait maintenant pour pôles l'église Saint-Roch et
l'hôtel de ville, était cousue dans sa longueur par un
seul cordon humain !

Dès ce moment, le défilé prit un nouveau visage.
Son mouvement s'accéléra, car tous brûlaient d'entrer au plus vite dans le sein de l'apothéose. Les rangs
pressés s'élargissaient pour se fondre enfin dans le
golfe illuminé de la place du reposoir. Au bout d'une
demi-heure, une masse houleuse de têtes noircissait
le parc de l'hôtel de ville, ses abords et les rues envi-
ronnantes ; le fleuve du défilé continuait toujours de
verser son débit inépuisable dans le golfe débordant.
Ces multitudes d'hommes et de femmes, éclairées par
la lune qui maintenant se dégageait et par les feux des
réflecteurs, continuaient de clamer prières et cantiques

dans l'attente du cardinal Villeneuve qui devait adresser la parole.

Discours désiré avec émoi par ces régiments de croisés vibrants d'exaltation devant le Saint des Saints qu'ils avaient enfin rejoint, car leurs poitrines et leurs gorges contractées ne guettaient plus que l'assentiment du grand chef de la chrétienté canadienne-française pour laisser échapper les cris de victoire qui les oppressaient. Le discours était attendu avec anxiété par les curés Folbèche, les abbés nationalistes qui, exténués, couverts de sueur, allaient de groupe en groupe, stimulant toujours les ferveurs, augmentant la tension générale par des exclamations fébriles, comme pour déclencher un raz de marée triomphal qui roulerait jusqu'aux pieds du Sacré-Cœur en balayant sur son passage les discours et les gouvernements favorables au service militaire.

La foule énorme, agglutinée en un seul tout mouvant, semblait maintenant dominée par une force hypnotique. Figée au sommet de la gamme des ferveurs, elle faisait monter vers le ciel, à un rythme exténuant, les détonations suppliantes déclenchées par le père Lelièvre. La masse n'était plus qu'un immense médium en transe. Des acolytes de bonne volonté suggéraient des invocations passionnées au père Lelièvre qui, dans la candeur de sa sainteté jubilante, les répétait au microphone avant d'en avoir saisi la portée.

Soudain, une détonation formidable retentit, faisant vibrer le sol et roulant jusqu'au bout de l'écho en bruit de tonnerre.

C'était le coup de canon de neuf heures et demie.

Un silence étouffant figea la multitude. La guerre déléguait sa menace symbolique à la procession. La tragédie des champs de bataille agitait son spectre au-dessus du reposoir.

À ce moment, la voix brisée du père Lelièvre fit passer son souffle de déférence défaillante par les haut-parleurs. « Mes frères, Son Éminence. »

Le brillant homme d'Église se levait de son prie-Dieu et s'avançait vers le microphone. Petit de taille, il émanait cependant de sa personne une noblesse et une impression de grandeur qui imposaient même aux grands hommes d'État. Pendant d'interminables secondes, il contempla gravement l'immense troupeau d'ouailles oppressées qui attendait un signe de sa main pour clamer son allégresse.

Les éclats nickelés du microphone jouaient dans ses lunettes, et au-dessus de sa tête battaient le drapeau tricolore, le drapeau de Carillon « Croisé à quatre fleurs de lys » et le drapeau blanc et or du Vatican. Le cardinal croisa les mains et, de sa voix forte, douce, il commença à parler du Sacré-Cœur avec une dignité que la pureté de son langage transformait en un acte de foi artistique. Ses paroles, véhiculées par les haut-parleurs, planaient dans un vol serein au-dessus des têtes immobiles. Puis sa voix s'enfla lentement, tremblant d'une fermeté farouche. L'instant suprême était venu. La foule ne respirait plus.

« Nous devons tous profiter de ces prières solennelles, proclamait le cardinal, pour demander au Sacré-Cœur d'allumer en nous et de spiritualiser les sentiments du plus pur patriotisme, qui nous fassent ressentir les maux dont sont accablées les nations amies, et les dangers qui menacent toute la chrétienté. Le monde a besoin des richesses du Cœur de Jésus, surtout en ces jours où les idées les plus abstraites se font une lutte confuse. Il convient de condamner les esprits légers qui affaiblissent le sentiment chrétien du droit et d'une juste victoire, par leurs déclamations inconsidérées ou malveillantes à l'endroit des nations justes. »

D'ardents apôtres, dans la foule, serrèrent les poings. Le cardinal continuait :

« Potentat persécuteur et sacrilège, meurtrier des femmes et des enfants, Hitler représente la félonie et l'organisation du mal. Ses adversaires et ses victimes représentent le patriotisme et le droit. Le pape, avec prudence, mais aussi avec une indomptable énergie, s'est prononcé publiquement contre l'audace barbare d'un homme qui ne respecte plus rien dans l'humanité. Il faut que l'on dise bien haut, à la face du monde et surtout de l'Adorable Sacrement du Divin Cœur, que le drapeau des armées alliées est notre drapeau. L'Église ne bénit pas la guerre, mais elle bénit le glaive de ceux qui savent l'employer au bien. Nos alliés par les traités, par le sang et la langue, par la solidarité politique ont le droit de compter sur nos vœux, sur nos prières, ET MÊME SUR NOS SACRIFICES POUR ASSURER LEUR VICTOIRE. »

Le coup terrible était assené. Le corps innombrable vacilla en laissant échapper un souffle de désespoir stupéfait.

Ensuite le cardinal parla en anglais, mais la foule abasourdie ne comprenait plus. Quand l'ostensoir étoilé fut brandi dans le soir, il brilla sur des milliers d'hommes hébétés, résignés au désastre, et sur quelques apôtres farouches qui, les poings serrés, se préparaient à la lutte pour « la race ».

3

Pensif et solitaire,
Habillé de kaki,
Courbé sur de la terre,
La main sur son fusil,
Un jeune soldat du Canada...

Cette complainte promenait ses volutes nostalgiques dans la cuisine des Plouffe. Les lèvres de Joséphine bougeaient à peine, tant son cœur brisé suffisait à prononcer les mots terribles.

Car Guillaume subissait ce matin-là son examen médical en vue du service militaire obligatoire.

Joséphine épousseta la table pour la dixième fois. Devant la menace qui guettait son foyer, elle s'accrochait désespérément aux travaux de ménage comme s'ils eussent pu resserrer les liens familiaux et les rendre indestructibles.

— On sait jamais, Guillaume a peut-être une petite maladie, pauvre enfant. Je serais bien contente.

Elle n'avait regardé personne en disant ces mots sur le même ton que *pensif et solitaire*. D'ailleurs, personne ne répondit. Théophile avait fait installer sa chaise face à la porte. Il avait exigé, caprice de malade, qu'on lui mît ses vêtements du dimanche. Peut-être parce qu'il avait ordonné solennellement à Guillaume avant son départ ce matin « Signe rien ! » Ses yeux étaient rivés sur la porte.

Cécile, les paupières baissées, plantait et dégageait nerveusement l'aiguille du vêtement d'enfant auquel elle travaillait. De temps à autre, elle levait un regard impatient sur le poêle et sur sa mère, car c'était l'heure du dîner et Joséphine ne semblait pas y penser. Mais Cécile se taisait. Napoléon, à genoux sur le plancher, découpait du journal les récits de catastrophes, car ses tendances à la statistique, atteintes par le bouleversement mondial, le portaient maintenant à collectionner les photos d'hommes politiques éminents et les récits de massacres. Son visage, dont les traits obéissaient mal aux nuances des sentiments, exprimait cependant un « Ça va mal » convaincu.

La déroute, qui avait atteint le Canada comme une épidémie, frappait les Plouffe.

Après l'échec de la procession, les bourrasques de désarroi venant d'Europe avaient déferlé librement sur Québec. Le navire Plouffe, parmi tant d'autres, sombrait, et l'équipage, hébété par la violence des éléments, ne bougeait pas et attendait la fin en silence. C'est la chute de la France qui avait éteint les volontés. Le « Paris capitule ! » des radios tragiques avait semé un deuil profond, mystérieux, dans le cœur de tous. Des femmes du peuple comme Joséphine, qui ne connaissaient de la France que la langue et les chansonnettes, avaient pleuré sans savoir pourquoi. Les larmes venaient de très loin dans leur tête. Les hommes s'étaient tus et, les mâchoires crispées, s'étaient mis à détester férocement les nazis.

L'Italie avait poignardé la France, le cardinal Villeneuve s'était vu nommer aumônier général de l'armée canadienne, et puis le service militaire obligatoire avait été voté à Ottawa. Personne n'avait même protesté, excepté quelques maniaques qu'on n'écoutait plus.

La lutte des idées politiques se situa sur un autre plan. Les nationalistes anglophobes commencèrent à déifier le maréchal Pétain et les autres à applaudir le général de Gaulle.

— Tiens, je pense que le v'là ! s'écria Joséphine en se précipitant vers la porte. On est bon ! Il siffle.

Le paralytique eut l'air de devenir rigide. Des ciseaux et une aiguille restèrent brandis à bout de bras. Mais les épaules de Joséphine s'affaissaient de déception. Elle revint à son poêle.

Ce n'était qu'Ovide. En ouvrant la porte, il cessa de siffler et tenta de masquer la joie dont il semblait déborder. Chose curieuse, il ne portait pas ce midi-là son uniforme d'ambulancier, mais personne ne le remarqua. L'amateur d'opéra se mit à arpenter la cuisine et dit d'un ton convaincu comme pour faire taire un remords :

— Je viens d'assister au départ de Denis Boucher qui s'est embarqué pour l'Angleterre. Pour lui, la guerre, c'est sérieux, il a signé. Mais pour Guillaume, c'est seulement pour la défense du Canada. Ce n'est pas dangereux.

— Tu penses ? fit Joséphine. Pourtant, M. le curé prétend qu'une fois entraînés, nos soldats seront envoyés de l'autre côté. Mais je pense pas qu'il passe.

La vieille, les yeux mi-fermés, eut un sourire rusé. Elle avait fait avaler quatre aspirines à Guillaume avant son départ. Il aurait le cœur si agité que...

Enfin le paralytique sortait de son mutisme. Ovide ne semblait pas l'entendre et continuait son va-et-vient nerveux en jetant de temps à autre des regards impatients sur la porte. Depuis son entrevue avec le père Alphonse, il était toujours fébrile, comme rongé par la crainte de rater l'objectif qu'il s'était fixé : le mariage. En somme, il poursuivait toujours ses chimères. Une fois le mariage consommé, pensait-il, ce serait la quiétude et le bonheur dans la réussite. Et plus il approchait du but, plus ses illusions l'absorbaient.

— Vide ! insistait plus fort le paralytique.

Ovide se boucha les oreilles de ses mains excédées.

— Oui ! Tantôt, tantôt le père ! Donnez-moi donc une chance que je calcule !

Il alla s'enfermer dans sa chambre et, armé d'un crayon, tenta d'estimer le coût de l'ameublement nécessaire à un jeune couple.

Napoléon leva la tête de ses albums et scruta le profil anguleux de Théophile. Le collectionneur était devenu un expert dans l'art de deviner les douleurs silencieuses. L'air soucieux, il marcha jusqu'à son père et lui toucha l'épaule.

— Quoi, le père ? Voulez-vous votre pipe ?

Le vieux grogna des mots incompréhensibles.

— Vous dites ?

Les yeux de Théophile s'emplirent de larmes et sa voix en sembla clarifiée.

— Vous me parlez jamais !

Napoléon cherchait sa salive.

— C'est parce qu'on n'est pas des jaseux.

La main disponible de Théophile sursautait sur le bras de la chaise.

— Mon bicycle de course... Je te le donne.

— Merci, son père. Je vas y faire attention, bredouillait le collectionneur, dont les regards ne pouvaient se dégager des oreilles broussailleuses de Théophile.

Le vieux tourna la tête avec effort, afin d'attirer l'attention de son aîné qui, debout, le corps raide, l'écoutait sans oser le regarder.

— Napoléon.

— Oui, p'pa.

— Jeanne, marie-la donc.

— Oui !

Les dents de Napoléon commencèrent à claquer. Une joie trop forte l'envahissait et son corps était trop exigu pour la contenir. Il lui sembla que sa poitrine prenait les proportions d'un édifice, et pourtant il se sentait immatériel. Instant merveilleux : le père avait dit oui. Le collectionneur allait se libérer de sa joie en prenant sa mère à témoin, quand ses yeux virent ce que les autres virent en même temps. Debout sur le seuil de la porte, dans son uniforme kaki trop grand, Guillaume souriait.

On entendit le long « ah ! » déchirant de Théophile, puis le « Mon Dieu ! » douloureux de Joséphine, puis les « Ça y est ! » découragés de Cécile et de Napoléon, dont le cri de triomphe était étouffé dans l'œuf. Guillaume, après avoir savouré la réussite de son entrée, fit claquer ses talons.

— Salut militaire ! Salut ! En avant ! Marche !

Il avança vers Joséphine immobile. Elle s'écria soudain, les yeux agrandis par l'indignation :

— Si ça a du bon sens ! Cet habit-là est bien trop grand pour toi ! Une poche toute décousue.

Elle courut à la machine à coudre, pigea fébrilement une aiguille et un bout de fil qu'elle mouilla entre ses lèvres tremblantes.

— Arrive que je t'arrange ça.

Docile, les bras ballants, Guillaume se laissait faire. Napoléon tournait furtivement autour de son frère et de sa mère agenouillée à son travail de couture.

— Comme ça, ils ont pas trouvé que le cœur te battait trop vite, dit-elle en plantant l'aiguille.

— Pas de danger ! Paraît que j'ai le cœur tranquille que c'en est pas croyable.

— C'est pour ça qu'il branle jamais dans le manche, osa Napoléon, qui ne savait jamais quoi dire dans les moments tragiques.

Ovide était apparu au seuil de la chambre. Le dos courbé, les lèvres sèches, il se frottait les mains. Il n'avait pas perdu cette habitude prise au monastère.

— Tiens, Vide, fit Guillaume en bombant son torse. Moi, j'ai passé dans l'armée. Je pense que je vas devenir champion à la carabine. Je pars demain pour Valcartier. Tu t'ennuieras pas trop, hein, Cécile ?

— Parle donc pas comme ça, grand fou, fit-elle d'une voix sourde.

Elle cacha sa figure dans ses mains. Cette douleur surprenante de Cécile enlevait brutalement la croûte de banalité que constituait Guillaume en uniforme. Le militaire, songeur, se mit à caresser les cheveux de sa mère qui cousait de plus en plus fébrilement.

— Hum ! Puisque c'est comme ça, dit Ovide.

Les regards de Napoléon et d'Ovide se croisèrent, et l'éclair qui en jaillit fit éclore le moment des graves décisions. Ovide marcha à la fenêtre afin d'avoir le dos tourné aux siens. Il toussota.

— La mère, maintenant qu'on sait à quoi s'en tenir sur l'examen de Guillaume, il faut bien se résigner. Ce n'est pas dangereux, d'ailleurs. J'en profite donc pour vous annoncer que j'ai changé de situation. J'ai lâché l'ambulance et j'ai obtenu le poste de vendeur de disques dont je vous ai parlé. L'autre est dans l'armée, maintenant. J'aurai un bon salaire. Je pense que je vais me décider à me marier avec Rita.

La mâchoire de Joséphine dessina une grosse barre lisse du menton à l'oreille, mais elle continua à coudre. Ovide avait déclenché une course aux aveux, car la voix de Napoléon, sur le même ton, s'engrenait à celle de son frère :

— Ah ! C'est entendu, faut se marier un jour. Je pense que je vas me marier aussi. Le père m'a donné la permission tantôt. L'hôpital, c'est pas une place pour Jeanne.

Il avait les yeux fermés, mais ses oreilles attendaient avidement une approbation. Rien ne vint, pas même l'appui d'Ovide qui guettait aussi la réaction de sa mère. Alors Napoléon courut au buffet bourré d'albums, en sortit ses grandes feuilles de statistiques et les étendit sur la table.

— Avec des records comme ça, pensez-vous que Jeanne ne fera pas une femme solide ?

C'est Cécile qui prit enfin la parole, car elle avait écouté passionnément les déclarations de ses frères.

— Comme ça, si vous vous en allez, les trois gars, on va rester tout seuls. La maison va être vide. Un petit enfant pour nous égayer un peu, ça nous ferait du bien.

Guillaume lui jeta un regard féroce et serra les dents, mais ce furent les sentiments de Joséphine qui éclatèrent enfin. Elle cousait fiévreusement et les paroles qui sortaient de sa bouche, hachées par le chagrin et ses deux dents branlantes, scandaient le va-et-vient ballottant de son bras énorme, jaune, aux chairs flasques.

— C'est ça. T'oublieras pas d'emporter le buffet, je suppose, Napoléon, et toi, Ovide, le piano, la radio, les fauteuils, les disques et le bureau. Et le petit d'Onésime qui va me salir mes rideaux et qui va chialer à cœur de jour. À votre place, j'emporterais tout, et laissez-moi mourir avec mon vieux, puisque le seul qui m'aime s'en va.

Elle enfouit ses sanglots de vieille mère abandonnée dans l'uniforme de Guillaume, qui l'étreignait, l'embrassait sur le front, les tempes, les cheveux.

— Braillez pas, m'man. Pis vous mourrez pas, toi pis p'pa. Eh ! p'pa. Un bon petit bec dans le cou de l'ancien temps ?

Il courut à la chaise du paralytique et se pencha.

— M'man !

Il avait bondi en arrière. Joséphine lâcha un grand cri.

— Théophile !

Le paralytique était mort depuis l'arrivée de Guillaume.

ÉPILOGUE

Mai 1945

Québec-Ouest, le 8 mai 1945

Soldat Guillaume Plouffe,
22ᵉ Régiment,
Hollande, Europe.

Hello Guillaume !
C'est ton frère Napoléon qui t'écrit. Tu dis qu'y a des bons cyclistes en Hollande, je te l'avais dit, hein ? Si t'as la chance, va donc faire un tour au parc des Princes. C'est là que le Tour de France finissait. Tâche d'avoir des souvenirs, surtout des portraits finis glacés des meilleurs cyclistes d'Europe, fais-les signer à cause de la valeur. Paraît que t'es lanceur pour le 22ᵉ et que les Hollandaises te trouvent bon. Fais attention à l'orgueil, c'est dangereux. Tombe pas en amour avec une fille de par là, même la plus belle, tu te marierais, pis t'aurais des enfants, et ensuite fini le sport. T'aurais plus le temps. En attendant, ménage ton bras. Les grandes ligues de baseball des États t'attendent.

Par ici on a l'armistice aujourd'hui, et à l'arsenal on a congé. À soir, feu d'artifice sur la Terrasse. J'ai lu toutes les gazettes qui parlent du 22ᵉ, et ton nom est pas marqué dans ceux qui ont eu des médailles. T'as dû en gagner, mais les Anglais sont pas contents parce que t'as jamais voulu signer pour l'autre côté. Crains pas, j'ai gardé les portraits bien collés dans mes albums des traîtres d'Ottawa qui t'ont envoyé à la guerre sans signature le 23 novembre 1944. Je garde ces portraits-là, ça va être commode pour les reconnaître tantôt. J'ai bien peur que l'arsenal ferme à cause de l'armistice.

Bon, on s'en va veiller chez la mère. Faut que j'habille les trois enfants. Si tu les voyais, ils ont les jambes musclées, je pense qu'ils vont être bons coureurs. Ils t'embrassent, Jeanne aussi. Ça va toujours O.K. Elle pèse 170 livres. De la bonne graisse. Bonsoir.

NAPOLÉON

Le collectionneur relut méticuleusement sa lettre, rédigée en petites majuscules, puis la glissa dans l'enveloppe. Il en humecta la bande de colle de sa langue généreusement salivée, car il n'envoyait pas de lettres souvent.

— Ce sera pas long.

Il accorda un furtif regard d'excuse à sa femme et à ses trois petits qui attendaient sagement que leur père les habillât. Jeanne, comme beaucoup d'anciens tuberculeux qui ont fait de la cure, s'était habituée à laisser son mari tout faire dans la maison. D'ailleurs, Napoléon s'acquittait de son rôle de ménagère avec un zèle récompensé par l'accroissement régulier du poids de sa femme. La cuisine luisait donc de propreté et le plancher était aussi bien astiqué qu'un pont de navire.

Napoléon se rendit en trottinant au seul meuble qu'il avait emporté de la maison paternelle, le bahut aux albums, et il en sortit le cahier intitulé : *Statistiques* de famille. Il y inséra la lettre récemment reçue de Guillaume. Napoléon, en manipulant l'album, souriait à ses enfants, dont il avait soigneusement noté les dates de naissance : « François, fait par Napoléon ; naissance :

le 3 avril 1941, en 35 minutes et 40 secondes. » « Charles, encore par Napoléon ; naissance : le 7 juin 1942, en 28 minutes et 20 secondes. » « Georges, encore par le même ; naissance : le 12 juillet 1943, en 22 minutes exactement. »

À chaque naissance, la santé de Jeanne s'était améliorée, tel que l'avait prédit le père Alphonse avant sa mort en 1941. Napoléon, après avoir fermé la porte du bahut, hocha la tête. Il songeait avec regret à la belle vie que Guillaume avait faite au camp de Valcartier, près de Québec, de 1940 à 1944. Le commandant du camp, un amateur de sport, avait gardé Guillaume comme cuisinier afin de conserver le championnat de balle-molle que l'équipe de Valcartier détenait grâce aux talents de lanceur de Guillaume. Et puis la catastrophe. Le 23 novembre 1944, le gouvernement King, acculé au mur par les *tories*, s'était vu obligé d'étendre les frontières du Canada jusqu'en Europe, et d'envoyer au front de guerre des milliers de recrues. Guillaume ne fut pas épargné.

— J'aimerais aller au feu d'artifice, dit Jeanne.

Ses yeux bleus luisaient calmement dans la rondeur colorée de son visage, dont on n'aurait pu deviner que, quatre ans auparavant, il avait été marqué par la mort. Soumise aux volontés de son chef, elle attendait sa décision en se berçant avec la sereine pesanteur d'une généreuse corpulence. Le front plissé, Napoléon donnait un dernier coup de peigne aux cheveux frisés des petits qui, habitués de bonne heure à une discipline de droite ligne, se soumettaient, en file indienne, aux derniers préparatifs de leur toilette.

— Non, ma femme, dit rapidement Napoléon. Faut veiller chez la mère. À cause de Guillaume. Ça va être une belle fête de famille.

— Tu sais ce que t'as à faire, mon vieux.

Jeanne se rendit au miroir et vérifia sa coiffure. Napoléon eut un long soupir. Il ne voulait pas voir de feux de Bengale. Ces gerbes d'étoiles multicolores lui rappelleraient d'une façon trop aiguë un des aspects inquiétants de l'armistice : les usines de munitions ne tarderaient pas à fermer, maintenant, et il se verrait obligé de retourner aux manufactures de chaussures.

— Bon, allons. As-tu sorti ton trente sous, Jeanne ? On mangera nos cornets en s'en allant.

Les enfants trépignèrent de joie.

Napoléon et sa famille, cônes de crème glacée aux poings, arrivèrent à la maison paternelle en même temps qu'Ovide, sa femme Rita et leur fillette Berthe, âgée de trois ans, qui se mit à tirer les cheveux des petits de Napoléon, trop timides pour se défendre. Ovide et Rita se chicanaient à voix basse. À la vue du collectionneur, Ovide ajusta sa cravate et, du coin de la bouche, ordonna à sa femme de se taire. Tout comme Jeanne, Rita avait pris un embonpoint considérable, car les fils Plouffe, tout en restant très maigres, avaient le don de faire épanouir les femmes.

La grand-mère Plouffe faisait d'ailleurs irruption sur la galerie, les bras tendus et l'air triomphant :

— Hourra ! La guerre est finie ! Guillaume a pas été blessé ! Venez donner un bec à mémère !

Il y eut un assaut de baisers sur les bajoues et le front de la vieille Joséphine, dont toutes les rides ondulaient de bonheur. Quel beau jour !

Le banc de tramway occupait toujours le bout de la galerie, mais sa peinture verte, à force d'endurer la pluie et le soleil, décollait par larges gales.

— Entrez ! s'exclama gaiement Joséphine après les effusions. J'ai du bon sucre à la crème. M. le curé est justement là.

Celui-ci sortait.

— Non, je m'en vais, madame Plouffe. Il est sept heures, et mon mois de Marie m'attend. Bonjour tout le monde. Vous autres les garçons, rappelez-vous que la date de votre rapport d'impôt sur le revenu est échue. Et ne vous gênez pas si vous avez besoin de petits reçus pour dons aux œuvres de charité.

M. Folbèche était devenu un vieillard usé, au dos courbé et aux cheveux blancs. Même ses semelles de bottines n'avaient plus l'épaisseur du temps de 1935, quand son autorité sur la paroisse était absolue. Les ferveurs nationalistes du vieux prêtre, étouffées par les événements, ne se manifestaient plus qu'à l'occasion des rapports d'impôt, car le gouvernement fédéral acceptait comme déductions les dons aux œuvres de charité jusqu'à concurrence de dix pour cent du revenu. Aussi, d'après les statistiques, la population québécoise ne parut jamais plus charitable que pendant ces années de grandeur d'âme.

Quand le curé fut parti, les enfants et les petits-enfants Plouffe envahirent la cuisine. La vieille fille Cécile, les cheveux en bandeaux, berçait un garçonnet de six ans, Onésime junior, qui, à la vue de la marmaille, se blottit farouchement contre la poitrine de sa mère adoptive qui lui murmura à l'oreille :

— T'es chez vous, ici, voyons. Ils vont partir tantôt. On va être tous les deux seuls avec mémère. Laisse-les faire.

Pendant que Joséphine distribuait des friandises aux enfants, la querelle reprenait à voix basse entre Ovide et Rita, dans un des coins de la cuisine. Rita persiflait :

— Si tu penses de me faire manquer mon feu d'artifice pour coller ici, tu te trompes !

Seul un chuchotement coléreux était perceptible au reste de la famille. Cécile ferma les yeux pour cacher l'éclair de contentement qui les faisait briller, car les désaccords de ménage la convainquaient que, dans son rôle de fausse veuve, elle n'était pas tellement à plaindre. Les regards de Joséphine, inquiets, allaient de son fils à Rita. Ovide cacha ses mains dans ses poches afin de serrer les poings. Il était blême de rage.

— Pas si fort ! Ils vont nous entendre. Vas-y à ton feu d'artifice et va voir tous les soldats du monde. Tu reviendras à minuit, comme d'habitude.

Rita sortit d'un pas de grosse blonde offensée, et Ovide se rendit à la chantepleure où il se versa un verre d'eau. Il était malheureux, car le mariage n'avait rien résolu. La vieille Joséphine s'approcha et lui murmura :

— Qu'est-ce qu'il y a donc ? Ça va finir par un malheur.

Joséphine pensait que les liens qui unissaient son fils à une autre femme ne pouvaient être que fragiles, et que la moindre dispute pouvait les rompre. Mais Ovide se sentait tellement plus lié à Rita qu'à sa mère qu'il essaya de sourire :

— Rien de grave, la mère. Un banal désaccord dans la régie domestique. Quand je suis arrivé à la maison ce soir, la petite m'avait cassé mon *Rêve d'amour* chanté par Schipa. Sa mère la laisse faire. Il faut dire que mon humeur est à pic depuis quelque temps. Le vendeur de disques va revenir de la guerre. Vous comprenez ? Alors, je dispute Rita, et comme c'est une âme sensible, vous voyez…

Napoléon, le dos tourné, contemplait la photo de son père perché sur une bicyclette. Les traits du collectionneur tremblotaient d'une joie béate. Il avait trois enfants et pas un n'osait même ouvrir le bahut aux albums qu'il leur destinait en secret comme héritage. Il cligna de l'œil vers sa mère, qui revenait songeusement au centre de la cuisine.

— Jeanne a encore engraissé de deux livres, dit-il.

Joséphine qui, lors du mariage de Napoléon, avait tragiquement prédit la mort prochaine de la mariée, voyait dans l'accroissement du poids de sa bru un défi à son infaillibilité de mère expérimentée. Aussi elle jeta immédiatement un regard aigu sur la taille de Jeanne, afin de vérifier si ce gain de deux livres n'était pas dû à la vitalité de Napoléon. Jeanne, assise près de la machine à coudre, rougit sous l'examen et protesta vivement :

— Oh non ! C'est pas ça, madame Plouffe.

Après avoir vu les paupières de sa mère se baisser de déception, et avoir attendu que sa femme reprît ses couleurs naturelles, Napoléon eut un « bon » satisfait.

— J'ai écrit à Guillaume, à soir. On est chanceux. Pas blessé.

— Oui, merci, mon Dieu !

Les yeux au ciel, les mains croisées, la vieille Joséphine sembla grandir. Son cœur avait quitté la cuisine, oublié le reste de la tribu Plouffe, pour embrasser la figure lumineuse de son Guillaume, le cher absent. Comme elle avait prié, comme elle avait hâte de voir ce grand bébé câlin et nonchalant apparaître dans le cadre de la porte. Enfin, on ne se tuait plus dans cette Europe terrible et inconnue où Guillaume devait tant penser à sa mère, aux petits repas fins qu'elle lui préparait jadis.

— Il m'a écrit hier, dit-elle enfin, sortant de son extase. Si tu voyais, Vide, comme il est instruit. Il me dit chère maman en trois langues.

Elle courut dénicher le feuillet bleu glissé sous le socle du Sacré-Cœur de plâtre. Les enfants se poursuivaient en criant, et Cécile, son fils adoptif sur les genoux, avait dédaigneusement reculé sa chaise jusqu'au seuil de sa chambre. Les mains tremblantes de fierté, Joséphine ajustait ses lunettes.

Chère maman, *loot-den*, *dear mother*,
« Vous pourrez pas dire que je m'ennuie pas de vous, je vous dis chère maman en trois langues : en français, en hollandais et anglais. Le mois prochain, je vous ajouterai l'allemand... »

— Pensez-vous, hein ? C'est bien lui. Pas surprenant, avec son intelligence. Il a eu le temps de s'instruire. Avec ça qu'il a été chanceux. Toujours bien nourri, loin du front, bien couché, il avait seulement à jouer à la balle et à étudier. Je pense que je serais morte si je l'avais su proche des Allemands, avec des balles qui passent à côté de la tête, crevant de faim, les steaks mal cuits. Il les aime saignants. Et couché dans la vase des tranchées. J'ai assez prié sainte Jeanne d'Arc. Je pense qu'elle y a vu pas mal.

— Pas si vite, la mère !

Ovide s'était levé et regardait fixement Joséphine. Il sortit plusieurs feuillets bleus de sa poche.

— Maintenant que la guerre est finie, continua-t-il, et que Guillaume est sauvé, je peux vous lire certains bouts de lettres que j'ai reçues de lui.

— Comment ça ? Lis donc pour voir ? défia naïvement Joséphine, provoquée par l'air mystérieux d'Ovide.

Napoléon, dont les regards inquiets alternaient d'Ovide à sa mère, tentait de faire taire les enfants. La voix d'Ovide, solennelle, s'élevait :

Hollande, mars 1945
« Hello Vide !
« Comment ça va, vieux frère de 1914 ? Assez bien j'espère. (Tu te rappelles quand tu faisais croire aux

petits gars, dans le hangar, que t'étais allé à l'autre guerre ?) Tu as dû passer par ici dans le temps, seulement vous étiez pas aussi motorisés, ça fait que vous perdiez du temps, nous autres on tue plus vite. Ça a des avantages. Faut dire qu'en 1914, ça devait être moins énervant comme pique-nique. Vous aviez pas des petits oiseaux de 45 pieds de long avec une tonne et demie d'explosifs dans le corps qui se promènent dans l'espace, donc du dommage quand ça tombe. Sans parler du fameux tank allemand *Tiger* avec ses huit canons dessus, ça fait dur quand il renvoye. Contente-toi de le voir dans les vues, c'est plus sûr. Tu vas dire que je dois en avoir long à te conter. Ça s'adonne. Il y aura bien des choses que tu vas avoir de la misère à digérer, mais si ça force à passer, tu prendras du Bromo-Seltzer, parce que tout ce que je vas te dire, c'est vrai. Je suis pas un péteux de brou, tu me connais, quand je dis que le mont Robson a 13,750 pieds, je dis pas 19,000 pieds, pas vrai ? À propos des montagnes, demande donc à Napoléon s'il a pris son bicycle pour aller vérifier si les Laurentides avaient de la neige dessus en plein été. Le Viourge rue croyait pas quand je disais que les Rocheuses où j'ai été avant de partir pour cette chère Angleterre étaient dix fois plus hautes que nos Laurentides.

« Tu me parles de la nourriture. Je me rappelle plus la couleur du *steak*. La viande qu'on mange ici est du genre cheval. Tout le temps des biscuits matelot et du *cornbiffe*. À part des fois qu'on a la chance de voler des poules hollandaises, c'est pas riche. Je peux pas te dire où je suis, mais ça fait deux semaines que j'ai les pieds mouillés et que je couche dehors sur la terre. Ça fait que je gèle. Sois pas surpris si mon écriture est toute croche. Va jamais dire ça à la mère, c'est le coup qu'elle prend le bateau et vient me chercher. Je lui fais croire que je suis dans un bel hôtel, nourri aux as, pis que j'entends jamais de coups de fusil. Un vrai voyage de noces... Tu connais ça, toi, Vide, ahahah!»

Ovide changea rapidement de feuille et épia sa mère. Mme Plouffe, dont les opinions sur la guerre subissaient en ce moment tout un chambardement, à cause de ces révélations des vraies conditions de vie de Guillaume, se leva, marcha lourdement vers le poêle, vérifia si le feu était bien éteint et retourna à sa chaise sans dire un mot. Elle était à la fois humiliée d'avoir été ainsi bernée, consternée de ne pas s'être inquiétée quand Guillaume endurait une existence épouvantable, et heureuse qu'il fût enfin sain et sauf. Trop de projets de mets succulents destinés au retour de l'absent hantaient son imagination pour qu'elle perdît son temps en commentaires.

— Continue, dit-elle simplement.

«Tu me demandes d'aller faire un tour à l'opéra de Paris. Franchement, j'ai pas grand temps cette semaine. On est pas mal occupé. Tu dois avoir entendu dire à la radio qu'on est en Hollande pour nettoyer une poche pleine d'Allemands. Donc, prie pour moi en latin, c'est plus fort, parce que, vois-tu, on repart à l'attaque demain matin. Depuis quinze jours, on avance assez rapidement, on rentre pas mal dans le feu, mais on n'ose pas trop avancer parce qu'on est pas loin de la mer où sont situées les grosses écluses et la capitale Amsterdam, et si les Allemands ouvrent ces écluses, on va boire trop d'eau. Hier matin on a fait une petite attaque, et mon régiment a eu 58 morts et 25 blessés. À côté de moi, ça tombait mort en courant. Je te dis que ça fait drôle, Vide, de voir des morts de ton âge, habillés comme toi, tout raides, à qui t'avais parlé avant l'attaque. Dans le moment, je suis plus fusilier, je suis le numéro 2 sur le mortier, ça fait mieux mon affaire, parce que fusilier, ton ouvrage, c'est de vider les maisons, ça fait que tu cours 80 pour cent de chances de perdre ta gomme. Je te dis que l'Allemagne est pas mal funérailles comme c'est là. À tous les trois jours, on est remplacé au front. On emmène les prisonniers en allant se reposer en arrière.

— Bon! Enfin! s'exclama Joséphine, toute pâle.

« Pour se reposer, on joue à la balle-molle. Le 22e m'a offert $25,000 pour mon bras pour la saison d'été. En bas de $35,000 je marche pas. Mon cas est actuellement dans les mains du général Montgomery. Cécile va bien dire que je me vante. Elle aura raison, parce qu'à propos de $25,000, c'est pas vrai, ahahahah! Les Allemands sont des beaux athlètes. Je m'adonne bien avec eux autres, papa serait content d'entendre ça. Même que, l'autre jour, j'ai pris les meilleurs, j'ai formé une équipe et on a battu le 22e. J'ai pris 15 *strikeouts*. Mes Allemands m'ont porté en triomphe.

« Je sors souvent avec des filles de par ici. J'en ai eu une belle l'autre jour, une Flamande. J'ai couché chez elle, j'ai été reçu comme l'enfant de la maison, ayant donné 5 cigarettes à son père. À 10 heures elle est venue me border dans ma chambre, et par ici, tu comprends, il y a bien des choses qui seraient péché à Québec, mais ici, vois-tu, la guerre, c'est tellement énervant... (Ovide sauta plusieurs lignes, car Joséphine fronçait les sourcils).

« En tout cas, les prisonniers Allemands qui parlent français disent qu'on est une race pas peureuse. Ils auraient aimé nous avoir avec eux autres. Qui a gagné cette guerre? Les Russes, les Américains, les Canadiens, et ensuite le *cup-tea*. Parle-moi donc de cette chère Angleterre. Ils sont tout mêlés dans leur argent tant qu'il y en a de sortes. Pendant qu'ils se démêlent, t'attends, ça fait que c'est ennuyant. Je t'expliquerai tout ça en revenant, les monnaies, les différences de langue, de climat, la grandeur des villes, le genre de monde.

Mais je peux te dire tout de suite que le plus beau pays que j'ai vu, c'est la Belgique. C'est là que j'ai rencontré les meilleurs cyclistes du monde.

« Vois-tu, vieux *Bren-Gunner* de 1914, je peux te dire tout ça, parce que je sais que t'es capable de démêler un lac d'avec un océan. La guerre, tu sais, c'est plus dur que le jeu d'anneaux de fer ou le jeu de dames. Au Canada, nous autres, les conscrits, ils nous appelaient les *Westipouffe*, mais quand on reviendra au Canada, couverts de gloire, et qu'on paradera sur la Grande-Allée avec les 40 musiciens du 22ᵉ, tu vas voir des braves qui ont risqué leur vie pour le pape et la démocratie. Moi j'ai pas signé.

« Hier, j'ai vu Denis Boucher dans un jeep. Il était avec des officiers et il avait une machine à écrire sur les genoux.

« J'ai actuellement, comme souvenirs de guerre, un revolver, plusieurs montres allemandes parce que, quand on prend des prisonniers, on leur vide les poches. J'ai aussi une belle petite mitrailleuse, elle pèse seulement 11 livres. J'aimerais ça l'apporter au Canada avec quelques balles, je pourrais tirer Arrial au grand nez et son charmant frère le joueur de clairon qui passaient leur temps à m'agacer. Je vas tâcher d'apporter aussi deux grenades, une pour faire partir, et l'autre comme souvenir, je te montrerai le mécanisme de cette arme, une grenade comme ça sur une maison, ça affaiblit la couverture. »

— Il est mieux de pas emporter ça ici ! s'écria Joséphine.

— Voici la dernière lettre que j'ai reçue, dit Ovide, les yeux gonflés comme s'il avait eu des lunettes sur le bout du nez.

« Excuse l'écriture, on est après clairer une autre poche, et mon ami Dinel, de Limoilou, qui s'était fait la barbe à côté de moi à matin, vient de revoler à 40 pieds en l'air par le déplacement d'air d'une bombe. Mort. T'es mieux de pas venir ici, toi qui as peur d'attraper le rhume. Les boules de 50 à 60 livres, les bombes incendiaires, les coups de canon, les maisons qui déboulent, les vitres qui cassent, je suis quasiment *shell-shocked*, je passe mon temps à faire des sauts ; j'aimerais mieux franchement écouter l'opéra ou chatouiller Rita, ahahah ! Une chance que les Allemands n'ont plus d'aviation et peu d'artillerie, ça fait que ça nous soulage. Hier après-midi on a pris un bois bourré d'Allemands. C'est pas mêlant, après le feu de notre artillerie, le bois avait l'air d'une rôtie, comme disent les Français, qui sont bien polis et t'appellent « monsieur » ou « mon petit » mais qui comprennent pas les mots *truck*, *gun* ou *checker*. Donc, après le feu de l'artillerie, nous autres on a foncé et on s'est battu pendant une demi-heure, donc les Allemands se sont rendus les bras en l'air parce qu'on est féroce sur la baïonnette. Ma compagnie a eu 52 morts et 10 blessés sur 125 hommes ; les autres compagnies ont pas été trop pire. Je te dis que tu penses à ta mère dans ce temps-là, quand tu reçois un bras arraché en plein dans la face comme j'ai eu hier. Moi, c'est parce que je l'aime, ma mère, que je pense à elle ; c'est de valeur, y en a d'autres qui pensent qu'en venant au monde, ils avaient vingt ans. (Joséphine s'essuyait les yeux.) J'aime aussi le Canada. En arrivant à Halifax, tu peux être sûr que je vas tomber à pleine face sur le sol pour l'embrasser. Ici, c'est pas mêlant, ça sent l'ailleurs, et c'est pas drôle. Vous devez prier le bon Dieu sur un vrai temps pour que j'aie pas été même blessé, parce qu'ici, c'est l'enfer. Tu sais jamais si, d'une minute à l'autre, t'auras pas la tête accrochée toute seule au bout d'un arbre.

« Hier soir il m'est arrivé une petite aventure et j'ai venu bien près de perdre ma gomme. J'étais parti en patrouille de reconnaissance avec deux soldats de Montréal. Moi, je disais pas un mot, il faisait noir, et je regardais s'il y avait pas de morts qui traînaient, parce que, tu sais, j'ai jamais aimé passer le soir devant les portes de cour de la paroisse où je savais qu'il y avait déjà eu quelqu'un de mort. J'avais une grenade dans les mains, la numéro 36, la meilleure grenade que tu peux trouver. Tout à coup, taratta ben sec. Je me jette sur le ventre et mes deux amis tombent morts croisés comme deux fusils par-dessus moi. Je voyais rien, mais je sais que c'était une Brada allemande. Pourquoi ? À cause de la vitesse des balles. Tu la reconnais tout de suite. Là j'ai prié le bon Dieu pis j'ai pensé à vous autres. Le sang de mes amis me coulait dans le cou. À la longue, j'ai commencé à distinguer, 50 pieds en avant de moi, deux Allemands qui pointaient la Brada. Ils attendaient que je me lève la tête. Une chance que j'étais dans une sorte de trou. Je me suis senti quasiment aussi malade que quand j'étais au milieu de l'océan. L'océan, Vide, surtout dans le centre, après avoir fait trois jours de bateau, c'est dans ces moments-là que tu vois les plus grosses vagues, c'est toujours des vagues de 35 à 40 pieds et quand ça frappe, l'eau monte à 50 ou 60 pieds. Ça fait un bruit épouvantable. C'est là que tu vois la différence d'un océan avec un lac. À propos de lac, les officiers commencent à nous approcher pour signer pour la guerre du Japon, moi j'ai répondu que je me contenterais de faire ma petite invasion au lac Saint-Joseph, en bicycle, ahahah ! Va donc voir dans le hangar chez nous si les pneus de mon bicycle sont dessoufflés, faudrait qu'ils aient de l'air dedans, parce que, tu comprends, les pneus de guerre s'éventent. Le caoutchouc synthétique vaut pas cher.

« Ça fait que j'étais dans le trou avec mes morts de Montréal sur le dos, et deux Allemands qui attendaient que je me lève la tête. J'ai resté là trois heures, Vide, sans grouiller à penser au bon Dieu. Je serrais ma grenade numéro 36, pis j'attendais. Tout à coup je m'aperçois que mes Allemands se tannent. Un donne une cigarette à l'autre qui se penche pour l'allumer. Je perds pas de temps, j'arrache le bouchon de ma grenade, pis je la lance de toutes mes forces. Elle filait vrai. Une vraie *strike* qui est arrivée en plein dans le ventre d'un de mes Allemands. Hitler cherche encore les morceaux, pis l'autre Allemand, qui était blessé, a essayé de prendre la mitrailleuse, mais j'y ai pas donné de chance, j'ai sauté sur ma carabine et j'y ai déposé deux bonnes balles dans le front. Amen. »

Mme Plouffe, affolée, se mit à courir dans la maison en se tenant la tête. Après avoir heurté quelques meubles, elle sortit sur la galerie en criant, les bras ouverts sur la paroisse : « *C'est pas croyable ! Guillaume qui tue des hommes !* »

La bombe atomique sur Hiroshima
et *Les Plouffe*

La conception globale de mon roman *Les Plouffe* tomba sur moi comme un miracle le 6 août 1945 : le jour même du largage de la bombe atomique sur Hiroshima.

Un an auparavant j'avais publié mon premier roman *Au pied de la pente douce*. À 25 ans, encore handicapé, je m'étais vu, jeune infirme inconnu, vivotant dans ma famille dans la paroisse Saint-Joseph de Québec, catapulté dans un monde étrange où l'on m'aspergeait d'injures parce que j'avais osé me moquer doucement du pouvoir qu'exerçait le clergé sur nos vies, ou de compliments parce qu'*Au pied de la pente douce* faisait entrer pour la première fois la vie d'une paroisse urbaine dans le roman canadien.

On m'invitait à des cocktails mondains, à prononcer des causeries, à faire des déclarations sur la littérature. On m'incitait à juger de tout, je voyais mon nom dans les revues littéraires importantes. J'étais ahuri, flatté bien sûr, moins à l'aise dans ma famille, qui souffrait des revanches de voisins pudibonds, mais surtout effrayé, car je n'avais jamais pensé qu'on accorderait une telle importance à mon roman. Au fond, je continuais à me sentir toujours un gamin espiègle de mon quartier et j'eusse préféré que les choses en restassent là, car je n'aurais pas été obligé d'écrire un autre livre.

Ma foi, je ne trouvais pas d'autre sujet. Le succès de mon premier roman m'avait piégé pour toujours. Je me sentais, accrochés au cœur, un devoir, une obligation profonde de continuer à écrire. Je me mis à avoir honte de ne rien produire, je mentais à ceux qui me demandaient quel manuscrit j'avais dans mes cartons. Je fuyais la place publique, je longeais presque les murs : je devins malade au point où je m'enfuis en vacances à New Carlisle dans la baie des Chaleurs où, pauvre de moi, je passais mes jours à m'occuper d'une sexagénaire qui voulait perdre sa bedaine. J'avais creusé un trou dans le sable, j'y faisais coucher la vieille à plat ventre et je l'aidais à faire une heure de gymnastique suédoise par jour.

Et soudain, le 6 août, un camion armé de haut-parleurs patrouilla la plage en hurlant : « La première bombe atomique vient de détruire la ville japonaise de Hiroshima faisant au-delà de 100 000 morts ! » Je m'en souviens comme si c'était d'hier. Il y a de cela quarante-deux ans. Mon regard s'obscurcit, avec des centaines de millions d'hommes à travers le monde ; je me sentis basculer dans la maturité et dans une fatalité nouvelle. Tout le jour, mon cœur battit plus vite. Comme un fugitif affolé, je pris le train pour Québec. À mon arrivée dans le quartier, près de chez moi, je vis une grosse femme, Mme L'Heureux, bondir sur son balcon en criant et en brandissant une lettre : « Mon Adrien qui tue des hommes ! » Son fils lui annonçait son retour et lui avouait une terrible vérité : à lui seul il avait tué plusieurs centaines d'Allemands !

Alors le miracle se produisit. Je récapitulai la guerre que j'avais vécue de loin, les changements qui se produisaient au Québec, la lente érosion de la paroisse, notre entrée, nous les petits paroissiens bornés, dans le monde moderne pluraliste où nous serions désormais confrontés aux exigences de la fraternité humaine et de la liberté. Je dévidai le fuseau à partir de ce cri de Mme L'Heureux et commençai *Les Plouffe* autour d'Ovide, le tailleur de cuir, directement inspiré par David L'Heureux, le mélomane qui, dans le hangar familial, m'avait inculqué le goût du rêve et de la littérature en me lisant, quand j'étais tout petit, les aventures de Fantomas.

Cette odyssée littéraire dura trois ans, car je repris le manuscrit plusieurs fois. Quand Alexandre Bélisle, à qui j'avais confié l'impression du roman, me demanda si je désirais qu'on entoure le volume d'une bande, j'ai dit oui : « UN ROMAN QUI FERA LE TOUR DU MONDE. »

Table des matières

Collection **10 10**

Francine Ouellette
Les Ailes du destin
Le Grand Blanc

Lucie Pagé
Eva

Louise Simard
La Route de Parramatta

Matthieu Simard
Ça sent la coupe
Échecs amoureux et autres niaiseries

Cet ouvrage a été composé en Dolly 9,5/12
et achevé d'imprimer en juillet 2008 sur les presses
de Quebecor World Saint-Romuald, Canada.

Imprimé sur du papier Quebecor Enviro 100 % postconsommation,
traité sans chlore, accrédité Éco-Logo et fait à partir de biogaz.

certifié   procédé   100 % post-   archives   énergie
sans   consommation   permanentes   biogaz
chlore